# Die Geheimnisse des Milliardärs

## DIE SINCLAIRS, BUCH 6

# J. S. SCOTT

Die Geheimnisse des Milliardärs ~ Xander
Die Sinclairs, Buch 6

*Ebenfalls von J. A. Scott*

*Ein Milliardär voller Leidenschaft – Die Serie:*

Entfesselte Leidenschaft (Buch 1 der Serie erzählt die
Geschichte von Simon und Kara)
Das Herz des Milliardärs ~ Sam (Buch 2)
Die Erlösung des Milliardärs ~ Max (Buch 3)
Der Milliardär und sein Spiel ~ Kade (Buch 4)
Ein Milliardär außer Kontrolle ~ Travis (Buch 5)
Ein Milliardär ohne Maske ~ Jason (Buch 6)
Milliardenschwer und ungezähmt ~ Tate (Buch 7)
Milliardenschwer und ungebunden ~ Chloe (Buch 8)
Milliardenschwer und unerschrocken ~ Zane (Buch 9)
Milliardenschwer und unerkannt ~ Blake (Buch 10)
Milliardenschwer und unverhüllt ~ Marcus (Buch 11)
Milliardenschwer und ungeliebt ~ Jett (Buch 12)
**(ab Mitte Mai 2018 erhältlich)**

*Die Sinclairs – Die Serie:*

Kein gewöhnlicher Milliardär (Buch 1)
Der verbotene Milliardär (Buch 2)
Weihnachten mit dem Milliardär ~ Grady (Eine Sinclair-Novelle)
Der Milliardär mit dem gewissen Etwas ~ Evan (Buch 3)
Die Stimme des Milliardärs ~ Micah (Buch 4)
Der Milliardär geht aufs Ganze ~ Julian (Buch 5)
Die Geheimnisse des Milliardärs ~ Xander (Buch 6)
Nichts weiter als ein Millionär ~ Liam (Buch 7)
**(ab Anfang Juli 2018 erhältlich)**

*Die Walker-Brüder – Die Serie:*

Lass los! (Buch 1)
Vertrau mir! (Buch 2)
Rette mich! (Buch 3)

*Von J.S. Scott & Ruth Cardello:*

Gut Gespielt – Liebeszauber auf dem Footballfeld
**(ab Anfang August 2018 erhältlich)**

Dieses Buch ist meiner Schwester Beth gewidmet, die diese Welt unerwartet und viel zu früh am 30. März 2017 verlassen hat. Sie war eine meiner größten Unterstützerinnen, die beste Schwester und Freundin, die sich eine Frau nur wünschen kann, und sie hatte die Veröffentlichung von Xanders Buch gar nicht erwarten können. Traurigerweise hat sie nie die Gelegenheit erhalten, seine Geschichte zu lesen, doch ich bin mir sicher, sie wusste, dass Xander irgendwann sein eigenes »glückliches Ende« bekommen würde, denn ich habe mit ihr über seine Geschichte gesprochen.

Du fehlst mir so sehr, geliebte Schwester, und mein Leben wird ohne dich nie mehr so sein, wie es einmal war. Danke für all die Jahre voller Liebe und Rückhalt, die du mir gegeben hast. In meinem Herzen und in meinen Erinnerungen wirst du ewig weiterleben.

Alles Liebe
~ Jan

# Inhalt

## Prolog

**XANDER**

*Mehr als ein Jahr zuvor ...*

Ich hatte keine Ahnung, wie es sich anfühlte, tot zu sein, doch ich begann, darüber nachzudenken, ob ich gestorben war und nun in den Tiefen der Hölle für mein Leben auf der Erde bezahlte. Jeder Muskel in meinem Körper zuckte und brannte vor Schmerzen, und ich hatte keine Kontrolle über die Gedanken – oder vielleicht waren es auch Erinnerungen – die in meinem Gehirn umhertobten. Ich versuchte, meine Augen zu öffnen, doch weil es viel zu sehr schmerzte, war ich mit den Bildern gefangen, die ich nicht vertreiben konnte.

Ich konnte mich daran erinnern, wie dringend ich meinen Schuss gebraucht hatte und wie ich zu diesem Abschaum von Drogendealer gegangen war, um mir das Heroin zu besorgen. Ich war nach Hause gekommen und hatte mir die Version der Droge zubereitet, die gespritzt werden kann, weil ich mich nicht mit dem Effekt zufriedengeben wollte, den das Rauchen oder Schnupfen brachte.

Ich war so verdammt verzweifelt gewesen, dass ich die sofortige Erlösung gebraucht hatte.

Ich hatte die Vene gefunden und erinnerte mich an das Gefühl intensiver Befreiung, als die Droge zu wirken begann und sich in meinem Körper ausbreitete.

An das meiste, was danach geschehen ist, erinnere ich mich nicht, bis die verdammten Rettungsassistenten meinem Körper den absoluten Schock verpasst hatten ... das Opiat-Gegenmittel.

*Scheiße!* Ich hasste dieses Medikament. Es hatte meiner Besinnungslosigkeit ein Ende gesetzt und meinen Körper wieder in einen Zustand des Wachseins und des Schmerzes versetzt.

Wie konnten diese Wichser es wagen, mir mein Hochgefühl zu versauen?

»Dieses Mal bist du fast gestorben, Xander. Was zur Hölle hast du dir nur dabei gedacht?«, murmelte eine heisere, männliche Stimme neben meinem Bett.

Ich erkannte die Stimme. Dieses Mal war es nicht mein Bruder Micah, der mit mir hier war. Es war Julian. Was zum Teufel machte er hier? Mein zweitältester Bruder sollte sich bei einem Filmdreh befinden. Er sollte nicht wieder zurück in Kalifornien sein.

Ich hatte vollkommen vergessen, welcher meiner Brüder gekommen war, um nach dieser Überdosis bei mir zu sein. Es spielte aber auch keine Rolle. Vor dieser hatte es zahlreiche andere gegeben und Micah war so gut wie immer derjenige, der mich aus der Scheiße holte.

Leider funktionierte mein Gehirn nicht besonders gut und ich konnte eigentlich auch nur an den Entzugsschmerz denken.

*Verdammt!* Ich brauchte nur high zu sein und vom Rest der Welt in Ruhe gelassen zu werden. Ich wollte mein Leben vergessen und in einer Welt existieren, in der ich nur dafür sorgen musste, dass ich meinen nächsten Schuss bekam.

Ich war ein Junkie und war mir ziemlich sicher, dass ich bereits ganz unten angekommen war. Ich hatte nur nie den Aufprall gespürt, weil ich zu benebelt gewesen war, als dass es mich interessiert hätte.

Mein Körper begann zu zittern und der pochende Schmerz in meinen Muskeln fand seinen Weg in meinen Kopf. Mir tat verdammt noch mal alles weh und das nur, weil irgendein Arschloch sich dazu entschlossen hatte, mich in die Realität zurückzubringen.

*Scheiß auf die Realität!* Sie war etwas, dem ich nun schon seit Jahren zu entkommen versuchte.

»Xander! Kannst du mich hören?«, fragte Julian eindringlich.

»Ja. Und jetzt halt die Klappe«, befahl ich ihm mit brüchiger Stimme, denn ich wusste aus Erfahrung bereits, dass das Sprechen den Schmerz nur noch verschlimmern würde.

»Das ist doch Scheiße!«, sagte Julian wütend. »Warum habe ich nicht gewusst, dass du süchtig bist?«

Qualvoll öffnete ich im Krankenhausbett meine Augen und versuchte, mich auf meinen Bruder zu konzentrieren. »Weil normalerweise immer Micah kommt, wenn irgendetwas passiert«, antwortete ich tonlos. Es interessierte mich nicht, wer davon wusste, dass ich Drogen zum Überleben brauchte.

Ich hatte probiert, den Schmerz mit Alkohol zu betäuben, nachdem meine Eltern ermordet worden waren und ich meine eigenen Verletzungen überlebt hatte. Doch es funktionierte nicht so gut, wie es das einmal getan hatte, und ich zog das totale Vergessen vor, das Drogen in mir auslösten. Ich war dem Trinken nicht abgeneigt, aber ich musste zahlreiche große Gläser harten Alkohols in mich hineinschütten, damit ich mich nicht mehr daran erinnerte, wer ich war und was geschehen war.

Um ehrlich zu sein, hätte ich lieber die verschreibungspflichtigen Medikamente gehabt, die ich nach meinen Verletzungen vor drei Jahren für eine lange Zeit regelmäßig eingenommen habe, doch der Arzt hatte schließlich beschlossen, dass ich aufhören musste, sie zu nehmen, und sich geweigert, mir weitere Rezepte auszustellen.

Seitdem hatte ich sie auf der Straße gekauft. Wenn ich richtig verzweifelt war, musste ich mir Heroin aufkochen. Heute war einer dieser »verzweifelten« Tage gewesen. Oder war es in der vergangenen Nacht passiert? Zum Teufel, ich hatte keine Ahnung, wie viel Zeit vergangen war, aber was spielte das schon für eine Rolle?

»Du musst mit diesem Blödsinn aufhören, Xander«, sagte Julian streng. »Verdammt, es hat einmal eine Zeit gegeben, in der du die

Drogen gehasst hast. Ich erinnere mich, wie du mir davon erzählt hast, wie viele deiner Rocker-Freunde Drogen nehmen und du der Meinung warst, das sei idiotisch. Was ist nur mit dir passiert?«

Ich sah seinen erschrockenen Gesichtsausdruck und fühlte ein klein wenig Reue. Ja, ich hatte den Drogenkonsum gehasst. »Das war in einem anderen Leben«, antwortete ich.

»Es ist *dasselbe* verdammte Leben. Das einzige, das du hast!«, sagte Julian und schlug mit der Faust gegen das Bettgitter. »Und es ist immer noch idiotisch!«

»Vielleicht gebe ich ja nichts mehr darauf. Geh einfach. Mach, dass du hier rauskommst! Ich habe niemals irgendjemanden gebeten hierherzukommen«, entgegnete ich wütend.

»Bis sie dich entlassen, gehe ich nirgendwohin«, sagte er stur. »Und dann nehme ich dich mit in den Osten, wo du deinen Scheiß geregelt kriegen kannst. Dort gibt es eine Entzugs-«

»Ich mache nicht noch mal einen Entzug«, knurrte ich ihn an, während der Schmerz an allen meinen Körperteilen zerrte. »Warum zum Teufel können du und Micah mich nicht einfach in Ruhe lassen? Micah hat eine Partnerin und ihr seid beide glücklich. Geh zurück an die Ostküste und lass mir meine gottverdammte Freiheit.«

Julian warf mir einen enttäuschten Blick zu, der mich kurzzeitig zusammenzucken ließ, als er antwortete: »Im Moment kann ich dich zwar nicht ausstehen, aber du bist immer noch mein kleiner Bruder. Du kommst mit mir.«

»Das werde ich nicht«, weigerte ich mich heiser.

»Was bleibt dir hier in Kalifornien denn schon? Du hast hier keine Familie und vermutlich nur sehr wenige Freunde. Du nimmst weder eine Platte auf, noch hast du Auftritte, warum musst du also hierbleiben?«

*Damit ich jeden Tag high sein kann, ohne dass mir irgendjemand dabei zusieht, wie ich beinahe schon zu dem Ort krieche, an dem ich meinen nächsten Schuss bekomme.*

»Weil mir hier ein Haus gehört«, sagte ich. »Ich bin hier zu Hause.«

»Erzähl mir doch keinen Scheiß. Den Sinclairs gehören Häuser überall und in Amesport hast du ebenfalls ein Haus. Ein Haus, das Micah für dich gebaut hat.«

»Ich habe ihm gesagt, dass er das nicht tun muss«, antwortete ich. Mir war nicht klar, dass mein ältester Bruder sein Versprechen gehalten hatte, uns drei wieder zusammenzubringen, indem er uns in irgendeiner langweiligen Kleinstadt an der Ostküste Häuser hingestellt hatte.

Julian sagte einen Moment lang nichts, dann holte er tief Luft und atmete hörbar aus. »Du bist ein Arschloch. Das weißt du schon, nicht wahr?«

Ich zuckte mit den Schultern. Es interessierte mich nicht mehr sonderlich, was die Menschen über mich dachten, nicht einmal meine Brüder.

Er fuhr fort: »Micah ist mit jemandem zusammen und er ist verdammt glücklich. Zum ersten Mal in seinem Leben sehe ich ihn so gut wie jeden Tag lächeln. Er verdient es nicht, dass du ihm mit deinem selbstmitleidigen Getue diese Freude verdirbst. Reiß dich zusammen, Xander! Es ist dir vielleicht nicht bewusst, aber diese Situation belastet uns alle.«

»Es ist *mein* Leben!«

»Du bist unser Bruder. Denkst du, dass Micah und ich tatsächlich glücklich sein können, wenn wir wissen, dass du auf der anderen Seite des Landes hockst und versuchst, dich umzubringen? Weißt du eigentlich, wie schwer es für mich und Micah war, dich verletzt zu sehen und Nacht für Nacht im Krankenhaus zu verbringen, nicht wissend, ob du durchkommen oder sterben würdest?«

Ich hörte, wie Julians Stimme vor Qual zitterte, und es war das Emotionalste, das ich in meinem ganzen Leben jemals von ihm mitbekommen hatte. »Ich bin ein hoffnungsloser Fall, Julian. Akzeptiere das einfach und wende dich wichtigeren Dingen zu.«

Ganz ehrlich, ich wünschte mir, dass keiner von beiden jedes Mal nach Kalifornien kommen würde, wenn ich etwas Dämliches getan hatte. Es ließ mich zerrissen zurück und ich hoffte, dass Micah irgendwann einfach aufgeben würde. Das hatte er nicht. Stattdessen hatte er Julian zur Unterstützung geschickt.

»Vergiss es«, entgegnete Julian stur. »Wir geben dich nicht auf, Xander. *Niemals*. Also musst du damit leben. Wir haben bereits Mom und Dad verloren, mehr können Micah und ich nicht ertragen.«

Die Erwähnung meiner Eltern erweckte in mir das Verlangen nach einem Schuss oder einer sehr großen Flasche Whisky. Aber ich musste zugeben, dass Julians Schuldgefühle mir nahegingen. Verdammt, ich wollte wirklich keinen meiner Brüder traurig machen. Spielte es denn eine Rolle, wo ich mich befand? »Gut. Ich komme mit. Aber ich verspreche nicht, dass sich irgendetwas ändern wird. Ich bin zuvor bereits in Entzugskliniken gewesen. Und wie du sehen kannst, bin ich immer wieder rückfällig geworden.«

»Tu es, weil Micah und ich dir irgendwo tief in deinem selbstsüchtigen Inneren immer noch wichtig sind«, schlug Julian verärgert vor.

Das Problem war, dass er und mein ältester Bruder mir *wirklich* etwas bedeuteten. Ich aber wollte nur, dass sie loszogen und ihr eigenes Glück fanden. Ich wollte in ihrem Leben keine Rolle spielen. Ich würde mich niemals ändern und die beiden würden das wohl oder übel irgendwann akzeptieren müssen. »Ich mache, was du willst«, teilte ich ihm mit. Ich war genervt, weil er mich immer noch mit einem ermahnenden Blick ansah. »Hau einfach ab und lass mich versuchen, wieder zu schlafen.«

»Oh, ich werde wiederkommen«, warnte Julian. »Ich werde jeden verdammten Tag hier sein, bis du entlassen wirst.«

»Super«, sagte ich in sarkastischem Ton.

»Bis morgen, kleiner Bruder«, verabschiedete er sich mit einem Nicken, drehte sich um und verließ mein Krankenzimmer.

In mir brodelte der Ärger und ließ mich beinahe die Schmerzen vergessen, die mein Körper derzeit durchmachte. Ich setzte mich aufrecht hin und bemerkte, dass meine Hände zitterten und mein Kopf wegen der plötzlichen Positionsänderung stärker zu pochen begann.

»Fick dich!«, rief ich der Tür zu, obwohl Julian bereits lange weg war.

Ich war sauer, weil er und Micah mich nicht einfach in Ruhe lassen konnten.

In einem Moment blinder Wut nahm ich das Krankenhausessen, das offensichtlich für mich hinterlassen worden war, als ich geschlafen hatte, und schmiss das gesamte Tablett, angetrieben von gequälter Raserei, gegen die Wand. Das Geräusch von zerbrechendem Glas und des scheppernden Bestecks, das auf den Boden fiel, beschwichtigte mich ein klein wenig.

Erschöpft ließ ich mich zurück auf das Kissen fallen. Ich wusste, dass ich noch kaputter war als die Teller und Gläser, die in Scherben auf dem Boden lagen.

Julian und Micah würden schon noch herausfinden, wie kaputt ich tatsächlich war und dass es niemanden auf dieser Erde gab, der dazu in der Lage war, mich jemals wieder zusammenzusetzen.

# Kapitel 1

**SAMANTHA**

*Heute ...*

»Ich hoffe, Sie sind darauf vorbereitet.«
Ich nickte Julian Sinclair zu, während ich ihm dabei zusah, wie er sich frustriert mit einer Hand durch das Haar fuhr. »Ich kann damit umgehen, Mr. Sinclair.«

Ich nahm einen weiteren Schluck von meinem Eiskaffee und war froh darüber, dass der Bruder meines nächsten sogenannten »Chefs« ein Treffen in einem Café vorgeschlagen hatte. Im *Brew Magic* gab es fantastischen Kaffee, genau das, was ich gebraucht hatte, um mich aufzuwecken. Wer hätte gedacht, dass es in dem kleinen Küstenstädtchen Amesport in Maine einen der besten Kaffees gab, die ich jemals getrunken hatte? Ich war furchtbar müde, weil ich so früh aufgestanden war, um von New York nach Maine zu fahren, und dankbar für die Koffeindosis, die ich gierig in mich aufnahm, als sei dieses Getränk mein Retter.

»Sie haben Xander noch nicht getroffen«, warnte er mich düster. »Ich habe Ihre Referenzen gesehen und glauben Sie mir, wir haben eine ausführliche Hintergrundprüfung durchgeführt. Und bitte nennen Sie mich doch Julian. In dieser Stadt gibt es wahrlich zu viele ›Mr. Sinclairs‹.«

»Sie verstehen aber schon, dass ich nur eine Haushälterin und Köchin bin.« Ich hatte ihn bereits zahlreiche Male an diese Tatsache erinnert, doch ich wollte sichergehen, dass er keine Wunder erwartete.

Oh ja. Ich wusste, dass Xander Sinclair jenseits von Gut und Böse war. Bevor ich hergekommen war, hatte ich meine Hausaufgaben gemacht und darüber hinaus oft und lange mit Julian am Telefon gesprochen. Ich konnte sehen, dass er seinen jüngeren Bruder beschützen wollte und sich um seinen Geisteszustand sorgte.

»Das verstehe ich schon«, antwortete Julian mit einem Nicken. »Ich verstehe jedoch *nicht*, warum Sie hierher nach Amesport kommen wollten. Als Micah und ich angefangen haben, unsere Fühler nach jemandem auszustrecken, der Xander helfen und bei ihm bleiben würde, hätten wir auf gar keinen Fall erwartet, jemanden mit Ihren Qualifikationen zu finden«, sagte Julian. »Xander weiß, dass Sie eine Haushälterin sind, die so lange wie möglich hier auf der Insel bleiben wird, und bei Gott, das ist wirklich etwas, das er braucht. Doch er ist nicht begeistert von der Idee, dass Sie in seinem Haus sein, geschweige denn bei ihm wohnen werden. Ich glaube, er will einfach nur alleine sein.«

Xander durfte auf gar keinen Fall mit seiner selbst auferlegten Isolierung weitermachen. Dem Gespräch mit Julian hatte ich entnommen, dass sein jüngerer Bruder lange genug allein gelassen worden war.

»Ich nehme die Stelle aus persönlichen Gründen an«, erklärte ich. »Ich wollte New York eine Zeit lang verlassen und dachte, dass ein nettes Küstenstädtchen für die Sommermonate der richtige Ort wäre.«

»Das sagten Sie bereits. Aber dann hätten Sie auch einfach in den Urlaub fahren können, oder nicht?«

Ich schüttelte meinen Kopf. »Ich arbeite gern und wollte einmal sehen, wie es im Norden so vor sich geht. Es könnte sogar sein, dass ich irgendwann nach Maine ziehe. Als ich ein Kind war, hatten meine Großeltern ein Sommerhaus in der Gegend und ich habe es immer geliebt, dort Zeit zu verbringen.«

Die Erinnerungen daran, die ganze Familie in Omas Strandhaus zusammen zu haben, waren einige der besten, die ich an meine Kindheit hatte. Leider war sie gestorben, während ich noch zur Junior Highschool gegangen war.

»Hier laufen die Dinge sehr viel langsamer und wir sind Welten von New York entfernt.«

Ich zuckte mit den Schultern. »Nicht jeder ist dafür gemacht, in der Stadt zu leben.«

*Gut.* Das war *ein klein wenig* gelogen. Eigentlich hatte mir mein Job in New York gefallen und meine Freunde würden mir fehlen. Doch ich hatte Julian nicht angelogen, als ich gesagt hatte, dass ich eine Auszeit brauchte.

»Xander will Sie nicht in seinem Haus haben. Wenn er wüsste, dass ich darauf hoffe, Sie würden länger als nur einige Monate bleiben, würde er sich strikt weigern. Verdammt, ich bin mir nicht einmal sicher, ob er Sie *jetzt* reinlassen wird.«

Ich reckte mein Kinn in die Höhe. »Pech. Er wird sich an meine Anwesenheit gewöhnen müssen.« Ich war mir ziemlich sicher, dass ich es schaffen würde, mir einen Weg in Xanders Haus zu bahnen. In New York hatte ich mit jeder Menge harter Kerle zu tun gehabt, die sicherlich störrischer gewesen waren, als Xander Sinclair es sein würde.

»Unterschätzen Sie meinen kleinen Bruder nicht«, warnte Julian und nahm einen Schluck von seinem Kaffee. »Momentan verhält er sich wie ein Arschloch und er ist in einem schlimmeren Zustand, als ich ihn jemals zuvor gesehen habe. Er ist zwar clean, doch ich habe das Gefühl, dass er jederzeit wieder rückfällig werden könnte.«

»Darf ich ehrlich sein, Julian?«, fragte ich.

Er nickte.

»Xander muss clean bleiben *wollen*. Wenn das nicht der Fall ist, dann wird nichts und niemand ihn davon abhalten können, in seine alten Muster zurückzufallen und sich wieder seiner Alkohol- und Medikamentensucht hinzugeben. Er lebt isoliert und obwohl er seiner Familie räumlich jetzt so nahe ist, ist es offensichtlich, dass er sich nicht fühlt, als sei er wieder ein Teil dieser Familie.«

Mir waren einige Dinge über Abhängige bekannt. Mit einem von ihnen hatte ich im engsten Familienkreis umgehen müssen.

»Er macht auf mich nicht den Eindruck, als *wollte* er wieder ein Teil der Familie sein. Wir haben es versucht«, antwortete Julian heiser. »Ich weiß einfach nicht, was ich tun soll, damit er den Willen hat, die Finger von Drogen und Alkohol zu lassen. Es fühlt sich an, als hätte ich meinen kleinen Bruder verloren, und ich habe keine Ahnung, wie ich ihn wieder zurückbekomme.«

»Ich verstehe«, murmelte ich. »Ich werde tun, was ich kann, um ihm zu helfen.« Zumindest würde Julians Bruder ein sauberes Haus haben. Ich war ziemlich pingelig, wenn es darum ging, organisiert und in einer aufmunternden Umgebung zu leben – und für mich stand ein sauberer Wohnbereich dabei an erster Stelle.

»Das ist alles, worum wir bitten«, entgegnete Julian. »Was werden Sie tun, wenn er Sie nicht hereinlässt?«

»Ihn überzeugen«, antwortete ich. Auf gar keinen Fall würde ich es zulassen, dass Xander mich wieder wegschickte. Ich hatte nicht meinen Job aufgegeben und war stundenlang gefahren, um mir von Xander die Tür vor der Nase zuschlagen zu lassen.

Julian grinste. »Wissen Sie, Sie haben mich fast schon davon überzeugt, dass Sie das schaffen werden.«

Ich lächelte zurück. »Wie bereits gesagt, ich kann damit umgehen.«

»Sein Haus sieht wirklich aus wie ein Schweinestall.« Julian zog eine Grimasse und trank den letzten Rest seines Kaffees.

»Das macht mir nichts aus«, sagte ich. »Das Saubermachen ist Teil meiner Arbeit.«

Die beiden ältesten Sinclair-Brüder bezahlten mich dafür, ein Haus zu putzen und Mahlzeiten zuzubereiten, auch *wenn* dieses Haus gerade fürchterlich aussah.

Er schüttelte den Kopf. »Sie haben es bis jetzt noch nicht gesehen. Micah hat ein wunderschönes Haus für ihn gebaut. Es hat sogar ein Tonstudio, doch das war Wunschdenken von Micahs Seite gewesen, denn Xander beharrt darauf, dass er nie wieder auftreten wird. Die Villa befindet sich am Meer und hat einen Privatstrand. Das Haus ist so gut wie brandneu, doch dank meines kleinen Bruders ist es jetzt schon ziemlich heruntergekommen.«

»War er immer schon so unordentlich?«

»Nein. Naja, nicht mehr als jeder andere alleinstehende Mann, der keine Lust hat aufzuräumen. Während unserer Kindheit war Xander vermutlich der Ordentlichste von uns dreien. Und er war außerdem derjenige mit dem größten Herzen. Er hat sich verändert.«

»Er klingt wütend und depressiv. Sie sagten, dass er immer noch niemandem körperlich wehgetan hätte.« Ich hatte bereits andere, längere Gespräche mit sowohl Micah als auch Julian am Telefon geführt, um mehr über den aktuellen Geisteszustand meines neuen Klienten herauszufinden. Ich wusste, worauf ich mich einließ. Doch so lange mein neuer Chef niemals jemanden verletzt hatte, war alles in Ordnung. Mit einem Arschloch konnte ich umgehen, so lange es keine gewalttätigen Neigungen besaß.

»Das hat er nicht. Zumindest nicht mit Absicht. Er ist einige Male von Flashbacks überrascht worden, doch er würde niemals vorsätzlich jemanden verletzen. Der einzige Mensch, den er scheinbar zerstören will, ist er selbst.«

»Er hat zahlreiche Probleme, Julian. Ich bin mir sicher, dass es Zeit brauchen wird.«

Xanders Brüder hatten mit nichts hinter dem Berg gehalten, als sie mir über den geistigen Zustand ihres kleinen Bruders berichtet hatten. Sie waren ehrlich gewesen, hatten mir gesagt, dass er Probleme hatte, und mir diese auch genau beschrieben.

»Glauben Sie, dass er einfach nur mehr Zeit braucht? Obwohl es schon einige Jahre her ist, seit meine Eltern ermordet wurden und Xander verletzt worden ist? Seitdem hat er mehrere Entzüge und Therapien hinter sich gebracht.«

»Wie schon am Telefon gesagt denke ich, dass er eine Aufgabe braucht. Er muss sich vollständig erholen wollen.«

»Nun, ich hoffe, dass Sie ihm dabei helfen können, diese Aufgabe zu finden, denn Micah und ich haben kläglich versagt.«

»Ich werde mein Bestes tun.« Das war alles, was ich tun konnte.

»Na gut«, antwortete er. »Möchten Sie, dass ich Sie zu seinem Haus begleite, um Sie vorzustellen?«

»Julian!« Eine laute, weibliche Stimme unterbrach unsere Unterhaltung. »Hallo Julian!«

Ich sah, wie sich der attraktive, blonde Sinclair-Bruder umdrehte. Er saß mit dem Rücken zur Eingangstür, doch ich konnte erkennen, wie eine ältere Dame neben der Tür stand und ihm zuwinkte. Das *Brew Magic* war voll, doch sie kam schneller und schwungvoller zu unserem Tisch herüber, als ich es von einer Frau erwartet hatte, die vermutlich bereits in ihren Achtzigern war.

Julian schenkte ihr ein charmantes Lächeln, als sie an unserem Tisch haltmachte. »Beatrice! Schön, Sie zu sehen.«

Ich wollte unter dem durchdringenden, wissenden Blick zusammenzucken, mit dem die alte Dame mich ansah, während sie den Eindruck machte, mich sorgfältig zu mustern. Ich war mir nicht sicher, warum es mir unangenehm war. Es war nicht so, als sei ich es nicht gewohnt, angesehen zu werden, und mit ihren rosafarbenen Turnschuhen und dem violetten Trainingsanzug sah sie nicht gerade einschüchternd aus. Doch aus irgendeinem unerklärlichen Grund fühlte ich mich in ihrer Gegenwart unwohl.

»Ich bin so froh, dass Sie endlich da sind, meine Liebe!«, rief die Frau fröhlich aus.

Ich sah Julian überrascht an. Ich hatte gedacht, außer Micah, ihren Ehefrauen und Xander hätte er niemandem von meiner Ankunft erzählt.

Er schüttelte den Kopf und gab mir wortlos zu verstehen, dass die ältere Frau nicht wusste, warum ich hier war.

»Ich glaube, Sie verwechseln mich mit jemand anderem«, teilte ich ihr höflich mit und erwiderte ihr Lächeln.

»Oh, es gibt keinen Zweifel!«

Julian unterbrach sie. »Samantha Riley, darf ich Ihnen Beatrice vorstellen. Sie ist Amesports offizielles Medium und Heiratsvermittlerin.«

Am Ton seiner Stimme erkannte ich sofort, dass er mich aufforderte, diese Frau bei Laune zu halten. Weil sie harmlos erschien, machte es mir nichts aus. »Wie wunderbar«, entgegnete ich herzlich. »Sie müssen einige außergewöhnliche Talente besitzen.«

Beatrice winkte mit der Hand ab. »Oh, *so* weit würde ich jetzt nicht gehen. Auch wenn es ganz reizend von Julian ist, das zu sagen. Ich würde mich jedoch eher als Seherin bezeichnen. Und es gelingt mir nicht immer, Seelenverwandte zu erkennen. Doch bei den Sinclairs scheine ich eine gewisse Anziehung zu spüren. Ich habe jedes einzelne Paar vorausgesagt.«

Ich war mir nicht ganz sicher, was nun der Wahrheit entsprach, doch die ältere Dame war harmlos genug und ihr fröhliches Wesen war beinahe schon ansteckend. »Ach wirklich?«

»Aber ja, meine Liebe. Und ich warte bereits seit geraumer Zeit auf Ihr Eintreffen. Xander braucht Sie wirklich dringend. Das hier ist für Sie.«

Ohne nachzudenken, hielt ich ihr meine Handfläche hin, als sie mir ein dunkles Objekt entgegenstreckte. »Was ist das?«, fragte ich neugierig.

»Es ist Ihre Apachenträne«, erklärte sie. »Ich denke nicht, dass Sie sie auch nur annähernd so sehr brauchen wie Xander, doch sie wird Ihnen auf Ihrem Weg helfen. Sie haben einige Ihrer Abwehrmechanismen zu durchbrechen.«

*Okay.* Das war eines der bizarrsten Gespräche, die ich jemals geführt hatte, doch als ich meine Hand schloss, hätte ich schwören können, dass der Stein sich in meiner Handfläche erwärmte. »Er ist wunderschön, doch ich kann den Stein nicht annehmen. Sie kennen mich ja nicht einmal.«

Beatrice sah mich weiterhin an und ihr intensiver Blick war mir noch immer unangenehm. »Ich kenne Ihre Seele«, behauptete sie.

»Wollen Sie damit sagen, dass Samantha Xanders Gegenstück ist, Beatrice?«, fragte Julian überrascht.

Ich lenkte meine Augen auf ihn und fragte mich, ob er wirklich an das Mystische glaubte. Seine Frage hatte nicht gerade überzeugend geklungen. Dennoch schien er hoffnungsvoll zu sein und das machte mir furchtbare Angst.

Die ältere Frau nickte. »Und wir wissen alle, wie sehr Xander sie braucht. Ich hatte befürchtet, sie würde zu spät kommen.«

Beatrice wandte sich wieder zur Tür und winkte einer anderen Frau in ihrem Alter zu. »Oh, da ist Elsie. Wir müssen uns unterhalten. Es war nett, Sie kennenzulernen, meine Liebe. Willkommen in Amesport.« Sie klopfte Julian auf die Schulter. »Es freut mich, dass Sie nun glücklich sind, Julian. Passen Sie gut auf Ihre schöne Frau auf.«

»Sie wissen, dass ich das tun werde«, antwortete er.

Ich beobachtete, wie die zierliche, ältere Frau zurück zur Tür ging und ihre Freundin umarmte.

Ich umklammerte den Stein in meiner Faust fester und versuchte, das merkwürdige Gefühl loszuwerden, dass er für mich bestimmt war. »Ist das wirklich gerade passiert?«

Julian lachte leise. »Ja. Sie werden schon bald herausfinden, dass Amesport ein sehr buntes Städtchen ist. Doch es gibt keinen Ort, an dem ich lieber wäre.«

»Hat sie wirklich Ihre Seelenverwandten vorhergesagt oder hat sie Wahnvorstellungen?«

»Das hat sie tatsächlich getan. Keiner von uns wusste, ob es nun Zufall gewesen war oder es sich um seherische Fähigkeiten gehandelt hat, doch wir sind zu glücklich, um uns darüber Gedanken zu machen.«

»Interessant«, murmelte ich und wusste gleichzeitig, dass Beatrice dieses Mal enttäuscht werden würde. Schnell ließ ich den Stein in meine Handtasche gleiten, die über meiner Stuhllehne hing.

»Das finde ich auch«, neckte Julian mich. »Um ehrlich zu sein, hoffe ich, dass sie recht hat.«

Ich stand auf, saugte den letzten Rest meines Kaffees durch den Strohhalm und nahm meine Tasche. »Warum? Das Letzte, was Ihr Bruder jetzt braucht, ist eine Beziehung. Und ich brauche ganz sicher auch keine.«

Julian erhob sich. »Ich habe absolut keine Ahnung, was mein Bruder braucht, Samantha. Es gibt nicht viel, was wir nicht versucht haben.«

»Bitte, nennen Sie mich Sam. Und sagen wir doch Du.« Ich streckte meine Hand aus.

Julian nahm meine Hand und drückte sie kräftig. »Sam«, korrigierte er sich. »Es ist mir ehrlich gesagt vollkommen egal, wie du Xander hilfst. Ich will nur meinen kleinen Bruder zurück.«

Ich nickte. »Der Weg dorthin könnte steinig werden«, warnte ich ihn. »Und wenn er nicht mit mir sprechen will, kann ich ihm keine Freundin sein. Dann wirst du dich damit begnügen müssen, dass sein Haus sauber ist.«

»Ich bin bereit zu warten«, antwortete er heiser, als er meine Hand losließ. »Ich melde mich bei dir.« Ich schwang mir den Träger meiner Umhängetasche über den Kopf. »Willst du, dass ich dich fahre?«, fragte er, als wir gemeinsam das Café verließen.

»Nein danke. Ich werde ihn schon ausfindig machen.« Es würde besser sein, wenn ich Xander allein begegnete. Wenn er schon nicht erbaut darüber war, Gesellschaft zu haben, würde ich lieber meine eigenen Überzeugungsmethoden anwenden.

*Ich werde mir etwas einfallen lassen, wenn ich Xander treffe, doch ich werde es schaffen, dieses Haus zu betreten.* »Alles Gute«, sagte Julian, als sich unsere Wege trennten. »Wenn es allzu schwierig wird, ruf mich an.«

Ich nickte und begab mich zu meinem Kleinwagen. Als ich auf den Türöffner drückte, atmete ich den Duft und die Wärme eines perfekten Sommertages an der Atlantikküste ein.

Die Stadt war vollgestopft mit Touristen, von denen die meisten auf dem Weg zum Strand waren. Ich war für einen Moment abgelenkt, als ich dem Rauschen der Wellen lauschte und den Geruch des Salzwassers wahrnahm, der in der Luft hing.

Mich überkam eine Lust, all die kleinen Geschäfte auf der Main Street zu erkunden, doch eine andere, wichtigere Mission wartete auf mich, weshalb die Stadt und der Strand würden warten müssen.

Nachdem ich einen letzten Atemzug von der salzigen Meeresluft genommen hatte, setzte ich mich auf den Fahrersitz und steuerte meinen Wagen aus der Stadt heraus.

Ich war mehr als bereit, Xander Sinclair zu treffen.

Ich hoffte nur, dass er auch bereit für mich war.

# XANDER

Alles, was ich wollte, war etwas zu trinken! Warum zur Hölle kämpfte ich immer noch dagegen an, nicht wieder einen Alkoholrückfall zu erleiden?

Die Versuchung, die Realität mit Alkohol oder Drogen erfolgreich auszublenden, verfolgte mich während jeder Minute des Tages und verspottete mich, dass ich endlich aufgeben sollte. Ich machte mir nichts vor. Ich glaubte nicht, dass ein einziges Glas die Sache besser machen würde. Ich wollte die ganze Flasche.

Ja, ich hatte die Anonymen Alkoholiker und Narcotics Anonymous bereits aufgesucht. Mehr als nur einmal. Bei ihrem Zwölf-Schritte-Programm war ich nie über den ersten Schritt hinausgekommen. Ich hatte meinem Therapeuten glaubhaft versichert, dass ich stabil sei, damit ich aus dem Entzug entlassen wurde. Und ich *konnte* zugeben, dass ich machtlos war, wenn ich mit Alkohol und Drogen konfrontiert wurde. Aber das war auch schon alles.

Für mich gab es *keine* Vernunft.

Ich brachte es *nicht* fertig, mein Leben einer höheren Macht als mir selbst zu überlassen.

Und ich hatte ganz sicher niemals eine furchtlose, moralische Inventur meiner Taten vorgenommen. Wenn ich versuchte, in meine Seele hineinzublicken, sah ich immer nur eine Dunkelheit, die alles verschluckte.

Mein moralischer Kompass war vollkommen kaputt. Die einzigen Menschen, die mich davon abhielten, mir einen Schuss zu setzen, Pillen einzuwerfen oder Alkohol zu trinken, waren meine beiden älteren Brüder. Sie hatten beide genug durchgemacht und waren endlich glücklich. Ich wollte nicht, dass ich Idiot ihnen den wohlverdienten Frieden ruinierte. Julian und Micah hatten meine Eskapaden lange genug ausgehalten, die von zahlreichen Überdosen bis hin zu fast tödlichen Alkoholvergiftungen reichten, die mich ins Krankenhaus oder in die Entzugsklinik gebracht hatten.

Ich war jetzt in der Lage, auf mich selbst aufzupassen, und versuchte, ihnen das zu beweisen, indem ich clean blieb.

Auch wenn es mich umbrachte.

Und um ehrlich zu sein, fühlte ich mich in diesem Augenblick, als würde ich sterben.

Doch trotz allem war ich mir sehr sicher, dass ich kein *Kindermädchen* brauchte. Das Letzte, was mir noch fehlte, war jemand, der sich Tag und Nacht in meinem Haus aufhalten würde.

Ich war nicht besonders scharf auf Gesellschaft; ich zog es vor, mich alleine in meinem Elend zu suhlen.

Einen Koch und Haushälter? Warum sollte es mich interessieren, dass mein Haus nicht wie geleckt aussah? Ich war nicht gerade unterhaltsam. Und mit Ausnahme von meinen Brüdern und Liam Sullivan, der ab und zu vorbeikam, empfing ich auch keine Gäste.

»Haushälter, dass ich nicht lache«, murmelte ich und warf eine leere Limonadendose in Richtung des überquellenden Mülleimers, war jedoch nicht überrascht, dass sie von dem Abfallhaufen herunterfiel und auf dem Boden landete.

Ich ignorierte es, so wie ich es immer tat.

Julian hatte erwähnt, dass heute irgendein Typ namens Sam kommen würde, doch ich hatte ihm gesagt, dass er ihn nicht vorbeischicken solle. Ich wollte keinen Mitbewohner, auch wenn der Mann putzte und kochte. Dachten die beiden wirklich, ich wäre so dämlich? Ich hatte keinen Zweifel, dass meine Brüder mir einen Aufpasser an die Seite stellen wollten, um sicherzugehen, dass ich clean bleibe.

Ich mochte keine Menschen.

Ich mochte keine lauten Geräusche.

Und wenn ich Hunger bekam, konnte ich ein Sandwich essen oder mir irgendetwas in die Mikrowelle schieben.

Es klingelte an der Tür und ich hob meinen Hintern widerwillig vom Sofa. Ich hoffte inständig, dass meine Brüder ihre Drohung nicht wahrgemacht und mir einen Haushälter gesandt hatten. Wenn doch, würde ich ihn zum Teufel jagen. Vielleicht würde er aber auch nur einen Blick ins Haus werfen und schreiend wegrennen. Wie auch immer, ich musste dafür Sorge tragen, dass er sich nicht einbildete, für mich zu arbeiten.

Das würde nicht passieren.

Ich war es gewohnt, allein in meiner Verzweiflung zu ertrinken, und genau so gefiel es mir auch.

Auf dem Weg zur Tür stolperte ich über etwas Müll, den ich mit dem Fuß wegschoss, als ich den Eingangsbereich erreichte. Ein kleiner Teil von mir wünschte sich, dass einer meiner Brüder oder Liam vor der Tür standen. Verdammt! Ich vermisste es, Julian und Micah zu sehen, doch ich war momentan wirklich ganz schlechte Gesellschaft.

Ich öffnete die Tür ... und stand dann vollkommen still, als ich die Frau auf meiner Schwelle erblickte. Es war unmöglich, den Rollkoffer zu übersehen, den sie hinter sich herzog.

*Meine Haushälterin?*

*Das kann nicht sein!*

Sie war zierlich, doch die Kurven ihres attraktiven Körpers waren kaum zu übersehen, besonders für einen Mann, der seit Jahren keinen Sex mehr gehabt hatte. Ich war mir nicht sicher, warum mein Schwanz urplötzlich zum Leben erwachte und ungeduldig gegen den Stoff meiner Jeans drückte, doch diese Frau besaß etwas, das meinen Penis aufrecht stehen ließ. Das war schon eine sehr lange Zeit nicht mehr passiert und sorgte dafür, dass ich sie mir ein zweites Mal ansah.

Die Frau hatte mit den Mädchen, mit denen ich in meiner Vergangenheit zusammen gewesen war, nichts gemeinsam. Sie sah aus wie das sprichwörtliche »Mädchen von nebenan«. Ihr ausdrucksstarkes Gesicht war beinahe frei von Make-up. Das hellblonde Haar auf ihrem Kopf war offensichtlich zurückgebunden, doch freche Strähnen, die aus dem Zopf geschlüpft waren, umrandeten ihr hübsches Gesicht. Als sich unsere Blicke endlich trafen, schmerzte mein Magen, als hätte mir jemand einen Tiefschlag verpasst.

Ihre Augen erinnerten mich an das klare Wasser an einem perfekten Tag in der Karibik, aquamarin und ruhig.

Oder waren sie grün?

Oder waren sie blau?

Beide Fragen mussten verneint werden, dennoch hatten sie etwas von beiden Farben. Wenn ich mich entscheiden müsste, würde ich sagen, dass sie eher ins Blaue tendierten.

Ich zwang mich dazu, wieder in die Realität zurückzukehren. *Heilige Scheiße!* Warum zum Teufel interessierte es mich, welche Augenfarbe diese Frau hatte? Ganz besonders, weil sie sofort wieder gehen würde.

»Mr. Sinclair?«, fragte sie und ihre heisere, selbstbewusste Stimme ließ meinen Schwanz noch härter werden. Es war die Art sexy Stimme, die ich hören wollte, wie sie meinen Namen schrie, während sie einen überwältigenden Orgasmus erlebte. Wenn ich nicht denken würde, dass sie geschickt worden war, um mein Haus zu putzen und mir Essen zu kochen, könnte sie ein Vermögen beim Telefonsex verdienen.

»Was willst du?«, fragte ich streitlustig. Ich war neugierig, doch nicht neugierig genug, um mich mit jemandem herumzuärgern, der in mein Haus einmarschieren wollte. Ich verfluchte meine Brüder dafür, dass sie mir eine *Frau* geschickt hatten. Nicht dass ich einen *Kerl* vor meiner Tür gewollt hätte. Eigentlich wollte ich *niemanden* dort haben.

»Ich bin Sam. Ihre neue Haushälterin.«

»Du bist kein Mann.« Es war keine besonders schlaue Schlussfolgerung, doch es war *genau* das, was ich dachte.

Sie hielt sich eine Hand vors Gesicht, um ihre Augen vor der Sonne abzuschirmen. »Ich habe nie behauptet, männlich zu sein«, sagte sie und schob sich an mir vorbei, um einzutreten.

Ich hatte ihr die Tür vor der Nase zumachen wollen, doch sie war zu verstohlen gewesen. Ganz zu schweigen von der Tatsache, dass sie mich kurzzeitig abgelenkt hatte, als ihr Körper beim Vorbeigehen meinen berührt hatte. »Du musst gehen. Ich habe Julian gesagt, dass er dich nicht schicken soll. Und ich habe ganz sicher nicht gewusst, dass du eine *Frau* bist.«

Sie griff ruhig hinter mich und schloss die Tür. »Sie lassen die Fliegen herein. Dem Geruch Ihres Hauses nach zu urteilen denke ich, dass es bereits eine Brutstätte für Ungeziefer ist.«

»Das ist mir egal. Verschwinde!«, sagte ich mit vor Wut zusammengepressten Zähnen zu ihr.

»Nein. Tut mir leid. Ich brauche diesen Job«, antwortete sie, während sie ihren Koffer durch die Eingangshalle zog und sich ins Wohnzimmer begab. »Meine Güte, Sie sind ja wirklich ein Schwein.«

Fasziniert folgte ich ihr. Nicht ein Mal hatte sie beim Anblick der schrecklichen Narben auf meinem Gesicht mit der Wimper gezuckt. Ich hatte zahlreiche von ihnen, die beiden schlimmsten verliefen von meinen Schläfen bis hinunter über meine beiden Wangen. »Es spielt keine Rolle, dass mein Haus unordentlich ist. Du wirst es nicht aufräumen müssen.«

Sie drehte sich um und stemmte die Hände in die ausladenden Hüften, wobei das dünne, gelbe Sommerkleid, das sie trug, etwas hinaufrutschte und ein wenig mehr von ihren nackten Beinen entblößte. »Ich bleibe. Ich habe Ihnen doch gesagt, dass ich diesen Job brauche. Sie können mir jetzt mein Zimmer zeigen oder ich werde es selbst finden.«

»Geh!«, sagte ich mit brüchiger, wütender Stimme.

Sie zog eine Augenbraue hoch. »Bringen Sie mich dazu. Was wollen Sie tun? Mich in hohem Bogen hinauswerfen? Tun Sie sich keinen Zwang an. Ich werde einfach so lange da draußen warten, bis Sie mich hereinlassen. Selbstverständlich ist es heiß und schwül, und ich könnte Gefahr laufen zu dehydrieren. Aber ich bin mir sicher, dass Sie einen Krankenwagen rufen würden, wenn ich das Bewusstsein verliere.«

Die Frau stellte mich auf die Probe und das war mir bewusst. »Ich würde es nicht mitbekommen. Ich würde mir um dich keine Gedanken machen.«

Sie würde nicht wirklich vor meiner Tür sitzen, nicht wahr? Ich besah sie mir von oben bis unten und bemerkte, wie sie mit sturem Blick entschlossen ihr Kinn nach vorne reckte. Ich entschied, dass sie vermutlich eben doch genau das tun würde.

Sie drehte mir den Rücken zu, verließ das Wohnzimmer und wanderte im Erdgeschoss herum, wobei sie die ganze Zeit ihren Koffer hinter sich herzog. Ich sagte kein Wort, als sie das Haus erkundete, denn der angewiderte Blick auf ihrem Gesicht sprach Bände und drückte all das aus, was sie laut aussprechen wollte, es aber nicht tat. Schließlich fand sie den Aufzug zum Obergeschoss, trat hinein und drückte dann auf einen der Knöpfe.

»Um acht Uhr gibt es Abendessen. Bevor ich kochen kann, muss ich die Küche saubermachen.«

»Du musst verschwinden ...«

Bevor ich sie aus meinem Aufzug herauszerren und ihren befehlshaberischen Hintern vor die Tür setzen konnte, hatte sich die Tür bereits mit einem zischenden Geräusch geschlossen.

»Verdammt noch mal!« Ich verfluchte ihren kurvigen, blonden Hintern, während ich zur Treppe stapfte.

Sam die *Frau* hatte mich vielleicht überrascht, doch sie würde mich nicht besiegen. Das hier war *mein* Haus und ich wollte *sie* hier nicht haben.

Ich flitzte die Treppe hoch, fest entschlossen, sie aus meinem Haus zu entfernen, bevor sie überhaupt die Möglichkeit haben würde, sich die Schlafzimmer anzusehen.

*Ich muss sie hier rausbekommen. Ich will sie hier nicht haben.*

Wenn sie wirklich der Meinung war, dass sie bleiben würde, dann war sie nicht richtig im Kopf.

Und es gab nichts, was sie sagen konnte, damit ich meine Meinung änderte.

# Kapitel 3

**SAMANTHA**

Es hatte eine Zeit in meinem Leben gegeben, in der ich Xander Sinclairs Musik geliebt habe. Sie war mein Trost gewesen, mein einziges, heimliches Vergnügen. Sein Stil war einzigartig gewesen, nicht ganz Heavy Metal, doch ausdrucksstarker Rock gemischt mit einigen nachdenklichen Balladen.

Seine Worte hatten mich erreicht und mit mir kommuniziert, wenn er gesungen hatte. Sie hatten mein Herz berührt und mir dabei geholfen, einige meiner schwärzesten Tage zu überstehen.

Jetzt, wo ich ihn traf, sogar noch Jahre, nachdem er sein letztes Lied aufgenommen hatte, konnte ich nicht fassen, dass der Mann und seine Musik sich so sehr voneinander unterschieden.

Kopfschüttelnd sehnte ich mich nach der Zeit, in der Xander mein Held gewesen war, und betrat ein Schlafzimmer, bei dem ich sofort wusste, dass es sich um ein Gästezimmer handelte. Alles war an seinem Platz und es war sauber. Es war offensichtlich, dass der Hausherr keine Zeit in diesem Raum verbracht hatte.

Ich hievte meinen Koffer auf das Bett und versuchte, mich auf das zu konzentrieren, was ich schaffen musste. Bevor ich mit irgendetwas anfangen konnte, musste ich den Schweinestall beseitigen, in den Xander sein Zuhause verwandelt hatte. Es sah aus, als hätte ein Tornado im Haus gewütet und niemand sich die Mühe gemacht, wieder aufzuräumen.

*Wenn ich in solch einem dreckigen Haus wohnen würde, wäre ich vermutlich auch depressiv.* Meine kleine Zwangsstörung, die darin mündete, dass ich alles aufgeräumt und sauber haben musste, war zwar nicht immer gesund, aber ich konnte auf keinen Fall an solch einem Ort leben. Ich hatte vielleicht ein paar Macken, doch ich war mir ihrer sehr wohl bewusst und versuchte, sie unter Kontrolle zu halten.

»Ich dachte, ich hätte dir gesagt, dass du dich aus dem Staub machen sollst!«

Es war nicht so, als hätte ich ihn nicht erwartet, doch Xanders heisere Stimme erschreckte mich trotzdem. Ich wusste sehr wohl, dass er hinter mir stand, doch ich drehte mich nicht um. Ich reagierte nicht. Ich öffnete nur den Reißverschluss meines Koffers, damit ich auspacken konnte.

»Ich habe Ihre Aufforderung gehört«, gab ich zu. »Ich *befolge* sie nur nicht. Sie brauchen mich. Dies ist ein wunderschönes Haus und Sie sind dabei, es vollkommen zu zerstören. Ihr Bruder hat dieses Haus für Sie gebaut. Wollen Sie es nicht etwas pfleglicher behandeln?«

Er kam näher. »Es ist mir total egal. Es ist nur ein Ort zum Wohnen«, knurrte er. Er zögerte kurz, bevor er fragte: »Woher weißt du, dass er es gebaut hat?«

»Ich habe Informationen von Ihren Brüdern erhalten. Ich bin gewarnt worden. Es ist nicht so, als wäre ich blindlings hier hineingestolpert. Ich wusste bereits, dass Sie sich wie ein Arschloch aufführen würden. Ich wusste, worauf ich mich einlasse. Und dem Zustand dieses Hauses nach zu urteilen habe ich es *verdient*, das zu wissen, und ich werde mir jeden Pfennig verdienen, den mir Ihre Brüder bezahlen.«

Er kam noch näher und ich konnte aus dem Augenwinkel sehen, wie er die Arme vor seinem breiten Oberkörper verschränkte.

»Dann haben sie dir also erzählt, dass ich versuche, wieder gesund zu werden? Dass ich ein Drogenabhängiger und Alkoholiker bin?«

»Ja.« Ich würde diese Beziehung nicht mit noch mehr Lügen beginnen.

»Warum zum Teufel willst du dann hier arbeiten? Wer will mit einem armseligen Wichser wie mir zusammenleben?«

»Ich«, sagte ich nur.

»Warum?«

»Ich brauche einen Job. Sie brauchen meine Dienstleistungen. Im Moment ist die Situation perfekt für uns beide.«

»Mein Gott! Bist du immer so herrschsüchtig?«

Ich verkniff mir ein Lächeln. »Meistens schon. Aber ich sehe es nicht als *Herrschsucht* an. Ich würde eher sagen, dass ich durchsetzungsfähig bin.«

»Du bist unglaublich nervig«, sagte er mit einem bösen Blick.

Es war nicht das erste Mal, dass ich diese Worte von jemandem hörte, deswegen traf mich die Beleidigung auch nicht. Im Gegenteil, sie prallte wirkungslos an mir ab.

Ich bewegte mich zwischen der Kommode, dem Kleiderschrank und meinem Koffer hin und her und verstaute meine Kleidungsstücke. Wenn Xander wollte, dass ich wieder ging, dann würde er mich körperlich überwältigen und rauswerfen müssen. »Sie sind auch nicht gerade freundlich.«

Das war noch milde gesprochen. Xander war ein Vollidiot, doch ganz egal, wie ausfallend er war oder wie sehr er herummeckerte, ich war mir ziemlich sicher, dass er nicht gewalttätig war. Er war ein großer Mann und er hätte mich mit Leichtigkeit unsanft aus dem Haus entfernen können. Doch aus irgendeinem Grund hatte er das nicht getan. Nun, zumindest noch nicht.

»Wie viel Geld willst du, damit du gehst?«, knurrte er. »Ich bezahle dich. Ich gebe dir das Geld, nur damit du endlich aus meinem Haus verschwindest. Ich will dich nicht hier haben.«

Ich drehte mich zu ihm um. »Ich will kein Geld für Leistungen, die ich nicht erbracht habe. Ich kann das nicht annehmen. Ich will nur eine ehrliche Arbeit. Was interessiert Sie es, ob ich Ihr Haus putze?«

Sein Körper war angespannt und in Abwehrhaltung, als er antwortete: »Welche Frau will denn kein Geld? Ich biete dir an, dich zu bezahlen, ohne dass du die Arbeit machen musst. Ein Jahresgehalt. Das ist fair.«

Es war mehr als großzügig, was mir zeigte, dass Xander ein Gewissen besaß, doch ich würde sein Angebot trotzdem nicht annehmen. Ich hatte immer schon eine gute Arbeitsmoral besessen und ich würde nicht gehen. Ich würde hierbleiben, ganz egal was ich tun musste, um zu verhindern, dass er mich hinauswarf.

»Ich werde es nicht tun. Ich habe niemals etwas genommen, das ich mir nicht verdient habe, und ich werde jetzt auch nicht damit anfangen«, antwortete ich stur.

Jetzt, da ich ihm zugewandt war, musterte ich ihn von Kopf bis Fuß. Trotz der Narben im Gesicht war er immer noch attraktiv. Für mich waren die Narben ein Zeichen seines Mutes, die ihn nur noch wilder und stärker wirken ließen. Ich nahm an, dass er irgendwo im Haus einen Fitnessraum hatte, seinem durchtrainierten Erscheinungsbild und den starken Oberarmen nach zu urteilen. Das T-Shirt, das er trug, half nur sehr wenig, um zu verstecken, wie muskulös er war oder dass er sich offensichtlich in einem sehr guten körperlichen Zustand befand.

Sein Haar war ein wenig zottelig und lang und an seinem Kinn sprossen dunkle Bartstoppeln. Als ich zu ihm aufsah, konnte ich sehen, dass er größer als einsfünfundachtzig war. Normalerweise war ich keine Frau, die sich etwas aus Tätowierungen machte, doch die verwobenen, schwarzen Linien auf seinem Bizeps standen ihm wirklich gut. Seine Augen waren dunkelbraun und momentan sehr wütend. Eigentlich hätte das gesamte Xander-Paket furchteinflößend sein sollen, doch das war es nicht. Nicht für mich.

Ich konnte nicht genau sagen, warum er mir keine Angst machte. Es war nur ein Bauchgefühl, denn er hatte mir keinen Grund gegeben, nicht so schnell davonzulaufen, wie meine kleinen, weißen Sandalen mich tragen würden.

Seine Stimme klag noch immer gereizt, als er sagte: »Ich will dich hier nicht haben.«

»Das erwähnten Sie bereits. Was wollen Sie denn dann?«, fragte ich. »Sie sind ja offensichtlich nicht glücklich.«

»Was zum Teufel weißt du schon vom Glücklichsein?«, knurrte er.

Ich wusste tatsächlich ein wenig darüber. Ich war den Großteil meines Lebens unglücklich gewesen, weshalb ich gelernt hatte, jedes noch so kleine Stückchen Glück, das ich kriegen konnte, zu schätzen, jetzt, da ich erwachsen und für mein eigenes Leben verantwortlich war. »Ich weiß, dass es nicht immer einfach ist, es zu finden«, gestand ich. »Xander, lassen Sie mich einfach bleiben. Geben Sie mir eine Woche. Sagen Sie mir, was Sie wollen, und ich werde versuchen, es Ihnen recht zu machen.«

»Genug Whisky, damit ich vergessen kann, wer ich bin.«

»Das kann ich nicht tun.«

»Du hast mich gefragt, was mich glücklich machen würde«, sagte er.

»Suchen Sie sich etwas anderes aus. Ich werde kochen. Ich werde sauber machen.«

»Es gibt nur drei Dinge, die ich jetzt tun möchte. Entweder will ich Sex haben, mich betrinken oder high sein.«

Ich war auf seinen Kommentar vorbereitet. Durch meine Gespräche mit Micah und Julian hatte ich erfahren, dass dies oftmals Xanders wütende Antwort war.

Es wurde Zeit, ihn bei seinem Wort zu nehmen. Ich konnte ihm nicht die Substanzen geben, die er haben wollte, um zu entfliehen, doch ich konnte ihm seinen anderen Wunsch erfüllen. Und ich würde es tun, wenn es mir die Gelegenheit gäbe, für eine Weile hierzubleiben.

»Okay«, stimmte ich gefällig zu und wandte mich wieder meinem Koffer zu, um fertig auszupacken.

»Was meinst du mit ... ›okay‹?« Seine Stimme klang etwas verwirrt und überrascht. »Was für eine Antwort ist das?«

Ich hing mein Trägerkleid auf und nahm dann einige Jeans aus dem Koffer. »Ich bin Ihrer Meinung. Ich kann Ihnen keinen Alkohol geben. Aber ich verstehe, dass Sie Sex haben wollen. Das ist ein normales körperliches Verlangen für einen Mann Ihres Alters. Ich habe es kapiert.«

*F. A. Scott*

»Ich freue mich, dass du es besorgt bekommst, denn ich bekomme gar nichts«, sagte er mit einem freudlosen Lachen.

Ich ignorierte die Tatsache, dass er mich falsch verstanden hatte. Ich glitt mit meiner Hand in die hintere Reißverschlusstasche meines Koffers und drehte mich dann wieder zu Xander um.

»Hier.« Ich drückte ihm eine Schachtel in die Hand.

»Was zur Hölle ist das?« Er hielt den Gegenstand fest, als handelte es sich um eine Schlange.

»Kondome. Geschützter Sex.«

Er warf die Schachtel auf das Bett. »Die kannst du behalten. In meinem momentanen Zustand würde mich keine Frau wollen.«

»Ich schon«, bot ich ihm an. »Wenn Sie freundlicher zu mir wären, würde ich mit Ihnen schlafen. Ich finde Sie attraktiv. Aber ich mache es nicht mit stinkenden Typen, die nicht geduscht haben.«

Seine Augen wurden größer und er starrte mich an, als sei ich verrückt. »Lady, du hast ein Problem.«

Ich zuckte mit den Schultern. »Finden Sie? Was ist falsch daran, ehrlich zu sein? Sie würden ziemlich scharf aussehen, wenn Sie sich duschen und etwas pflegen würden.«

»Was ist mit all den Dingen, die Frauen wichtig sind?« Er sah wirklich verwirrt aus, als er mich mit offenem Mund ansah.

»Liebe? Verabredungen? Blumen?«

»Ja, ja, all das. Ich mache das alles nicht. Ich vögele. Das ist alles.« Er trat nervös von einem Fuß auf den anderen.

»Männer haben Sex, weil sie Lust darauf haben, richtig? Ist es so schlimm, dass ich bereit bin, das Gleiche zu tun?«

Tatsächlich war es *nicht* so, dass ich herumlief und nach einem Mann suchte, der mich flachlegte, und jede der wenigen sexuellen Begegnungen, die ich in meinem Leben gehabt hatte, hatte mir etwas bedeutet. Ich hatte keinen freizügigen Sex ohne weitere Auflagen. Mein Körper hatte noch niemals instinktiv und sofort reagiert, so wie er es bei Xander getan hatte. Ich besaß einen Vibrator, um meine Bedürfnisse zu befriedigen, wenn ich mich nicht in einer Beziehung befand. Aber das würde ich Xander nicht wissen lassen.

»Alle Frauen wollen irgendetwas«, murmelte er.

»Ich nicht. Ich stelle keine Ansprüche. Ich brauche nur sexuelle Anziehung.« Das war doch der Traum jedes Mannes, oder nicht? Eine Frau, die nichts weiter wollte als Sex? Ich wusste, dass Xander noch sehr viel mehr brauchte als nur das, doch ich würde dort anfangen.

»Und das spürst du? Bei mir?« Er klang, als könne er nicht recht glauben, was er da hörte.

Mein Herz zog sich zusammen, als ich die unterschwellige Verletzlichkeit in seiner Stimme vernahm. Ich fand ihn attraktiv und ich brauchte nicht unbedingt eine monogame, aufrichtige Beziehung, um Sex zu haben. Meine Vergangenheit hatte mich gelehrt, niemals auch nur einen einzigen Tag als selbstverständlich anzusehen. Auch wenn ich es noch niemals zuvor getan hatte, war ich bereit dazu, entspannten Sex mit Xander auszuprobieren.

Ich war einfach so verzweifelt, weil ich wollte, dass er mich bleiben ließ.

»Ja.« Ich machte keine großen Worte.

»Du weißt schon, dass du verrückt bist?«, fragte er zögernd.

Ich lächelte. »Vielleicht.«

Seine Lippen zuckten, als er zum Bett ging und sich die Schachtel mit den Kondomen ansah. »Eine Großpackung? Ist das Wunschdenken?«

Ich antwortete nicht.

»Und warum zum Teufel trägst du eine Vorratspackung Gummis mit dir herum?«

Ich antwortete immer noch nicht.

Um ehrlich zu sein, war ich mir merkwürdigerweise nicht sicher, was ich sagen sollte. Normalerweise hatte ich keine Schachtel mit Kondomen dabei. Es war ein Impulskauf gewesen, ein Bauchgefühl, das ich gehabt hatte, bevor ich hergekommen war, und mir war nicht klar gewesen, was genau ich da erwischt hatte. Offensichtlich war die Anzahl, die ich gekauft hatte, vollkommen übertrieben.

Vielleicht hatte ich gehofft, ich würde einen netten Typen treffen und eine Affäre mit ihm haben, wo ich mich doch in einem Küstenort aufhielt, in den die meisten Menschen reisten, um eine gute Zeit zu verbringen. Ich hatte definitiv gelernt, dass auch feste Beziehungen nicht immer hielten und auch nicht immer gut waren.

Ich zuckte mit den Schultern. »Warum nicht?«

Er schüttelte den Kopf, hielt die Schachtel jedoch weiter fest, als er in Richtung Tür schritt. »Du kannst bleiben. Eine Woche. Danach sprechen wir uns wieder.«

Er schien über die Situation ganz und gar nicht glücklich zu sein, doch zumindest würde er mich nicht aus seinem Haus hinauswerfen. Muskeln, von denen ich nicht bemerkt hatte, dass ich sie angespannt hatte, entspannten sich plötzlich wieder. »Danke.«

»Meine Entscheidung hat nichts mit dem Sex zu tun«, fügte er hastig hinzu.

»Selbstverständlich nicht«, bekräftigte ich. »Und ich habe Ihnen ja auch noch nicht gesagt, wann ich mich dazu entscheide, mit Ihnen Sex zu haben. Ich warte darauf, eine nettere Seite von Ihnen zu sehen.«

»Dann sag es mir jetzt.« Seine Nasenflügel blähten sich ärgerlich auf, als er mich anstarrte. »Und nur damit du es weißt ... das hier *ist* meine nette Seite.«

»Ich kann Ihnen nicht sagen, wann wir Sex haben werden. Ich weiß nur, dass ich es will.« Er drehte sich um und begann, ohne ein weiteres Wort zu sagen, den Raum zu verlassen. »Wo gehen Sie hin?«, fragte ich neugierig.

Ohne sich zu mir umzudrehen, murmelte er: »Ich werde eine verdammte Dusche nehmen.«

Als er aus meinem Blickfeld verschwunden war, atmete ich erleichtert aus und fragte mich, welchen Teufelspakt ich wohl gerade mit Xander Sinclair geschlossen hatte.

## Kapitel 4

**XANDER**

Am nächsten Morgen wachte ich auf und war überrascht, dass ich tatsächlich die ganze Nacht durchgeschlafen hatte, ohne aus dem Bett aufzustehen und durchs Haus zu wandern. So verbrachte ich meine Nächte für gewöhnlich, ich drehte mich von einer Seite auf die andere und bekam normalerweise nicht mehr als ein paar Stunden Schlaf am Stück. Ich rollte mich auf den Rücken und starrte an die Decke.

Ich fühlte mich ... ausgeruht und es war kein Gefühl, das ich gewohnt war.

Ich hielt die Wahrscheinlichkeit für groß, dass die Frau, die in dem Gästezimmer meines Hauses übernachtete, vollkommen unzurechnungsfähig war.

Sicher, sie hatte sich am vergangenen Abend relativ normal verhalten, während sie das Haus erkundet hatte, als gehörte es ihr, die Küche sauber gemacht, gesaugt und sogar Staub gewischt hatte. Ich hatte ein klein wenig ein schlechtes Gewissen gehabt, als sie angefangen hatte, von dem Staub zu husten, doch ich hatte mich nicht schlecht genug gefühlt, um ihr die Arbeit abzunehmen. Ich hatte immerhin den Müll hinausgetragen, den sie mir kontinuierlich in die Hand gedrückt hatte und der mich zahlreiche Male zur großen Mülltonne vor dem Haus hatte gehen lassen. Ich war mir nicht sicher, warum ich es getan hatte, doch es war mir einfacher erschienen, es einfach zu erledigen, als mich mit einer Frau wie Samantha zu streiten.

*Verdammt.* Die Frau war widerspenstig. Doch ich musste zugeben, dass sie hart arbeitete. Das Abendessen war das beste gewesen, das ich seit Jahren gehabt hatte, dabei hatte sie lediglich Gemüsenudeln zubereitet. Doch seit langer Zeit war es die erste Nahrung gewesen, die ich zu mir genommen hatte, bei der es sich nicht um Fast Food oder Mikrowellenessen gehandelt hatte.

Ich hatte nicht viel gesagt, doch irgendwie hatte ich es genossen, ihr zuzuhören, wie sie unaufhörlich darüber sprach, wie sehr sie Amesport mochte und was sie alles sehen wollte. Sie klang, als würde sie Wassersport lieben und gern Zeit an der frischen Luft verbringen. Verdammt, sie angelte sogar.

Und doch ging mir der Gedanke nicht aus dem Kopf, ihr Motiv dafür herauszufinden, dass sie mir zwanglosen Sex angeboten hatte.

Welche Frau tut das schon, es sei denn, sie ist betrunken, steht unter Drogeneinfluss oder ist unfassbar scharf? Nichts davon schien auf Samantha zuzutreffen. Ganz ehrlich, sie wirkte ... nett. Gut, sie war herrschsüchtig, doch gestern Abend hatte sie sich den Arsch abgearbeitet, um sauber zu machen, und ich hatte erkannt, dass sie kein Faulpelz war. Diese Sache mit dem Sex hatte mich ganz schön aus dem Konzept gebracht.

Ach, und wenn sie *wirklich* verrückt war, dann wäre sie nur eine Verrückte mehr in dieser Klapsmühle hier. Es war ja schließlich nicht so, als wäre ich richtig im Kopf.

*Willkommen im Irrenhaus.*

Ich zog eine Grimasse, als ich aus dem Bett kroch und mich auf den Weg zur Dusche machte.

Rasiert und sauber verließ ich einige Zeit später das Badezimmer und ging zum Schrank, um eine Jeans und ein T-Shirt herauszunehmen. Dabei ignorierte ich die Tatsache, dass dies tatsächlich der erste Tag seit Langem war, an dem ich aufgestanden war, geduscht, mich rasiert und wie ein normaler Mensch angezogen hatte. Es war ebenfalls das erste Mal, dass ich die Motivation dazu gehabt hatte, etwas zu tun, seit ich vor einigen Jahren meinen Verstand und meine Nüchternheit verloren hatte.

*Weil ich weiß, dass jemand anderes hier ist. Ich kann hören, wie sie in der Küche herum klappert.*

Die Unruhe hätte mich nervös machen sollen, doch wundersamerweise tat sie das nicht.

An den meisten Tagen stand ich auf und schlief, wann immer und wo immer ich wollte, und ich duschte tagelang nicht, weil niemand hier war, um mich zu riechen.

Heute war es jedoch so, dass mir diese Routine willkommen war.

*Nicht dass ich sie wirklich hier haben will. Das ist es nicht. Ich will niemanden hier haben. Ich würde lieber alleine sein, doch zuerst will ich herausfinden, was ihre Motivation ist, sich hier aufzuhalten. Danach kann ich sie immer noch vor die Tür setzen.*

»Sie ist hübsch und ich bin nur neugierig«, brummte ich mir selbst zu und rationalisierte den Grund dafür, dass sie sich immer noch im Erdgeschoss in meiner Küche befand. Die Tatsache, dass ich seit Jahren kein Interesse an irgendetwas gehabt, nicht einmal Neugier gespürt hatte, gestand ich mir nicht ein.

Ich zog mich schnell an und ging dann barfuß die mit Teppich ausgelegten Stufen hinunter, um mir anzusehen, was diese Verrückte in meiner Küche machte.

»Guten Morgen!«

Mein Gott, ihre Stimme war gut gelaunt und viel zu fröhlich so früh am Tag. »Kaffee«, knurrte ich.

»Okay. Sie sind also offensichtlich kein Morgenmensch«, flötete sie. »Kaffee ist fertig. Ich habe die Geschirrspülmaschine angestellt, im Schrank sind saubere Tassen.«

Sie saß am Tisch und hatte die örtliche Zeitung aufgeschlagen vor sich liegen. Dazu trank sie eine Tasse frisch gebrühten Kaffee und verschlang das Frühstück, das sich hoch auf ihrem Teller auftürmte.

Es war klar, dass sie nicht aufspringen und mich bedienen würde, und darüber war ich froh. Ich hätte mich dabei sehr unwohl gefühlt und wäre wütend geworden.

Ich bereitete mir mein eigenes Frühstück und brachte dann den Teller und meine Tasse Kaffee an den Tisch. »Wonach suchst du?« Ich war neugierig, was sie in der Lokalzeitung las. In Amesport passierte nicht viel. Es war jeden Tag der gleiche Scheiß.

»Ach, eigentlich gar nichts. Ich wollte einfach nur sehen, was in der Welt vor sich geht.«

»Wen interessiert das schon? Heutzutage gibt es doch keine Nachrichten, die irgendwie positiv sind.«

Sie kaute ihren Toast und schluckte ihn herunter, bevor sie aufsah, um zu antworten. »Eigentlich ist nicht alles schlimm. Die Lokalmeldungen sind ganz interessant. Hier ist ein guter Artikel über die Amesporter Sommertraditionen. Es finden einige hübsche Festivals statt und einen netten Bauernmarkt soll es auch geben. Eine Frau namens Elsie Renfrew hat ihn geschrieben. Kennen Sie sie?«

Ich nahm einen Schluck Kaffee und bemerkte, dass mein völlig vernarbtes Gesicht Samantha sogar im hellen Tageslicht nicht zu interessieren schien. Sie zeigte absolut keine Reaktion auf meine körperliche Erscheinung. Nicht einen einzigen Hauch von Abscheu. »Ich kenne sie nicht persönlich, doch sie ist eine Freundin von Beatrice. Sie ist bereits älter und ihre Familie lebt hier schon seit Generationen.«

»Meinen Sie die zauberhafte alte Dame, die mir den schwarzen Stein gegeben hat?«

Ich sah von meinem Teller auf. »Ja. Ich habe auch einen bekommen. Sie ist völlig durchgeknallt.«

»Warum sagen Sie das? Gut, vielleicht ist sie etwas unkonventionell, aber sie scheint interessant zu sein.«

»Wenn du das sagst«, stimmte ich bereitwillig zu, denn ich genoss mein Frühstück zu sehr, als dass ich mich streiten wollte.

»Gefällt es Ihnen hier? Ich weiß, dass Sie noch nicht so lange hier sind.«

Ich hielt kurz inne, um über ihre Frage nachzudenken. »Keine Ahnung. Es ist ein Haus.«

»Ich habe von Amesport gesprochen. Und Sie haben ein fantastisches Haus.«

Ich zuckte mit den Schultern und begann, meinen Teller zu leeren. Ich schaufelte das Essen in mich hinein, als würde ich verhungern. »Von der eigentlichen Stadt habe ich nicht viel gesehen. Ich gehe nicht sehr oft raus.«

»Warum nicht? Es scheint mir ein netter Ort zum Leben zu sein.«

Was zum Teufel war nur los mit ihr? Verstand sie denn nicht, dass mein Gesicht nicht unbedingt etwas war, das die Menschen sehen wollten? Ich schaute mich im Spiegel nur an, wenn ich es gar nicht vermeiden konnte, und meine Reflexion war entstellt.

»Du fragst viel zu oft *warum*. Du klingst beinahe schon wie einer meiner alten Therapeuten«, teilte ich ihr verstimmt mit.

»Weil wir uns kaum kennen«, antwortete sie und klang amüsiert. »In der Regel lernen sich zwei Menschen sehr viel besser durch ein Gespräch als durch Schweigen kennen.«

Ich legte meine Gabel auf den Teller und nahm meine Kaffeetasse in die Hand. Wenn ich ehrlich war, wollte ich sie eigentlich nur in der *Horizontalen* kennenlernen. Sie sah genauso aus wie gestern, nur ihr Sommerkleid war ein anderes. Heute Morgen trug sie ein weißes Kleid, das von bunten, aufgestickten Blumen geziert wurde. Ihr Haar fiel bereits aus der Spange heraus, mit der sie es hinten an ihrem Kopf festgesteckt hatte. Sie trug nur sehr wenig Make-up, gerade genug, um ihre faszinierenden Augen und köstlichen Lippen zu betonen, die ich gern um meinen Schwanz spüren würde.

Sie erinnerte mich an alles Gute auf der Welt, doch das war das Leben der anderen, nicht meines. Ich existierte in der verdammten Dunkelheit und ich verdiente es, dort zu sein.

Ich betrachtete sie still, nicht dazu in der Lage, damit aufzuhören, das Licht in mich aufzusaugen, das sie nur durch ihr entzückendes Lächeln in die Küche zu bringen schien.

Ich wollte ihr sagen, dass ich da noch einen anderen Weg wusste, wie ich sie kennenlernen konnte. Dieser hatte damit zu tun, dass ich meinen Schwanz tief in sie hineinschob und ihre heisere Stimme mir zurief, während sie einen solch gewaltsamen Höhepunkt erlebte, dass ihr gesamter Körper erzitterte.

»Gewöhne dich an die Stille. Ich rede nicht viel«, sagte ich in dem Versuch, jedes weitere Gespräch im Keim zu ersticken.

»Warum?«

Ich warf ihr einen ärgerlichen Blick zu, um sie daran zu erinnern, dass mir bei diesem Wort langsam übel wurde. Sie lächelte mich wissend an und mir wurde klar, dass sie nur einen Witz gemacht hatte.

»Sag das nicht noch einmal«, warnte ich sie.

Einen Augenblick lang zögerte sie, dann zog sie herausfordernd eine Augenbraue hoch und stand mit ihrem leeren Teller in der Hand vom Tisch auf. »Warum?«, rief sie schließlich.

Verdammt, mein Schwanz schwoll so hart an, dass er bereit war, den Reißverschluss meiner Jeans zu sprengen. Sie war so unverschämt, dass ich nicht die Anstrengung aufbringen konnte, sauer auf sie zu werden.

Sie war sich bewusst, dass sie mich köderte, und ich wusste das ebenfalls.

Ich erhob mich und bewegte mich dann schneller, als ich es seit langer Zeit getan hatte, um sie gegen die Arbeitsplatte der Küche zu drücken. Ich ließ meine Hände links und rechts neben ihr auf die Oberfläche sausen und hielt ihren kurvigen Körper zwischen mir und der Arbeitsplatte gefangen.

»Mach nur so weiter und es könnte sein, dass ich bezüglich deines Versprechens ungeduldig werde«, warnte ich sie.

Sie sah zu mir auf und unsere Augen trafen in einer Willensschlacht aufeinander. »Mein Gott, du bist so scharf, Xander«, sagte sie atemlos.

Bei ihren Worten zuckte ich zusammen. »Lass das!«, zischte ich wütend. Zum Teufel, ich wusste, dass mein Gesicht furchtbar aussah. Verarsche sie mich etwa?

Sie hob eine Hand und berührte meine Wange, wobei sie meine Narben vorsichtig nachzog. Ich musste mich zusammenreißen, um ihre Hand nicht wegzuschlagen. Ich konnte es nicht mehr ertragen, wenn mich jemand anfasste.

»Was soll ich lassen? Soll ich dir nicht sagen, dass du attraktiv bist? Ob du es nun siehst oder nicht, du bist unheimlich heiß.«

»Ich bin vernarbt, Weib! Siehst du das denn nicht?«

»Meine Sehkraft ist vollkommen in Ordnung«, sagte sie mit sanfter Stimme.

Ihre Berührung war zärtlich und warm und ich wollte in dem Gefühl ihres an mich gepressten Körpers ertrinken, während ihre Hand weiter über meine Wange streichelte. Als sie endlich ihre Arme um meinen Hals schlang, vergrub ich mein Gesicht in ihrem Haar und atmete tief ein, um in dem leichten, blumigen Duft zu verharren, der an ihrer Haut zu kleben schien. »Oh Gott, du riechst so gut.«

Es war so lange her gewesen, seit ich zuletzt die Zärtlichkeit einer Frau gespürt hatte, und es entwaffnete mich vollkommen. Ich wusste, dass sie keine Spielchen spielte. Ihre Anziehung war echt und die Chemie zwischen uns war ein unbekanntes Gefühl, das ich noch nie zuvor erlebt hatte.

Bevor ich abhängig wurde, hatte ich bereits mit unzähligen Frauen auf die verschiedensten Arten geschlafen, doch nichts war vergleichbar mit der wilden Emotion, die ihre Berührung in diesem Augenblick in mir hervorrief.

Ich wollte sie von mir stoßen, aber ich brachte es nicht fertig. Für mich war sie wie eine Droge und genauso gefährlich, doch ihre Wärme machte mich willenlos.

Sie legte ihren Kopf auf meine Brust und als ich sie endlich loslassen konnte, hatte ich keine Ahnung, wie viel Zeit vergangen war.

Der Wunsch, sie zu küssen, war so stark, dass sich mein Magen vor Sehnsucht zusammenzog, doch ich wollte sie auf keinen Fall verschrecken.

Ich hatte überhaupt keine Ahnung, warum ich nicht wollte, dass sie vor mir weglief. Von so gut wie jedem Menschen auf diesem Planeten wollte ich, dass er Abstand zu mir hielt, nur nicht von *ihr*.

So standen wir da mit unseren Blicken, die dem anderen nicht ausweichen wollten, und durch das tröstende Gefühl, das in mir erweckt wurde, während ich Samantha festhielt, war ich innerlich vollkommen aufgewühlt. Sie war nicht nur warm und weich, ich

war sogar beinahe dazu in der Lage, ihre Emotionen, ihr Mitgefühl zu spüren.

»Scheiße!«, fluchte ich. Dann drehte ich mich um und stapfte aus der Küche.

*Ein Tag!*

Sie war seit weniger als vierundzwanzig Stunden hier und meine gesamte Welt begann bereits, sich zu verändern. Mir gefiel das nicht und es würde auch nicht halten. Ich war vollkommen zerstört und würde mich niemals irgendeiner Frau wünschen, selbst *wenn* es nur für Sex war.

Ich nahm meine Schlüssel vom Tisch im Wohnzimmer, bereit zu gehen, bevor ich mich zum Idioten machte und etwas täte, das ich sehr wahrscheinlich bereuen würde.

Ich hörte, wie sie meinen Namen rief, und das Verlangen, zu ihr zurückzulaufen, drehte mir den Magen um. Ich kam bis zum Küchentisch, dann hielt ich an und mir wurde klar, dass ich kein Recht darauf hatte, Sam nahe sein zu wollen.

Instinktiv tat ich genau das, was ich immer tat, wenn ich von mir selbst angewidert war. Ich nahm die Tasse, aus der ich getrunken hatte, vom Tisch auf und warf sie gegen die Küchenwand. Als ich hörte, wie sie in kleine Stücke zersplitterte, war ich befriedigt, denn es erinnerte mich daran, dass ich genau wie das Porzellan war: kaputt und niemals mehr dazu in der Lage, jemals wieder der Alte zu werden.

Ohne ein weiteres Wort zu sagen, verließ ich die Küche und entfernte mich von der Frau, die versuchte, mich daran glauben zu lassen, dass ich jemals wieder einen Lichtstreif am Horizont sehen würde.

Am Ende fand ich mich in Liams Haus wieder, wo ich an seinem Tisch saß und ihm beim Frühstücken zusah. Als er mich das erste Mal gemeinsam mit Micah in meinem Haus besucht hatte, hatte ich mich ihm noch nicht geöffnet. Doch dann hatte er einmal erzählt, dass er während seiner Zeit in Kalifornien seine eigenen Erfahrungen mit Drogen und Alkohol gemacht hatte, und ich hatte in ihm einen Gleichdenkenden gefunden, der tatsächlich etwas von dem Scheiß verstand, den ich in meinem Leben fabriziert hatte. Liam war nie in dem gleichen Maße wie ich abhängig gewesen, doch er hatte genügend Partys besucht und ausreichend getrunken, um die Mentalität eines Menschen zu verstehen, der den nächsten Schuss oder das nächste Glas Schnaps zum Überleben brauchte.

»Ich verstehe, dass du nichts mit einer Frau anfangen willst«, sagte Liam. »Aber irgendwann wirst du den Schritt wagen müssen. Du kannst nicht für immer alleine bleiben. Das ist sogar gefährlich.«

»Es ist einfacher«, gestand ich.

»Aber es nervt.«

»Manchmal«, stimmte ich widerwillig zu.

Liam schob seinen Teller von sich. »Das tut es *immer* und jetzt versuch bloß nicht, mir irgendeinen Quatsch zu erzählen. Clean zu sein kann dich verdammt einsam machen. Ich weiß das aus eigener Erfahrung. Alle meine Freunde sind weiter feiern gegangen, nur ich hatte mich der Versuchung nicht aussetzen wollen. Das allein ist schon ausreichend, um einen Menschen dazu zu bringen, wieder mit dem Trinken anzufangen.«

»Ich wollte rückfällig werden.« *Verdammt, öfter als ich zählen konnte.*

Liam sah mich fragend an. »Und warum bist du es nicht?«

»Ich wollte meine Brüder nicht enttäuschen ... nicht schon wieder.«

»Dann kommst du nicht umhin, irgendwann wieder ein Teil der Gesellschaft zu werden, Xander. Allein in diesem großen Haus zu bleiben schreit nach Ärger. Früher oder später wirst du depressiv genug sein, dass es dir scheißegal ist, ob du trinkst oder nicht. Du wirst dir einreden, dass es auf Micahs und Julians Leben keine Auswirkungen haben wird. Du wirst dir Ausreden einfallen lassen, um zu trinken oder Medikamente zu nehmen. Ich weiß das. Mir ging es genauso.«

Ja, ich musste zugeben, dass ich bereits so weit gewesen war. Doch dann hatte ich mich an jeden enttäuschten Blick erinnert, mit dem Micah und Julian mich angesehen hatten, und ich hatte mich im letzten Moment gegen das Trinken entschieden.

»Ich hasse meine Narben«, sagte ich heiser. Ich hatte nie offenbart, dass ich kleine Kinder und Tiere mit meinem Gesicht nicht verängstigen wollte, doch aus irgendeinem Grund wollte ich, dass Liam mich verstand. Es war nicht so, dass ich nicht rausgehen *wollte*. Ich hatte das Gefühl, dass ich es nicht *konnte*.

»Die inneren Narben sind um ein Vielfaches schlimmer als die, die du auf deiner Haut trägst«, sagte er nachdrücklich. »Es gibt sehr viele Menschen, die auf die eine oder andere Weise nicht perfekt sind. Du machst dir viel mehr Gedanken um dein äußeres Erscheinungsbild, als nötig wäre.«

Ich hatte Liam nie wirklich viel nach seinen Erfahrungen mit Drogen und Alkohol gefragt, doch meistens war das, was er erzählte, sehr aufschlussreich.

»Die Menschen sehen aber nur das Äußere.«

»Dann zeig ihnen, wer du bist. Geh raus und besuche diese riesengroße Familie, die du hast. Nimm wieder eine Gitarre zur Hand. Spiel wieder deine Musik. Du hast das Wichtigste in deinem Leben weggeworfen. Bist du nicht der Meinung, dass es an der Zeit ist, es wieder aufleben zu lassen?«

»Nein«, sagte ich tonlos.

Meine Musik war *alles* für mich gewesen. Mein Leben. Mein Herz. Meine verdammte Seele. Aber so fühlte ich mich nicht mehr. Den Großteil meiner Zeit fühlte ich mich ziemlich betäubt und ich hatte die Fähigkeit verlernt, über Musik zu kommunizieren.

»Ich denke, es ist an der Zeit«, widersprach er. »Du kannst so etwas nicht einfach verlieren und normal bleiben. Tessa hat mich das gelehrt. Ich hatte sie beschützen wollen, doch am Ende habe ich sie beinahe erdrückt. Ich habe ihr das Einzige genommen, das sie geliebt hat, weil ich nie das Vertrauen hatte, dass sie ihren Weg zurück aufs Eis würde finden können, ohne dass ihr etwas Furchtbares zustößt. Doch sie war erst wieder wirklich frei, nachdem sie das gefunden hatte, was ihr einmal so wichtig gewesen war. Während dieses ganzen Prozesses hat sie sich in deinen Bruder verliebt, doch wieder mit dem Schlittschuhlaufen zu beginnen hat einen riesengroßen Unterschied gemacht – trotz ihrer Ängste.«

Liams Schwester, meine Schwägerin, war eine der tapfersten Frauen, die ich je getroffen hatte. Ich hatte ihm das nie gesagt. »Sie hat sehr viel Mut gehabt.«

»Den hast du auch.« Liam erhob sich, um seinen Teller in die Spülmaschine zu stellen. »Du hast ihn nur noch nicht gefunden. Du kannst es schaffen, Xander. Vielleicht kann Samantha ja deine Muse sein.«

Ich lachte. Ein rohes, reibendes Geräusch, das rau in meinen Ohren klang. »Von Samantha will ich nur, dass ihr nackter Körper unter meinem liegt.«

Liam drehte sich um. »Bist du dir da sicher?«

Ich schluckte schwer. »Ja. Ich bin mir sicher.«

Das war tatsächlich alles, was ich wollte, und alles, was ich jemals bekommen würde, wenn sie sich dazu entschloss, sich von mir ficken zu lassen. Dieses furchterregende Gefühl von Nähe und Intimität, das ich heute Morgen flüchtig mit ihr erlebt hatte, war nur in meinem Kopf gewesen. Jetzt, da ich mich von ihr entfernt hatte, war ich fest davon überzeugt.

»Du bist nicht einmal bereit, es zu versuchen«, sagte Liam gereizt.

»Du brauchst gar nicht zu reden«, gab ich zurück. »Zumindest schmachte ich niemanden aus der Ferne an, so wie du es mit deiner kleinen Kellnerin tust, auf die du schon so lange scharf bist.«

Er drehte sich um und lehnte sich gegen die Arbeitsplatte. Dabei warf er mir einen bösen Blick zu. »Ihr Name ist Brooke und ich bin nicht scharf auf sie. Verdammt! Sie ist bestimmt zehn Jahre jünger als ich, wahrscheinlich noch mehr. Sie ist süß und unschuldig und ich trage einen ganzen Sack Ballast mit mir herum. Ich ... passe einfach nur auf sie auf.«

»Blödsinn. Du bist so besitzergreifend, wenn es um sie geht, dass du bereit bist, dich mit jedem Mann zu prügeln, der ihr nur einen

Blick zuwirft. Micah hat gesagt, dass du vor ein paar Tagen eine Szene gemacht hast, weil irgendein Typ freundlich zu ihr war.«

Liam verzog das Gesicht. »Er war mehr als nur freundlich. Er ... hat sie angefasst.«

Ich wusste, dass ich den Nagel auf den Kopf getroffen hatte. Liams Körper war angespannt und der Muskel an seinem Kiefer zuckte, während er mit geballten Fäusten dastand. »Ja. Gut. Rede dir das nur ein. Was willst du denn machen, wenn sie sich dazu entschließt, mit jemandem zusammen sein zu wollen?«

»Nichts. Wenn er gut genug für sie ist.«

Was dachte er eigentlich, wem er etwas vormachen konnte? Kein Mann würde jemals gut genug für die junge Frau sein, auf die Liam ein Auge geworfen hatte. Er würde eher töten als zuzulassen, dass irgendjemand Brook anfasste. »Niemand wird jemals gut genug für sie sein«, stellte ich fest.

»Schluss jetzt!«, sagte er ungeduldig. »Wir haben doch über Samantha gesprochen.«

»Da gibt es nichts zu besprechen«, sagte ich. »Ich will keine Beziehung. Ich will nur Sex.«

»Manchmal hast du aber keine Wahl. Beatrice hat euch beiden je eine Apachenträne gegeben.«

Ich zuckte mit den Schultern. »Und?«

»Mit den Sinclairs hat sie ein gutes Händchen gehabt. Bis jetzt hat sie noch nicht falschgelegen.«

»Zufall. Ich glaube nicht an diesen Scheiß«, sagte ich verteidigend, schnappte mir meine Schlüssel und fragte mich plötzlich, ob Samantha wohl gegangen war, nachdem ich das Haus so überstürzt verlassen hatte.

Ein Teil von mir hoffte, dass sie weg war.

Doch der andere Teil hatte furchtbare Angst, dass sie nicht mehr da sein könnte.

»Xander«, rief Liam, als ich im Begriff war zu gehen.

Ich drehte mich an der Tür wieder um und sah, wie Liam aus der Küche trat. »Ja?«

»Lass dich von deiner Angst nicht daran hindern, etwas zu bekommen, das du verdienst«, warnte er.

Ich nickte langsam, bevor ich die Tür öffnete und nach draußen ging. Es gab so vieles, das Liam nicht verstand, weil er nicht die ganze Wahrheit kannte. Ich hatte mit ihm über einige Sachen gesprochen, doch es existierten auch Geheimnisse, die besser im Verborgenen bleiben sollten.

Viele Dinge waren mit meinen Eltern gestorben, und genau wie die Mutter und der Vater, die ich geliebt hatte, würden sie nie mehr das Tageslicht erblicken.

## Kapitel 5

**SAMANTHA**

Nachdem ich noch mehr staubgesaugt und die Badezimmer geputzt hatte, setzte ich mich endlich mit einer Diät-Limonade ins Wohnzimmer und versuchte, meine Gedanken zu ordnen. Das zerbrochene Geschirr, das Xander zurückgelassen hatte, als er gegangen war, war nur wenige Zeit später aufgefegt worden.

*Vielleicht war es gut, dass er so abgerauscht ist.* Nicht eine Sekunde lang hatte sein Zorn mich verängstigt, denn ich wusste, dass der Mensch, auf den er tatsächlich wütend war, er selbst war.

Mein Aufeinandertreffen mit Xander heute Morgen war verstörend gewesen. Ich war nicht hierhergekommen, um irgendwelche tiefen Verbindungen zu knüpfen. Mein Ziel war es, ihm auf jede Weise zu helfen, die in meiner Macht stand, und er war nicht bereit für irgendeine Beziehung. Ich wollte einfach nur seine Freundin und Vertraute sein.

Am Ende hatten mich die Emotionen vollkommen durcheinandergebracht, die in mir erwacht waren, als er mich festgehalten hatte, und ich fühlte mich dem Schmerz, den er so lange mit sich herumgetragen hatte, so nahe und gleichzeitig auch so fern.

44

»Ich bin mir nicht sicher, wie ich zu ihm durchdringen soll«, flüsterte ich mir selbst zu.

Es war nicht so, dass ich meine Überzeugungsfähigkeit oder meine Entschlossenheit in Frage stellte. Verdammt, ich hatte ihm meinen Körper angeboten, damit er mich bleiben lässt. Wenn *das* kein Akt der Verzweiflung war, dann wusste ich nicht, was sich sonst noch dafür qualifizierte.

Ich seufzte und lehnte mich auf dem Sofa zurück. Dabei fragte ich mich, welchen Weg ich wohl gehen musste, um Xander dazu zu bringen, sich mir zu öffnen. Offensichtlich würde es über eine Freundschaft nicht funktionieren. Heute früh hatten wir einander Trost und Unterstützung gegeben, doch Xander war umgehend weggelaufen.

Ich verstand, warum er gegangen war. Ich musste ehrlich zugeben, dass unsere kurze Begegnung mich auch etwas aus dem Konzept gebracht hatte. Doch Xanders Instinkt befahl ihm, alles wegzustoßen, das seine Abwehrmauer, die er sich in den letzten vier Jahren aufgebaut hatte, zum Bröckeln bringen könnte.

Ich erschrak, als ich hörte, wie die Eingangstür zugeschlagen wurde, dann sah ich auf, als Xander das Wohnzimmer betrat. Er sagte nichts. Er stand einfach nur da und sah mich mit einem so hungrigen Blick an, dass ich bis aufs Mark erzitterte. »Was ist los?«, fragte ich ängstlich.

»Ich will dich ficken. Du hast gesagt, du seist bereit. Steht das Angebot noch?«

Seine Stimme war rau und roh, und als ich ihn mit offenem Mund anstarrte, wie er da am Eingang des Zimmers stand, nickte ich langsam.

Ich sagte nichts, das ich nicht meinte. Wenn das im Augenblick die einzige Möglichkeit war, miteinander zu kommunizieren, dann wollte ich tatsächlich mit ihm schlafen. Vielleicht würden wir keine Freunde sein, doch vielleicht würde es uns gelingen, als Liebende einen Dialog zu führen.

»Zieh dich aus!«, befahl er. Sein fordernder Ton überraschte mich.

»Hier?« Ich war nicht gerade eine Femme fatale. Ich war auf dem College mit Jungs zusammen gewesen, doch meine Erfahrung war begrenzt. Ganz egal wie sehr ich auch gesagt hatte, dass Sex ohne Gefühle für mich in Ordnung sei, so war es das nicht wirklich. Ich war nie sehr locker, wenn es darum ging, mit einem anderen Menschen intim zu werden.

Nach heute Morgen wusste ich, dass ich vielleicht nicht in der Lage dazu sein würde, mich gefühlsmäßig zu distanzieren und weiterhin Sex mit Xander zu haben.

»Jetzt, wenn du es wirklich willst«, sagte er mit zusammengepressten Zähnen und angespanntem Körper.

Ich erhob mich, denn ich wusste, dass es jetzt kein Zurück mehr gab. Seine Worte forderten mich heraus, wollten, dass ich ihm bewies, dieses Versprechen nicht nur genutzt zu haben, um mir Zugang zu seinem Haus und seinem Leben zu verschaffen. Ich wusste, dass unter seiner Fleischeslust jede Menge Wut steckte, eine Raserei, die sich nicht beruhigen würde, solange er nicht endlich anfing zu heilen.

Mein Angebot war aufrichtig gewesen. Ich fühlte mich *wirklich* von Xander angezogen, doch ich hatte darauf gehofft, dass er mir mehr Zeit geben würde, damit ich mich nicht wie eine Fremde fühlen würde.

Leider würde ich diese Zeit nicht bekommen. Wenn ich jetzt kniff, wäre ich nur ein weiterer Mensch, der ihn angelogen hatte, um seinen Willen durchzusetzen. Er war fest entschlossen, mein Angebot anzunehmen, weil er dachte, dass ich es nicht ernst gemeint hatte.

Während ich mir mein Sommerkleid über den Kopf zog, verließ mein Blick kaum sein Gesicht. Etwas war anders, eine Art elementare Veränderung, die ich nicht benennen konnte.

Er pulsierte verzweifelt, doch ich war mir nicht sicher, ob das von der Lust auf meinen Körper rührte oder weil er einfach nur eine Art Erlösung brauchte.

Es war jedoch offensichtlich, dass es ihm nicht geholfen hatte, heute Morgen die Tasse zu zerschmettern.

Ich ließ das dünne Kleidchen auf den Boden fallen und stand mit Ausnahme eines smaragdgrünen Slips fast nackt da. Ich hatte keine sonderlich großen Brüste, weshalb ich die meiste Zeit keinen BH tragen musste.

Als Xander auf mich zukam und mit seinem kräftigen Körper vor mir anhielt, erschauderte ich. »Wunderschön«, sagte er heiser. Seine Hand glitt zu meinem Slip hinunter und griff danach, während seine dunklen Augen sich in mich hineinbohrten.

Ein schneller Ruck und ich war nackt, und mein Slip konnte meinem Kleid auf dem Boden Gesellschaft leisten.

Ich hörte ihn laut einatmen, als er seinen Blick schamlos über meinen nackten Körper wandern ließ, offensichtlich sehr erregt von dem, was er sah.

Sein Kuss war rau, als er sich hinunterbeugte, um meinen Mund zu vereinnahmen, doch das war mir egal. Meine Hände fuhren durch sein Haar und griffen fest hinein. Er plünderte mich aus und ich öffnete mich ihm, erlaubte ihm freien Zugang zu was immer es war, das er haben wollte.

Ich stöhnte, als ich seine Berührung zwischen meinen Schenkeln spürte und seine Finger leicht über meine Klitoris strichen.

»Du bist ja schon feucht«, schnaufte er an meinem Gesicht. »Schlinge deine Beine um meine Taille.«

Ich tat, was er forderte, und wurde dann plötzlich gegen die Wand gedrückt, während er an dem Knopf seiner Jeans herumfummelte. Schockiert vom Tempo seiner Handlungen schlang ich meine Arme fester um seinen Hals.

Bevor ich überhaupt verstehen konnte, was gerade geschah, hatte Xander mich bereits mit seinem Schwanz aufgespießt. Ich unterdrückte ein schmerzvolles Wimmern.

Er war groß und es war schon eine ganze Weile her, seit ich irgendeine Art von sexuellem Kontakt mit einem Mann gehabt hatte.

Es tat weh, doch Xander hatte sich bereits in seinem eigenen Rhythmus verloren, also ließ ich es einfach über mich ergehen.

Einen Moment lang genoss ich das Geräusch seines schweren Atems und dann die Anspannung seiner Muskeln, als er in meine schmerzende Muschi stieß und dabei solch ein Tempo vorlegte, dass es mir unmöglich war mitzuhalten.

F. A. Scott

Er war fertig, bevor es überhaupt richtig angefangen hatte. Er kam schnell und trat dann zurück, damit ich wieder mit den Füßen auf dem Boden stehen konnte.

Als er seinen Schwanz herauszog, um das Kondom zu entfernen, von dem ich nie gesehen hatte, dass er es sich übergezogen hatte, und sein riesiges Ding wieder in seiner Jeans verstaute, fühlte ich eine Leere wie noch niemals zuvor in meinem Leben.

Gott steh mir bei, doch ich hatte ihm alles angeboten und er hatte es genommen.

Für mich war es kalt und gefühllos gewesen.

Ich glaube, für ihn war es nicht mehr als eine Erleichterung.

Und es war alles nur innerhalb weniger Minuten passiert.

Es war wirklich keinerlei Intimität aufgekommen. Es war nur ein unbefriedigender Fick gewesen.

»Bist du in Ordnung?«, fragte er mit heiserer Stimme.

War ich in Ordnung? Ich war mir ehrlich gesagt nicht sicher. Ich sah zu ihm auf und mein Herz klopfte so laut, dass ich es in meinen Ohren rauschen hörte.

Ich hasste, was gerade passiert war, doch es war meine eigene Schuld gewesen. Ich hatte gedacht, dass ich damit umgehen könnte, mit Xander einfach nur Sex zu haben, um seine Lust zu befriedigen und ihn davon zu überzeugen, mich hereinzulassen.

Ich hatte so falsch gelegen.

Nichts hatte mich auf das Gefühl vorbereitet, das dieser ungezwungene Sex mit sich bringen würde.

Es hatte sich nicht gut angefühlt.

Es hatte sich nicht richtig angefühlt.

Tatsächlich war es so, dass ich mich ... benutzt fühlte.

»Samantha?«, sprach mich Xander barsch an.

»Mir geht es gut«, antwortete ich tonlos.

Meine Hände zitterten, als ich mich nach meinem kaputten Slip und dem Kleid bückte.

»Ich wollte nicht, dass das passiert«, sagte Xander.

Vielleicht hatte er es nicht gewollt. Er hatte erwartet, dass ich mich weigere. War das ein Test gewesen? Dessen war ich mir ziemlich sicher.

»Ich habe es dir angeboten«, entgegnete ich und machte nur mich selbst dafür verantwortlich. »Und ich habe mein Versprechen eingelöst.«

Wenn mein Herz schmerzte und meine Seele sich leer anfühlte, dann nur, weil ich gedacht hatte, ich könnte damit ganz leicht umgehen.

Doch dann stellte sich heraus ... dass ich es nicht kann.

»Samantha, ich –«

»Es war nichts«, unterbrach ich ihn und hielt meine Kleidung schützend vor mich, um meine Blöße zu bedecken.

Das war immerhin eine wahre Aussage. Was gerade passiert war, war tatsächlich ... nichts gewesen. Ich hatte nur das bekommen, worum ich gebeten hatte: Sex ohne jede Verbindung oder Emotion.

Wir waren vollkommen isoliert voneinander gewesen.

Meine Augen füllten sich mit Tränen, von denen ich nicht wollte, dass Xander sie sah, also tat ich das Einzige, das ich tun konnte.

Ich lief weg.

## Kapitel 6

**XANDER**

»Verdammt, Samantha! Warte doch!«

Ich rief in ein leeres Zimmer hinein. Wut stieg in mir hoch und ich griff mir eine Vase aus Glas vom Tisch und warf sie gegen die Wand.

Dieses Mal befriedigte mich das Geräusch von zerschmetterndem Glas nur sehr wenig.

»Scheiße!«

Mein Schwanz befand sich wieder in meiner Hose, doch ich stand wie ein Idiot in der Mitte des Raumes und versuchte immer noch zu verstehen, was soeben passiert war.

Ich hatte gewollt ... und genommen, was mir angeboten worden war. Komischerweise hatte mir das Abspritzen nur sehr wenig Befriedigung verschafft.

In Wahrheit wollte ich emotional auf irgendeine Weise mit Samantha verbunden sein, denn ich sehnte mich sehr danach, doch es war mir nicht möglich. Deswegen hatte ich das Einzige getan, das mir eingefallen war, um es zu versuchen.

Und ich hatte es total versaut.

»Dämlicher Wichser«, knurrte ich und nahm ein kleines Glasornament vom Tisch. Meine Finger umschlossen die winzige, zerbrechliche, mundgeblasene Gitarre, die Micah und Tessa mir vor Kurzem aus der Stadt mitgebracht hatten.

Ich holte mit meinem Arm aus, dann ließ ich ihn wieder sinken, denn ich wollte nichts zerstören, das mir liebenswürdigerweise von meiner Familie gekauft worden war. Das Geschenk war eines von vielen netten Dingen, die meine Schwägerin für mich getan hatte. Ich war zwar ein Arschloch, aber ein Präsent von Tessa und Micah kaputt zu machen würde dann doch zu weit gehen.

Nachdem ich es vorsichtig zurück auf den Tisch gelegt hatte, ging ich auf und ab, um meine nervöse Energie loszuwerden. Dabei hörte ich noch immer Samanthas beiläufige Aussage in meinem Kopf.

*Es war nichts.*

Sie hatte verdammt recht. Es *war* nichts gewesen. Meine Unfähigkeit, ihr irgendetwas zu geben, war eine der egoistischsten Nummern gewesen, die ich jemals abgezogen hatte. Und ich hatte sehr viele dargeboten.

Zugegeben, ich hatte mich nie verliebt wie Micah oder Julian, aber wenn ich eine Frau nahm, dann verhielt ich mich nie wie ein selbstsüchtiges Arschloch. Sie bedeuteten mir immer etwas, auch wenn sie keine Frauen »für immer« waren. Bevor meine Eltern ermordet wurden, hatte ich auf irgendeine Weise jeder Frau, mit der ich intim geworden war, immer ein klein wenig von mir selbst gegeben.

Offenbar war ich jedoch nicht länger dazu imstande, irgendetwas zu geben. Ich fürchtete mich so sehr davor, mich jemandem zu öffnen, dass ich alles in mich hineinfraß. Sam zu vögeln war allenfalls ein mechanischer Vorgang gewesen und ich wusste, dass sie es nicht genossen hatte. Verflucht, sie hatte ja nicht einmal Zeit dazu gehabt.

Ich auf der anderen Seite war von dem Gefühl ihrer engen Muschi um meinen einsamen Schwanz so überwältigt gewesen, dass ich nicht hatte aufhören können. Es war nicht der Orgasmus, den ich so sehr genossen hatte. Es war das Gefühl gewesen, jemanden zu *spüren*, nachdem ich so lange allein gewesen war.

»Ich habe ein Klirren gehört. Ist alles okay?«, fragte Sam, als sie mit einem besorgten Gesichtsausdruck die Treppe wieder hinunter kam.

Sogar nach dem, was ich ihr angetan hatte, sorgte sie sich immer noch darum, ob ich verletzt war oder nicht? Scheiße! Ich verdiente ihr Mitgefühl nicht. »Nein. Es ist nicht alles okay. Ich habe dir wehgetan.«

Wieder vollständig mit einer Jeans und einem Trägerhemd bekleidet stellte sie sich neben mich. »Es ist nicht deine Schuld, Xander. Ich wollte es ausprobieren. Ich schätze, ich bin einfach nicht der Typ Frau, der dazu in der Lage ist, nur den körperlichen Akt zu vollziehen.«

»Du hast keinen lockeren Sex, richtig?«, fragte ich. Sie war so eng gewesen, so warm und so steif, dass ich bereits gewusst hatte, dass sie keine Frau war, die mit verschiedenen Kerlen ins Bett ging.

»Normalerweise nicht.«

»Überhaupt nicht«, riet ich. »Warum mit mir?«

»Weil ich dich attraktiv finde und weiß, dass Sex alles ist, wozu du momentan fähig bist.«

Ihr Verständnis machte mich nur noch wütender. »Weil ich ein Drogensüchtiger und Alkoholiker bin?«

»Nein. Wegen deines Gemütszustands. Ich weiß, dass du von den Drogen und dem Alkohol runter bist, doch du willst immer noch weglaufen und dich auf gar keinen Fall emotional an irgendjemanden binden.« Sie ließ sich aufs Sofa fallen, zog die Beine an und setzte sich im Schneidersitz hin.

»Ich kann nicht«, antwortete ich verzweifelt. »Ich habe nichts zu geben.«

»Du hast sehr viel zu geben«, korrigierte sie ihn leise. »Du willst es nur nicht.«

Ich schlug mir mit der Faust wütend gegen die Brust. »Ich bin verdammt noch mal leer! Hier drin ist nichts mehr. Von dem Mann, der ich einmal war, ist nur noch eine Hülle übrig. Kapierst du es denn nicht? Ich existiere kaum noch.«

Sie nickte ruhig. »Ich verstehe dich, Xander. Das tue ich wirklich. Aber du musst jetzt einen Weg finden, um den Schmerz hinter dir zu lassen und dich der Realität zu stellen.«

»Das hier *ist* meine verdammte Realität!«, brüllte ich. »Mein Leben hat an dem Tag geendet, an dem meine Eltern von einem durchgeknallten Schützen erschossen worden sind, während ich danebenstand und alles mit ansehen musste. Wenn ich die Augen schließe, sehe ich noch immer jedes Mal das Blut und den Schmerz. Ich sehe die zwei Menschen, die ich auf der Welt am meisten geliebt habe, wie sie hilflos einem Psychopathen ausgeliefert sind, der keinerlei Erbarmen gezeigt hat. Ich werde von der Angst in ihren Augen verfolgt, die ich gesehen habe, als sie erkannt haben, dass sie sterben werden. Körperlich habe ich überlebt, doch ich fühle mich, als wäre mein Körper nur noch eine äußere Schale. Ich bin leer.«

*Mein Gott!* Ich wollte einen Drink. Ich wollte Tabletten. Ich wollte alles, was den herannahenden Schmerz aufhalten würde, den ich wie einen Güterzug auf mich zukommen fühlte.

Sofort und instinktiv verschloss ich mich, nicht willens und unfähig, mich mit der Flutwelle von Emotionen auseinanderzusetzen, die versuchte, aus mir herauszubrechen.

Ich konnte mich dem jetzt nicht stellen. Ich würde vielleicht nie dazu in der Lage sein, damit umzugehen. Dann sah plötzlich ich eine einzelne, einsame Träne, die an Sams Wange hinunterrollte, und ihre Augen glitzerten feucht, während sie mir aufmerksam zuhörte.

Ihre Stimme war heiser und roh, als sie murmelte: »Die Realität ist, dass deine Eltern tot sind, Xander. Sie haben dich geliebt und du hast sie geliebt. Doch es ist schon einige Jahre her, seit sie gestorben sind. Ich sage dir nicht, dass du darüber hinwegkommen oder es vergessen sollst. Ich sage dir nur, dass du loslassen sollst. Dein Leiden wird sie nicht wieder zurückbringen.«

»Ich kann nicht loslassen«, antwortete ich frustriert.

»Warum nicht?«

Da war es, das eine Wort, das mich verrückt machte ... schon wieder. »Weil sie nicht tot wären, wenn ich an diesem Tag nicht in ihrem Haus gewesen wäre. Sie würden immer noch leben, sicher sein.«

»Das weißt du nicht –«

»Ich weiß es«, knurrte ich. Dann platzte ich mit etwas heraus, das ich meinen Brüdern niemals hatte erzählen können. »Es ist meine Schuld, dass sie tot sind. Sie sind gestorben, weil dieser Irre hinter *mir* her war.«

Niemand verstand genau, warum an diesem Tag bei meinen Eltern eingebrochen worden war. Ich war der einzige Überlebende, der es wusste, und es hatte mich jahrelang verfolgt und innerlich aufgefressen, bis nichts mehr von mir übrig gewesen war.

»Woher weißt du das?«, fragte sie leise.

Ich ließ mich geschlagen aufs Sofa fallen. »Er hat es mir gesagt. Er hat zuerst auf mich geschossen, doch nur, um mich außer Gefecht zu setzen. Der Schuss in den Magen hat mich zu Boden geworfen und ich hatte zusehen müssen, wie meine Eltern gestorben sind. Nachdem er Mom und Dad mit einigen Schüssen getötet hatte, war ein riesiges Messer alles, was er noch bei sich trug. Jeder Stich mit seiner Klinge in meinen Körper war eine Aussage und er sprach nur darüber, wie sehr er sich wünschte, dass ich tot sei. Er war nicht hinter meinen Eltern her. Die beiden waren unschuldige Opfer, die sich zu dem Zeitpunkt dort aufgehalten hatten. Er war hinter *mir* her.«

»Er war offensichtlich geisteskrank«, sagte Sam leise, als sie ihre Hand ausstreckte und mit der Handfläche über meinen Arm streichelte. »Du kannst dich für die Taten eines geistesgestörten Mannes nicht verantwortlich machen.«

Ich drehte meinen Kopf und mein Blick bohrte sich in ihren, als ich fragte: »Wie kann ich das *nicht* tun? Wenn ich nicht bei meinen Eltern gewesen wäre, hätte er mich irgendwo anders geschnappt. Sie wären nicht tot. Ich habe meinen Brüdern ihre Eltern geraubt. Du hast recht. Sie haben uns geliebt und wir haben ihnen die gleiche Liebe entgegengebracht. Meine Brüder hatten es nicht verdient, unsere Mutter und unseren Vater zu verlieren, nur weil ich ein Starmusiker war, den irgendjemand gehasst hat und tot sehen wollte. Das war der Preis, den sie dafür gezahlt haben, dass ich im Rampenlicht stand.«

»Geben deine Brüder dir die Schuld?«

»Nein. Sie wissen nichts davon. Die Polizei hat den Fall abgeschlossen. Der Kerl war tot. Niemand wusste, was alles am Tattag geschehen war oder welches Motiv der Mörder gehabt hatte. Die Behörden gehen davon aus, dass es sich um einen zufälligen Hauseinbruch gehandelt hat. Doch es spielte keine Rolle, weil der böse Mann getötet worden war.« Ich entzog meinen Arm ihrem Griff und setzte mich dann an das entgegengesetzte Ende des Sofas. Ich wollte nicht, dass sie mich anfasste. Ich wollte von niemandem angefasst werden. Ich war wie Gift, eine dreckige, tödliche Substanz.

»Julian stand ebenfalls im Licht der Öffentlichkeit. Wie würdest du dich fühlen, wenn es ihm zugestoßen wäre? Was, wenn er derjenige gewesen wäre, der deine Eltern besucht hätte, und irgendjemand ihn umbringen wollte, weil er ein Mann des öffentlichen Interesses ist? Hättest du ihn gehasst, wenn jemand deine Eltern wegen seines Ruhms umgebracht hätte?«

Ich zwang mich, meinen Blick von ihren mitfühlenden Augen abzuwenden. Niemand hatte mir je diese Frage gestellt. »Ich weiß nicht.«

»Doch, du weißt es.«

»Nein, das tue ich nicht! Ich habe dir doch gesagt, dass ich es verdammt noch mal nicht weiß!« *Meine Güte!* Sie regte mich auf.

»Okay«, stimmte sie so gelassen zu, dass ich mir die Haare ausreißen wollte.

Ich konnte mir nicht helfen, ich musste darüber nachdenken, wie ich mich fühlen würde, wenn unsere Rollen vertauscht wären und Julian sich an diesem Tag im Haus unserer Eltern befunden und jemand versucht hätte, ihn zu erschießen. Hätte es einen Unterschied gemacht? Hätte ich ihm die Schuld gegeben? »Ich habe versucht, Julian davon zu überzeugen, mit mir zu kommen. Ich habe ihm ein schlechtes Gewissen gemacht, weil er unsere Eltern nie besucht hat«, gestand ich. »Beinahe hätte ich ihn auch noch auf dem Gewissen gehabt.«

»Er lebt, Xander. Halte dich nicht mit Dingen auf, die nicht passiert sind.« Meine Fäuste waren geballt und mein Körper angespannt. Sie hatte vermutlich recht. Es half mir nicht, darüber nachzudenken, was hätte geschehen *können*, aber manchmal konnte ich einfach nicht anders.

Wieder und wieder sah ich meine Eltern blutüberströmt in meinem Kopf und erinnerte mich daran, gehofft zu haben, einfach mit ihnen zu sterben. Ich war unfassbar wütend im Krankenhaus aufgewacht und seit jeher so geblieben.

»Glaubst du, dass ich so sein *will*?«, fauchte ich. »Glaubst du, dass ich nicht die Zeit zurückdrehen und all das, was passiert ist, ungeschehen machen will? Ich hasse den Menschen, der ich momentan bin, doch ich kann nicht umkehren. Ich habe keine Zeitmaschine, um die Tatsache zu ändern, dass Mom und Dad einen brutalen, frühen, qualvollen Tod gestorben sind und das alles nur meinetwegen passiert ist.«

»Denkst du, deine Eltern würden wollen, dass du dich so fühlst?«, fragte Samantha geduldig. »Sie haben dich geliebt. Was würden sie sich für dich wünschen?«

In diesem Moment hasste ich sie, weil ihre Aussage mir etwas klarmachte. Meine Mutter und mein Vater hätten gewollt, dass ich weitermache. Sie hätten gewollt, dass ich das Leben lebe, das sie nicht gehabt haben. »Ja, sie hätten gewollt, dass ich mein Leben weiterlebe. Sie waren stolz auf meinen Erfolg.«

»Dann könntest du ihrer gedenken, indem du dein Leben voll auskostest«, schlug sie vor. »Denn im Moment tust du nichts, damit ihr Tod nicht sinnlos war. Was hast du getan, um dafür Sorge zu tragen, dass alle sich an sie erinnern? Einen Stipendien-Fond? Ein Denkmal in irgendeiner Form? Eine Stiftung, die sich für etwas einsetzt, das ihnen am Herzen lag?« Meine Eltern hatten sehr vielen Wohltätigkeitsorganisationen Geld gespendet, besonders meine Mutter.

Neben dem Geld hatte sie auch immer ihre Zeit gegeben und zahllose Stunden als freiwillige Helferin gearbeitet.

Ich war wirklich sauer, stand vom Sofa auf und funkelte Samantha an. »Du denkst also, das wird helfen? Geld zu spenden?«

Sie schüttelte langsam den Kopf, doch dabei verließ ihr Blick nie mein Gesicht. »Es wird gar nichts helfen, wenn du es nicht aus vollem Herzen tust.«

»Ich habe kein gottverdammtes Herz!«, teilte ich ihr wütend mit. Dann nahm ich eine kleine Lampe vom Beistelltisch und warf sie gegen die Wand. »Mich interessiert überhaupt gar nichts mehr!«

Die Lampe zerschellte an der Wand und das Glas fiel in kleinen Stücken zu Boden.

Samantha schüttelte den Kopf und erhob sich von ihrem Platz auf dem Sofa.

»Wo gehst du hin? Du willst, dass ich dir Dinge über mich erzähle und dann kannst du nicht damit umgehen, wer ich wirklich bin? Glaubst du wirklich, dass unter diesem vernarbten Gesicht ein guter und respektabler Mensch steckt?«

»Ich weiß es«, gab sie zurück. »Doch bis du dazu bereit bist, ihn wieder anzusehen, werde ich nicht hier herumsitzen und dir dabei zusehen, wie du dich selbst kaputt machst. Tu erst einmal, was du willst. Wirf alles, was du besitzt, gegen die Wand und lebe deine Wutausbrüche wie ein Zweijähriger aus. Es wird nichts verändern.«

»Fick dich!«, brüllte ich ihr hinterher.

Als sie an der Treppe angekommen war, drehte sie sich zu mir um. »Nein danke, das hast du ja bereits getan«, konterte sie. »Und ich würde es sehr schätzen, wenn du das Glas vom Boden auffegen könntest. Ich habe dieses Haus einmal geputzt. Ich verdiene es nicht, dazu gezwungen zu werden, dir noch einmal hinterher zu räumen.«

In mir brodelte es, als ich dabei zusah, wie sie mit wiegenden Hüften die Treppe hinaufging und verschwand. Wie konnte sie es wagen, mir vorzuschreiben, was ich zu tun hatte? Sie arbeitete für mich. Wenn ich jeden einzelnen Gegenstand in diesem Haus zerstören wollte, dann konnte ich das tun und sie müsste es dann aufräumen. Das war ihr Job. Genau dafür bezahlten meine Brüder sie. Oder besser gesagt, Julian bezahlte sie dafür.

*Was, wenn sie sich beim Zusammenkehren der Scherben schneidet? Was, wenn sie sich wegen meiner blöden Aktionen verletzt?*

Dieser Gedanke war mir zuvor noch nicht gekommen, doch leider zog ich diese Möglichkeit nun in Betracht.

Ich stieß die Luft aus, die ich angehalten hatte, und erlaubte meinem Körper endlich, sich zu entspannen, jetzt, wo Sam sich zurückgezogen hatte.

Während ich gierig den Sauerstoff einsog, fiel mir auf, wie schwergängig meine Atmung geworden war und wie nahe am Abgrund ich mich tatsächlich befand. Nicht dass ich Samantha jemals verletzen würde. Also zumindest nicht absichtlich. Doch sie befand sich im Augenblick in ihrem selbst errichteten Kriegsgebiet. Sie musste aufhören, mich so unter Druck zu setzen und Dinge in Frage zu stellen.

*Weil ich weiß, dass sie recht hat.*

Die Wahrheit war, dass sie mich zum Nachdenken brachte, und das war das Letzte, was ich tun wollte.

Ich sah mich im Zimmer um, dachte an Samanthas Aufforderung und bewegte meinen Hintern schließlich zu dem Scherbenhaufen, den ich kopfschüttelnd zusammenfegte.

## Kapitel 7

**SAMANTHA**

In den darauffolgenden Tagen musste ich die Tatsache verheimlichen, dass Xanders Schmerz mir das Herz in Stücke riss und ich aus Mitleid immer wieder unerträgliche Stiche in der Brust verspürte. Nachdem er mir erzählt hatte, warum seine Eltern gestorben waren und wie er noch immer die Schuld dafür auf sich nahm, war ich standhaft geblieben, bis ich sicher in meinem Schlafzimmer angekommen war, wo ich schließlich weinend zusammenbrach.

Ich musste stark bleiben, auch wenn es mir auf tausend verschiedene Arten Schmerzen bereitete, Xander so verletzlich zu sehen. Ja, er war vollkommen am Ende, doch niemand konnte so viel Leid ertragen, ohne dadurch zu einem anderen Menschen zu werden. Ich wusste das aus eigener Erfahrung. Seinen Worten konnte ich ebenfalls entnehmen, dass er aufhören musste, sich so verdammt schuldig zu fühlen. Ich musste ihn irgendwie dazu bringen, sich zu öffnen, ihn sehen lassen, was die Realität war und was nicht. Er schämte sich so sehr, doch das völlig zu Unrecht. Ich hatte oft genug mit Julian gesprochen, um zu wissen, dass er seinen jüngsten Bruder niemals für das verantwortlich machen würde, was ihren Eltern zugestoßen war. Und ich würde wetten wollen, dass Micah dies auch nicht täte.

*Die Realität spielt für ihn momentan keine Rolle. Ich weiß, wie sich das anfühlt und wie es ist, sich die Schuld für etwas aufzuladen, das außerhalb meiner Kontrolle liegt. Ich habe es getan und ich bin mir bewusst, dass es sich für Xander wahr anfühlt, schuldig zu sein, auch wenn er keinen Fehler begangen hat.*

Der Doppelmord war nichts weiter als ein schmerzhafter, schrecklicher, tragischer Vorfall gewesen und von einem Menschen ausgeführt worden, der geistig vollkommen verstört gewesen war.

Leider sah Xander die Dinge nicht so wie ich. Sein Verstand funktionierte nicht, weil er in seiner Schuld ertrank. Er war derjenige, der traumatisiert worden war, als er gesehen hatte, wie seine Eltern direkt vor seinen Augen ermordet worden waren. Ich konnte mir ehrlich nicht vorstellen, wie schrecklich es für ihn gewesen sein musste, mit anzusehen, wie die Eltern, die er sein ganzes Leben lang geliebt hatte, einen extrem gewaltsamen Tod sterben.

In den letzten paar Tagen war die Anspannung spürbar gewesen, weshalb ich Xander auch nicht dazu gedrängt hatte, erneut mit mir zu sprechen. Wir hatten gemeinsam unsere Mahlzeiten eingenommen und ich war positiv überrascht gewesen zu sehen, dass er tatsächlich die Scherben aufgefegt hatte, die er im Wohnzimmer hinterlassen hatte. Abgesehen von sporadischem Small Talk hatten wir beide nicht miteinander gesprochen. Manchmal spürte ich, wie er mich beobachtete, und hatte das Gefühl, dass er etwas sagen wollte, doch er hatte über seine Vergangenheit kein weiteres Wort verloren.

Ich seufzte, als ich mir etwas über meinen Badeanzug zog und dann das Handtuch aufnahm, das ich aufs Bett geworfen hatte. Ich hatte den ganzen Tag gearbeitet, das Haus umgeräumt und dann das Abendessen im Schongarer zubereitet.

Da ich seit meiner Ankunft der Verlockung des Meeres widerstanden hatte, hatte ich mich dazu entschlossen, mir endlich einmal etwas Zeit für mich zu gönnen. Ich brauchte den Frieden und die Ruhe des Strandes.

Nachdem ich mir meinen Sonnenhut auf den Kopf gesetzt hatte, um meine empfindliche Haut vor dem Verbrennen zu schützen, packte ich eine Strandtasche und ging die Treppe hinunter.

»Wo gehst du hin?«, rief Xander aus dem Wohnzimmer.

Ich lächelte ihn an, als ich an der Tür anhielt. Mir fiel auf, dass der Raum verhältnismäßig sauber geblieben war und er angefangen hatte, seinen eigenen Dreck wegzuräumen. Es war nur eine kleine Veränderung, doch ich hoffte, dass es ihm nach einer Weile wichtig werden würde, sein schönes Haus sauber zu halten. »Ich gehe für eine Weile an den Strand. Julian hat gesagt, dass er hier breit genug ist, um ihn zu nutzen.«

»Ich habe keine Ahnung. Ich gehe nie dorthin.«

»Willst du mitkommen?«

»Es könnten Menschen dort sein«, bemerkte er. »Ich mag keine Menschen.«

»Das kann schon sein. Aber ich bezweifele es. Wir befinden uns ziemlich weit außerhalb der Stadt.«

»Was, wenn dort Männer sind? Nach Amesport kommen immer sehr viele Touristen. Nicht alle von ihnen haben gute Absichten.«

Er machte sich *hier* doch sicherlich keine Sorgen um meine Sicherheit, oder? Wir befanden uns in einer Kleinstadt in Amerika. Ja, im Sommer war dies ein Urlaubsresort, doch wir waren von den großen Stränden so weit entfernt, dass niemand anderes dort sein würde. Die Chancen, dass irgendein Durchgeknallter mitten im Nirgendwo an einem Strand herumhängen würde, tendierten gegen null. »Mir wird schon nichts passieren.«

Er starrte mich an und musterte mich von oben bis unten. »Du kennst dich hier nicht aus.«

»Dann werde ich mich eben mit der Gegend vertraut machen. Ich werde schon nicht verloren gehen.« *Ach, du heiliger Strohsack!* Wie würde er sich fühlen, wenn ich erst einmal die Stadt erkunden wollte? »Xander, ich habe in New York gelebt. Ich denke, dass ich mit Amesport in Maine keine Probleme haben werde.«

»Du hast in New York gewohnt?«, fragte er überrascht.

»Ja. Ich habe dort jahrelang gewohnt und gearbeitet.« Ich hatte wohl nie erwähnt, woher ich kam, während ich die ganze Zeit über unnützes Zeug geplappert hatte.

»Es kann überall etwas passieren«, brummte er.

»Ja, das stimmt.« Er hatte recht. Es passierten schlimme Dinge, sogar in kleinen Städten. Doch darum machte ich mir nicht unbedingt Sorgen. Ich hatte vor langer Zeit gelernt, dass ich mein Leben nicht in Angst verbringen durfte. »Willst du mich begleiten?«, wiederholte ich meine Einladung und war mir ziemlich sicher, dass er ablehnen würde.

Er zögerte. »Vielleicht.«

Mein Herz setzte kurz aus. »Dann los! Ich gehe nicht sehr weit.«

Es gab nichts, das ich lieber wollte, als Xander aus diesem Haus herauszubekommen, ein Ort, an dem er sich offensichtlich gefangen fühlte, weil er der Überzeugung war, dass die Welt ihn nicht akzeptieren würde.

Er stand auf und schaltete den Fernseher aus, den er auf lautlos gestellt hatte, als ich nach unten gekommen war. Dann folgte er mir schweigend nach draußen, als wir aus seinem Haus ins Freie traten.

Sobald ich an der frischen Luft war, konnte ich bereits das Meer riechen und ich hielt an, um tief einzuatmen und die Wärme des späten Nachmittags zu genießen. Es war ruhig und friedlich und das einzige hörbare Geräusch waren die Wellen, die sich in der Ferne am Ufer brachen. »Es ist so schön hier«, sagte ich zufrieden. »Ich habe keine Ahnung, wie du es schaffst, dem Meer zu widerstehen. Wenn ich könnte, würde ich jeden Tag draußen verbringen.«

Er ging neben mir, während wir den Rasen vor seinem Haus überquerten und dann den Pfad nahmen, der hinunter zum Strand führte.

Xander zuckte mit den Schultern. »Ich habe es einmal gemocht. Jetzt mag ich es nicht mehr.«

Ich war nicht in der Stimmung, mich mit ihm zu streiten, also ging ich einfach weiter zwischen den Bäumen hindurch, bis ich plötzlich abrupt anhielt, weil ich das Meer erblickte. »Mein Gott! Es ist fantastisch.«

Es gab nur einen kleinen Strand, doch er war groß genug. Es befand sich keine Menschenseele dort und der warme Sand lockte mich, als ich mich wieder in Bewegung setzte.

»Wenn du den Strand so gern hast, warum lebst du dann in New York? Ich gehe davon aus, dass du dort nicht mit Blick aufs Wasser wohnst«, wollte Xander wissen.

Ich sah ihn an und rollte mit den Augen. »Nicht alle können es sich leisten, in einem Haus am Strand zu leben.«

»Oder in Häusern in New York«, konterte er.

»Ich habe in einer wirklich hübschen Einzimmerwohnung gelebt. Und die hatte definitiv keinen Meerblick.« Mein Apartment war nicht billig gewesen, doch es war nichts im Vergleich zu den ausladenden Villen auf riesigen Grundstücken mit Strand, die den Sinclairs in diesem reizenden Städtchen in Neuengland gehörten.

Ich breitete mein Strandtuch in der Nähe des Wassers aus, setzte mich hin und wartete darauf, dass Xander sich zu mir gesellte. »Ich glaube, manchmal sind wir so sehr damit beschäftigt zu überleben, dass wir die Dinge vergessen, die wir lieben.«

Er setzte sich neben das Handtuch in den Sand. »Hast du in New York nur überlebt?«, fragte er mit neugieriger Stimme.

Ich sah aufs Wasser hinaus und dachte über seine Frage nach. »Mir hat es dort gefallen und ich vermisse meine Freunde, aber ja, vielleicht habe ich das getan. Ich hatte vergessen, wie sehr mir Maine gefehlt hat. Meine Großmutter besaß früher ein Strandhaus in einer Stadt etwas nördlich von Amesport. Jeden Sommer sind wir dort hingefahren. Meine Teenagerjahre hatten gerade begonnen, als meine Oma starb. Wir sind nie zurückgekehrt. Meine Eltern haben ihr Haus verkauft und ich habe einfach langsam vergessen, wie es sich anfühlt, direkt am Meer zu entspannen.« Ich hielt inne, als ich mich an diese Sommer mit meiner Oma erinnerte. »Sie hat die besten Kuchen gebacken. Ich habe es nie geschafft, sie darin nachzuahmen, doch ich bin immer noch verrückt nach Kuchen. Vielleicht weil es diese glücklichen Erinnerungen zurückbringt.«

»So wie den Kuchen, den du gestern gebacken hast?«, wollte er wissen. »Oh Gott! Das war das Beste, was ich seit Jahren gegessen habe.«

Ich zuckte mit den Schultern. »Das war nur ein einfacher Zitronenkuchen, aber ich freue mich, dass er dir geschmeckt hat. Oma hat immer Kuchen mit wilden Blaubeeren aus Maine gemacht, der dir auf der Zunge geschmolzen ist. Eines Tages würde ich wirklich gern versuchen, den zu backen.« Meine Kuchenbesessenheit ließ mich nicht vergessen, dass ich seit meiner Jugend keinen Kuchen mit wilden Blaubeeren mehr gegessen hatte.

»Auf dem Bauernmarkt gibt es Früchte zu kaufen. Kristin und Tessa lieben diesen Ort und sprechen ständig davon, wie gut das frische Obst und Gemüse ist«, sagte er.

Ich nickte. »Ich hoffe, ich kann ihn irgendwann einmal besuchen. Doch jetzt genieße ich einfach nur die Wärme der Sonne und das Meer.«

»Ich habe das Wasser einmal geliebt«, erzählte Xander. »In Kalifornien hatte ich ein Haus am Meer und ich bin es nie leid geworden, den Wellen zuzuhören oder sie zu beobachten. Wann immer ich konnte, bin ich rausgefahren, um zu fischen, und wenn ich Zeit hatte, bin ich mit meinen Kumpels gesurft.«

»Ich liebe das Angeln. Warst du ein guter Surfer?« Ich hatte nie die Möglichkeit gehabt, das Surfen richtig gut zu lernen. Meine Zeit auf dem Wasser war begrenzt gewesen und zum Surfen brauchte es jede Menge Übung.

»Kommt darauf an, wie du ›gut‹ definierst.«

»Konntest du auf dem Surfbrett stehen?«

»Ja.«

»Dann warst du gut«, gab ich zurück. »Ich habe es unzählige Male versucht. Ich konnte mich nicht einmal auf dem Brett halten, geschweige denn darauf stehen.«

Er zuckte mit den Schultern. »Dazu braucht man Übung und Geduld.«

Als ich meinen Kopf drehte, um ihn anzusehen, setzte mein Herz kurz aus. Sein dunkles Haar war widerspenstig und wurde vom

Wind durcheinandergewirbelt. Xander sah entspannter aus als an dem Tag, an dem ich angekommen war, und es war angenehm, dass er auch diese kleinen Dinge mit mir teilte. Nach dem, was vor ein paar Tagen passiert war, war ich vorsichtig geworden, denn ich wollte ihn nicht zu sehr drängen. Ich wollte auf keinen Fall, dass er sich mir komplett entzog.

»Fehlt dir deine Musik?« Mir war bewusst, dass ich mich auf gefährliches Terrain begab, doch ich wollte es wissen.

»Ich kann weder spielen noch singen«, antwortete er heiser. »Ich habe es versucht. In mir existiert keine Musik mehr. Ich habe dir doch gesagt, dass ich leer bin.«

»Die Musik ist nicht weg«, sagte ich vorsichtig. »Sie macht nur gerade eine Pause.«

Es war unmöglich, dass er das Talent verlieren konnte, das er einmal gehabt hatte. Xander hatte lediglich die Lust zum Spielen und Singen verloren. Julian hatte mir in einem Gespräch erzählt, dass es keinen körperlichen Grund gäbe, warum Xander nicht mehr auftreten konnte. Wenn es um seine Musik ging, war er einfach nur ... blockiert.

Xander lachte, dieses humorlose Geräusch, das ich angefangen hatte zu hassen. »Meine Güte, du bist eine ewige Optimistin. Ich habe es versucht. Es gibt nichts, das ich tun kann, um die Musik zurückzuholen.«

»Ich habe allen Grund, optimistisch zu sein«, antwortete ich. »Ich war ein großer Fan von dir.«

Er drehte den Kopf, um mich anzusehen, und musterte mich einen Moment lang, bevor er fragte: »Warst du das wirklich oder machst du dich nur über mich lustig?«

»Warum sollte ich das tun? Es gibt für mich keinen Grund, dich anzulügen, dass ich deine Musik liebe, und ich mache es mir nun wirklich nicht zur Gewohnheit, mich über dich lustig zu machen. Ich *war* ein Fan. Frag mich etwas. Ich kenne jedes Lied, das du jemals aufgenommen hast.«

Skeptisch zog er eine Augenbraue hoch und zitierte den Liedtext, ohne ihn tatsächlich zu singen:

*I'll never go back.*
*I have to move forward.*
*My new life is ready to get on track.*

Ich erkannte den Text sofort. Es war eines meiner Lieblingslieder. »*Destroyed*«, sagte ich und nannte damit den Titel. »Von der CD mit demselben Namen, aus dem Jahr 2011.«

Während er einige weitere Texte aufsagte, wurde er immer überraschter, denn ich nannte ihm jeden Titel und das dazugehörige Jahr, ohne überhaupt darüber nachdenken zu müssen.

»Krass, Mädchen. Du warst *wirklich* ein Fan«, gab Xander zu.

»Das bin ich eigentlich immer noch. Deine Musik ist nie gestorben, Xander. Deine Lieder haben mir durch einige meiner schwärzesten Tage geholfen. Deine Musik existiert noch immer und sie berührt weiterhin das Leben anderer Menschen.«

Er antwortete nicht und wandte stattdessen seinen Blick ab, um aufs Wasser zu schauen. Endlich sagte er vorsichtig: »Vielleicht tut sie das. Das alte Zeug ist ja immer noch da. Es verkauft sich noch immer. Warum hast du schwarze Tage gehabt? Hat dir jemand das Herz gebrochen?«

Ich blieb stumm, denn ich konnte ihm nichts von meinen eigenen persönlichen Tragödien erzählen. Stattdessen zuckte ich mit den Schultern. »Das ist schon lange her. Aber deine Musik hat mir geholfen.«

Er nickte. »Gut. Freut mich, dass sie jemandem etwas gebracht hat.«

Es war nur ein kleiner Schritt, doch mein Herz fing an zu rasen und ich atmete tief ein. Wir würden nicht alles an einem Tag schaffen, doch ich hoffte, dass er nach und nach etwas von dem, was er verloren hatte, zurückbekommen würde. Ich griff in meine Strandtasche und zog mein Telefon hervor. Ich durchsuchte die Bands und wählte ein Album aus, das ich mochte, auch wenn es nicht Xanders Musik war. Ich war nicht der Meinung, dass er schon bereit dazu wäre, sich damit auseinanderzusetzen.

Als die Musik aus meinem Telefon dröhnte, legte ich es auf das Handtuch und zog mir mein Kleid über den Kopf. Es war rosa und leicht, nicht viel mehr als ein langes T-Shirt.

»Oh nein. Auf gar keinen Fall, nein!«, rief Xander und nahm mein Telefon. »Diese Band ist furchtbar.«

Ich schnaubte. »Sie ist gut. Lass das an.«

»Sie ist jämmerlich. Ich schwöre dir, die kennen nicht mehr als zwei Akkorde.« Er schaute sich die Musik auf meinem Telefon an.

Ich streckte meine Hand aus. »Gib es mir zurück!«

»Ich ändere die Musik. Der Sänger verprügelt seine Frau und der Schlagzeuger ist völlig durchgeknallt.«

Wir kämpften zum Spaß um mein Handy, bis ich ihn tatsächlich auf den Boden drückte und nach meinem Telefon griff. »Ich mag ihre Musik.«

»Und ich hasse ihre Persönlichkeiten«, konterte er und hielt mein Telefon an einem Arm ausgestreckt von mir weg.

»Ich bin ja nicht mit ihnen *zusammen*.«

»Zum Glück!«

»Xander«, warnte ich ihn, als ich mich rittlings auf ihn setzte.

Keiner von uns meinte es ernst oder zumindest hoffte ich, dass er es nicht tat. Es war ein spielerischer Streit und er fühlte sich so gut an, dass ich es hasste, als es vorbei war.

Mein Haar war offen und ich musste es mir aus dem Gesicht wischen, während ich mich noch mehr streckte, um mein Telefon wiederzubekommen. Währenddessen plärrte die Musik immer noch aus den Lautsprechern des Geräts.

»Oh Gott, Sam. Du bist so schön.«

Ich hielt ganz plötzlich inne und sah auf sein Gesicht hinab. Er blickte mich jetzt an und seine Augen streichelten jeden Zentimeter von mir, der für ihn sichtbar war.

»Xander ...« Was konnte ich schon sagen? Dass ich nicht von ihm angefasst werden wollte? Das wäre gelogen. Ich wollte ihn noch immer, jetzt vielleicht sogar noch mehr, als ich es im Haus getan hatte, wo er mich für einen zweiminütigen Fick gegen die Wand gedrückt hatte. Denn so wollte ich es nicht noch einmal erleben. Es hatte mich vollkommen zerstört.

»Was ich getan habe, tut mir leid, Sam. Es tut mir leid, dass ich ein Arschloch bin. Es tut mir leid, dass du momentan mit mir festsitzt.

Ich hatte nie die Absicht, dir wehzutun.« Seine dunklen Augen blickten flehend drein und ich konnte nicht wegsehen.

»Mir tut es nicht leid. Ich bin froh, dass ich mit dir hier bin«, gestand ich mit faszinierter Stimme.

Seine Augen bestanden vollständig aus geschmolzener Hitze und riefen eine sprunghafte Reaktion hervor. Meine Brustwarzen waren hart, steif und schmerzten. Meine Muschi wurde heiß durchflutet. Und mein Herz zog sich zusammen, als ob es in einem Schraubstock stecken würde.

»Vergibst du mir?«, fragte er rau, als sei er es nicht gewöhnt, diese Worte zu benutzen.

»Das habe ich schon längst.« Ich beugte mich hinunter und küsste ihn, weil ich es nicht mehr aushielt. Ich konnte es nicht eine Sekunde länger ertragen, den Schmerz in seinen Augen zu sehen.

Ein pulsierender Energiestrom fuhr mir über den Rücken, als ich meine Lippen einen Moment lang auf seinen beließ. Mein Herz klopfte mir bis zum Hals.

»Samantha«, sagte Xander, während er mit seinen Händen über die nackte Haut an meinem Rücken streichelte.

»Xander«, antwortete ich seufzend und die Wärme meines Atems berührte seine Lippen.

Innerhalb weniger Sekunden lag ich auf meinem Rücken und griff mit meinen Fäusten in sein Haar, um ihn so nahe wie möglich an mir zu spüren. Der Kuss wurde verzweifelt, bedürftig, als Xander die Kontrolle übernahm und meinen Mund mit einem Verlangen plünderte, das uns beide vollkommen überwältigte.

Die Umarmung war all das, was der Sex mit ihm hätte sein *können* ... aber nicht gewesen war. *Diese* Intimität war leidenschaftlich, wild und so erregend, dass ich meine nackten Beine um seine Taille schlang und versuchte, ihn noch näher an mich heranzuziehen.

Seine Hand war an meinem Nacken und hielt mich besitzgierig, während seine Zunge in einem dreisten Vorstoß meine Mundhöhle erforschte.

Es war echt.

Es war sinnlich.

Und es war außergewöhnlich.

Ich stöhnte an seinen Lippen, als er auftauchte und begann, an meiner Unterlippe zu knabbern.

Ich wollte ihn nicht loslassen, doch das musste ich, als er sich aufsetzte und mich mit sich hochzog. »Heilige Scheiße! Das war besser, als zu kommen«, sagte er unglücklich.

Ich verkniff mir ein Lächeln. »Sehr viel besser«, stimmte ich zu. »Ich glaube, ich muss mich abkühlen.«

Ich erhob mich langsam, mein Körper stand beinahe schon in Flammen. Ich musste in das kalte Wasser hüpfen, bevor ich Xanders attraktiven, männlichen Körper besteigen und ihn anbetteln würde, mich zu vögeln.

»Sam?«, fragte er zögernd.

»Ja?«, antwortete ich.

»Nach dem, was passiert ist, willst du mich immer noch so sehr, wie ich dich will?« Er klang so unsicher, dass mir die Tränen in die Augen schossen. Zärtlich berührte ich seinen Mund. »Das tue ich, Xander. Aber wir lassen die Dinge langsamer angehen. Es ist einfach zu schnell geschehen.«

Er schüttelte den Kopf. »Ich bin zu kaputt. Es ging nicht zu schnell. Ich wollte dich schon flachlegen, seit ich dich zum ersten Mal gesehen habe.«

Mir entfuhr ein überraschtes Lachen. Das war vermutlich eins der süßesten Dinge, die ich je gehört hatte, auch wenn es ziemlich vulgär war. Doch weil Xander es gesagt hatte, wusste ich, dass es als ein Kompliment gemeint war. »Xander, vielleicht habe ich falsch gelegen, als ich sagte, ich könnte mit jemandem schlafen, ohne Gefühle zuzulassen. Ich glaube, ich brauche ... mehr. Ich will keine Blumen und Romantik, aber ich muss irgendeine Verbindung spüren.«

Er zog eine Augenbraue hoch. »Ich will, dass wir aufs Engste miteinander verbunden sind«, antwortete er heiser.

*Nicht genau das, was ich gemeint hatte!*

Ich lächelte, denn ich konnte mir nicht helfen. »Nehmen wir einfach jeden Tag so, wie er kommt. Und jetzt brauche ich eine Abkühlung.«

Das ganze Gerede von enger Verbundenheit und diese unglaublich heiße Umarmung wurden mir langsam zu viel. Nachdem ich gespürt hatte, zu welcher Leidenschaft Xander fähig war, sehnte ich mich nach so viel mehr.

»Da draußen gibt es starke Strömungen und das Wasser ist ziemlich kalt. Sei vorsichtig. Schwimm nicht zu weit raus«, warnte er.

Als ich ins Wasser ging, bemerkte ich, dass jetzt andere Musik aus meinem Telefon klang. Offenbar hatte Xander etwas gefunden, das ihm besser gefiel als die Band, die ich ausgewählt hatte.

Ich dachte über die Gründe nach, warum er die Musik der Band hasste, und musste grinsen. Es war gut zu wissen, dass er Frauenschläger und Arschlöcher gnadenlos boykottierte.

Als mir das Wasser bis zu den Oberschenkeln stand, tauchte ich kopfüber unter einer kühlen Welle hindurch und fühlte mich besser, als ich es getan hatte, seit ich in Amesport angekommen war.

## Kapitel 8

**SAMANTHA**

In den nächsten Tagen war ich froh zu sehen, dass Xander sich nicht wieder davon zurückzog, über kleine, persönliche Dinge zu sprechen, auch wenn er nichts mehr über den traumatischen Mord an seinen Eltern erzählte. Er schlug nun jeden Tag vor, zum Strand zu gehen, und wir machten Witze, doch zu meiner Enttäuschung versuchte er nicht noch einmal, mich zu küssen.

Wir entwickelten eine regelmäßige Routine. Er trainierte früh morgens in seinem Fitnessraum und ich bereitete jeden Tag zur gleichen Zeit das Frühstück. Danach begab er sich in sein Büro, um am Computer zu sitzen, oder schaltete den Fernseher ein, während ich mich ums Saubermachen kümmerte. Wenn es Zeit zum Mittagessen wurde, hatte ich so gut wie immer alles bereits erledigt, also aßen wir etwas Leichtes und machten uns dann auf den Weg zum Strand. Eigenartigerweise fing er an, mir beim Zubereiten des Abendessens Gesellschaft zu leisten. Für gewöhnlich bot er mir seine Hilfe an, die ich auch akzeptierte. Ich gab ihm einfache Aufgaben und brachte ihm langsam bei, sich die Gerichte, die er gern aß, selbst zu kochen. Es interessierte mich nicht, dass er ein Milliardär war, der niemals auch nur einen Finger hatte rühren müssen, um irgendetwas für sich selbst zu erledigen. Die Grundlagen der Essenszubereitung waren wichtig und da er niemanden in seinem Haus haben wollte, würde er sie brauchen, wenn ich nicht mehr da war.

Ich versuchte, nicht an den Tag zu denken – in nicht allzu ferner Zukunft – wenn ich Amesport verlassen musste. Doch ich würde gehen. Ich war nur aus einem Grund hier und wenn ich meine Aufgabe erledigt hatte, würde ich weiterziehen.

Die Dinge, bei denen er mir Gesellschaft leistete, stellten keine großen Erfolge dar, doch allein die Tatsache, dass Xander angefangen hatte, sich für *irgendetwas* zu interessieren, war ein gutes Zeichen.

Abends stritten wir uns entweder darum, was wir im Fernsehen anschauen würden, oder wir lasen. Ich habe keine Ahnung, warum es mich überrascht hatte, dass Xander Bücher zu vielen verschiedenen Themen besaß. Vielleicht war es ungerecht anzunehmen, dass er nicht gern las, nur weil er ein ehemaliger Rockmusiker mit einigen sehr sexy Tätowierungen war. Doch es faszinierte mich. Dieser Mann war ein Geheimnis mit sehr vielen Facetten und mir wurde nie langweilig, die kleinen Details zu erforschen, die ihn für mich noch anziehender machten, als er es ohnehin bereits war.

»Es ist merkwürdig, dass ich in der letzten Zeit weder Liam noch Julian gesehen habe«, kommentierte er eines Tages beiläufig beim Frühstück. »Ich glaube nicht, dass sie jemals eine gesamte Woche haben verstreichen lassen, ohne bei mir vorbeizukommen.«

Ich hatte bereits aufgegessen und genoss noch meinen Kaffee, als ich antwortete: »Sie sind beide mit Tessa und Micah in New York. Als ich angekommen bin, hat Julian mir die Daten mitgeteilt, an denen er nicht hier sein würde. Ich hoffe, Tessas Operation ist gut verlaufen.«

Xander stellte seine Tasse zurück auf den Tisch und sah mich stirnrunzelnd an. »Sie wurde bereits operiert?«

»Hat Micah es dir denn nicht erzählt?« Okay, ich verstand, dass Xander momentan vermutlich *keine* große Stütze war, doch ich hätte gedacht, dass sein Bruder ihm zumindest von Tessas bevorstehender Operation erzählen würde. »Sie setzen ihr heute die Cochlea-Implantate ein. Sie sind alle bereits vor ein paar Tagen abgereist, weil Tessa vor dem Eingriff noch einige Tests durchlaufen musste.«

»Verdammt!«, fluchte er und stand auf. »Ich wusste nicht, dass es heute ist. Micah hat es mir erzählt, doch ich habe wahrscheinlich einfach das Datum nicht abgespeichert. Manchmal geht bei mir ein Tag direkt in den nächsten über.«

»Es ist heute. Julian und Liam sind beide mit Micah in New York. Hoffentlich wird Tessa bis morgen aus dem Krankenhaus entlassen sein.«

»Ich sollte dort sein. Ist Kristin mitgefahren?«

Ich nickte. »Sie wollten alle bei Tessa sein.«

»Und sie haben einfach angenommen, dass ich kein Interesse hätte, auch mitzukommen«, antwortete er enttäuscht. »Ich verstehe schon. Sie vertrauen mir nicht.«

Mein Herz zog sich zusammen, als ich in seine dunklen, verletzlichen Augen blickte, und ich fühlte mit diesem Mann, der seinen Brüdern so gern wieder näherkommen wollte, jedoch nicht wusste, wie er das anstellen sollte. Xander musste Micah und Julian die Wahrheit sagen. Es war der einzige Weg für ihn, um jemals zu verstehen, dass keiner seiner Brüder ihn dafür verantwortlich machen würde, was geschehen war. »Kannst du es ihnen verübeln?«, fragte ich leise. »Sie sorgen sich um dich und wollen dich auf gar keinen Fall in irgendeiner Form unter Druck setzen.«

»Sie setzen mich nicht unter Druck«, widersprach er mit tiefer, mitfühlender Stimme. »Die beiden sind meine verdammten Brüder. Sie sind alles, was mir noch geblieben ist. Micah liebt Tessa. Er würde es nicht überleben, wenn ihr jemals irgendetwas zustoßen würde.«

Ich spürte, wie mir die Tränen in die Augen stiegen, doch ich versuchte, mich zusammenzureißen. Abgesehen von Wut war es das erste Mal, dass ich von Xander tatsächlich eine emotionale Reaktion gesehen hatte. Er war verletzt und versteckte nicht, wie er sich fühlte.

»Es wird schon alles gut gehen«, versicherte ich ihm. »Die Operation ist nicht gefährlicher als irgendein anderer Routineeingriff.«

»Das spielt keine Rolle. Micah dreht bestimmt gerade durch.« Er hielt einen Moment lang inne, dann sagte er: »Ich will auch dort sein.

Ich mag Tessa. Sie hat sich immer solche Mühe gegeben, um mir das Gefühl zu vermitteln, ein Teil der Familie zu sein.«

»Dann flieg hin. Es ist ja nicht so, als hättest du kein Privatflugzeug auf dem Flughafen herumstehen wie so gut wie jeder Sinclair in dieser Stadt, oder? Nach New York dauert es ja nicht so lange.«

»Ich … ich gehe nicht so häufig raus«, sagte er mit zögerlicher Stimme.

»Du könntest aber.«

»Einige Geräusche lösen Flashbacks bei mir aus«, gab er zu.

»Dagegen kannst du ankämpfen. Ich bin mir sicher, je öfter du das Haus verlässt, umso besser wird es werden.«

»Könntest du mit mir kommen?«, fragte er unsicher.

Der Schraubstock, in dem mein Herz sich befand, wurde noch enger. Ich wusste, dass Xander nur sehr selten um etwas bat. »Natürlich. Wenn du willst, dass ich dich begleite.«

Ich wusste, dass Xander wegen seiner Narben und seiner posttraumatischen Belastungsstörung verunsichert war. Beides isolierte ihn, schnitt ihn von der Außenwelt ab. Doch die Tatsache, dass seine Liebe für seinen Bruder und seine Schwägerin größer war als seine Angst, berührte mich so sehr, dass es mir schwerfiel, meine Tränen zurückzuhalten.

Er nickte ernst. »Kannst du dich fertigmachen, damit wir in Kürze abreisen können?«

Ich stand auf. »Zwanzig Minuten«, versprach ich. »Lass mich nur einige Sachen in meinen Koffer werfen, für den Fall, dass du über Nacht dortbleiben willst.«

»Das möchte ich«, bestätigte er. »Nimm von allem etwas mehr mit.«

Schnell stellte ich unser Geschirr in die Spüle und lief zur Treppe. Auf dem Weg nach oben hielt ich neben ihm an. Ich stellte mich auf Zehenspitzen und gab ihm einen Kuss auf die Wange. »Du bist ein guter Bruder, Xander.«

Ganz egal wie sehr er sich auch anstrengte, so zu tun, als sei ihm alles gleichgültig, er liebte seine Brüder und er vermisste sie.

Er schüttelte den Kopf. »Ich bin furchtbar. Ich hätte einplanen sollen, dort zu sein. Ich hätte es wissen müssen.«

»Du *wirst* dort sein«, erinnerte ich ihn, bevor ich die Treppe hinauflief, um meine Sachen zu holen. Ich fühlte mich, als hätte ich gerade eben einen kleinen Einblick in Xanders Herz erhalten.

Er wollte bei seinen Brüdern sein. Er wollte sie unterstützen, doch seine Schuldgefühle und sein Selbsthass hatten ihn sehr lange auf Distanz gehalten.

»Es wird Zeit, wieder in die Welt zurückzukehren, Xander«, flüsterte ich, als ich schon wesentlich erleichterter meinen Koffer packte.

Ich war es nicht gewohnt, wie eine Reiche zu reisen.

Xanders Privatflugzeug war eine Extravaganz, die ich mir zu besitzen nicht einmal vorstellen konnte. Es war komisch, wie locker er damit umging und an Bord des Luxusfliegers stieg, ohne überhaupt darüber nachzudenken, wie viel Glück er hatte, ihn zu besitzen. Aber es machte Sinn. Die Sinclairs waren alle unfassbar wohlhabend und sind es seit dem Tag ihrer Geburt gewesen. Keiner von ihnen hatte jemals einen anderen Lebensstil gekannt als den im Überfluss.

»Das ist fantastisch!«, sagte ich, als wir abhoben.

Wir saßen auf vornehmen Ledersitzen nebeneinander, auch wenn für diese Nähe kein Zwang bestand. Die Kabine war geräumig und zusätzlich zu den großen, komfortablen Plätzen, auf denen wir uns befanden, gab es ebenfalls einen Tisch mit Stühlen und ein Sofa, das einen Teil der Wand einnahm.

»Ist es das?«, fragte er und klang verwirrt. »Es ist nur ein Flugzeug.«

»Gut, für *mich* ist es fantastisch«, korrigierte ich. »Ich bin nicht reich aufgewachsen und auch jetzt besitze ich keine Unmengen von Geld. Ich reise auf dem gewöhnlichen Weg, in einem überfüllten Flugzeug, wo sich die Menschen beinahe schon übereinanderstapeln.«

»Ich bin einmal mit einem Linienflugzeug geflogen. Ich habe es gehasst«, sagte er und zog eine Grimasse.

Ich schlug mir die Hand in gespielter Überraschung vor den Mund. »Wie schrecklich! Es tut mir so leid, dass du das hast durchmachen müssen. Es muss furchtbar gewesen sein, dass dir dein Privatflugzeug nicht zur Verfügung stand.«

Ich bemerkte, wie sich ein kleines Lächeln auf seinen Lippen ausbreitete, als er antwortete: »Okay, du Klugscheißerin. Ja, ich habe es tatsächlich überstanden. Mein Flugzeug musste zur Wartung und ich hatte einen Konzerttermin, den ich nicht absagen wollte.«

Ich zog eine Augenbraue hoch. »Erste Klasse?«

Er drehte seinen Kopf, um mich anzusehen, und warf mir zum Spaß einen warnenden Blick zu. »Selbstverständlich.«

»Dann war das kein *echter* Linienflug. In der ersten Klasse hast du Platz und bekommst guten Service. Verglichen mit einem Privatflugzeug ist es nur etwas eingeschränkt. Versuch mal, Economy zu fliegen, damit du eine Ahnung davon bekommst, wie echte Menschen reisen.«

»Ich bin echt«, sagte er.

Ich rollte mit den Augen. »Ich spreche von dem großen Prozentsatz der Bevölkerung, der sich eine Privatmaschine oder das Fliegen erster Klasse nicht leisten kann.«

»Ich habe versucht, mich unauffällig zu verhalten«, brummte er.

Ich lachte. »Ich gebe dir nicht die Schuld dafür, dass du einen Reiseweg wählst, den du dir leisten kannst. Ich versuche nur, dir zu verstehen zu geben, dass das Leben für die meisten anderen Menschen nicht so verläuft. Du hast Glück.«

»Ja. Vielleicht habe ich das wirklich. Ich habe tatsächlich nie darüber nachgedacht. Ich glaube, ich habe einfach nie in Betracht gezogen, dass ich anders bin. Ich habe mich niemals für etwas Besseres gehalten als meine Freunde, die es sich nicht leisten konnten.«

»Du bist nicht *besser*. Du bist nur reicher«, witzelte ich und hatte Spaß daran, es ihm schwer zu machen.

»Ist das schlecht?«

»Nein. Aber wohlhabend zu sein hat seine Vorteile.«

»Welche zum Beispiel?«

Ich holte tief Luft. Ich wollte ihm so gern erzählen, dass die meisten Menschen nicht einfach so aufhören konnten, am gesellschaftlichen Leben teilzunehmen, ohne sich darüber Gedanken machen zu müssen, wovon sie leben würden. Auf eine gewisse Art und Weise hatte sein Reichtum es ihm ermöglicht, ein Einzelgänger zu sein. Doch weil ich nicht wollte, dass er meine Worte falsch auffasste, war ich vorsichtig mit dem, was ich sagte. »Du kannst arbeiten, wann immer du willst, und bist nicht dazu gezwungen, es zu tun. Das ist etwas, das ein normaler Mensch nicht verstehen würde.«

»Auf gewisse Art und Weise haben die es aber auch gut. Ich wünschte, ich *wäre* zum Arbeiten gezwungen. Dann hätte ich kein Geld für Drogen oder Alkohol und vielleicht wäre aus mir dann auch nicht so ein egoistisches Arschloch geworden. Was ich tun kann, mache ich von zu Hause aus. Ich habe die Verwaltung meines eigenen Vermögens übernommen, gelernt, wie ich es investieren und mein Geld vermehren kann, auch wenn ich im Grunde genommen in meinem eigenen Haus gefangen bin. Aber ich kann von mir nicht wirklich behaupten, dass ich arbeite.« Er sah aus dem Fenster und seine Stimme klang nachdenklich.

*Das war es also, was er nach dem Frühstück in seinem Büro gemacht hatte.*

Ich hatte keinen Zweifel daran, dass er es ernst meinte. Ich hatte genug über Xander gelernt, um zu verstehen, dass er es sich nicht aussuchte, auf der faulen Haut zu liegen. Es schien manchmal tatsächlich so, als sei er gefangen, auch wenn sein Gefängnis nicht physisch war. Er war durch Angst und Schuld isoliert, die sich in einem ziemlich ungesunden Fluchtverhalten niederschlugen. »Du hast online Investmentstrategien gelernt?«

Er zuckte mit den Schultern. »Ich habe mir sehr viele Dinge angelesen. Und bei Gott, ich hatte Zeit dazu. Wenn ich wollte, könnte ich bereits zahlreiche Online-Zertifikate besitzen.«

Er lachte über sich selbst, aber nicht auf eine schlechte Weise. »Sollte ich dich also lieber Dr. Sinclair nennen?«, fragte ich und spielte mit. Sein großer Körper erzitterte. »Nein, auf gar keinen Fall! Wir haben bereits eine Ärztin in der Familie, Sarah, die Frau von meinem

Cousin Dante. Ich habe großen Respekt vor ihrem Können, doch ich habe im Krankenhaus wahrlich genug Ärzte gesehen und Schmerzen erlebt. Das ist nicht mein Ding.«

»Hast du lange Zeit im Krankenhaus verbracht, nachdem du verletzt wurdest?«

»Zu lange«, antwortete er barsch. »Es hat Wochen gedauert, in denen ich öfter operiert wurde, als ich zählen konnte. Als sie mich endlich wieder zusammengeflickt hatten, waren meine Eltern tot und begraben, und ich war nicht einmal dazu in der Lage gewesen, zu ihrer Beerdigung zu gehen. Ich habe mich nie von ihnen verabschieden können.«

Seine Trauer löste etwas in mir aus und ich spürte, wie sich mein Magen vor Mitgefühl zusammenzog. »Das tut mir leid. Es muss sehr schwer für dich gewesen sein.«

»Das war es. Aber ich war ein Feigling, Samantha. Ich *wollte* weglaufen und mich verstecken.«

»Es ist ein Schutzinstinkt«, verteidigte ich ihn. »Ich glaube, dass die meisten Menschen in dieser Situation fliehen würden.«

»Ich habe Micah und Julian nur noch mehr Stress bereitet. Besonders Micah. Jedes Mal wenn ich Mist gebaut hatte, musste er durch das gesamte Land fliegen, um mir meinen Arsch zu retten. Ich habe mich selbst gehasst, aber ich konnte einfach nicht aufhören.«

Seine Stimme war rau vor Emotionen und Reue.

Ich nahm seine große Hand in meine und hoffte, er würde meinen Versuch, ihn zu trösten, nicht abweisen. »Es ist vorbei, Xander. Mach dich nicht länger fertig für etwas, das du nicht ändern kannst. Du warst in einem schlimmen Zustand. Deine Brüder lieben dich. Sie verstehen dich gerade nur nicht.«

Er drückte leicht meine Hand und schnaubte: »Verdammt, ich kann es ihnen nicht verübeln. Ich bin mir nicht einmal sicher, ob ich mich selbst verstehe.«

Glücklicherweise verstand ich ihn nur zu gut. Er war ein Mann, der vom Schmerz aufgefressen wurde. Ein Mann, der nicht gelernt hatte, mit diesem Schmerz umzugehen oder sich selbst zu vergeben. Xander war in seiner Trauer erstarrt, während für den Rest der

Welt und seine Familie das Leben weiterging. »Ich weiß. Aber du musst Geduld mit dir haben. Was dir zugestoßen ist, ist etwas, das die meisten Menschen nicht einmal ansatzweise verstehen können. Etwas so Traumatisches geschieht in nicht sehr vielen Leben.«

Er lehnte seinen Kopf auf seinem Sitz zurück und schloss die Augen. »Ich vermisse sie so sehr.«

Als ich die Qual in seiner Stimme hörte, verwob ich unsere Finger miteinander und versuchte, ihm zu verstehen zu geben, dass ich für ihn da war. »Ich weiß.«

»Alle sagen immer, dass die Zeit alle Wunden heilt, doch meine fühlen sich noch immer frisch an. Es kommt mir vor, als wäre es gestern passiert. Nichts ändert sich. Die Zeit verschwimmt und nicht eine einzige Sache ist anders.«

Er hatte zahlreiche Jahre damit verbracht, das Geschehene zu verdrängen und davor davonzulaufen, also war sein Schmerz vermutlich *tatsächlich* noch sehr frisch. »Geduld«, sagte ich mit beruhigender Stimme. »Du bist noch nicht sehr lange clean.«

»Clean zu sein ist scheiße«, beschwerte er sich.

Ich lächelte. »Eine Weile sicherlich schon, doch irgendwann wirst du anders darüber denken.«

»Das will ich doch schwer hoffen. Wenn nicht, werde ich mir irgendwann eine riesige Flasche greifen und die Welt um mich herum ausschließen.«

Ich wusste, dass er das nicht ernst meinte. Xander hatte so sehr gelitten, um den Drogen und dem Alkohol fernzubleiben. Er war verwundbar und hatte nichts, das den Schmerz lindern konnte. »Wenn du nicht clean wärst, würdest du Micah nicht unterstützen.«

»*Das* würde ich hassen«, gab er zu. »Ich habe so verdammt viel versäumt. Meine Brüder haben geheiratet. Zwei meiner Cousins erwarten ihr erstes Kind. Es kommt mir vor, als wäre das Leben an mir vorbeigezogen, während ich stillgestanden habe.«

»Du kannst zu ihnen aufschließen«, sagte ich mit beruhigender Stimme.

Ich drehte meinen Kopf und sah, wie er mich anstarrte.

»Bist du immer so verdammt optimistisch? Das nervt mich nämlich immer noch ein wenig«, sagte er mit einem Grinsen, bei dem mein Herz ins Stottern geriet.

Ich zuckte mit den Schultern. »Jeder Tag ist ein Geschenk. Warum sollten wir ihn mit negativen Gedanken verschwenden?«

»Passiert dir eigentlich nie irgendetwas Schlechtes?«

In meinem Leben hatte es sehr viel von diesem »Schlechten« gegeben. Das war der Grund, warum ich die guten Zeiten schätzte. Und warum ich Xander so gut verstand. »Öfter als du denkst«, sagte ich.

»Erzähl es mir«, forderte er mich auf.

Ich schüttelte den Kopf. »Ein anderes Mal. Es ist nicht wichtig. Ich will nur, dass du bei deiner Familie bist.«

Er fuhr sich frustriert mit der Hand durchs Haar. »Ich auch.«

Xander verstummte und sah aus, als sei er tief in Gedanken versunken, doch als wir auf dem Flughafen in New York landeten, hielt er noch immer fest meine Hand.

## SAMANTHA

»Xander? Was zum Teufel tust du hier?«, rief Micah überrascht aus, als wir Tessas Krankenzimmer betraten.

Alle waren anwesend, doch weil Tessa in einem großen Privatzimmer untergebracht war, gab es genügend Platz, auch wenn Micah, Julian und Liam alle um Tessas Bett herumstanden. Es war außerdem eine rothaarige Frau dort, von der ich annahm, dass sie Julians Frau war. Ich hatte Micah noch nicht persönlich getroffen, doch ich hatte mich mit ihm am Telefon unterhalten und erkannte ihn von Fotos, die ich ab und zu in den Medien gesehen hatte.

Ich zuckte bei dem niedergeschlagenen Blick auf Xanders Gesicht zusammen, als dieser endlich sagte: »Ich dachte, ich gehöre zur Familie. Ich dachte, ich sei hier willkommen.«

Für einen Moment hielt ich den Atem an und hoffte, dass Xanders Brüder seinen Versuch, wieder zu einem Teil der Familie zu werden, nicht zurückweisen würden. Seine sichere Umgebung zu verlassen, um nach New York zu fliegen, war für ihn nicht einfach gewesen. Hierherzukommen war ein großer Schritt nach vorne gewesen und ich wollte auf keinen Fall, dass seine Brüder ihn versehentlich vor den Kopf stießen.

Micah schüttelte den Kopf. »So habe ich das nicht gemeint. Ich bin nur überrascht, dich hier zu sehen. Aber ich freue mich, dass du da bist.«

»Ich *wollte* hier sein«, antwortete Xander abrupt, als er neben Micah anhielt. »Wie geht es ihr?«

Ich atmete leise aus, erleichtert darüber, dass seine Brüder keine große Sache aus Xanders Handlungen machten.

Micah lächelte seinen jüngeren Bruder an. »Es geht ihr gut. Sie ist noch ein wenig benommen und immer noch müde von der Narkose, doch sie erholt sich bereits.«

Ich trat vom Bett zurück und beobachtete Xander, als Tessa ihm ihre Arme entgegenstreckte. Er nahm zur Begrüßung ihre Hände, beugte sich dann herunter und küsste sie auf die Wange.

»Ich freue mich so sehr, dass du hier bist«, sagte Micahs Frau schwach von ihrem Bett aus.

Tessa sah erschöpft aus und ich konnte sehen, dass ihr das Sprechen schwerfiel, doch sie strahlte Xander bis über beide Ohren an.

Dann trat Xander zu meiner Überraschung einen Schritt zurück und fing an, mit seinen Händen zu gebärden. Es dauerte einen Moment, bis ich verstand, dass er mit Tessa tatsächlich in der amerikanischen Gebärdensprache, oder ASL, kommunizierte, weil er offenbar dachte, dass es für die gehörlose Frau einfacher wäre, Gebärden zu verstehen, als Lippen zu lesen und zu versuchen zu sprechen.

Micah und Julian sahen mich beide fragend an, woraufhin ich den Kopf schüttelte und hoffte, sie würden verstehen, dass ich keine Ahnung hatte, was gerade vor sich ging. Die Tatsache, dass Xander die Gebärdensprache beherrschte, war offensichtlich eine Überraschung für sie, und auch ich hatte nicht gewusst, dass er gebärden konnte.

Tessa klatschte in die Hände und machte dann Handbewegungen, die eine Antwort auf Xanders Aussage zu sein schienen.

So ging das eine ganze Weile hin und her und mit jedem Austausch sah Xander sicherer und ungezwungener aus.

»Wo um alles in der Welt hast du das gelernt?«, fragte Julian neugierig. Xander sah seinen Bruder kurz an und sagte: »Du würdest dich wundern, was du alles lernen kannst, wenn du so viel Zeit hast wie ich.«

»Danke«, sagte Micah mit ernster Stimme zu seinem jüngeren Bruder. »Der heutige Tag ist nicht einfach, aber du hast Tessa gerade sehr glücklich gemacht.«

»Das war doch gar nichts«, sagte Xander und wies Micahs Dankbarkeit zurück. »Sie ist meine Schwägerin und ich sorge mich um sie.«

Micah gab Xander einen Klaps auf den Rücken. »Es bedeutet uns allen sehr viel, dass du hier bist.«

»Wie geht es denn jetzt weiter?«, fragte Xander laut und in ASL.

Er sah zu Tessa, die ebenfalls laut und in Gebärdensprache antwortete. »Wenn alles in Ordnung ist, sollte ich morgen entlassen werden.«

»Wirst du hören können?«

»Nein«, sagte Micah. »Es wird einige Wochen dauern, bis die Wunden verheilen. Erst dann können die Implantate aktiviert werden.«

Von ihrem Bett aus nickte Tessa schläfrig in Zustimmung.

Ich sah zu, wie die Männer ihre Unterhaltung fortführten, auch Julian und Liam gesellten sich dazu. Plötzlich erschrak ich, als ich direkt neben mir eine weibliche Stimme hörte. »Wie hast du es angestellt? Was hast du getan, um ihn hierher zu bekommen? Xander verlässt sein Haus so gut wie nie. Eine Reise nach New York kommt beinahe einem Wunder gleich.«

»Mrs. Sinclair?«, fragte ich höflich, auch wenn ich mir ziemlich sicher war, dass es sich bei der hübschen Rothaarigen um Julians Frau handelte.

»Sag bitte Kristin«, bat sie mich.

Wir standen weit genug vom Bett entfernt, sodass niemand unser Gespräch hören konnte, besonders weil die Männer in ihre eigene Unterhaltung vertieft waren. Ich sprach leise, als ich antwortete: »Er wollte hier sein. Ich habe gar nichts tun *müssen*.«

»Alle Achtung! Das ist ... neu. Danke, dass du ihn begleitet hast. Ich bin mir sicher, dass ihm das geholfen hat.«

Ich drehte mich zur Seite und bekam endlich einen guten Blick auf die Frau, die Julian Sinclair das Herz gestohlen hatte. Sie war etwa so groß wie ich, aber sie war kurvig gebaut und hatte leuchtend rotes Haar, das meine Aufmerksamkeit sofort auf sich zog. »Es hat mir nichts ausgemacht mitzukommen. Es freut mich, dass es Tessa gut geht.«

»Micah war ein totales Wrack«, gestand Kristin. »Er ist für die familiäre Unterstützung sehr dankbar.«

»Es ist nur natürlich, dass Xander hier sein möchte. Er ist selbst so lange von euch allen unterstützt worden.«

Kristin lächelte. »Es ist ... schön. Er geht nicht sehr oft raus. Normalerweise müssen Julian und ich ihn besuchen.«

»Ladet ihr ihn zu euch nach Hause ein?«, fragte ich neugierig.

Kristins Gesichtsausdruck veränderte sich und sie schien über meine Frage nachzudenken. »Weißt du ... ich denke, das tun wir eigentlich nicht. Wir sind einfach immer davon ausgegangen, dass er sowieso nicht kommen würde.«

Ich besaß keinen Zweifel daran, dass Xander Einladungen jeglicher Art ausgeschlagen hätte, dennoch wäre es beruhigend für ihn gewesen, eingeladen zu werden. »Das wird er vielleicht tatsächlich nicht«, stimmte ich zu. »Doch er ist hier, weil es ihm wichtig war, Micah und Tessa zu unterstützen. Selbst wenn er ablehnt, könntet ihr ihn immer noch wissen lassen, dass er bei euch willkommen ist, nicht wahr?«

Kristin nickte. »Das sollten wir tun. Es würde mich freuen, wenn er uns besucht. Und es würde Julian glücklich machen.«

»Ich glaube, dass er wieder Kontakt zu seiner Familie aufnehmen will. Er weiß nur nicht, wie er das tun soll. Aber es ist offensichtlich, dass er viel Zeit darauf verwendet hat, um das Basiswissen der Gebärdensprache zu erlernen, damit er mit Tessa kommunizieren kann. Ich weiß, dass ihr denkt, er würde sich nicht um seine Familie scheren, aber ich glaube, sein Problem liegt darin, dass er sich zu viele Gedanken macht.« Ich konnte Xanders Vertrauen nicht missbrauchen, indem ich den Grund offenbarte, warum er sich seinen Brüdern nicht mehr gleichgestellt fühlte. Er musste diesen Schritt selbst tun, es musste seine Entscheidung sein.

»Ich weiß«, stimmte Kristin zu. »Ich habe nie gedacht, dass wir ihm egal sind. Er hat versucht, bei wichtigen Familienveranstaltungen anwesend zu sein, obwohl er Krach und Menschenmassen nicht ausstehen kann. Es muss schwer für ihn gewesen sein, doch er ist gekommen.«

Ich blickte in Kristins freundliche Augen und nickte. »Es ist schwer. Doch es tut ihm gut, nach draußen zu gehen und zu erkennen, dass er es vermisst. Der beste Weg, um damit zu beginnen, besteht darin, sich eine harmlose Umgebung auszusuchen. Er geht jetzt beinahe jeden Tag mit mir zum Strand und leistet mir Gesellschaft. Ich bin mir sicher, dass er irgendwann wieder mehr machen wird.«

»Ich werde dafür sorgen, dass er weiß, dass er immer willkommen ist«, sagte Kristin mit einem beruhigenden Lächeln. »Ich habe Xander einmal erschreckt und die Angst in seinen Augen gesehen. Ich glaube, er hatte Flashbacks. Dieser Tag verfolgt mich noch immer. Ich habe ihn nicht gekannt, bevor er seine Eltern verloren hat, doch Julian sagt, dass er immer der fürsorglichste und zuvorkommendste der drei Brüder war. Es würde mich glücklich machen, wenn er wieder zu dem Mann werden könnte, der er einmal war.«

»Ich bin mir nicht sicher, ob er das kann«, sagte ich. »Nach dem, was ihm zugestoßen ist, wird er ein anderer Mensch sein. Traumatische Geschehnisse hinterlassen bei jedem seine Spuren. Doch er kann herausfinden, wer er jetzt ist.«

Ich hatte keinen Zweifel, dass tief in ihm immer noch der humorvolle, liebenswerte und talentierte Mensch existierte, der Xander einmal war. Er war nur in Wut und Angst eingeschlossen.

»Ich muss zugeben, dass ich nicht ganz verstehe, warum du nach Amesport gekommen bist, aber ich bin froh, dass du bei ihm bist«, sagte Kristin.

Ich erwiderte ihr Lächeln. »Ich freue mich auch.«

Meine Aufmerksamkeit wurde durch die Gruppe von Männern von Kristin abgelenkt, deren Unterhaltung immer lauter wurde, und ich bemerkte, dass sich die Brüder und Liam tatsächlich gegenseitig auf die Schippe nahmen. Aus der kleinen Gruppe drang Gelächter zu mir herüber und ich sah, dass Xander tatsächlich ein kleines Grinsen auf dem Gesicht hatte, als er etwas zu Julian sagte.

Tessa konnte sie nicht hören, doch sie schien sehr genau zu wissen, was dort vor sich ging. Ihr Blick war fest auf Micahs Mund gerichtet und sie las offenbar von seinen Lippen ab, um dem Gespräch zu folgen.

Als Tessa endlich wieder ihre Augen schloss, schlief sie mit einem Lächeln auf dem Gesicht ein.

»Xander bedeutet Tessa wirklich sehr viel«, beobachtete ich. Es war an ihrem Ausdruck sehr deutlich zu erkennen.

»Das stimmt«, antwortete Kristin. »Er ist uns allen wichtig. Doch Xander hat Tessa einmal sehr geholfen, als es ihr wirklich schlecht ging. Sie hasst es, ihn jetzt so zu sehen.«

»Kannte sie ihn, bevor seine Eltern gestorben sind?«, fragte ich verwirrt. Wie hatten Xander und Tessa sich kennengelernt, bevor seine Eltern ermordet wurden? Sie und Micah waren doch noch gar nicht so lange zusammen.

Kristin schüttelte den Kopf. »Nicht wirklich. Sie haben sich nur einmal getroffen, doch Xander war wirklich nett zu ihr gewesen. Sie erinnert sich an dieses zufällige Aufeinandertreffen und es geht ihr sehr nahe zu sehen, wie sehr er sich verändert hat.«

Ich nickte und wünschte mir, dass auch ich den alten Xander einmal getroffen hätte, um selbst zu sehen, wie sehr er sich verändert hatte. »Er ist immer noch ein guter Mann«, teilte ich Kristin leise mit.

Ich konnte auf keinen Fall sagen, dass Xander süß war, denn das wäre eine Lüge. Doch ich konnte spüren, was unter all seiner Wut, Schuld und Qual verborgen lag.

»Es wird Zeit brauchen, doch er wird wieder in Ordnung kommen«, sagte ich zu Kristin, um sie zu beruhigen, und hoffte gleichzeitig, dass ich recht haben würde.

## Kapitel 10

**SAMANTHA**

>>Ich hätte etwas Besseres als Pizza bestellen sollen«, sagte Xander mit Abscheu in der Stimme. »Wir sind in New York, hier gibt es einige der besten Restaurants der Welt.«

»Ich *wollte* aber Pizza essen«, erinnerte ich ihn, als wir in einem der fantastischsten Hotelzimmer saßen, die ich je gesehen hatte. Selbstverständlich übernachteten wir in einem teuren Penthouse, das einen sensationellen Ausblick über die Stadt bot. »Dieser Ort ist sogar größer als meine alte Wohnung«, sagte ich zu ihm.

»Micah hat immer noch seine Wohnung in New York, aber ich wollte ihm etwas Zeit für sich geben. Er wird mit Tessa nach ihrer Entlassung ein paar Tage hierbleiben, um sicherzugehen, dass sie auch stabil genug für den Flug ist«, teilte er mir mit.

Ich betrat die voll ausgestattete Küche, um Teller und Servietten für unsere Pizza zu holen. »Hier zu übernachten ist jetzt nicht unbedingt furchtbar«, rief ich ihm zu, während ich das Geschirr aus dem Schrank nahm.

Ich legte unser soeben geliefertes Abendessen auf die Teller, nahm zwei Dosen Limonade aus der gefüllten Minibar und versuchte, nicht darüber nachzudenken, wie viel das Hotel wohl für die Getränke berechnen würde.

»Das Hotel ist ganz in Ordnung«, sagte Xander, als er mir seinen Teller mit der Pizza und das Getränk abnahm. »Trotzdem habe ich das Gefühl, dass du nichts geboten bekommst, weil du bei mir bleibst. Julian führt Kristin in ein exklusives japanisches Restaurant aus. Du hingegen bekommst Pizza in einem Hotelzimmer.«

Ich wollte Xander daran erinnern, dass ich eine Angestellte war und nicht seine Frau. Doch stattdessen lachte ich nur. »Ich mache mir nicht viel aus japanischem Essen.«

Ich setzte mich in einen gemütlichen Sessel, der sich gegenüber von seinem Platz auf dem Sofa befand.

Er grinste mich an, ein Ausdruck, den ich nun häufiger zu sehen bekam. Mit einem spitzbübischen Blick, der mir das Herz bis zum Hals schlagen ließ, antwortete er: »Verarschst du mich etwa?«

»Nein. Ernsthaft. Ich esse kein Sushi. Ich finde es ziemlich fade und langweilig.«

»Ich auch«, gestand er. »Es ist gut zu wissen, dass ich nicht der Einzige bin, der es hasst.«

Ich wusste genau, was er meinte. Ich hatte Freunde, die mir ständig sagten, wie sehr sie Lust auf Sushi hätten. Und ich? Ich ... nicht. »Ich esse lieber Pizza«, sagte ich.

»Meine Art von Frau«, entgegnete er und nickte zufrieden.

Einige Minuten lang aßen wir unser Abendessen schweigend, wobei die Stille keineswegs unangenehm war. In der letzten Zeit kamen wir besser miteinander aus und ich hatte nicht das Gefühl, die Ruhe durch ein Gespräch unterbrechen zu müssen. Wir waren zufrieden damit, einfach nur zu essen, weil wir hungrig waren.

Ich fühlte mich ebenfalls nicht dazu gezwungen, mein bestes Benehmen an den Tag zu legen. Ich verschlang meine Pizza, bis ich satt war, und sah dann auf, um unsere Unterhaltung fortzusetzen.

»Tessa machte den Eindruck, als erhole sie sich gut. Sie wird vermutlich morgen entlassen.« Ich war stolz und gerührt von der Tatsache, dass Xander hier in New York war, auch wenn ich wusste, dass er es lieber nicht wäre.

Er schluckte einen großen Bissen hinunter, bevor er antwortete. »Sie hat gut ausgesehen. Ich glaube, Micah hat mehr Angst gehabt als sie. Tessa hat schon jede Menge durchmachen müssen und sie ist immer noch so verdammt fröhlich.«

Ich unterdrückte das Lachen, das in mir hochgestiegen war. »Willst du wirklich, dass die Menschen missmutig sind?«

»Ja«, antwortete er wie aus der Pistole geschossen. Er hielt kurz inne, bevor er hinzufügte: »Nein. Eigentlich will ich das nicht. Ich glaube, ich kann es mir gerade einfach schwer vorstellen, glücklich zu sein. Ich bin aber wirklich froh, dass es meinen Brüdern gut geht.«

Ich sah ihm beim Essen zu und wollte ihn gern so viele Dinge fragen. »All die Male, an denen du eine Überdosis genommen hast ... Wolltest du wirklich sterben?«

Seine dunklen Augen sahen mich an und der Blick, den er mir zuwarf, war vorsichtig. Er sah aus, als wüsste er nicht, ob er wirklich über seine Tage als Abhängiger sprechen wollte oder nicht. Schließlich zuckte er mit den Schultern. »Ich weiß es ehrlich gesagt nicht. Ich war so weit unten, dass ich mir nicht sicher bin, ob ich überhaupt gewusst habe, was ich tue. Ich weiß nur, dass ich unter gar keinen Umständen nüchtern sein wollte. Aber habe ich es getan, weil ich nie wieder aufwachen wollte? Auf gar keinen Fall, zumindest nicht bewusst. Es ist sehr häufig passiert, wenn ich nicht die Beruhigungsmittel bekommen habe, die ich in dem Moment haben wollte, und einen Ersatz genommen habe.«

»Heroin?«, fragte ich.

»Wenn ich keine anderen Drogen kriegen konnte ... ja. Ich habe mir das Zeug reingedrückt wie ein verdammter Junkie. Zur Hölle, wem mache ich denn etwas vor? Ich *war* ein Junkie.«

»Du warst süchtig, Xander. Hast du angefangen, Schmerzmittel zu nehmen, nachdem du aus dem Krankenhaus entlassen wurdest?«

Er nickte. »Das habe ich. Ich musste zahlreiche Operationen über mich ergehen lassen und hatte Schmerzen, besonders im ersten Monat nach meiner Entlassung aus dem Krankenhaus.«

»Und dein Arzt hat sie dir einfach weiter verschrieben?«

»Irgendwann hat er mir nichts mehr gegeben und ich habe das gehasst. Ich mochte es, high zu sein, denn es betäubte mich. Wenn ich genügend Drogen genommen und ausreichend Alkohol getrunken hatte, vergaß ich, was passiert war. Auf der Straße kannst du Medikamente zu einem bestimmten Preis kaufen. Wenn ich mir die Beruhigungsmittel nicht besorgen konnte, habe ich mir eine ähnliche Droge gesucht. Ich habe den Alkohol nur so in mich hineingegossen, aber ich konnte nie genug bekommen.«

Während ich den Rest meiner Pizza aß, sagte ich nichts mehr. Stattdessen dachte ich darüber nach, was Xander mir gerade erzählt hatte. Ich hasste diese regelrechte Epidemie der Betäubungsmittelsucht, die sich im ganzen Land ausbreitete und von Tag zu Tag schlimmer wurde. Was Xander gesagt hatte, war kein Einzelfall. Viele Menschen fingen mit verschriebenen Schmerzmitteln an und endeten als Süchtige. Wenn ihre Ärzte sich weigerten, ihnen die Medikamente weiterhin zu verschreiben, fanden die Patienten entweder einen Weg, um die schrecklichen Entzugsschmerzen auszuhalten, oder kauften sich am Ende Drogen auf der Straße.

»Alles, um sich nicht mit der Realität auseinanderzusetzen«, murmelte ich. Wenn er wirklich so schwer verletzt gewesen war, wie Julian es mir beschrieben hatte, zweifelte ich nicht eine Sekunde daran, dass Xander diese Medikamente gebraucht hatte. Doch nachdem seine Wunden verheilt waren, hätte ich wetten wollen, dass er alles genommen hätte, das ihm in die Hände gefallen war, um sich vor der gesamten Welt zu verstecken.

»Gibst du wirklich mir die Schuld?«, fragte Xander. »Ich bin aufgewacht und mein gesamtes bisheriges Leben stand auf einmal auf dem Kopf. Ich konnte mit den Bildern, den Flashbacks und der verdammten Schuld nicht umgehen.«

»Nein, ich verstehe das«, sagte ich aufrichtig.

»Ich weiß immer noch nicht, wie ich damit fertigwerden soll«, gab er heiser zu. »Warum habe ich überlebt, wenn die beiden doch gestorben sind? Warum hat es mich nicht getroffen? Ich war doch derjenige, hinter dem der Kerl her gewesen ist. Zu was bin ich denn überhaupt noch nutze? Ich verlasse ja nicht einmal mehr mein Haus.«

»Das sind normale Reaktionen und Fragen, Xander«, teilte ich ihm mitfühlend mit.

»Aber es gibt keine verdammten Antworten!«, sagte er wütend.

»Ein normaler Mensch wird niemals die Handlungsweisen eines Irren verstehen. Es wird der Tag kommen, an dem du das akzeptieren wirst. Du wirst es nie verstehen, weil dein Gehirn nicht so funktioniert wie das eines Mörders.«

»Wie kann ich vergessen, dass ich mich weder von meiner Mutter noch von meinem Vater verabschieden konnte? Wie soll ich mit der Tatsache leben, dass ich tot sein sollte, weil ich der Einzige war, den er töten wollte?«, fragte er mit brüchiger Stimme.

Sein gequälter Gesichtsausdruck zwang mich beinahe auf die Knie, doch ich versuchte, nicht über den herzzerreißenden Schmerz nachzudenken, dem er ausgesetzt war.

Ich kam Xander und seinen Gefühlen sowieso schon viel zu nahe. Meine Beteiligung bestand nicht länger nur aus Mitgefühl. Ich fing tatsächlich an, seinetwegen und mit ihm mitzuleiden.

»Wo sind deine Eltern begraben?«, fragte ich leise.

»Julian hat ihre Leichname in den Norden von Massachusetts überführt, wo sie ihre letzte Ruhestätte haben. Wir sind dort aufgewachsen und die Eltern meiner Mutter sind auf dem Friedhof unserer Heimatstadt begraben. Sie hätten es beide so gewollt.«

»Können wir auf unserem Weg zurück nach Amesport dort anhalten?« Ich war mir nicht sicher, ob er bereit war, sich dieser Situation zu stellen, aber er würde es wirklich brauchen.

Er schluckte das letzte Stück seiner Pizza herunter, bevor er fragte: »Warum?«

»Damit du dich verabschieden kannst«, erklärte ich.

Er sagte nicht Nein. Eigentlich sagte er *gar nichts*, er starrte mich nur mit einem stürmischen Blick an. Schließlich antwortete er: »Ich werde darüber nachdenken.«

»Ich werde bei dir sein«, bot ich ihm an. Ich wusste, dass es für Xander unwahrscheinlich schwer sein würde, sich mit der

Endgültigkeit des Todes seiner Eltern auseinanderzusetzen, doch wenn er es tun konnte, würde ich bei ihm sein, um ihm zu helfen.

»Danke«, antwortete er mit tiefer Stimme.

Ich lächelte ihn an und mir fiel auf, dass es das erste Mal war, dass Xander mir für irgendetwas gedankt hatte. »Gern geschehen«, erwiderte ich.

Er war so viel stärker, als er zu sein glaubte, und seine Liebe zu seiner Familie wurde mir deutlich vor Augen geführt. Wenn er sie nicht liebte, würde er nicht so hart mit sich ins Gericht gehen. New York war voller Menschen, laut und definitiv nicht der Ort für einen Mann, der immer noch manchmal Symptome einer posttraumatischen Belastungsstörung aufwies. Ich hatte gesehen, wie Xander einige Male zusammengezuckt war, als wir aus dem Krankenhaus gekommen und zu unserem Hotel gegangen waren. Doch sein Gesichtsausdruck war nur grimmiger und entschlossener geworden, während er seine Angst bekämpft hatte.

*Er wird es nicht für sich selbst tun, weil er nicht der Meinung ist, dass er irgendetwas verdient, aber er tut es für seine Familie.*

Ich glaube, das hat mich mehr berührt, als ich zugeben wollte.

»*Supernatural* fängt gleich an«, sagte er, nachdem er einen Blick auf die Wanduhr geworfen hatte.

Ich stand auf, brachte unsere leeren Teller in die Küche und stellte sie in die Spüle. Ich würde den Abwasch morgen früh erledigen. »Du hasst diese Sendung«, erinnerte ich ihn, als ich zu meinem Sessel zurückkam.

»Du magst sie«, knurrte er, als er sich hinüberbeugte und mich um die Taille ergriff. »Von hier aus kannst du besser sehen.«

Ich lachte, als mein Körper mit seinem zusammenstieß und ich neben ihm auf dem Sofakissen landete. »Gib es zu«, neckte ich ihn. »Du bist selbst schon süchtig danach.«

Er positionierte mich neben sich und sagte: »Ich finde sie nicht mehr ganz so schlimm.«

»Wie könntest du auch?« Seit vielen Jahren verpasste ich keine Folge dieser Sendung. Manchmal wurde ich wegen der Cliffhanger schier verrückt, doch ich schaltete immer wieder ein, um zu sehen, wie es weiterging.

Ich hatte einige Folgen verpasst und sie mir in Xanders Haus angesehen, wobei er mir dabei Gesellschaft geleistet und sich darüber beschwert hatte, wie lächerlich diese Geschichte doch sei, dass Brüder Dämonen jagten. Dennoch hatte er nach einigen Episoden angefangen, Fragen über die einzelnen Charaktere zu stellen. Es hatte nicht sehr lange gedauert, da musste ich ihm so gut wie alles über jede Rolle erzählen, die in der Sendung vorkam.

Da hatte ich gewusst, dass es ihn auch erwischt hatte, er jedoch nur nicht zugeben wollte, dass er sich, genau wie ich, dieser wundersamen Fernsehsendung nicht hatte entziehen können.

Er zuckte mit den Schultern. »Jetzt kann ich es tolerieren. Es gefällt dir.«

Ich seufzte, als er meinen Kopf an seine Brust heranzog. Er fühlte sich so gut an, so warm, und es kam mir so selbstverständlich vor, ihm so nahe zu sein, dass ich keine Anstalten machte, mich zu wehren. Ich atmete tief ein und genoss seinen männlichen Duft. Ich konnte Xander nicht so nahe sein, ohne dass mein Körper auf ihn reagierte. Meine Muschi zog sich mit einem so dringenden Bedürfnis zusammen, das ich versuchte zu ignorieren. Doch jedes Mal wenn ich ihm nahe war, fiel es mir schwerer.

»Ich will nicht, dass du es dir nur deswegen ansiehst, weil es mir gefällt.« Ich wusste verdammt gut, dass er die Folge in dieser Woche ebenfalls sehen wollte, es jedoch nicht öffentlich zugeben wollte.

»Ich mag *das* hier«, sagte er, als er sein Gesicht in meinem Haar vergrub und mit einer starken Hand über meinen Rücken streichelte. »Ich mag, wie du dich anfühlst und dass du wie eine Blume riechst, die ich nicht benennen kann. Ich mag, wie du mir zuhörst, wenn ich rede, als ob das, was ich zu sagen habe, wichtig ist und nicht durchgeknallt. Ich mag es, dir nahe zu sein, Sam, denn wenn ich es bin, dann fühle ich mich nicht mehr so verdammt allein.«

Ich legte meine Hand auf seine Brust. »Du bist *nicht* allein, Xander.«

Mein Herz stotterte, weil ich nur allzu gut wusste, wie er sich fühlte, und er schon viel zu lange einsam gewesen war.

»Ich glaube, ich fange an, das zu kapieren, Sam. Aus irgendeinem Grund ... verstehst du es. Und du hast ja keine Ahnung, wie sehr ich bedaure, was passiert ist, als ich dich das erste Mal gevögelt habe.« In seiner Stimme schwang echte Reue.

»Es hätte nicht passieren sollen«, sagte ich ihm. »Ich hätte es dir nicht anbieten sollen. Ich dachte, ich könnte diese ›Nummer ohne Gefühle‹ durchziehen. Doch es hat sich herausgestellt, dass ich darin richtig schlecht bin.«

»Das verdient keine Frau, Sam. Niemals. Ich war ein Idiot zu denken, dass das jemals ausreichend sein würde. Das ist nicht das, was ich von dir will.«

Ich weiß, dass ich es nicht tun sollte, doch ich konnte mich nicht zurückhalten und fragte: »Was willst du denn von mir?«

Eine Minute lang war er ruhig und als ich zu ihm aufschaute, konnte ich sehen, wie angespannt sein Gesicht war, und der Muskel in seinem Kiefer zuckte.

Unsere Blicke trafen sich und einen Moment lang fiel ich in die Dunkelheit, fasziniert von seinen Augen.

Schließlich antwortete er: »Genau jetzt will ich alles. Ich will dir geben, was immer du willst, und dann wieder von vorne anfangen. Ich will dich nackt, ich will, dass du kommst und danach um mehr bettelst.«

Bei der Intensität seiner Stimme und seinen lüsternen Augen, die mein Gesicht absuchten, begann mein Atem, unregelmäßig zu werden. »Ich werde nicht sagen, dass ich dich nicht immer noch will, Xander. Das wäre eine Lüge«, sagte ich atemlos. »Doch lass uns erst einmal darauf konzentrieren, Freunde zu sein.«

Der Mann brauchte eine Vertraute und jemanden, der an seiner Seite war. Er sollte sich nicht in ein undurchsichtiges, romantisches Drama verstricken.

Sein Arm schlang sich fester um meine Hüfte. »Okay«, stimmte er widerwillig zu. »Doch zumindest weißt du jetzt, was ich denke, jedes Mal wenn ich dich ansehe.«

*Ich will dich nackt, ich will, dass du kommst und danach um mehr bettelst.*

Oh Gott, wie konnte ich das vergessen? Meine Brustwarzen waren so hart wie Diamanten und meine Muschi wurde von Hitze durchflutet.

Und doch wollte ich genau dort bleiben, wo ich war, und in dem Gefühl von Xanders starkem Körper ertrinken.

*Ich musste eine Masochistin sein!*

»Ich würde dich gern auf die gleiche Weise sehen«, antwortete ich aufrichtig und fragte mich, wie er wohl aussehen würde, wenn ihn ein wilder und leidenschaftlicher Orgasmus in seinen Fängen hielt.

»Glaub mir, Sam, du willst mich nicht nackt sehen.«

Ich dachte einen Moment lang über seine Worte nach, dann fragte ich: »Warum nicht? Du hast einen fantastischen Körper.«

»Es ist kein schöner Anblick. Ich bin vielleicht gut gebaut, doch ich bin mit Narben übersät.«

Ich sah ihn mit gerunzelter Stirn an. »Das würde ich gern selbst beurteilen. Du hasst dein Gesicht, ich tue das jedoch nicht. Jedes Mal wenn ich dich ansehe, erkenne ich einen Mann, der den Kampf gegen seine Dämonen aufgenommen und ihn gewonnen hat. Ich sehe Kraft und Schönheit, wo du Hässlichkeit siehst.«

»Ich habe nicht wirklich gewonnen und der Kampf hat ziemlich viele Spuren hinterlassen«, sagte er tonlos.

»Vielleicht mag ich meine Männer ja vom Kampf gezeichnet«, neckte ich.

»Du bist so verdammt verrückt«, antwortete er und in seiner Stimme schwang etwas Humor.

Ich boxte ihm leicht auf den Oberarm. »Vielleicht magst du mich ja deswegen.«

»Das könnte *einer* der Gründe sein«, stimmte er mit einem kleinen Grinsen zu.

*Ich werde ihn nicht nach den anderen Gründen fragen.*

*Das werde ich nicht.*

*Wenn er wieder anfängt, mir schmutzige Dinge zu sagen, bin ich geliefert.*

»Schalte meine Sendung ein«, sagte ich und versuchte, über ihn zu greifen, um ihm die Fernbedienung abzunehmen.

Als ich mich hinüberlehnte, berührte mein Arm seinen Schwanz und ich erzitterte, als ich seine feste Erektion an mir spürte. Ich erstarrte, dann zog ich meinen Arm zurück.

»Ich habe dich gewarnt«, sagte er böse. »Wenn ich mit dir zusammen bin, wird das immer so sein.«

»Damit kann ich umgehen«, entgegnete ich mit schwacher Stimme, die meine Aussage nicht gerade unterstützte.

Ich konnte mich gerade noch so zusammenreißen, um seinen Schwanz nicht zu befreien und mich auf ihn zu setzen.

»Ich wünschte, du *würdest* damit umgehen«, antwortete er zum Spaß.

Er schaltete den Fernseher ein und der laute Vorspann meiner Sendung hielt mich vom Sprechen ab, auch wenn ich nicht einmal wusste, was ich hätte sagen sollen.

Ich gab auf und ließ meinen Körper seufzend an seinen sacken. Ihm nahe zu sein war eine Qual, ein großer Schmerz eines unbefriedigten Bedürfnisses. Doch ihn *nicht* zu berühren war noch schwieriger, also gab ich mich mit dem zufrieden, was ich bekommen konnte, und wusste, dass dies für den Moment ausreichend sein *musste*.

## Kapitel 11

**XANDER**

In dieser Nacht wurde ich von Samanthas markerschütterndem Schrei aufgeweckt.

Ich saß kerzengerade im Bett, als der nächste unterdrückte Schrei lauter und beängstigender wurde als der, den ich zuvor gehört hatte.

»Ach du Scheiße!«, fluchte ich und sprang dann aus dem Bett, um zu ihrem Zimmer nebenan zu laufen. Dass ich splitterfasernackt war, interessierte mich in diesem Moment nicht.

Ich schlug mit meiner Hand auf den Lichtschalter und der Raum wurde von Helligkeit durchflutet. »Sam!«, brüllte ich, denn ich fürchtete mich davor, was mit ihr vor sich ging.

Sie war nicht die Art von Frau, die wegen nichts und wieder nichts in Panik verfiel.

Wer immer ihr auch wehtat, ich würde ihn umbringen.

Als ich wenige Meter vor ihrem Bett anhielt, bemerkte ich, dass *niemand* sie anfasste und dass sich auch sonst nichts Ungewöhnliches in ihrem Schlafzimmer befand. Ihr spärlich bekleideter Körper warf sich auf dem Bett hin und her und ihr blondes Haar hing ihr wirr übers Gesicht. Es schien ganz so, als würde sie in ihrem Albtraum in einem Krieg kämpfen.

»Nein, bitte nicht«, wimmerte sie.

Mein Herz hämmerte von innen gegen meine Brust, als mir dämmerte, dass sie in einem schlimmen Traum gefangen war, aus dem sie offensichtlich nicht entkommen konnte.

*Oh Gott!* Ich *kannte* diese Angst, die Verzweiflung darüber, sich in den Klauen von etwas Schrecklichem zu befinden, das in meinen Träumen stattfindet.

Ich setzte mich auf ihr Bett und berührte sie sanft an der Schulter. »Sam! Wach auf! Du hast einen Albtraum.«

Ich strich ihr das Haar zurück, das ihr Gesicht bedeckt hatte, und wartete darauf, dass sie die Augen öffnete. Als sie nicht reagierte, sprach ich lauter, eindringlicher: »Sam! Verdammt noch mal! Wach endlich auf!«

Ich hasste den Gedanken, dass sie auch nur einen Moment länger würde leiden müssen.

Es zerrte an meinen Eingeweiden, der Frau, die zum einzigen Lichtblick in meiner Dunkelheit geworden war, dabei zusehen zu müssen, wie sie Qualen erlitt. Doch was auch immer ihr Schmerzen zufügte schien kein Interesse daran zu haben, sie loszulassen.

»Sam!« Ich brüllte ihren Namen so laut, dass es vermutlich jeder in dem Scheißhotel hören konnte, doch das ging mir völlig am Arsch vorbei.

Plötzlich richtete sie sich im Bett auf, die Augen geöffnet, und ihr entfuhr ein letzter Schrei, der mir einen Schauer über den Rücken jagte.

Einen Augenblick lang war sie ganz ruhig, dann begann ihr leeres, verängstigtes Gesicht, sich zu verformen, während ihr Körper anfing zu zittern und ihren Lippen ein Schluchzer entwich. »Traum. Es war nur ein Traum.«

»Du bist in Sicherheit, Sam«, sagte ich leise neben ihr.

»Xander?« Sie drehte ihren Kopf, um mich anzusehen, und schien verwirrt.

»Du hattest einen Albtraum«, klärte ich sie auf. »Ich habe dich gehört.«

Sie fuhr sich mit der Hand durchs Haar. »Oh Gott. Dieses Mal war es so furchtbar«, sagte sie außer Atem. »Es tut mir leid, dass ich dich aufgeweckt habe.«

Ihrem zitternden Körper entfuhr ein weiterer Schluchzer und ich schlang schnell meine Arme um sie. Ich wollte sie vor allem beschützen, das diesen gehetzten Ausdruck auf ihrem Gesicht hinterließ. »Du bist in Ordnung, Sam. Alles ist gut. Es war nur ein böser Traum.«

Sie sackte in sich zusammen, schlang ihre Arme um meinen Hals und hielt sich an mir fest, als sei ich ihre einzige Sicherheit an einem sehr dunklen Ort. Ich hatte keine Ahnung, welche Art von Traum eine Frau brechen könnte, die so stark war wie Samantha, doch ich hielt sie einfach nur fest, während sie an meiner Schulter weinte, und jede Träne, die sie vergoss, fühlte sich an wie ein Messerstich in mein Herz.

Sam gab auf eine so selbstlose Art und Weise und verlor niemals das Mitgefühl, auch wenn sie es vom ersten Tag an hätte tun sollen, als sie zu meinem Haus gekommen war, um mich aufzusuchen. Ich hatte die ganze Zeit nur von ihr genommen. Verdammt, ich hatte sogar ihren Körper benutzt, und doch hatte sie mich niemals für nur eine Sache verantwortlich gemacht.

Ich war davon überzeugt, dass sie mein Engel war.

Und Engel sollten *niemals* weinen.

Mein Griff um ihren Körper verstärkte sich und ich versuchte, ihr ein Gefühl von Sicherheit zu geben. »Es wird alles gut werden, Sam. Das verspreche ich dir.«

Irgendwie würde ich einen Weg finden, um ihren Schmerz verschwinden zu lassen.

Ihre Tränenflut und qualvollen Schluchzer waren versiegt und ich konnte lediglich die Hitze ihres schweren Atems an meinem Hals spüren.

»Es tut mir leid«, sagte sie schwach. »Ich habe schon seit sehr langer Zeit keinen Albtraum mehr gehabt.«

*F. A. Scott*

»Was war das?« Ich konnte nicht verstehen, was zum Teufel solch eine Wirkung auf sie haben würde. Ich hatte immer schon vermutet, dass es Samantha in der Vergangenheit nicht einfach gehabt haben könnte. Ich hatte mich gefragt, ob sie meinen verdrehten Kopf vielleicht deswegen verstand, weil sie ihre eigenen Schwierigkeiten gehabt hatte.

Ich schwang meinen Körper aufs Bett und zog sie auf meinen Schoß, wo ich sie an mich drückte, während ich mich mit dem Rücken gegen das Kopfende lehnte. Ich versuchte zu ignorieren, dass sie nur ein kurzes, rotes Nachthemd trug.

Jetzt war nicht der richtige Zeitpunkt, um all meine sexuellen Fantasien über Samantha zum Leben zu erwecken.

»Etwas, das in der Vergangenheit geschehen ist«, sagte sie plötzlich mit atemloser, heiserer Stimme.

»Was?« Ich wollte wissen, was zum Teufel sie verfolgte, damit ich es vernichten konnte.

Sie schien sich um eine gewisse Haltung zu bemühen, bevor sie sprach. »Vor zehn Jahren habe ich meine gesamte Familie verloren, Xander, meine Eltern und meine drei jüngeren Geschwister. Du hast genügend eigene Sorgen, deswegen wollte ich es dir nicht erzählen. Aber ich war nicht davon ausgegangen, dass meine Albträume zurückkehren würden. Es ist Jahre her, seit es das letzte Mal passiert ist.«

Der unterdrückte Schmerz in ihrer Stimme teilte mir alles mit, was ich wissen musste.

*Oh Gott!* »Wie ist das passiert?«, fragte ich ungläubig.

»Ich bin in New Jersey aufgewachsen, lebte aber bereits in einer Wohngemeinschaft in New York. Ich war die Älteste und hatte drei jüngere Geschwister. Mein ältester Bruder Joel war zu dem Zeitpunkt achtzehn, zwei Jahre jünger als ich. Er war schizophren und hatte ab und zu Wahnvorstellungen, danach wurde er abhängig von Drogen und Alkohol. Meine Mom und mein Dad haben versucht, ihn in einer Entzugsklinik unterzubringen, doch der Drogen- und Alkoholkonsum ist außer Kontrolle geraten. Eines nachts ist er nach Hause gekommen und hat meine gesamte Familie umgebracht. Ich wurde als Einzige verschont, weil ich bereits ausgezogen war und in New York lebte.«

»Sitzt dieser Scheißkerl im Knast?«, fragte ich sie, während mein gesamter Körper vor Wut zitterte.

»Er ist tot«, antwortete sie emotionslos. »Er hat sie alle umgebracht und sich dann selbst das Leben genommen. Ich bin die Einzige meiner direkten Familie, die noch lebendig ist.«

Einen Moment lang war ich so schockiert, dass ich nichts sagen konnte, denn ihr Geständnis hatte mich mit voller Breitseite erwischt. *Mein Gott!* Wie konnte sich *irgendjemand* von solch einem Verlust erholen?

Schließlich vergrub ich mein Gesicht in ihren Haaren, weil ich nicht wusste, was ich sagen sollte. Verdammt, ich konnte ihre Familie nicht zurückholen, auch wenn ich nichts lieber getan hätte. »Es tut mir so schrecklich leid, Sam.«

Ich stellte mir eine sehr junge Samantha vor, die versuchte, mit der Auslöschung ihrer Familie fertigzuwerden, und mir gefielen diese Bilder überhaupt nicht. Sie war so jung gewesen, viel zu jung, um ganz alleine auf der Welt zu sein. Sie muss sich untröstlich gefühlt haben, denn wie zum Teufel verarbeitete ein Mensch *all das* ganz alleine?

»Ich habe es überstanden«, sagte sie und ihre Stimme zitterte. »Doch ich habe immer mal wieder einen schlechten Traum. Ich hatte gedacht, damit sei es nun endlich vorbei. Es ist schon einige Jahre her, seit ich das letzte Mal so aufgewacht bin.«

»Wovon hast du geträumt?«

Sie seufzte nervös. »Ich war nicht dort, als es passiert ist, doch in meinen Träumen scheint es sich mir zu offenbaren, wie es abgelaufen sein könnte. Ich habe durch die Polizeiuntersuchungen einen Einblick in den Tathergang bekommen. Mein Bruder hat unsere jüngere Schwester und unseren jüngeren Bruder zuerst getötet. Weil die Leichen meiner Eltern im Flur gefunden wurden, nahm die Polizei an, dass sie versucht haben, meinen Bruder und meine Schwester zu retten, und auf Joel mit seinen Waffen getroffen sind, bevor sie in ein anderes Zimmer flüchten konnten. Er hat sie an Ort und Stelle erschossen und sich dann selbst die Pistole an den Kopf gesetzt und abgedrückt. In meinen Abträumen kann ich es sehen, Xander. Ich bin dort und sehe zu, wie es passiert.«

»Scheiße!« Meine Arme umfassten sie wie ein stählernes Band und ich wollte sie vor dem Schrecken dessen, was geschehen war, beschützen. »Warum? Warum hat er nur seine gesamte Familie auslöschen wollen?«

»Er war verrückt und vollkommen mit Drogen zugedröhnt«, antwortete sie leise. »Aber ich habe noch immer den Schmerz durchmachen müssen und das Überlebensschuld-Syndrom, weil ich mich gefragt habe, warum es passiert ist, wo ich doch gar nicht mehr dort gelebt habe, und wie es mir gelingen konnte, dem Ganzen zu entkommen, wenn meine Familie nicht dieses Glück hatte. Ich verstehe, wie es sich anfühlt, wenn man denkt, man hätte in irgendeiner Weise Schuld daran oder dass man selbst mit allen anderen hätte sterben sollen.«

»Kein Wunder, dass du so gut verstehst, wie du mit meiner Situation umgehen musst. Du hast es ja selbst durchgemacht«, sagte ich, da ich nun verstand, warum Samantha so viel Mitgefühl zeigte. Vor einiger Zeit hatte sie sich an einem ähnlich dunklen Ort befunden. Der einzige Unterschied war nur, dass sie offenbar nicht versucht hatte, wie ein Feigling davonzulaufen, so wie ich es getan hatte.

»Es ist nicht genau das Gleiche. Ich bin mir nicht sicher, wie ich mich fühlen würde, wenn ich dabei hätte zusehen müssen, wie es passiert. Aber ich weiß dennoch eine Menge über das Überlebensschuld-Syndrom, Depressionen und Drogenmissbrauch. Ich habe dabei zugesehen, wie Joel den Großteil seines Lebens gegen seine psychische Erkrankung gekämpft hat. Einige Jahre vor meinem Umzug nach New York kam dann auch noch die Drogensucht hinzu. Ich habe jede Phase der Genesung von einem Trauma selbst erlebt, genau wie du. Ich verstehe dich, Xander, denn ich habe ebenfalls diese Erfahrungen gemacht. Die Umstände waren vielleicht etwas anders, aber der Schmerz ist der gleiche.«

»Du hast dich aber nicht den Drogen und dem Alkohol zugewandt, oder?« Ich kannte die Antwort bereits. Das hatte sie nicht, denn sie hatte den Mut besessen, sich der Situation selbst zu stellen.

Sam schüttelte den Kopf und bestätigte damit, was ich bereits wusste. »Es war nicht das Gleiche, Xander. Ich bin nicht verletzt worden, mir sind keine Schmerzmittel verabreicht worden. Ich selbst bin nicht nur knapp dem Tod entkommen. Und ich bin nicht dort gewesen, um alles mit anzusehen. Der Schmerz, den ich gespürt habe, als mir klar wurde, dass ich meine Familie verloren hatte, war übermächtig gewesen und hat mich beinahe erstickt, doch an dem, was du durchgemacht hast, gibt es sehr viele Dinge, die ich mir nicht einmal vorstellen kann.«

»Hör auf!«, explodierte ich und legte Samantha dann vorsichtig aufs Bett, damit ich ihr Gesicht sehen konnte. »Ich will nicht, dass du versuchst, dein Schicksal als weniger schmerzhaft und traumatisch darzustellen als meins. Es war *schlimmer*, Sam. Du hast verdammt noch mal alles verloren. Deine gesamte Familie ist in nur wenigen Minuten komplett ausgelöscht worden. Du warst jung und so allein. Hast du überhaupt noch weitere Familie?«

Sie schüttelte langsam den Kopf und eine Träne lief ihr die Wange herunter. »Niemanden, der mir nahestand. Ich hatte Freunde, doch die können nur eine begrenzte Zeit mit jemandem umgehen, der so sehr unter dem Überlebensschuld-Syndrom leidet, dass er an nichts anderes mehr denken kann. Du hast recht. Ich war allein und habe mich so einsam gefühlt, dass ich mir manchmal wirklich gewünscht habe, mit dem Rest meiner Familie gestorben zu sein.«

»Sag das nicht«, forderte ich. Ich konnte mir keine Welt ohne Samantha vorstellen. Die Tatsache, dass sie tot wäre, wenn sie nicht bereits aus ihrem Elternhaus ausgezogen wäre, würde mich für immer verfolgen.

»Ich bin ehrlich zu dir«, flüsterte sie. »Du hast deine Geschichte mit mir geteilt.«

»Ich bin froh, dass du es mir erzählst, doch ich kann nichts dagegen tun, dass ich wünschte, du hättest das nicht durchmachen müssen.«

Sie sah von ihrem Platz neben mir auf und schüttelte den Kopf, um sich von ihren Haaren im Gesicht zu befreien, bevor ich bemerkte, dass ich ihre beiden Handgelenke über ihrem Kopf hielt. »Du hast dich auch immer allein gefühlt«, gab sie zurück. »Deine Brüder sind zwar nicht gestorben, doch du hast dich von ihnen abgeschottet.«

Ihre Aussage traf den Nagel auf den Kopf. Einige Jahre lang *hatte* ich meine gesamte Familie verloren. Doch der Unterschied war, dass ich jetzt die Möglichkeit bekam, sie wiederzufinden. Sie waren noch immer am Leben. Samantha war ganz allein.

Ich hatte noch eine Chance.

Samantha nicht. Ihre gesamte Familie zu verlieren war verdammt endgültig.

»Du hast recht«, gab ich zu. »Aber ich werde meinen Weg zurück zu ihnen finden.« Mein Versprechen war erbittert und aufrichtig. Ich fing an zu begreifen, welch unfassbares Glück ich hatte, Brüder zu haben, denen es immer noch nicht egal war, was mit mir geschah.

»Das wünsche ich dir sehr.« Ihr Blick war voller Mitgefühl, als sie diese Worte aussprach.

»Meine Güte, Sam! Wie machst du das nur? Wie schaffst du es, nach solch einem Schicksalsschlag so vernünftig und optimistisch zu sein?« Um ehrlich zu sein, fühlte ich mich ziemlich klein und unbedeutend, wenn ich darüber nachdachte, wie sie sich von solch einer Tragödie erholt hatte.

»Es ist nicht über Nacht passiert«, erklärte sie. »Ich habe schlimme Zeiten durchlebt, Xander, aber ich hatte zehn Jahre Zeit, um es zu verarbeiten. Und wie du nun weißt, habe ich immer noch ab und zu einen Albtraum. Es gibt einige Dinge im Leben, über die wirst du niemals hinwegkommen. Aber wenn ich darüber nachdenke, was meine Familie gewollt hätte, dann weiß ich, dass sie sehen wollten, wie ich etwas Gutes erreiche und jeden Tag zu schätzen weiß. Sie würden wollen, dass ich ein Leben lebe, das ihnen verwehrt geblieben ist.«

Meine Eltern hatten uns drei geliebt und sie hätten das Gleiche gewollt. Sie hätten sich gewünscht, dass wir uns nahe sind und die Erfolge und Misserfolge der anderen gleichermaßen miteinander teilen. Doch am meisten hätten sie gewollt, dass wir weitermachen und als Familie zusammenhalten. Uns umeinander kümmern. »Meine Mom und mein Dad hätten das auch gewollt.«

»Dann tu es, Xander. Selbst wenn du dich deiner Schuld, deiner Angst und deinen Unsicherheiten stellen musst. Das Beste, was du tun kannst, um ihre Leben zu würdigen, besteht darin, dein eigenes Leben zu leben.«

Meine Wut verflog und als ich in das Gesicht meines Engels blickte, fühlte ich nur das entschlossene Bedürfnis, Sam zu beschützen und für die Tatsache dankbar zu sein, dass sie irgendwie in mein Leben getreten war. Ich brauchte sie, denn auf irgendeine Weise durchbrach sie meine Verteidigungsmechanismen. Sie zu kennen ließ mich wieder daran glauben, dass es für mich eine Chance gab, irgendwann wieder als ein normaler Mensch zu funktionieren. »Hilf mir, Sam«, sagte ich mit gebrochener Stimme. »Hilf mir dabei, ein besserer Mann zu sein.«

Sie zerrte an ihren Handgelenken und ich ließ sie los. Meine Augen blieben fest auf ihre gerichtet, als sie mir übers Gesicht strich und meine Narben berührte, von denen ich nicht wollte, dass sie jemals irgendjemand sah. Doch obwohl Samanthas Augen so mitfühlend waren, konnte ich in ihren Tiefen auch Sehnsucht erkennen, das gleiche Bedürfnis, das mich beinahe bei lebendigem Leib auffraß.

»Du bist bereits ein guter Mann«, flüsterte sie. »Das bist du immer schon gewesen. Du musst nur akzeptieren, dass es Dinge auf dieser Welt gibt, die du nicht ändern kannst.«

Würde ich jemals meine Wut, meine Scham und meine Schuld loswerden können? Zum Teufel, ich lebte bereits so lange mit diesen Gefühlen, dass sie praktisch in meiner Seele eingebettet waren. Doch für sie war ich bereit, es zu versuchen. »Ich werde daran arbeiten«, knurrte ich.

Ihr ängstliches Lächeln war es wert, dass ich mir den Arsch aufriss, um mein Leben in den Griff zu bekommen. Ich begehrte diese Frau mit einer wilden Besessenheit, die mich sprachlos machte, doch in diesem Moment verdiente ich sie noch nicht. Sie war die tapferste Frau, die ich jemals getroffen hatte, und ich würde mein Leben in

Ordnung bringen müssen, um es wert zu sein, mit einem Menschen wie ihr zusammen zu sein.

»Gut«, antwortete sie und lächelte noch immer zu mir hinauf.

Die Verzweiflung zerrte an meinem Magen und ich konnte nicht anders, ich wollte ihre Zufriedenheit schmecken, sie hinunterschlucken, als ob sie mir gehörte. Ich senkte meinen Kopf, um ihren Mund zu nehmen, und stöhnte, als ich die süßesten Lippen berührte, die ich je geküsst hatte.

Sam schmeckte nach Sonnenschein, Pfefferminze und einem schwer definierbaren Glück, das mich so lange gemieden hatte. Ich fuhr mit meinen Händen durch ihr Haar, um ihren Mund stillzuhalten, während ich erforschte und meine Zunge in die verlockende Höhle stieß, die ich ausfüllen wollte.

*Verdammt!* Ich brauchte sie. Und ich versuchte, ihr genau das zu zeigen, während unsere Zungen sich duellierten und mein Verlangen sich wie eine Flutwelle aufrichtete.

»Xander«, murmelte sie leise, als ich ihren Mund freigab und mein Gesicht in ihrem zerzausten Haar vergrub, während ich an der empfindlichen Haut an ihrem Hals schnupperte.

»Lass es mich richtig machen, Samantha. Lass mich dich zum Höhepunkt bringen«, sagte ich, weil mich die unachtsame, egoistische Art und Weise, wie ich sie behandelt hatte, als ich die Möglichkeit gehabt hatte, ihr Lust zu bereiten, noch immer quälte. Es war mir egal, wenn mein Schwanz nicht in sie eindrang, wie er es unbedingt wollte. Ich wollte dieser Frau nur dabei zusehen und hören, wie sie explodierte. Ich wollte, dass sie in einer Nacht voller Schatten plötzlich Sterne sah. Das Bedürfnis war so mächtig, dass ich es nicht kontrollieren konnte.

Ich seufzte erleichtert, als sie nickte, und richtete sie auf, damit sie saß und ich ihr das dünne Nachthemd über den Kopf ziehen konnte.

Ich würde eine Chance bekommen, das wiedergutzumachen, was ich ihr angetan hatte, nachdem sie bei mir erschienen war, um für mich zu arbeiten. Ich hatte ihren Körper benutzt und sie unbefriedigt zurückgelassen, weil ich nichts zu geben gehabt hatte.

Als ich sie hochnahm und sie dort auf dem Bett ablegte, wo ich sie haben wollte, war ich mir sehr sicher, dass das nie wieder passieren würde.

## Kapitel 12

**SAMANTHA**

Zum ersten Mal, seit ich Xander getroffen hatte, fühlte ich mich vollkommen verletzlich. Es war keine Situation, die ich je hatte erleben wollen, doch ich konnte sie nicht vermeiden. Ich war ihm zu nahe gekommen, nahe genug, um mich zu verbrennen, doch der Drang meiner Lust, die ich für ihn empfand, war zu schmerzhaft, um ihn noch weiter zu ignorieren.

Instinktiv wusste ich, dass sich alles verändern würde, wenn er mich berührte. Es würde unsere Beziehung zueinander verändern. Es würde nicht so sein wie beim ersten Mal. Aber ich konnte mich einfach nicht dazu bringen, mir darüber Sorgen zu machen, dass ich ihm nun ausgeliefert war.

Mein Verlangen war zu stark.

Meine Lust brannte zu heiß.

Und meine Gefühle für diesen gebrochenen Mann, der so verzweifelt versuchte, wieder zurück ins Leben zu finden, waren zu frisch.

Ich kannte ihn.

Ich verstand ihn.

Und aus irgendeinem merkwürdigen Grund war er derjenige, der mir meine Einsamkeit erträglicher machte. Xander war in einen Teil von mir eingedrungen, zu dem ich sonst niemandem Zugang gewährte, und jetzt, da er dort war, wollte ich mehr.

Er hatte mich in der Mitte des Bettes abgelegt und mein Kopf ruhte auf den Kissen. Seine kräftigen Arme hatten mich hochgehoben, als würde ich nicht mehr als eine Stoffpuppe wiegen, und er hatte dabei nicht einmal mit der Wimper gezuckt.

Ich drehte meinen Kopf und sah, dass er über mir emporragte, obwohl er sich auf Knien befand. Xander war ein großer Mann und sein Schwanz war steif aufgerichtet. Doch das war nicht das, was mir am deutlichsten auffiel.

Jetzt, da er vollkommen nackt war, konnte ich jede Narbe erkennen, und mein Herz weinte, als ich mir seinen durchtrainierten Körper besah, der bedeckt war von etwas, das einmal schwere Verletzungen gewesen waren, die ihn beinahe das Leben gekostet hätten.

Ich rollte mich auf die Seite und streckte meine Hand aus, um die lange, weiße Linie auf seiner Brust zu berühren. Danach streichelte ich auf seinem Oberkörper und seinen hervorstehenden Bauchmuskeln über jede Stichwunde, die ich sehen konnte. Ich spürte, wie sich sein Körper anspannte, doch er zog sich nicht zurück.

»Ich habe dir doch gesagt, dass du meinen Körper nicht sehen willst«, knurrte er.

Oh, wie falsch er damit doch lag! »Ich will ihn sehen. Ich will ihn auch berühren. Du bist stark, Xander. Diese Verletzungen hätten dich vermutlich umbringen sollen, doch du hast sie überlebt.«

»Mein Körper sieht schrecklich aus«, sagte er zögernd.

»Er ist wunderbar«, korrigierte ich ihn und meine Finger wanderten schließlich über die Tätowierungen, die er auf seinen beiden Oberarmen trug. »Was ist das?«

»Es sind Tätowierungen«, antwortete er mit belegter Stimme.

Ich unterdrückte ein Lachen. »Das weiß ich. Was bedeuten sie?«

Er schien sich immer noch unwohl zu fühlen, dass meine Augen den Anblick seines nackten Körpers verschlangen, als er antwortete: »Es sind keltische Symbole. Unsere Vorfahren stammten aus Irland. Ehrlich gesagt bedeuten sie mir nichts. Als wir unseren ersten Plattenvertrag bekommen haben, bin ich mit der Band losgezogen und wir haben uns betrunken. Danach sind wir ins Tattoostudio gegangen und haben uns alle stechen lassen. Ich habe nur gesagt, dass ich etwas Keltisches haben will.«

Mir gefiel die Tätowierung, über die ich gerade streichelte, und ich fuhr mit dem Finger über den Kopf des schwarzen Drachens, der sich gemeinsam mit verschlungenen keltischen Knoten auf seinem Oberarm ausbreitete. »Dreh dich«, forderte ich ihn auf.

Er tat wie ihm geheißen und meine Hand wanderte über das große Schwert, das sich auf seinem anderen Oberarm befand. »Sie sind wirklich schön. Du hast Glück gehabt, einen guten Tätowierer erwischt zu haben«, sagte ich. Sich betrunken tätowieren zu lassen kann gefährlich sein. Er hätte ein Motiv gestochen bekommen können, das ganz und gar *nicht* zu ihm gepasst hätte. Doch beide Tattoos standen ihm gut und repräsentierten seine Stärke.

»Das Schwert habe ich ausgesucht«, sagte er heiser. »Der Drache ist aus reinem betrunkenem Impuls heraus entstanden.«

»Du hast dir das Schwert erst später stechen lassen?«

Er nickte. »Als mein erstes Album Platinstatus erreicht hatte. Zu dem Zeitpunkt war ich vollkommen nüchtern.«

»Es gefällt mir«, gab ich zu. Normalerweise machte ich mir nicht viel aus Tätowierungen, doch Xanders gehörten zu ihm, waren Teil seiner Vergangenheit und standen ihm gut.

Meine Handfläche wanderte seinen Oberkörper hinab und streichelte über seinen Waschbrettbauch. Sein riesiger, erigierter Schwanz befand sich beinahe direkt vor meinem Gesicht und ich wollte ihn unbedingt berühren.

»Nein!«, rief Xander und ergriff mein Handgelenk. »Hier geht es nicht um mich. Nicht dieses Mal.«

Bei seinem dominanten Tonfall zuckte ich zusammen und ließ mich wieder auf den Rücken fallen. »Ich will dich berühren, Xander. Du bist vermutlich der attraktivste Mann, den ich jemals gesehen habe.«

»Dann werde ich ab sofort denken, dass du entweder blind bist oder noch nicht sehr viele Kerle gesehen hast«, sagte er und seine Stimme klang verwirrt. »Ich bin wegen der Schnitte völlig entstellt.«

»Nein, das bist du nicht«, widersprach ich. Ich hatte zwar den Schmerz gehasst, den er hatte durchleben müssen, doch ich würde niemals seine Narben hassen können. Genau wie seine Tätowierungen waren sie Teil seiner Vergangenheit und damit etwas, das er nicht verändern konnte.

Er setzte sich auf mich und legte seine Handflächen um meine Hüften. »Aber diese hier ...« Seine Hände wanderten hinauf und umfassten meine Brüste. »Sie sind perfekt.«

In seinen Augen loderte das Verlangen auf und meine Muschi wurde von feuchter Hitze durchflutet. Meine Brüste waren klein, doch Xander schien das nicht zu bemerken.

Ich öffnete meinen Mund, um ihm mitzuteilen, dass ich ganz und gar nicht perfekt war, vergaß dann jedoch, was ich hatte sagen wollen, als seine Daumen meine harten Brustwarzen umkreisten und über sie strichen, um sie noch mehr zu stimulieren.

»Xander«, kreischte ich.

»Ich liebe es, deinen Namen aus meinem Mund zu hören, Sam«, antwortete er mit rauer, lüsterner Stimme. »Sag ihn noch einmal. Schrei ihn wieder und wieder heraus. Und schrei ihn dieses Mal auch, wenn du kommst.«

Ich erschauderte, als er sich zurücklehnte, damit er meine Brust mit seinem Mund erreichen konnte, und stöhnte dann auf, als er seine Lippen über meine steife Brustwarze stülpte. Er war nicht zärtlich, doch er schien ganz genau zu wissen, was ich wollte. Er saugte, biss und leckte schließlich mit rauer Zunge über die Spitze meiner Brust, während er die andere geschickt mit seinen Fingern zwirbelte.

Mein Körper wurde von verschiedenen Eindrücken überflutet und mein Kopf fiel auf die Kissen zurück. »Oh Gott. Ja!«

Ich schlang meine Arme um ihn und fuhr dann mit gespreizten Fingern durch sein Haar, um das Gefühl seiner widerspenstigen Strähnen an meiner Haut zu spüren.

»Xander«, wimmerte ich. »Fick mich.« Wo sein steifer Schwanz sein sollte, fühlte ich nur Leere.

Er stützte sich mit beiden Händen neben meinem Körper ab und schob sich zu mir herauf, bis ich seine Lippen an meinem Ohr spüren konnte. »Auf keinen Fall, Samantha. In diesem Augenblick will ich nur sehen, wie du härter kommst, als du jemals zuvor gekommen bist.«

*Oh Gott!* Meine leere Muschi zog sich so sehr zusammen, dass es bereits schmerzhaft war. »Und was macht dich so richtig an?«, keuchte ich.

»Ganz ehrlich?«, fragte er mit heiserer, erregter Stimme.

»Ja. Sag es mir«, bettelte ich.

Sein warmer Atem streichelte meine Wange und mein empfindliches Ohrläppchen, als er antwortete: »Einer Frau dabei zuzusehen, wie sie mir so sehr vertraut, dass ich alles mit ihrem Körper tun kann, um sie vollständig zu befriedigen.«

*Ach du liebe Güte!* Ich spürte die Hitze zwischen meinen Schenkeln und zitterte bei seiner autoritären Aussage. Ich besaß nur sehr wenig sexuelle Erfahrung und betrachtete mich nicht gerade als einen unterwürfigen Menschen, doch seine kleinen Schlafzimmerspielchen könnten verdammt scharf sein.

»Ich weiß nicht, ob ich dazu gerade imstande bin«, gestand ich.

»Und ich erwarte es auch nicht, Sam. Ich habe es beim ersten Mal total versaut. Vertrau jetzt einfach nur darauf, dass ich dich zum Orgasmus bringen kann.«

»Das tue ich.« Vielleicht war ich nach unserem ersten Sex naiv gewesen. Doch ich hörte auf mein Bauchgefühl. Es hatte einen Punkt gegeben, an dem sich die Dinge zwischen mir und Xander verändert hatten. Ich konnte es zeitlich nicht genau benennen, doch nachdem wir uns besser kennengelernt hatten, war alles etwas ... anders geworden.

Mein Körper schoss in die Höhe, als ich seine Finger wieder auf meinen Brüsten und seinen Mund auf meinem Bauch spürte. Ich begann zu schwitzen, während seine Zunge zu meinem Bauchnabel hinunter wanderte und eine Feuerschneise dort hinterließ, wo er zuletzt gewesen war.

»Xander. Bitte«, bettelte ich. Ein kleines Vorspiel brachte mir gar nichts. Ich brauchte etwas Echtes und Hartes.

Meine Finger glitten aus seinem Haar, als er von meinen Brüsten abließ, sich mit seinem Körper zwischen meinen Beinen positionierte und mich so zwang, sie noch weiter zu spreizen.

»Du bist ja wirklich total scharf auf mich, Samantha«, sagte er mit befriedigter Stimme.

*Hat er mir das denn nicht vorher schon geglaubt?*

Meine Hände krallten sich in das Laken, als er mit seinen Fingern in meine Muschi eindrang und mich zum Stöhnen brachte, weil ich etwas Größeres brauchte. »Zu scharf«, antwortete ich schließlich abgehackt und frustriert.

»Niemals«, entgegnete er und fuhr mit seinem Finger über meine Klitoris. »Du kannst mich nie genauso sehr wollen, wie ich dich brauche, Samantha.«

Seine Finger umkreisten meine Knospe und pressten dann das kleine Nervenbündel, was meinen Körper so stark erbeben ließ, dass ich das Bedürfnis verspürte, kommen zu wollen. Ich konnte seinen Mund an der Innenseite meiner Oberschenkel spüren, wo Xander mich leckte, während seine Finger mich beinahe zum Wahnsinn trieben.

Ich biss die Zähne aufeinander und keuchte dann, als seine Berührungen über meinen Körper strichen. Als sein Mund sich endlich seinen Weg zu meiner Muschi gebahnt hatte, seine Zunge in meine Spalte eindrang und fest über meine Klitoris leckte, schrie ich auf.

»Ja, Xander! Ja!« Ich musste kommen. Mein Körper war angespannt vor Lust und bettelte um Erlösung.

Ich hob meine Hüften an und riss an seinem Haar, nur damit er mir mehr geben würde.

Und er gab mir ganz genau das, was ich wollte.

Große Hände schoben sich unter meinen Hintern und hoben mich an, sodass sein Mund besseren Zugang zu meiner Muschi hatte. Er leckte, knabberte und streichelte, bis mein gesamter Körper von dem bevorstehenden Orgasmus erzitterte. Mein Kopf fiel nach hinten und ich bog meinen Rücken durch, vollkommen verloren in der Lust, die Xanders Mund an meinem Körper hervorrief und mich an meine Grenzen brachte.

Mein Höhepunkt war nicht normal wie sonst. Er bretterte in mich hinein wie ein Güterzug und ich erzitterte, als die Anspannung einer unfassbaren Lust Platz machte, die ich noch niemals zuvor so erlebt hatte.

»Xander!«, schrie ich in Ekstase und war etwas ängstlich wegen der Intensität des Orgasmus, bis er nach dem Crescendo langsam abebbte.

Ich hörte ihn zwischen meinen Schenkeln schmatzen, wie er gelöst meine Säfte aufleckte, bis ich beinahe den Verstand verlor.

Ich lag verschwitzt und erschöpft auf dem Bett und zitterte noch immer angesichts dessen, was soeben passiert war.

Ich hob meine Hand und wischte mir die Haare aus dem Gesicht. »Was zum Teufel ist gerade eben mit mir geschehen?«, murmelte ich völlig außer Atem.

Xander legte sich neben mich und war sogleich mit einer Antwort zur Stelle. »Du hattest einen guten Orgasmus.«

»Gut?« Ach du Scheiße, wenn das *gut* war, dann will ich *sensationell* gar nicht erst erleben. Ich würde es nicht überstehen.

»Dir ist sowas noch nie zuvor passiert, richtig?«, vermutete Xander, rollte sich auf den Rücken und zog meinen Oberkörper auf seinen.

»Nicht so«, gab ich zu, als ich meinen Kopf auf seine Brust legte. »Ich bin nur mit wenigen Männern zusammen gewesen. Und so war es nie. Ich komme normalerweise nur, wenn ich ... ähm ... masturbiere.«

»Das war ich dir schuldig, Samantha. Was ich dir zuvor angetan habe, war vermutlich unverzeihlich. Doch ich hoffe, dass du mir trotzdem vergibst.«

Ich hob meinen Kopf an und strich ihm die Haare aus dem Gesicht. »Du musst zum Frisör«, stellte ich fest. »Und du schuldest mir gar nichts. Aber das war trotzdem fantastisch.«

Er grinste mich an. »Es freut mich, dass es sich gut angefühlt hat.«

Mir fehlten die Worte für die Emotionen, die er in mir hervorrief. Das Beste daran war wahrscheinlich das Gefühl ... begehrt zu werden.

»Ich will immer noch, dass du mich richtig vögelst, Xander. Jetzt will ich das vielleicht sogar noch mehr als jemals zuvor.« Die gesamte emotionale Verbindung existierte nun zwischen uns und ich wollte ihn unbedingt in mir spüren.

Langsam schüttelte er den Kopf. »Ein anderes Mal, Sam. Das hier war für dich.«

»Was ist mit dir?«

Er lächelte noch immer. »Ich werde es überleben. Dir bei solch einem Orgasmus zuzusehen hat mir schon ausgereicht.«

Als er vom Bett aufstand, protestierte ich. »Kannst du bleiben?«

Xander schaltete das Licht aus und kam zurück ins Bett. »Ja. Vielleicht kann ich die bösen Träume ja auf Abstand halten.«

Nachdem wir es uns beide im Bett bequem gemacht und uns unter die Decke gekuschelt hatten, legte ich meinen Kopf wieder auf seine Brust und bemerkte, wie erschöpft ich tatsächlich war. Doch meine Neugier über etwas, das er gesagt hatte, ließ mich nicht einschlafen. »Du stehst also auf BDSM?«

»Nein«, antwortete er geradeheraus. »Ich habe einmal mit einigen meiner Bandmitglieder einen Club besucht, aber für mich war das nichts. Ich stehe nicht darauf, einer Frau Schmerzen zuzufügen, um sie in Stimmung zu bringen, oder mich von ihnen *Gebieter* nennen zu lassen. Darüber hinaus ist das kein Lebensstil, den ich anstreben möchte. Ich fühle mich schon wie ein Gott, wenn eine Frau mir vertrauen kann, dass ich sie zum Orgasmus bringe. Meine Befriedigung findet dann statt, wenn ich sie dabei beobachte, wie alle Kontrolle von ihr abfällt und sie einfach nur das Gefühl genießt.«

»Fesseln?«, fragte ich neugierig.

»Kommt auf die Umstände an. Aber ja, es kann ganz schön scharf sein.«

»Brustwarzenklammern?«

»Nein. Zu schmerzhaft«, antwortete er.

»Also nur Unterwerfung?«

»Nicht ständig. Um ehrlich zu sein, war das nur ein Schlafzimmerspielchen, das mich ab und zu angemacht hat. Aber ich fange an, ein außer Kontrolle geratenes Verlangen zu spüren, *dich* zu unterwerfen.«

Ich musste schlucken, denn ich war nicht mutig genug, um ihm zu sagen, dass jedes seiner Worte mich noch schärfer machte als Chili con Carne. Ich war eine unabhängige Frau, die niemals das Verlangen gespürt hatte, dominiert zu werden. Dennoch hatte ich das Gefühl, dass Xander von dieser verrückten Lust ebenso gefangen war wie ich. »Ich bin neidisch auf jede Frau, die jemals das bekommen hat, was mir verwehrt geblieben ist«, gestand ich in die Dunkelheit hinein und war mir nicht sicher, ob ich ihm diesen Satz ins Gesicht gesagt hätte. Ich war niemals eifersüchtig gewesen und ich verstand die anderen Frauen nicht, die so empfanden.

»Das brauchst du nicht«, entgegnete er. »So wie mit dir habe ich mich noch mit keiner anderen Frau gefühlt. Und du wirst alles bekommen, was du willst, und vermutlich noch sehr viel mehr. Schlaf jetzt.«

Ich wollte ihn fragen, was genau er mit *alles* meinte, doch ich hatte Angst, jämmerlich zu klingen.

Ich gähnte an seiner Brust, mein Körper und Geist waren vollkommen erschöpft. »Danke, dass du bei mir bleibst.«

Seine Arme schlossen sich fester um mich. »Es gibt keinen Ort, an dem ich lieber wäre.«

Zufriedener, als ich es jemals gewesen war, schloss ich seufzend meine Augen und sank in einen tiefen, traumlosen Schlaf.

**XANDER**

I*ch sitze in der Scheiße!*
Es war das Einzige, an das ich denken konnte, während ich am nächsten Morgen auf dem Laufband im Fitnessstudio des Hotels joggte. Ich war bereits dabei, mich wieder abzukühlen, nachdem ich so lange gelaufen war, dass sich die Muskeln in meinen Beinen anfühlten, als stünden sie in Flammen.

Die vergangene Nacht war für Sam gewesen, doch verdammt, ich bin mit solch einer Lust auf sie aufgewacht, dass ich unbedingt etwas Dampf ablassen musste. Mein Schwanz befand sich nun wieder im Normalzustand, doch in meiner Brust spürte ich einen Schmerz, der nicht durch meinen schweren Atem oder das ausgedehnte Training in den frühen Morgenstunden hervorgerufen wurde.

Ich hatte Menschenmengen vermeiden wollen, was mir auch gelungen war. Außer mir befand sich niemand anderes im Fitnessstudio, was mich jedoch nicht überraschte, da es vermutlich erst sechs Uhr morgens war. Ich war gegen fünf Uhr hier angekommen und bereit gewesen, mir mein Verlangen danach abzulaufen, Samantha so lange zu ficken, bis sie um Gnade winselte.

»Warum überrascht es mich nicht, dich hier anzutreffen?«, hörte ich die Stimme von Liam Sullivan neben der Eingangstür.

Ich drückte auf *Stopp*, stieg vom Laufband und drehte mich zu ihm um. »Was ist passiert? Ist mit Tessa etwas nicht in Ordnung?«

Er hob eine Hand. »Alles ist gut. Ich schwöre. Ich bin nur hierhergekommen, um zu trainieren. Ich bin es gewohnt, früh auf den Beinen zu sein, und ich konnte sowieso nicht schlafen. Da ich auch in diesem Hotel übernachte, habe ich mir gedacht, ich würde dich vielleicht hier antreffen, wo du doch jeden verdammten Tag dein Fitnessregime durchziehst.«

Ich nahm mir ein Handtuch und wischte mir den Schweiß vom Gesicht. »Du wohnst hier im Hotel? Das wusste ich nicht.«

»Ja. Genau wie du wollte ich in der Nähe von Micahs Penthouse sein, ohne ihnen zur Last zu fallen. Die beiden beherbergen ja bereits Julian und Kristin.«

Ich fühlte, wie meine Muskeln sich entspannten. »Ich bin froh, dass es Tessa gut geht. Einen Moment lang habe ich gedacht, du würdest nach mir suchen, weil etwas passiert wäre.«

Ich hatte Tessa immer schon gerngehabt und zu wissen, dass sie und Micah sich als Paar gefunden hatten, machte mich glücklich. Seit ich sie vor Jahren zufällig zum ersten Mal getroffen hatte, war ich mir sicher gewesen, dass sie den Mist nicht verdiente, den das Leben ihr vor die Füße geworfen hatte.

Es war deutlich zu sehen, dass sie Micah liebte, und im Gegenzug machte er keine Anstalten zu verbergen, wie sehr er Tessa verehrte. Sie könnten nicht perfekter füreinander sein. Mein großer Bruder hatte die ideale Frau gefunden. Das Problem war nur, dass Micah durchdrehen würde, wenn Tessa irgendetwas zustieße.

Bereits in Jogginghose und T-Shirt gekleidet betrat Liam das Laufband und fing an, sich aufzuwärmen. »Es geht ihr gut.«

»Warum kannst du nicht schlafen?«, fragte ich neugierig, als ich mich auf eine der Bänke fallen ließ, die nicht weit von Liams Laufband entfernt standen. Ich war mit meinem Training fertig, doch ich wollte sehen, ob mit ihm alles okay war.

»Ich habe ein schlechtes Gewissen«, sagte er. »Ich habe Brooke die Leitung für das Restaurant in Amesport übergeben und einer der Kerle, die ich eingestellt habe, ist nicht zur Arbeit erschienen. Um ein Uhr morgens war sie immer noch dort und hat das Geschirr abgewaschen.«

»War sie sauer?«, fragte ich.

»Nein, gar nicht!«, explodierte er. »Sie hat mir gesagt, dass sie alles im Griff hätte und dass ich mir um nichts anderes Sorgen machen sollte als um Tessa. Aber weil ihr eine Person im Team gefehlt hat, war es für sie im Restaurant sehr anstrengend. Es ist gerade viel los, weil Sommer ist. Sie arbeitet sich den Arsch ab, ohne sich auch nur ein einziges Mal zu beschweren.«

»Warum hast du dann ein schlechtes Gewissen, wenn sie die Arbeit doch machen will?«

»Weil es nicht fair ist. Sie wird auf Stundenbasis bezahlt. Sie ist nicht der verdammte Besitzer. Es ist nicht ihr Problem, dass irgendein Idiot nicht zur Arbeit gekommen ist. Das sollte nichts sein, mit dem sie sich auseinandersetzen muss. Darüber hinaus ist es sehr anstrengend, in der Hauptsaison so viele Stunden zu arbeiten.«

»Sie wird das schon machen, Kumpel. Sie ist jung und gesund.«

»Es ist Sommer und die Stadt ist voll mit komischen Touristen. Ich will nicht, dass sie spät nachts alleine dort arbeitet und danach zu Fuß nach Hause geht.« Liam erhöhte auf dem Laufband die Geschwindigkeit.

Gut. Ja. *Jetzt* verstand ich. »Dich hat es ziemlich schlimm erwischt, was?«, merkte ich an. »Warum machst du dir das Leben nicht einfacher und fragst sie, ob sie mit dir ausgehen will?«

»Sie ist zu jung und zu unschuldig. Das habe ich dir bereits gesagt. Sie passt nicht zu einem Mann wie mir. Du kennst doch meine Geschichte, Kumpel.«

Ich wusste, dass es nicht einfach war, zu laufen und gleichzeitig zu reden, doch Liam kriegte das ziemlich gut hin.

Ja, es stimmte, ich kannte seine Geschichte. Ich wusste, dass Liam seinen eigenen Kampf mit dem Alkohol gehabt und auch kurzzeitig Drogen konsumiert hatte. Doch er kannte diese dunkle

Welt keinesfalls so gut wie ich. Er hatte in Hollywood gelebt. Es war schwer, nicht irgendwann in die harte Partyszene abzurutschen, wenn man so lange in Los Angeles lebte.

Alles in allem war er jedoch ein guter Kerl, der alles getan hatte, was in seiner Macht stand, um sich um Tessa zu kümmern, nachdem seine Eltern gestorben waren. Verdammt, er hatte sein gesamtes Leben aufgegeben, um wegen seiner Schwester zurück in ein kleines Küstenstädtchen zu ziehen. Liam verdiente es, endlich sein eigenes Leben zu haben und dazu die Frau, die er so sehr begehrte.

»Zu wem passt sie denn dann? Irgendeinem Touristen, der den ganzen Tag am Strand herumhängt? Einem Typen, der aufs College geht? Jemandem, der eine gute Karriere hingelegt hat? Brooke ist auf keinen Fall mehr als zehn Jahre jünger als du. Sie ist ganz offensichtlich nicht auf der Suche nach einer Vaterfigur«, teilte ich ihm mit.

Ich hatte Brooke einige Male gesehen, als ich im Restaurant gewesen war, bevor es für die Gäste öffnete. Ich war mir sehr sicher, dass sie nicht mehr minderjährig war. Die Frau musste in ihren Mittzwanzigern sein. Liam war Mitte Dreißig. »Sind diese paar Jahre Altersunterschied denn wirklich so ein schwerwiegender Grund, dass du dich so fertigmachst?«

»Sie hat kein Interesse an einem älteren Mann«, antwortete er missmutig.

»Hast du sie gefragt, ob sie mit dir ausgehen will?« Es fiel mir schwer zu glauben, dass Brooke sich nicht auf eine Verabredung mit Liam einlassen würde. Mir war aufgefallen, wie sie ihn ansah, und auch, welche Blicke er ihr hinterherschickte, wenn er dachte, niemand würde es bemerken.

»Nein. Es ist mir tatsächlich auch nicht möglich. So wie es aussieht führt sie eine Fernbeziehung. Ich habe es erst vor wenigen Tagen herausgefunden.«

Ach du Scheiße. »Das tut mir leid, Mann«, teilte ich ihm mitfühlend mit. Das musste wehtun, denn seit Liam diese Frau in seinem Restaurant eingestellt hatte, verehrte er sie heimlich. »Bist du dir sicher?«

»Ja.«

»Vielleicht trennt sie sich ja von ihm. Fernbeziehungen halten normalerweise nicht. Was ist überhaupt mit ihr los? Woher kommt sie? Wie kann es sein, dass niemand sie kennt? Die meisten Menschen kommen nicht grundlos nach Amesport. Ganz besonders nicht dann, wenn sie woanders einen Menschen haben, den sie lieben.« Brooke umgab ein Geheimnis. Niemand kannte sie wirklich. Sie arbeitete hart für Liam, doch sie war ruhig und blieb für gewöhnlich allein.

»Verdammt, nicht einmal ich weiß sehr viel über sie«, gab er zu. »Sie spricht nicht viel über persönliche Dinge und ich habe auch nie verstanden, wie und warum sie hierhergekommen ist. Es ging mich auch nichts an, denn sie war immer eine gute Mitarbeiterin. Dennoch habe ich das Gefühl, dass sie vor etwas oder jemandem davonläuft, doch ich habe keine Ahnung, was oder wer das sein könnte.«

»Vielleicht hat sie Angst, darüber zu sprechen«, sagte ich.

»Mittlerweile sollte sie wissen, dass sie mir vertrauen kann«, sagte er traurig.

»Vielleicht gibt es dann einfach nichts zu erzählen.«

»Das bezweifele ich«, antwortete er. »Aber ich kann sie nicht dazu zwingen, sich mir anzuvertrauen. Davon abgesehen hat sie bereits einen Freund. Ich bin nur ihr Chef.«

Liam klang verletzt und das gefiel mir gar nicht. Er war ein guter Mann, der sein Leben und seine Karriere in Kalifornien aufgegeben hatte, um zurück nach Maine zu kommen und sich um Tessa zu kümmern, als diese gehörlos geworden war. Es hatte vielleicht eine Zeit in seinem Leben gegeben, in der er über die Stränge geschlagen hatte, doch jetzt war er einer der verantwortungsvollsten Menschen, die ich kannte. »Such dir jemand anderes. Ich glaube, du musst einfach nur mal wieder Sex haben«, teilte ich ihm scherzhaft mit.

»Woher willst du denn wissen, dass ich keinen Sex habe? Vielleicht schlafe ich ja mit jeder einzelnen Frau in Amesport.«

»Das tust du nicht«, antwortete ich im Brustton der Überzeugung.

Er zog eine Grimasse. Ich war mir nicht sicher, ob der Grund dafür das hohe Tempo war, in dem er lief, oder ob ich den Nagel auf den Kopf getroffen hatte.

»Du musst gerade reden«, sagte er barsch. »Willst du *wirklich* darüber diskutieren, wer von uns beiden länger keinen Sex gehabt hat?«

»Nein. Es wäre vermutlich ich.« Ich war mir ziemlich sicher, dass meine Durststrecke länger angedauert hatte als Liams. Denn ich würde ganz sicher meinen flüchtigen Ausrutscher in der Küche nicht als Sex bezeichnen. Aus technischer Sicht hatte ich Sam gevögelt, doch weil dieser Akt keinerlei Lust beinhaltet hatte, sah ich es nicht einmal als Sex an.

»Dann bist du also immer noch nicht eingeknickt und hast deine Haushälterin gebumst?«

»Sie ist mehr als nur meine Haushälterin«, gestand ich. »Eigentlich … mag ich sie.«

»Ein Grund mehr, sie flachzulegen«, bemerkte Liam.

»So ist es jetzt nicht mehr, Liam. Sie … hilft mir. Ich verlasse jetzt das Haus und ich bin hier in New York, weil sie mich genug unterstützt hat, um daran zu glauben, dass ich Dinge tun kann, von denen ich bislang geglaubt hatte, dass ich sie nicht tun könnte. Auf dem Rückweg nach Amesport werden wir an den Gräbern meiner Eltern anhalten. Sie ist der Meinung, dass ich dieses Kapitel abschließen muss.«

Ich hatte diese Entscheidung während des Trainings getroffen. Ich musste endlich ein Mann sein und mich meinen Ängsten stellen. Das war ich meinen Brüdern, die lebten, schuldig und auch meinen Eltern, die nicht mehr unter uns weilten.

Er warf mir einen überraschten Blick zu. »Sie ist eine kluge Frau. Du musst vermutlich wirklich einen Schlussstrich unter das Ganze ziehen, Xander. Deine Trinkerei und der Drogenkonsum waren nur das Ergebnis deiner Wut, die ständig unter der Oberfläche gekocht hat. Du musst das alles ein für alle Mal begraben.«

Ich wollte Sams Vertrauen nicht missbrauchen, also sagte ich einfach nur: »Sam und ich … wir haben viel gemeinsam. Wir haben ähnliche Erfahrungen gemacht. Sie hat vor zehn Jahren ihre gesamte Familie auf einen Schlag verloren. Ich denke, das ist der Grund, warum sie mich irgendwie versteht.«

»Mann. Das ist krass«, sagte Liam und schüttelte beim Laufen den Kopf. »Wie fühlst du dich, wenn du daran denkst, die letzte Ruhestätte deiner Eltern zum ersten Mal zu besuchen?«

»Ich bin Samanthas Meinung. Ich weiß, dass ich es tun sollte. Ich muss es tun.« Es gab Dinge, die Liam nicht über mich wusste, doch er schien zu verstehen, warum ich angefangen hatte, exzessiv zu trinken und Drogen zu nehmen. Und er wusste, dass der Mord meiner Eltern traumatisch für mich gewesen war.

»Willst du, dass ich mit dir mitkomme?«, bot er an.

Ich sah ihn an und erkannte in diesem Moment, dass ich mich verdammt glücklich schätzen konnte, Liam einen Freund nennen zu dürfen. Nur ein echter Freund würde mir das aufrichtige Angebot machen, mich auf den Friedhof zu begleiten.

»Nein, Mann. Du musst dich um deine Schwester und das Geschäft kümmern. Samantha ist bei mir, es geht mir gut.«

»Sie ist dir wirklich wichtig, nicht wahr?«, fragte er.

Ich nickte nur, denn ich wollte nicht, dass das Gespräch mitten in einem Fitnessstudio zu persönlich wurde. »Ja. Ich denke schon. Ich glaube, es wäre mir beinahe *unmöglich*, mir nicht wichtig zu sein. Sie ist eine ziemlich großartige Frau.«

»Wie schon gesagt, lass dich von deinen Ängsten nicht zurückhalten, Xander.«

»Das tue ich nicht. Zum ersten Mal seit langer Zeit glaube ich, dass ich weiß, wohin ich gehe und warum.«

Liam nickte und lief weiter. »Gott sei Dank. Wenn du keine Aufgabe im Leben hast, ist es sehr schwer, abstinent zu bleiben.«

Ich wusste, dass Tessa und diverse andere Dinge Grund genug für ihn gewesen waren, das Partyleben hinter sich zu lassen. Ich hatte nichts getan, außer mich von den anderen abzuschotten und mich selbst zum Paradebeispiel eines Mannes zu machen, der ganz einfach wieder zum Alkohol- und Drogenmissbrauch zurückkehren konnte.

Ich erhob mich, denn mich überkam mit einem Mal das Gefühl, zu Sam zurückkehren zu wollen. Ich wollte sichergehen, dass sie nach den Albträumen der vergangenen Nacht okay war. »Tut mir leid, dass ich dein Training gestört habe. Sehen wir uns im Krankenhaus?«

»Ich trainiere immer noch und ja, wir sehen uns nachher dort.«

Ich hob meine Hand und ging entschlossenen Schrittes zur Tür. Plötzlich bemerkte ich, dass das Fitnessstudio sich mit Menschen gefüllt hatte.

Niemand sah mich komisch an.

Niemand fing bei meinem zerschnittenen Gesicht an zu schreien.

Es interessierte einfach niemanden, dass ich Narben hatte. Die meisten hier kümmerten sich nur um sich selbst und ihr Training.

Ich schüttelte den Kopf, als ich grinsend mein schmutziges Handtuch in den dafür vorgesehenen Behälter warf, weil Samantha wieder einmal recht gehabt hatte. Ich sah die Realität *nicht*. Ich war viel zu lange in meinem eigenen Kopf gefangen gewesen.

Es wurde höchste Zeit, dass ich mir meinen Weg nach draußen freischaufelte und herausfand, welche anderen Fehlvorstellungen sich sonst noch in mir befanden.

## Kapitel 14

SAMANTHA

Wir blieben noch einige Tage in New York, um ganz sicher zu sein, dass es Tessa gut genug ging und sie bereit war, mit Micah am nächsten Tag nach Hause zu fliegen. Zu meiner Überraschung hatte Xander sogar rausgehen und einige der Sehenswürdigkeiten besichtigen wollen, die er bei vorherigen Besuchen in New York wegen Zeitmangels nie gesehen hatte.

Wir spazierten durch den Central Park, genossen die Aussicht vom Empire State Building und besuchten das 9/11 Memorial. Und gestern Abend hatte er mich dann zum Abendessen in ein angesagtes New Yorker Restaurant ausgeführt.

Ich konnte nicht sagen, dass er sich vollkommen wohlfühlte, doch er schien sich mit jedem Mal, das er unter Menschen verbrachte, mehr und mehr zu entspannen. Ich sah noch immer ab und zu den erschrockenen Ausdruck in seinem Gesicht, wenn ein lautes Geräusch zu hören war, doch er kämpfte sich durch die einzelnen Situationen hindurch, indem er sich schnell ins Gedächtnis rief, wo er war und was er gerade tat. Er stemmte sich gegen die Flashbacks und schien Erfolg damit zu haben, sie zu vermeiden. Dauerhaft den

Dingen ausgesetzt zu sein, die ihn unsicher sein ließen, machte ihn langsam unempfindlicher.

Wegen des bevorstehenden Zwischenstopps in Massachusetts war Xander auf dem Flug zurück nach Maine sehr still gewesen.

Ich wurde nervös, als er das Friedhofstor am Stadtrand seiner Heimatstadt mit dem Auto passierte. Sich der Realität zu stellen konnte jetzt schwierig sein, dabei hatte Xander solche Fortschritte gemacht. Ich hoffte nur, dass mein Vorschlag sich nicht als Fehler entpuppen würde.

Auf dem Weg zum Friedhof war er an dem Haus vorbeigefahren, in dem er aufgewachsen war. Es war definitiv kein bescheidenes Anwesen, doch es war auch kein Schloss. Es sah aus wie ein großes, stattliches Haus, das jedoch trotz allem nicht protzig wirkte. Es war wie ein Ort, an dem die Sinclair-Brüder eine glückliche Kindheit hatten verbringen können.

»Bist du okay?«, fragte ich zögernd und unterbrach damit die Stille, die sich zwischen uns ausgebreitet hatte, seit wir sein Elternhaus passiert hatten.

»Ja. Es geht mir gut. Ich erinnere mich daran, jedes Jahr in den Ferien mit Mom und Dad hierhergekommen zu sein, um Blumen auf die Gräber meiner Großeltern zu stellen. Sie sind beide gestorben, als ich noch ein Kind war. Ich erinnere mich an keinen von ihnen sehr gut.«

Wir hatten angehalten, um Blumen zu kaufen, die er auf den Gräbern seiner Eltern und Großeltern ablegen konnte. »Weißt du denn, an welcher Stelle sie begraben sind?«

»Ich kann mich daran erinnern. Julian hat mir gesagt, dass Mom und Dad direkt neben ihnen liegen.«

Mir lief ein Schauer über den Rücken, als Xander langsamer fuhr und schließlich anhielt. »Hier ist es«, sagte er düster.

Wir nahmen die Blumen und näherten uns den Gräbern seiner Großeltern, die als Erstes auf dem Weg lagen. Wortlos legte ich einen Strauß Rosen vor ihre Grabsteine, während Xander mit vor der Brust verschränkten Armen lediglich neben ihren Gräbern stand.

Ich folgte ihm, als er endlich den schmalen Weg weiter entlangging und abrupt neben dem nächsten Paar Grabsteine anhielt.

Ich stellte mich neben ihn und bewunderte die wunderschönen Gedenktafeln, die auf den Gräbern von Xanders Eltern aufgestellt waren. Zwei riesige, nebeneinander platzierte Grabsteine markierten ihre letzten Ruhestätten.

»Das ist die Wirklichkeit«, sagte Xander stoisch. »Es ist passiert, Sam. Sie sind wirklich tot.«

Angesichts dieses schlimmen Verlustes vibrierte seine Stimme voller Schmerz so sehr, dass es mir einen Stich in die Brust versetzte. Einen Augenblick lang sah er verloren aus, dann begann sein Körper plötzlich zu zittern.

Ich wusste alles darüber, wie es war, wenn man die Realität noch weiter verdrängen wollte. Ich hatte Jahre gebraucht, bis ich dazu in der Lage gewesen war, die Gräber meiner Familie zu besuchen. Es war mir bewusst gewesen, mir bei ihrem Anblick eingestehen zu müssen, dass sie diese Welt für immer verlassen hatten.

Steif machte er sich daran, die Blumen an den großen und wunderschön gravierten Grabsteinen abzulegen. Dann trat er zurück und starrte auf ihre Namen und ihr Todesdatum.

Ich wusste, was er durchmachte, die Erkenntnis, dass der Tod seiner Eltern endgültig war.

»Es hätte niemals passieren sollen«, sagte er mit heiserer Stimme. »Keiner von euch beiden hätte sterben sollen.«

Er sank auf die Knie und vergrub seine Finger in der Erde, in der sie begraben waren, während er vollkommen jegliche Fassung verlor, die er sich bis dahin noch bewahrt hatte. Seine Stimme war tief und voller Reue, als er sagte: »Es tut mir leid. Es tut mir so furchtbar leid. Ich habe nicht gewusst, dass ihr sterben würdet, wenn ich euch besuche. Ich hatte keine Ahnung, dass da draußen ein Arschloch auf mich gewartet hat, das mich umbringen wollte. Und es tut mir so leid, dass ich euch nicht retten konnte. Ich habe euch beide so sehr geliebt und ich bin mir nicht einmal sicher, ob ihr das überhaupt gewusst habt.«

Ich lief zu ihm, fiel neben ihm auf die Knie und schlang meine Arme um seine Schultern. »Es ist okay, Xander. Sie haben gewusst, dass du sie geliebt hast.«

»Sie sind wirklich nicht mehr da, Sam. Ich werde sie nie wiedersehen«, sagte er, als er sein Gesicht in meinen Haaren vergrub.

Sein Atem berührte mich in kurzen, aufgeregten Stößen am Hals und ich wollte ihm nur noch den Schmerz nehmen.

Ich streichelte mit meiner Hand über sein Haar und versuchte, ihn zu trösten. »Ich weiß.« Die Realität brach mit einem Mal über Xander herein und ich fühlte mich hilflos, denn ich konnte ihm nicht das sagen, was er hören wollte. Es gab nichts, das die Qual lindern würde, die er nun empfand, während er sich endlich mit der Tatsache auseinandersetzte, dass seine Eltern tot waren.

Drogen und Alkohol hatten ihm erlaubt, das Geschehene zu verleugnen.

Doch die Abstinenz hatte ihn dazu gezwungen, sich einer bitteren Wahrheit zu stellen.

Das war einer der Hauptgründe dafür, warum Xander sich niemals seiner Umgebung oder der Wirklichkeit seines Verlustes bewusst sein wollte.

Jetzt, viele Jahre später, machte er endlich die Trauerphase ganz alleine durch. Seine Brüder hatten den Tod ihrer Eltern schon lange akzeptiert. Das Einzige, das sie an dieser Tragödie *nicht* akzeptiert hatten, war der Verlust ihres kleinen Bruders. Micah und Julian hatten mit allem, was sie besaßen, an Xander festgehalten und sich geweigert, sich nach ihren Eltern auch von ihm zu verabschieden.

Xander drückte mich so fest, dass ich kaum Luft bekam, doch ich beschwerte mich nicht.

Ich wusste, wie es sich anfühlte, diese Art von Verlust zu durchleben.

Ich wusste, wie es sich anfühlte zu denken, dass man niemals darüber hinwegkommen würde.

Und ich wusste, wie es sich anfühlte, mit seiner Trauer ganz allein zu sein.

Sein Körper zitterte und an seinen scharfen Atemzügen bemerkte ich, dass er versuchte, seine Gefühle unter Kontrolle zu bekommen.

F. A. Scott

Ich streichelte über sein Haar und hielt ihn fest an mich gedrückt. Ich wünschte, dass ich ihm auf diesem Weg etwas von meinem Mitgefühl geben konnte. »Es wird besser, Xander. Das verspreche ich dir«, flüsterte ich ihm ins Ohr. »Jeden Tag wird es ein wenig einfacher werden.«

Er stand langsam auf, nahm mich bei der Hand und zog mich nach oben. Dabei wischte er sich mit der anderen Hand die Tränen vom Gesicht. »Es ist schon vier Jahre her«, knurrte er.

»Aber du hast es nie akzeptiert oder dich der Wahrheit gestellt. Du weißt, dass du es nicht getan hast. Für dich ist das alles ganz frisch.«

Er legte einen Arm um meine Taille. »Zu frisch. Wie hast du es geschafft, Sam? Wie bist du je darüber hinweggekommen, deine gesamte Familie verloren zu haben, ohne nicht vollkommen durchzudrehen?«

»Es hat sehr lange gedauert«, gestand ich und ging neben ihm her, als er sich langsam auf den Weg zurück zum Auto machte. »Ich war eine Zeit lang in Therapie und hatte gute Freunde. Trotzdem habe ich mich gefühlt, als würde ich schweben, als hätte ich meine Identität verloren, weil ich keine Familie mehr hatte. Es hat eine Weile gedauert, bis ich erkannt habe, dass mein Leben weitergehen würde und dass ich mich positiven Dingen zuwenden muss, von denen meine Familie gewollt hätte, dass ich sie tue.«

»Was zum Beispiel?«, fragte Xander neugierig.

»Ich leiste sehr viel Freiwilligenarbeit. Meine Schwester hat Tiere geliebt und wollte Tierärztin werden, also habe ich sehr viel Energie darin investiert, Geldspenden für örtliche Tierheime zu sammeln. Meine Mutter und mein Vater haben ihre Zeit ebenfalls eingesetzt, um in Obdachlosenunterkünften auszuhelfen, also habe ich auch das getan. Die meiste Zeit habe ich freiwillig gearbeitet und mich gefühlt, als würde ich die Erinnerung an sie wieder aufleben lassen.«

»Das macht Sinn«, stimmte Xander zu.

»Jeder Mensch ist anders, aber mir hat das Ganze geholfen«, sagte ich.

»Habe ich dir jemals gesagt, was für eine absolut großartige Frau du bist?«

Ich drehte meinen Kopf und sah ihn an. »Nein. Ich bin nichts Besonderes, Xander.«

Er drückte mich leicht an sich. »Blödsinn! Du hast mehr Tragödien in deinem Leben überstanden als irgendjemand anderes, den ich kenne. Und dennoch hast du dir immer noch einen positiven Blick auf die Welt und die Menschen bewahrt.«

»Ich glaube ja, dass ich so bin, *weil* mir das alles passiert ist. Ich will nicht einen einzigen Moment mehr als selbstverständlich ansehen.«

»Ich finde das ja immer noch ein wenig nervig«, neckte er sie. »Aber gleichzeitig bewundere ich diese Eigenschaft an dir.«

Ich lachte. »Tut mir leid, dass ich dich so auf die Palme bringe.«

Er warf mir einen zweifelhaften Blick zu. »Ich glaube nicht, dass es dir im Geringsten leidtut.«

»Gut. Vielleicht tut es das nicht. Ich möchte daran glauben, dass in meinem Leben immer noch gute Dinge existieren.«

»Ich habe meine Brüder«, sagte Xander nachdenklich.

»Ja, das stimmt. Und sie lieben dich beide«, antwortete ich nachdrücklich.

»Ich muss es ihnen erzählen, nicht wahr?«

Er brauchte nicht zu erklären, wovon er sprach. Ich wusste es bereits. »Ich bin der Meinung, dass du es tun solltest. Nicht weil es eine Rolle spielt, sondern damit du sehen kannst, dass es unwichtig ist. Micah und Julian werden dir niemals die Schuld geben oder den Tod deiner Eltern als etwas anderes sehen als das tragische Ereignis, das es gewesen ist.«

Er zuckte mit den Schultern. »Vielleicht lade ich sie einmal zu mir ein.«

Seine Antwort war unverbindlich, doch für Xander war sie definitiv ein weiterer Schritt zur Heilung.

Ich feierte die Ereignisse dieses Tages im Stillen, aber dennoch von ganzem Herzen. Ich wollte nichts lieber, als dass Xander endlich über den Verlust seiner Eltern hinwegkommt. Er war lange genug traurig und allein gewesen.

Als wir zum Flughafen zurückfuhren, um nach Amesport weiterzufliegen, war ich mir ziemlich sicher, dass Xander nicht einmal bewusst darüber nachgedacht hatte, meine Hand zu nehmen und sie während der ganzen Fahrt zurück zu seinem Privatflugzeug zu halten.

## SAMANTHA

Nach dem Besuch der Gräber seiner Eltern veränderte Xander sich. Er war jetzt bereiter zu reden, zuzuhören und jeden Tag so zu nehmen, wie er kam. Er verbrachte immer noch jeden Tag in seinem Büro, doch ging mit mir ebenfalls jeden Nachmittag hinunter zum Strand.

Er schwelgte in freudigen Kindheitserinnerungen und erzählte mir Geschichten aus den Tourtagen mit seiner Band.

»Hast du eigentlich jemals das Tonstudio betreten, das Micah für dich gebaut hat?« Ich machte ab und zu dort sauber, doch die Geräte sahen unbenutzt aus.

Wir hatten uns nach dem Abendessen zum Lesen hingesetzt und Xander sah nicht einmal von seinem E-Reader auf, als er knapp antwortete: »Nein.«

»Warum nicht? Es sieht fantastisch da drinnen aus.«

»Das ist es auch. Alles ist das Beste vom Besten. Aber ich habe dir schon gesagt, dass meine Musik nicht mehr existiert.« Wir hatten sehr oft über sein Talent gesprochen und ich wusste, dass mit seiner Fähigkeit, ein Instrument zu spielen, Lieder zu schreiben oder zu singen, alles in Ordnung war. Es handelte sich hier um eine geistige Blockade, es hatte keine körperliche Ursache. »Eines Tages wird sie zurückkommen.«

Ich war mir ziemlich sicher, dass seine Zurückhaltung möglicherweise damit zusammenhing, dass er dachte, sein Beruf hätte in irgendeiner Form mit dem Tod seiner Eltern zu tun. Wenn er bereit war, den Mord an seinen Eltern und seine Musik separat zu betrachten, dann würde er auch wieder spielen.

»Lesen wir nun oder was?«, fragte er ungeduldig.

»Okay. Ich bin ja schon still«, neckte ich ihn.

Er warf seinen E-Reader zur Seite. »Das ist es nicht. Um ehrlich zu sein, halte ich es keine einzige Nacht mehr aus, ohne dich zu berühren, Sam. Es frisst mich bei lebendigem Leib auf.«

Ich wusste, wovon er sprach. Das Knistern zwischen uns war immer präsent und lauerte im Verborgenen. Ich legte meinen eigenen E-Reader auf den Sofatisch. »Ich glaube, du weißt bereits, dass ich genauso empfinde.«

Xander warf sich so schnell über das Sofa, dass ich ihn nicht kommen sah. Bevor ich realisierte, was überhaupt geschehen war, lag er schon neben mir und drückte mich gegen die Rückenlehne. »Eigentlich habe ich *keine Ahnung*, wie du empfindest, Sam. Manchmal gelingt es mir nicht, hinter deine unnahbare Fassade zu blicken, um genau zu wissen, was du denkst. Ich habe das Gefühl, dass ich dir pausenlos mein Herz ausgeschüttet habe, doch ich bin mir deiner immer noch nicht sicher. Ich verstehe weder, warum du hier bist, noch warum du mit mir zusammen sein willst.«

Meine Augen fanden seine und hielten seinem Blick stand. Mit einem Mal fühlte ich mich, als könnte ich nicht mehr atmen. Ich begehrte Xander Sinclair auf die einfachste, natürlichste Art und Weise und dennoch waren die Dinge so kompliziert. »So komplex bin ich nun wirklich nicht«, hauchte ich atemlos.

»Du bist ein verdammtes Rätsel, das ich nicht lösen kann«, antwortete er. »Ja, ich glaube schon, dass du mich willst, aber ich habe keine Ahnung wieso. Dennoch kann ich es spüren, Sam. Dein

Herz rast genauso schnell wie meins und ich weiß, dass ich mit der Verzweiflung, die sich in mir ausbreitet, nicht alleine bin.«

Er hatte recht. »Das bist du nicht«, gestand ich. »Ich kann es spüren, Xander, aber ich glaube, ich habe Angst.«

Während er mir mit der Hand durchs Haar strich, fragte er mit heiserer Stimme: »Warum Sam? Sag es mir.«

Mein Körper nahm seine Hitze auf und ich bewegte mich unruhig neben ihm. Jeder Teil von mir wollte diesem Mann so viel näher sein, als ich es in diesem Augenblick war. »Ich bin es nicht gewohnt, mich so zu fühlen. Ich war nie wirklich eine sexuell aktive Frau. Jetzt habe ich das Gefühl, außer Kontrolle zu sein.«

»Blödsinn. Du bist eine der schärfsten, zugänglichsten Frauen, die ich jemals getroffen habe.«

»Das bin ich nur mit dir.«

Sein Gesicht bekam einen wilden Ausdruck. »Gut. So gefällt es mir nämlich.«

Sein Mund fing meinen mit solcher Kraft ein, dass es mir den Atem raubte. Und dennoch war dieser Kuss überzeugend, bedürftig und drängte mich dazu, mich diesen Emotionen zu ergeben, die ich beinahe seit dem Moment, in dem ich Xander getroffen hatte, verzweifelt zu unterdrücken versuchte.

Das war mit dem ersten Mal in keiner Weise zu vergleichen. Seine Umarmung war voller sexueller Hitze, die mich zur Aufgabe zwang, als ich an seinem Mund stöhnte und meine Arme um seinen Hals schlang.

Ich glaube, das erste Mal war eine Kombination dessen gewesen, dass ich nichts gegeben hatte und Xander nicht dazu in der Lage gewesen war, irgendetwas anderes zu tun, als die mechanischen Bewegungen zu vollziehen.

Alles hatte sich verändert und ich wusste, dass ich mit dem Feuer spielte.

Aber ich war den Kampf gegen diese verrückte Anziehung, die zwischen uns herrschte, so leid. Ich konnte nicht mehr kämpfen. Sich gegen diese Art von Gefühl zu wehren würde mehr Kraft erfordern, als ich zur Verfügung hatte.

Also ließ ich es geschehen.

Ich ergab mich.

Und ich erlaubte Xander, mich mitzunehmen, wohin auch immer er gehen wollte.

Wir beide wollten das Gleiche und es würde mit einem Gefühl enden, nach dem sich mein Körper so sehr sehnte.

Ich veränderte meine Position neben ihm, damit ich meine Beine um seine Hüfte schlingen konnte, um zu versuchen, ihm noch näher zu sein. Wenn es möglich wäre, wäre ich in ihn hineingekrochen.

Er gab meinen Mund wieder frei und vergrub sein Gesicht an meinem Hals, wo seine freche Zunge über meine empfindliche Haut leckte.

»Xander«, stöhnte ich erregt. Ich wollte, dass er mich endlich von meiner Qual erlöste und fickte, als würden wir die letzten Augenblicke auf der Erde erleben.

»Ich weiß, Baby. Warte«, murmelte er heiser an meinem Hals.

»Ich kann nicht länger warten«, wimmerte ich.

Ich hatte versucht, geduldig zu sein. Ich hatte versucht, nicht darüber nachzudenken, wie sehr ich mit ihm verbunden und intim sein wollte. Ich hatte versucht, seine ausdrucksstarken Augen und den durchtrainierten, starken Körper zu ignorieren.

Ich hatte lange genug gewartet und versucht, ihn nicht so sehr zu begehren, wie ich noch niemals zuvor einen anderen Mann begehrt hatte.

»Bitte!«, bettelte ich, als er sich von mir rollte und auf den Boden neben dem Sofa rutschte.

Er stand auf, hob mich hoch und stellte mich auf die Füße. Plötzlich standen wir uns gegenüber, so nahe beieinander, dass ich meine Hand ausstrecken und ihn berühren konnte, doch ich tat es nicht. Ich strich mein Haar zurück und sah ihm erregt dabei zu, wie er sich sein T-Shirt über den Kopf zog und es auf den Boden warf.

Als ich ihn mit meinen Augen verschlang, wurde meine Muschi heiß durchflutet. Die Narben, die ihn zeichneten, nahmen seinem Körper nichts von seiner Stärke und Schönheit. Jeder Muskel war definiert und perfekt, und sein Oberkörper war bis auf die verblassten

Narben glatt. Ich hob meine Hände, um ihn zu berühren, woraufhin er erstarrte.

Ich legte meine Handflächen auf seine Brust und streichelte über seine warme Haut, unter der die Muskeln zuckten, während ich das Muster seines Waschbrettbauches nachzeichnete. Seine Jeans saß tief auf seinen Hüften. Es sah sexy aus, doch eigentlich wollte ich ihn vollständig und überall berühren. Als ich jedoch nach den Knöpfen seiner Jeans griff, hielt Xander mein Handgelenk fest.

»Nicht«, bat er mit schriller Stimme. »Wenn du mich dort berührst, dann bin ich verloren.«

»Ich will dich überall berühren«, entgegnete ich geradeheraus.

»Meine Güte, Sam! Ich will das doch auch. Es macht mich verrückt, dass meine Narben dich nicht abstoßen.«

»Das tun sie nicht«, bestätigte ich. »Wenn ich sie betrachte, sehe ich nur deine Stärke.«

Ich konnte nur einen kurzen Blick auf das wilde Verlangen erhaschen, das auf seinem Gesicht zu sehen war, bevor er mein T-Shirt ergriff, um es mir über den Kopf zu ziehen, und mir einen Schauer des Verlangens durch den Körper jagte, den ich nicht kontrollieren konnte.

»Weißt du eigentlich, wie heiß es mich macht, dass du so gut wie nie einen BH trägst?«, knurrte er, als er mir das Kleidungsstück auszog und es zu Boden fallen ließ. »Diese hier ...« Er umschloss sanft meine Brüste und streichelte mit seinen Daumen über meine Brustwarzen. »Jedes Mal wenn ich sehe, wie deine Brustwarzen hart werden, will ich dich ficken. Oder vielleicht sollte ich sagen, will ich dich *noch mehr* ficken. Wenn du dich in meiner Nähe befindest, gibt es keinen Moment, in dem ich nicht in dir sein will.«

Mein Kopf fiel in den Nacken, als mich seine erotische Berührung wie ein Stromstoß durchfuhr. »Ja! Bitte. Fass mich an.«

»Das habe ich vor, Süße«, sagte er rau, als seine Hände den Weg zum Reißverschluss meiner Jeans fanden. Er öffnete den Knopf und arbeitete fieberhaft daran, mich auszuziehen.

Ich vermisste das Gefühl seiner Hände auf meinen Brustwarzen, doch ich half ihm dabei, mich von meiner Jeans und dem Slip zu befreien, sodass ich schließlich vollkommen nackt vor ihm stand.

Plötzlich waren seine Hände überall, berührten meine Brüste, meinen Bauch, meinen Hintern und schoben sich schließlich zwischen meine Schenkel.

»Das ist es, was ich beim letzten Mal gewollt habe. Ich wollte dich erregt und nackt vor mir haben. Ich hatte nur zu viel Angst davor, mich zu öffnen und irgendjemandem zu zeigen.«

»Was hat sich verändert?«, fragte ich atemlos und legte meine Hände auf seine Schultern, um mir Halt zu verschaffen.

»Ich«, antwortete er. »Dank dir fange ich an, daran zu glauben, dass ich alles haben kann, was ich will. Dass ich es tatsächlich verdiene.«

»Das tust du«, flüsterte ich mit belegter Stimme.

»Ich habe ebenfalls erkannt, was für ein Vollidiot ich bin. Du hast etwas Besseres verdient. Du solltest alles bekommen, was du dir wünschst.«

»Ich will dich«, stöhnte ich, während seine Finger in der feuchten Hitze meiner Muschi spielten und immer wieder über meine Klitoris fuhren.

»Scheiße! Ich habe noch nicht herausgefunden warum, aber ich werde nicht infrage stellen, wie glücklich ich bin, dass du so empfindest.«

Seine Antwort brachte mein Herz zum Schmerzen. Ich fuhr mit meinen Händen durch sein Haar und krallte mich darin fest, während seine Lippen sich auf meine pressten. Es war ein Kuss voller Verlangen, in dem unsere Zungen sich in einem wilden Duell umschlangen. Meine Fäuste ergriffen sein Haar fester und ich drückte meinen vor Lust zitternden Körper an seinen. Als seine Hände meinen nackten Rücken hinunter wanderten und meine Pobacken umgriffen, war ich mir sicher, dass ich solch eine intensive Erregung noch niemals zuvor in meinem Leben gespürt hatte.

Als er meinen Mund dieses Mal freigab, bettelte ich: »Bitte fick mich, Xander! Ich will es so sehr!«

Er fuhr mit seinen Händen in die Taschen seiner Jeans und zog ein Kondom hervor, bevor er sich hastig seiner Hose und der Boxershorts entledigte. »Verdammt, Sam! Ich wollte es langsam angehen lassen.

Ich wollte mir Zeit nehmen. Doch alles mit dir ist so unfassbar intensiv!«

*Intensiv?*

Ja, es war die perfekte Beschreibung der Art und Weise, wie alles gewesen war, seit ich Xander getroffen hatte. Und diese Intensität hatte niemals aufgehört.

Ich nahm ihm das Kondom aus der Hand und riss die Verpackung auf. Dann versuchte ich verzweifelt, es ihm überzustreifen.

Am Ende musste Xander mir dabei helfen und ich bemerkte, dass unser beider Hände zitterten, als wir seinem Schwanz das Gummi überzogen.

Seine Hand schob sich erneut zwischen meine Oberschenkel und ich stöhnte auf, als er mir dort so selbstverständlich Lust bereitete, als würde ihm diese Region gehören.

»Du fühlst dich so verdammt gut an, Samantha«, sagte er heiser. »So feucht und heiß, dass ich nur in dir sein will.«

Das wollte ich auch und er brachte mich an den Rand des Wahnsinns. »Dann tu es!«, ermutigte ich ihn.

»Nicht so schnell«, sagte er, als ob er sich erst selbst davon überzeugen musste. »Dieses Mal kommst du gemeinsam mit mir.«

Ich sprang hoch und schlang meine Beine fest um seine Taille. »Ich garantiere dir, das werde ich. Fick mich einfach nur!«

Vor Lust war ich nicht mehr vollständig bei Sinnen. Meine Muschi pulsierte und zog sich sehnsüchtig zusammen, weil das Verlangen, von Xander ausgefüllt zu werden, so groß war.

Er ging einige Schritte und drückte mich dann mit dem Rücken gegen die Wand, beinahe an derselben Stelle, an der er mich zum ersten Mal genommen hatte. »Das hier wird kein gemütlicher Ritt werden«, warnte er mich.

»Ich bin bereit, zu fallen und zu zerschmettern«, keuchte ich.

»Ich werde auf dich aufpassen«, versprach er, als er seine Hand wegzog und sie durch seinen Schwanz ersetzte.

Um mich zu stützen, schob er seine Hände unter meinen Po und drang mit einem kräftigen Stoß mit seiner vollen Länge in mich ein.

Meine Fingernägel bohrten sich in seinen Rücken und mir entfuhr ein unterdrücktes, befriedigtes Wimmern. »Ja. Oh Gott, ja! Das brauche ich!«

Sein heißer, kräftiger Körper bewegte sich in meiner Spalte und dehnte mich bis ans Limit. Ich genoss es, weil es bedeutete, dass ich mit Xander endlich auf die elementarste Art und Weise verbunden war. Es befriedigte ein urwüchsiges Verlangen und meine Antwort war vollkommen erotisch und körperlich.

Meine harten Brustwarzen rieben an seinem Oberkörper und ich streckte mich ihm entgegen, um jeden seiner Stöße aufzunehmen, die meine gierige Muschi von Xander forderte.

Es war kein zärtlicher Sex, doch wenn es das gewesen wäre, hätte es mir keine Befriedigung verschafft.

Ich wollte es roh und hart. Es war das Einzige, das den quälenden Schmerz in mir befriedigen würde, der sich nach Xander sehnte. Es war ein Verlangen, das ich zu lange unterdrückt hatte.

Wir waren beide schweißgebadet, als wir versuchten, den Orgasmus gemeinsam zu erreichen. Xander veränderte die Position, um mehr Druck auf meine pulsierende Knospe auszuüben, die sich nach Erlösung sehnte.

Als mein Höhepunkt über mich wusch, krallte ich mich mit meinen Fingernägeln in seinen Rücken und schrie, während die Wellen der Lust mich schüttelten. »Xander!«

Ich presste meine Beine stärker um seine Taille und entzog mich jeglicher Kontrolle, da spürte ich plötzlich, wie er zitterte und härter in mich stieß, bevor ihm ein sexy, kehliges Stöhnen entfuhr und er sich in mir ergoss.

Ich bin mir nicht sicher, wie lange wir ineinander blieben, doch ich fühlte, wie Xanders Kopf auf meine Schulter fiel und wir beide nach Luft schnappten.

Wie ich mich so an ihm festhielt, fühlte ich mich verletzlich und ausgelaugt. Ihm alles zu geben war nie Teil des Plans gewesen. Doch jetzt gab es für mich kein Zurück mehr und wenn ich ganz ehrlich war, wollte ich das auch nicht.

»Ich glaube, ich muss duschen«, sagte ich, als ich wieder zu Atem kam. Ohne mich auf dem Boden abzusetzen, begann Xander, sich in Richtung Fahrstuhl zu bewegen.

»Wo willst du hin? Xander, lass mich runter!«, kreischte ich.

»Wir gehen duschen. Ich dachte, das wolltest du. Ich lasse dich jetzt nicht gehen, Samantha. Ich kann nicht.«

Ich ließ meinen Kopf auf seine Schulter fallen. Auch ich war nicht dazu bereit, ihn gehen zu lassen.

Ich seufzte und ließ es zu, dass er mich den gesamten Weg bis zum Badezimmer trug, damit wir gemeinsam duschen konnten. Ich würde damit aufhören, Xander auf Distanz zu halten. Ich musste nur hoffen, dass ich nicht den größten Fehler meines Lebens beging, indem ich mich ihm öffnete.

## Kapitel 16

**SAMANTHA**

Einige Wochen später beobachtete ich Xander, während wir gemeinsam mit seinen beiden Brüdern und ihren Frauen an Micahs Tisch saßen. Die Unterhaltung plätscherte dahin, doch ich wusste, dass Xander seinen Brüdern mehr über die Nacht erzählen wollte, in der seine Eltern ermordet worden waren.

Micah hatte seine Brüder zu sich zum Abendessen eingeladen und ich war mir sicher, dass er überrascht gewesen war, als sein jüngster Bruder nicht nur zugesagt, sondern gefragt hatte, ob er mich mitbringen dürfte.

Wir hatten eine großartige Mahlzeit beendet, die Tessa selbst zubereitet hatte, und saßen nun bei Nachtisch und Kaffee zusammen.

Ich machte mir wirklich keine Sorgen darüber, wie Micah und Julian auf Xanders Geständnis reagieren würden. Auch wenn Xander es vielleicht nicht immer bewusst war, seine älteren Brüder liebten ihn und würden ihn in keiner Weise für irgendetwas verantwortlich machen.

Ich denke, ich hoffte einfach nur darauf, dass er sich nicht wieder selbst fertigmachte. Die letzten paar Wochen hatten eine willkommene Abwechslung dargestellt. Obwohl wir die meiste Zeit zu Hause verbracht hatten, war die Stimmung zwischen uns weitaus entspannter, jetzt, da wir unsere Anziehung füreinander nicht mehr versteckten. Wir waren beide unersättlich und es schien, als könnten wir nie genug voneinander bekommen.

Ich sah es als Segen und Fluch gleichzeitig.

Ich war glücklich darüber, dass er das Gleiche empfand wie ich, doch ich wusste auch, dass ich auf diese Weise geradewegs auf Herzschmerz zusteuerte. Darüber hinaus war mir Xander wichtiger, als ich zugeben wollte.

Das mit ihm war nichts, das ich geplant hatte.

Und es war auch nichts, auf das ich vorbereitet gewesen wäre.

Nichtsdestotrotz war ich verrückt nach Xander Sinclair und ich fühlte mich beinahe schon machtlos, mich meinen Gefühlen entgegenzustemmen, die mich bei lebendigem Leib aufzufressen drohten. Es war mir mehr als nur ein klein wenig unangenehm, denn ich war keine Frau, die sich in emotionale Extremsituationen begab. Für gewöhnlich wusste ich, wie ich mit so gut wie allem umzugehen hatte. Aber mit Xander erlebte ich einige so unfassbar intensive Dinge, die vollständig außerhalb meiner normalen emotionalen Reichweite lagen.

Vor Anspannung waren meine Muskeln ganz hart und ich war nervös, wie Xanders Brüder wohl reagieren würden.

Und so kam es, dass Micah der Erste war, der das Thema ihrer Eltern anschnitt.

»Liam sagte, du hättest darüber nachgedacht, die Gräber von Mom und Dad zu besuchen. Bist du dort hingefahren?«, fragte Micah vorsichtig.

Xander nickte, während er einen Schluck von seinem Kaffee nahm. »Ja. Ich denke, es war höchste Zeit, dass ich mich dort blicken ließ. Ich habe mich nie wirklich verabschieden können.«

»Ich glaube, dass Mom und Dad dir verzeihen würden, Xander«, bemerkte Julian trocken. »Du hast im Krankenhaus um dein Leben gekämpft, als sie begraben wurden.«

Xander zuckte mit den Schultern. »Das ist Jahre her. Es war Zeit für mich zu gehen. Ich habe die Realität sehr lange nicht sehen wollen.«

»Bist du okay?«, fragte Julian.

»Es war nicht einfach. Ich fühle mich immer noch schuldig, dass es passiert ist«, antwortete Xander tonlos.

»Warum?« Micahs Stimme klang verwirrt.

»Ich habe es niemandem von euch jemals erzählt, doch der Kerl, der Mom und Dad umgebracht hat, war kein Zufallstäter. Er war gezielt hinter *mir* her gewesen.« Xanders Stimme wurde schwer, als er fortfuhr: »Er hat *mich* töten wollen. Deswegen hat er mich ausfindig gemacht. Der Zufall wollte es nur so, dass ich mich zu diesem Zeitpunkt in ihrem Haus aufhielt. Unsere Eltern waren für ihn nur ein Kollateralschaden, vielleicht hat er sie aber auch einfach nur getötet, weil ich sie geliebt habe. Ich habe nie herausgefunden, warum er mich gehasst hat, ich wusste nur, dass er es tat.«

Unter dem Tisch ergriff ich Xanders Hand. Er verwob unsere Finger miteinander und drückte sie.

»Wir wussten bereits, dass er hinter dir her war«, sagte Julian.

Xanders Kopf fuhr hoch und er sah seine Brüder fragend an. »Was meinst du damit? Wie habt ihr das wissen können?«

»Während du im Krankenhaus warst, hat uns die Polizei angerufen. Sie teilten uns mit, dass sie Grund zur Annahme hätten, dass Terrence Walls ein verblendeter Psychopath war, der es auf dich abgesehen hatte. Ich habe nicht wirklich aufmerksam zugehört. Der Kerl war tot. Ich habe mir mehr Sorgen darum gemacht, ob du deine Verletzungen überleben würdest.« Micah runzelte die Stirn, als er fragte: »Warum um alles in der Welt fühlst du dich schuldig?«

»Wenn ich Mom und Dad nicht in ihrem Zuhause besucht hätte, würden sie heute noch leben.«

Kristin sagte vorsichtig: »Xander, warum hast du Schuldgefühle wegen etwas, das du nicht kontrollieren konntest? Der Kerl war verrückt.«

»Bildest du dir etwa ein, dass du die Schuld am Tod unserer Eltern trägst?«, wollte Julian wissen.

»Durch meine Karriere stand ich im Licht der Öffentlichkeit«, argumentierte Xander.

»Das habe ich auch getan«, gab Julian zurück. »Ich würde jedoch sehr hoffen, dass niemand mir die Schuld geben würde, weil irgendein durchgeknallter Irrer sich dazu entschlossen hat, mich umzubringen.«

»Ich habe mich dafür verantwortlich gemacht«, gab Xander zu. »Immer schon.«

»Dann hör auf damit«, sagte Tessa mitfühlend. »Wir sind dankbar dafür, dass du nicht gestorben bist, Xander. Wir wollen nur, dass du glücklich bist. Du hast so viel durchgemacht. Niemand gibt dir die Schuld. Es war ein tragischer Vorfall. Das ist alles.« Tessa saß Xander gegenüber und schien von seinen Lippen gelesen zu haben. Ich war mir nicht sicher, was er ihr als Antwort zurück gebärdete, doch sie lächelte ihn an. Ich konnte mir vorstellen, dass es eine Art Dankeschön gewesen war.

»Es wird Zeit, nach vorne zu schauen«, sagte Micah heiser. »Mom und Dad sind nicht mehr hier und sie werden uns immer fehlen. Doch sie hätten beide gewollt, dass wir unser Leben weiterführen. Sie hätten es gehasst, wenn sie wüssten, dass du in Schuldgefühlen versinkst. Du weißt doch selbst, wie sehr sie uns in allem unterstützt haben. Sie wären traurig, einen von uns unglücklich zu sehen. Und sie hätten sich gewünscht, dass wir als Familie zusammenhalten.«

»Ich weiß«, gestand Xander mit belegter Stimme. »Jetzt kann ich auch endlich erkennen, dass ihnen der Mensch, zu dem ich nach ihrem Tod geworden bin, nicht gefallen hätte.«

»Dennoch würde ihnen gefallen zu sehen, wie hart du jetzt kämpfst, Xander«, sagte Kristin leise. »Sie wären stolz auf dich. Das weiß ich.«

Mir entfuhr ein Seufzer der Erleichterung, als ich sah, welch große Liebe und Unterstützung Xanders Brüder und ihre Frauen ihm zu geben bereit waren. Die Situation rührte mich so sehr, dass ich beinahe anfing zu weinen. Diese Familie hatte so viel durchgemacht und doch hatten sie alle nie die Hoffnung aufgegeben, dass ihr jüngster Bruder seine Sucht besiegen würde. Ich wusste, dass Micah und Julian jedes Mal zur Stelle gewesen waren, wenn Xander eine Überdosis genommen oder ihre Hilfe benötigt hatte. Sie waren sogar an seiner Seite gewesen, wenn er ihre Hilfe *nicht gewollt* hatte.

Xander schnaubte bei Kristins Bemerkung. »Ich glaube, sie hätten es weitaus besser gefunden, wenn aus mir gar nicht erst ein Junkie geworden wäre.«

Alle Köpfe drehten sich zu Xander und sahen ihn an, während sich auf seinem Gesicht ein kleines Lächeln breitmachte.

*Er kann tatsächlich über sich selbst lachen. Er macht sich über seine eigenen Fehler lustig.* Ich lächelte, weil er wegen seiner Vergangenheit endlich nicht mehr so streng mit sich selbst war. Er geißelte sich nicht mehr selbst, er akzeptierte, dass es eine schlimme Situation gegeben hatte und dass er sie nicht mehr ändern konnte.

Julian bemerkte Xanders schwarzen Humor. »Vielleicht. Aber sie haben uns immer gesagt, dass wir nicht perfekt sein müssen.«

Micah stimmte zu. »Eine verdammt gute Sache ist das. Ich glaube nicht, dass irgendeiner von uns sagen kann, er hätte keine Fehler begangen.«

Kristin stieß Julian mit dem Ellbogen an. »Du versuchst immer, mir weiszumachen, dass du fehlerfrei bist«, sagte sie.

Wir alle lachten, auch Xander, und ich spürte, wie die Anspannung, die ihn begleitet hatte, langsam von ihm abfiel. Alle am Tisch waren fröhlich und scherzten und taten das, was Geschwister tun *sollten*, wenn sie zusammenkamen.

Als ich mir die Gruppe von Sinclairs so ansah, wurde ich plötzlich schwermütig und fragte mich, wie mein Leben wohl ausgesehen hätte, wenn ich vor vielen Jahren nicht meine gesamte Familie verloren hätte. Es war schon so lange her und eigentlich wusste ich, dass es mir nichts bringen würde, wenn ich mir die Was-wäre-wenn-Frage stellte, die mir immer durch den Kopf schoss, wenn ich an meine Eltern und Geschwister dachte.

*Wie würde meine Familie jetzt aussehen?*

*Wie würden sich meine Geschwister als Erwachsene verhalten?*

*Hätten wir immer noch engen Kontakt zueinander?*

Auf all diese Fragen würde ich nie eine Antwort erhalten und es gab immer mal wieder Situationen, in denen es mir einen Stich versetzte, weil sie nicht mehr da waren. Ein sinnloser Akt der Gewalt hatte jede einzelne Seele, die ich geliebt hatte, von einem Moment auf den anderen ausgelöscht.

Es war in Augenblicken wie diesen, dass ich an meine eigene Familie dachte, wenn ich sah, wie liebevoll und voller Zusammenhalt eine andere war.

»Hey, ist alles in Ordnung?«

Ich schrak kurz auf, als ich Xanders Stimme neben meinem Ohr vernahm. Irgendwie musste ich mich kurz in meiner eigenen Welt verloren haben. »Ja. Mir geht es gut«, versicherte ich ihm.

»Du hast traurig ausgesehen«, sagte er leise.

Ich schüttelte den Kopf. »Ich habe nur gedacht, wie glücklich du dich schätzen kannst, solch eine tolle Familie zu haben.«

Alle anderen waren in ihre eigenen Gespräche vertieft, weshalb niemand meine Bemerkung hörte.

»Du hast an deine eigene Familie gedacht«, vermutete Xander.

Ich nickte. »Auch wenn es schon Jahre her ist, tut es manchmal immer noch weh.«

»Wo ist deine Familie?«, fragte Kristin höflich.

Ich hatte nicht bemerkt, dass sie Xanders Kommentar gehört hatte, bis sie sich von ihrem Stuhl direkt neben mir zu Wort meldete.

Im Esszimmer wurde es mit einem Mal still und alle sahen mich erwartungsvoll an.

Da schritt Xander ein. »Kristin, jetzt ist vermutlich kein guter Zeitpunkt –«

»Ist schon okay«, unterbrach ich ihn. »Es ist ja nicht so, als wäre es ein Geheimnis, und ich habe mit dem, was vor langer Zeit geschehen ist, bereits abgeschlossen.« Ich wandte mich Kristin zu. »Meine Eltern und meine Geschwister sind vor mehr als zehn Jahren gestorben. Sie sind ermordet worden.«

Im Raum wurde hörbar eingeatmet. »Oh mein Gott, Samantha. Es tut mir so leid!«, sagte Kristin erschrocken.

Ich holte tief Luft und erzählte meine Geschichte, wobei Xander unter dem Tisch weiterhin meine Hand hielt und mir aufmunternd mit dem Daumen über die Handfläche streichelte. Als ich fertig war, sah mich jedes Augenpaar am Tisch verstört an.

Tessa schüttelte ungläubig den Kopf. »Ich kann dir nicht sagen, dass ich weiß, wie du dich gefühlt hast, denn ich könnte mir niemals vorstellen, diese Art von Schmerz zu erleben. Ich weiß jedoch, wie qualvoll es ist, seine Eltern zu verlieren. Wir alle wissen das. Doch ich habe immer noch Liam, und die Jungs hier haben einander.«

»Ist das der Grund, warum du hier bist?«, fragte Julian. »Ist das die Erklärung dafür, warum eine Psychologin eine Stelle als Haushälterin angenommen hat? Du wolltest Xander helfen, weil er ebenfalls seine Eltern verloren hat?«

Ich schüttelte energisch den Kopf.

»Was?« Xanders Stimme klang verwirrt und er zog seine Hand aus meiner heraus. »Wovon redet Julian da? Du bist *Psychologin*?«

»Du hast es ihm nicht erzählt?«, fragte Micah reumütig. »Wir hatten gedacht, dass er es weiß. Ihr beide scheint sehr vertraut miteinander zu sein und dann war da noch diese Sache, dass Beatrice euch füreinander bestimmt hat. Es tut mir leid, dass wir davon angefangen haben.«

»Es tut mir leid«, plapperte Julian ihm nach.

Mein Herz sank bis auf den Boden. »Ich hatte es ihm schon bald sagen wollen«, gestand ich. »Aber nein, er hat es nicht gewusst.«

»Kann mir vielleicht irgendjemand mal erklären, was hier los ist, damit ich weiß, wovon zum Teufel ihr sprecht?«, fragte Xander unsicher.

Julian ergriff zuerst das Wort. »Es ist keine große Sache. Samantha ist eine Psychologin, die sich in New York auf die Behandlung von Patienten mit posttraumatischer Belastungsstörung und Opfern von traumatischen Erlebnissen spezialisiert hat. Sie hat eine Pause gewollt, also ist sie hierhergekommen und hat die Stelle angenommen, die wir ihr angeboten haben. Wir wussten, dass sie vermutlich nur die Sommermonate über hierbleiben würde, doch wir hatten gehofft, dass ihre Erfahrung dir helfen würde.«

Xander erhob sich. Ich konnte erkennen, dass er wütend war, dennoch stand ich ebenfalls auf. »Ich hätte es dir noch erzählt. Es spielt wirklich keine Rolle. Ich bin nicht hergekommen, um offiziell mit dir als Therapeutin zu arbeiten.«

»Das hast du aber getan«, sagte er durch zusammengepresste Zähne. »Du bist hierhergekommen, um mir Dinge einzuflüstern und ... dreimal darfst du raten ... es hat funktioniert! Ich habe diesen ganzen Scheiß darüber geglaubt, dass du mich attraktiv findest. Ich habe mich auf dich eingelassen, weil ich dachte, dass du dich tatsächlich für *mich* interessieren würdest.«

»Aber du *bist* mir doch wichtig!«, widersprach ich.

»*Verdammt!*«, fluchte er. »Ich hätte es wissen sollen. Du bist eine verfluchte Seelenklempnerin. Ich glaube dir kein Wort, wenn du behauptest, dass du angeblich nicht hier warst, um die Dinge für den süchtigen, total kaputten Sinclair-Bruder wieder rosig aussehen zu lassen. Ich habe dich nie gefragt, doch ich kann mir sehr gut vorstellen, wie viel sie dir gezahlt haben, damit du mich zurechtbiegst und aus mir wieder einen Menschen machst. Wie hoch ist denn dein Bonus, wenn du dafür sorgst, dass ich nüchtern bleibe? Denn das ist doch der wahre Grund, warum du hier bist, nicht wahr? Ich wette, dass die letzte Zahlung hoch genug wäre, damit du dir kaufen könntest, was immer du willst. Sag es mir! Wie viel ist es meinen Brüdern wert, dass ich clean bleibe?«

Xander ergriff mich bei den Schultern und schüttelte mich, doch ich reckte mein Kinn in die Höhe und sah zu ihm auf. »Nichts! Ich habe keinen finanziellen Gewinn. Eigentlich stecke ich sogar Verluste ein, weil mir das Gehalt der Klinik in New York fehlt. Ich habe dort gut verdient.«

Er ließ mich los und stieß mich leicht von sich, sodass ich beinahe das Gleichgewicht verlor.

»Welchen anderen Grund solltest du haben?«, fragte er bitter. »Alles, was passiert ist, war nur gespielt. Ist die Geschichte mit deinen Eltern überhaupt wahr?«

Ich wich vor ihm zurück, denn seine Frage traf mich mitten ins Herz. Verdammt! Ich wusste, dass er um sich schlug, weil er verletzt war und sich betrogen fühlte. Doch mir tat das Ganze jetzt auch weh. Sogar nach der Zeit, die wir gemeinsam verbracht hatten und nachdem ich ihm mein Herz geöffnet hatte, war er dennoch sofort davon überzeugt, dass ich nichts anderes als Geld im Sinn hatte. Meine Augen füllten sich mit Tränen.

*Ich hätte ihn niemals so nahe an mich heranlassen dürfen.*

*Ich hätte niemals zulassen dürfen, dass er mich so verletzen kann.*

»Glaubst du wirklich, dass ich über etwas so Schreckliches wie das, was meiner Familie zugestoßen ist, eine Lüge erzählen würde? Ich bin nicht wegen des verdammten Geldes hierhergekommen!«, schrie ich ihn an und fühlte mich wie ein verwundetes Tier, das sich unter Schmerzen windet.

Xander trat vom Tisch zurück und warf dabei seinen Stuhl zu Boden. »Fickst du alle deine Patienten, *Dr. Riley*, oder war ich nur etwas Besonderes wegen der Summe, die meine Brüder dir bezahlen?«

Ich hatte gelernt, auf solche Provokationen nicht zu reagieren, doch Xander war nicht mein Patient und seine Worte waren wie Pfeile, die sich tief in mein Fleisch bohrten. Bevor ich darüber nachdenken konnte, hatte ich ihm auch schon eine Ohrfeige verpasst, und das Geräusch meiner Hand, die auf sein Gesicht klatschte, hallte durch den Raum.

Mit tränenüberströmten Wangen sah ich ihn an und jede Emotion, die ich versucht hatte zurückzuhalten, löste sich mit einem Mal. Niemals in meinem ganzen Leben hatte ich auf körperliche Gewalt zurückgegriffen. Ich hasste das. Doch seine Bemerkungen hatten mich so schwer getroffen, dass ich nicht dazu in der Lage gewesen war, mich zurückzuhalten. »Ich dachte, wir vertrauen einander. Ich habe *dir* vertraut, Xander! Leider hast du *mir* nur nie vertraut«, teilte ich ihm wütend mit.

Ich musste gehen. Ich musste das Haus verlassen, bevor mir vor seiner gesamten Familie herausrutschte, wie ich mich fühlte.

Ich hatte bereits zu viele Grenzen überschritten und es war ganz allein meine Schuld, dass ich verletzt und blutend zurückgeblieben war. Ich wusste eigentlich, dass ich mich nicht auf einen Mann einlassen sollte, der emotional noch nicht wieder auf der Höhe ist. Aber ich war *wirklich* nicht hierhergekommen, um Xander als Therapeutin zu behandeln. Ich hatte ihm nur helfen und ihm vielleicht eine Freundin sein wollen, auf die er sich verlassen kann, weil ich mit dem Verlust meiner eigenen Familie ein ähnliches Trauma erlebt hatte.

*Ich bin so dämlich gewesen. Wie hatte ich es nur zulassen können, dass er meine Mauern einreißt?*

Ich tat das Einzige, was ich in diesem Moment tun konnte.

Ich drehte mich um, lief durchs Haus und aus der Tür heraus, wo mich die dunkle Nacht umhüllte und ich mich einsamer fühlte, als ich es in den letzten zehn Jahren getan hatte.

## Kapitel 17

**XANDER**

»Verdammt noch mal!«, fluchte ich und lief hinter Samantha her. Ich war noch nicht fertig mit ihr. Ich wollte wissen, für welchen Preis sie sich hatte kaufen und überzeugen lassen, nach Amesport zu kommen, um sich mit einem Alkoholiker und Junkie auseinanderzusetzen. Ich wollte wissen, welcher Preis es wert gewesen wäre, dass sie die Mühe auf sich nimmt, einem vernarbten Arschloch wie mir Gehör zu schenken.

Mein gesamter Körper zitterte vor Wut, als Micah und Julian mich von hinten festhielten. Ich versuchte, mich freizukämpfen, und schaffte es beinahe auch, doch letzten Endes waren sie beide zu stark für mich, auch wenn mir der Zorn zusätzliche Kraft verlieh.

»Was zum Teufel tust du da, Xander?«, fragte Julian mit gebrochener Stimme und schlang seine Arme von hinten um meinen Oberkörper. »Hast du den Verstand verloren?«

»Fick dich!«, sagte ich zu ihm und schüttelte seine Arme ab, nachdem er seinen Griff endlich gelockert hatte. »Wie viel hast du ihr denn nun gezahlt? Wie lautete die Endsumme?«

»Du Idiot! Hör mir doch zu«, knurrte Micah und trat einige Schritte zurück. »Es *gab* keine Bezahlung.«

»Das glaube ich dir nicht«, antwortete ich. Ich war so sauer auf meine Brüder und das Gefühl, hintergangen worden zu sein, war so schmerzhaft, dass ich ihnen beiden am liebsten mit der Faust ins Gesicht geschlagen hätte.

Tessa und Kristin hatten sich in die Küche zurückgezogen, weshalb meine Brüder die Einzigen waren, die ich im Esszimmer konfrontierte, als ich mich umdrehte und sie ansah.

»Fick dich selbst«, entgegnete Micah. »Ich habe dich nie angelogen und ich verdiene diese Scheiße nicht. Ja, vielleicht *wollten* Julian und ich jemanden haben, der dir hinterher räumt und dir etwas Gesellschaft leistet. Wenn du willst, kannst du uns *dafür* hassen. Es war mit Sicherheit kein Nachteil, dass sie Psychologin ist. Eigentlich war das sogar der entscheidende Faktor, warum wir sie eingestellt haben. Aber zu keinem Zeitpunkt hat sie versprochen, dass sie dich heilen könnte, und darüber hinaus hat sie uns gesagt, dass sie nur den Mindestlohn akzeptieren würde, den eine Haushälterin bekommt. Verglichen mit dem, was sie als Psychologin in New York vermutlich verdienen würde, ist das nur ein Almosen. Wir wussten nicht, warum sie hier sein wollte. Sie hat uns gesagt, dass es sich um eine Privatangelegenheit handelt und sie sich überlegt, dauerhaft nach Maine umzusiedeln. Durch die Arbeit hier wollte sie sich mit der Umgebung besser vertraut machen. Aber ganz ehrlich gesagt hat es uns auch nicht interessiert. Wir wollten nur einen Menschen einstellen, der am besten dafür geeignet ist, bei dir zu bleiben.«

Mein Körper wurde durchgeschüttelt, als ich Micahs Worte einsinken ließ. Ich glaubte ihm. Jetzt, da ich anfing, mich zu beruhigen, und sich der Schleier der blinden Wut langsam lüftete, der mich umgeben hatte, als ich gedacht hatte, ich sei von meinen Brüdern hintergangen worden, wusste ich, dass meine Brüder mich nicht anlügen würden. Nicht in dieser Angelegenheit. »Warum würde sie ausgerechnet hierher kommen wollen?«

Julian antwortete: »Er hat es dir doch bereits gesagt – wir wissen es nicht. Glaub mir, wir haben ihre Referenzen gesehen und eine intensive Hintergrundprüfung vollzogen. Sie war so sauber, dass es uns unmöglich war, sie *nicht* einzustellen.«

»Dein Verhalten ihr gegenüber war vollkommen daneben«, sagte Micah rau. »Sie hat so viel mehr für dich getan, als wir erwartet hatten. Verdammt, ich glaube nicht einmal, dass sie sich jemals einen ganzen Tag frei genommen hat. Sie hat deiner selbstmitleidigen Gestalt wochenlang hinterher geräumt und sie ist so gebildet, dass es mir fast schon wie ein Verbrechen vorkommt, ihr nicht mehr zu bezahlen. Aber sie würde es nicht annehmen. Sie hat gesagt, dass sie das Geld nicht wirklich braucht und sie zufrieden wäre, wenn wir ihr in den Sommermonaten das Gehalt einer Haushälterin zahlen.«

»Sagst du mir auch wirklich die Wahrheit?«, fragte ich vorsichtig.

»Wann habe ich dir einmal *nicht* die Wahrheit gesagt?«, fragte Micah aufgebracht. »Jedes Mal wenn du mich gebraucht hast, bin ich für dich da gewesen. *Und* auch jedes Mal, wenn du irgendetwas Dämliches gemacht hast. Um ganz ehrlich zu sein, bin ich ziemlich angepisst darüber, dass du Julian und mich überhaupt beschuldigst, ihr ein Vermögen zu zahlen, von dem du nichts weißt. Wenn wir der Meinung gewesen wären, dass sie es nur wegen des Geldes tut, dann hätten wir es dir gesagt. Und lass uns gar nicht erst davon sprechen, auf welche Art und Weise du gerade eben eine Frau gedemütigt und verletzt hast, die niemals etwas anderes wollte, als dir zu helfen. Ich habe keinen Schimmer, warum du ihr so wichtig bist, aber es ist offensichtlich, dass es der Fall ist.«

Die Muskeln in meinem Körper fingen an, sich zu entspannen, und ich zuckte innerlich zusammen, als ich darüber nachdachte, was ich zu Sam gesagt hatte. Ich hatte keine Ahnung, welche Gründe sie für ihren Aufenthalt hier in Amesport hatte, doch das Geld war es offensichtlich nicht. »Sie ist mir auch wichtig«, erklärte ich.

»Nun, ich muss sagen, dass du eine sehr ignorante Art hast, um ihr deine Gefühle zu zeigen. Zuerst beschuldigst du sie, nur hinter Geld her zu sein, und dann bezeichnest du sie auch noch als Hure«, sagte Julian missmutig.

»Sie hat mir nicht gesagt, dass sie eine Seelenklempnerin ist«, beschwerte ich mich. »Ich habe ihr vertraut.«

»Meine Güte, Xander! Ich liebe dich wirklich sehr, aber du musst endlich erwachsen werden«, explodierte Julian.

Es war schon lange her, seit meine Brüder so mit mir gesprochen hatten. Beide hatten mich wie einen Pflegefall behandelt. Um ehrlich zu sein, zog ich es vor, dass sie es mir ins Gesicht sagten, wenn ich wieder Scheiße gebaut hatte.

»Es tut mir leid«, sagte ich reumütig zu meinen Brüdern. »Ich habe einfach nur reagiert. Sam macht mich verrückt und der Gedanke daran, dass sie mir nicht mehr von ihrem echten Leben erzählt hat … tut weh.«

»Hast du dir jemals die Mühe gemacht zuzuhören?«, fragte Micah. »Ich persönlich habe ihr geglaubt, als sie sagte, sie hätte vor, es dir zu sagen. Sie hat wirklich nichts zu verbergen und nichts zu gewinnen. Und du hast es sehr deutlich gemacht, dass du nichts als Verachtung für Menschen übrighast, die im Bereich Psychologie arbeiten. Vielleicht hatte sie Angst, dass du nichts mehr mit ihr zu tun haben willst, wenn du herausfindest, dass sie eine Therapeutin ist.«

Ich seufzte schwer. Zuzugeben, dass ich es vermasselt hatte, war nicht einfach. Der Gedanke, dass Samantha mich hintergangen hatte, hatte mich mit so viel Wut und Schmerz erfüllt. Ich hatte überreagiert und das Schlimmste gedacht, denn das war genau das, was ich in den vergangenen Jahren auch getan hatte. Vielleicht hatte ich tief im Inneren nie akzeptieren können, dass eine Frau wie Samantha anfangen würde, sich für jemanden wie … mich zu interessieren.

»Was zum Teufel soll ich denn jetzt machen?«, murmelte ich. »Ich habe ihr einige furchtbare Dinge an den Kopf geworfen.«

»Ich schlage vor, du kriechst vor ihr zu Kreuze«, sagte Julian trocken. »All deine Anschuldigungen sind ungerechtfertigt. Gut, vielleicht hat sie dir nichts von ihrem Leben in New York erzählt. Aber das hat nichts mit dem Geld zu tun.«

»Ich muss sie finden«, sagte ich verzweifelt. »Ich habe sie verletzt.«

»Ja, das war ziemlich offensichtlich, als sie hier weinend rausgelaufen ist«, entgegnete Micah in sarkastischem Ton. »Du hast diese Ohrfeige mehr als verdient. Eigentlich würde ich mir wünschen, dass sie dir noch ein paar verpasst hätte. Und um ehrlich zu sein, würde ich dir selbst gern eine runterhauen.«

»Später«, rief ich, während ich zur Tür eilte. »Jetzt habe ich keine Zeit, ich muss sie finden.«

»Brauchst du Hilfe?«, fragte Micah, während er und Julian mir folgten.

Ich schüttelte den Kopf und öffnete die Tür, erstaunt darüber, dass sie nach all den dämlichen Sachen, die ich gesagt hatte, immer noch bereit waren, mir zu helfen. »Nein. Ich habe mich in diese Situation gebracht. Ich werde mich darum kümmern. Das muss ich tun. Ich kann Samantha jetzt nicht verlieren.«

Ich schloss die Tür hinter mir und begann, die Einfahrt hinunterzulaufen. Sam und ich hatten uns dazu entschieden, zu Fuß zu Micahs Haus zu gehen, weil es ein milder Abend war. Ich war mir ziemlich sicher, dass sie zurück zu meinem Haus gegangen war. Wo sollte sie auch sonst hin?

Ich beschleunigte mein Tempo und hielt erst an, als ich die kurze Distanz zu meinem Haus zurückgelegt hatte.

Sam besaß ihren eigenen Schlüssel, doch ich wusste nicht einmal, ob sie überhaupt im Haus war. Weil sie eigentlich nie irgendwo hinfuhr, hatte ich ihr gestattet, ihr Auto in einer der Garagen abzustellen.

Ich bleib einige Augenblicke lang in der Einfahrt stehen und versuchte, darüber nachzudenken, was ich sagen würde.

Aber was konnte ich ihr schon sagen, außer dass ich mich wie ein Arschloch verhalten hatte? Vielleicht konnte ich damit anfangen und danach improvisieren.

Ich wusste, dass ich sie nicht gehen lassen konnte. Ich musste einen Weg finden, damit sie verstand, dass mein Verhalten eine überstürzte Handlung gewesen war, übriggebliebener Ballast des kaputten, abhängigen Junkies, der ich geworden war.

Ich fühlte mich nicht mehr wie dieser Mann und das war ganz allein Samanthas Verdienst. Sie war diejenige gewesen, die in mich hineingegriffen hatte, um das Elend herauszuziehen und es mit Hoffnung zu ersetzen.

Ich hatte mich verändert.

Und doch befand sich immer noch etwas von meinem alten Ich tief in mir. Ich bereute, dass ich meiner Wut freien Lauf gelassen hatte, bevor ich Samantha die Chance gegeben hatte, sich zu erklären. Ich hatte auch meine Brüder verletzt, eine Tatsache, die ich so schnell wie möglich wiedergutmachen wollte.

Ich erschrak, als sich vor mir die Tür öffnete und ich urplötzlich meiner größten Angst gegenüberstand. Dort war Samantha und zog ihren Koffer hinter sich her.

*Geh nicht. Bitte, geh nicht!*

»Was tust du da?«, fragte ich ruhig.

»Ich reise ab«, informierte sie mich knapp.

»Tu das nicht«, bat ich. »Können wir reden?«

»Das bringt doch nichts«, antwortete sie. »Es ist offensichtlich, dass du mir nicht vertraust, und du hast mich verletzt, Xander.«

Sam kam sofort auf den Punkt und ich fühlte mich, als hätte sie mir einen Schlag in den Magen verpasst. Ich hatte ihr niemals wehtun wollen.

»Es tut mir leid«, sagte ich aufrichtig. »Ich habe einfach nur reagiert. Ich hätte nichts von alledem sagen sollen. Ich glaube, ich war selbst verletzt, weil ich gemerkt habe, dass ich eigentlich gar nichts über dich weiß.«

»Du wusstest genug. Was für eine Rolle spielt es, dass du nicht wusstest, was ich beruflich tue? Ich habe dir Dinge erzählt, die ich normalerweise mit niemandem bespreche«, fauchte sie.

»Du hast recht«, stimmte ich zu. »Ich hätte dir vertrauen sollen.«

Sie schob sich an mir vorbei, um aus der Tür treten zu können. »Das ist jetzt egal.«

Ich fasste sie sanft am Arm. »Es ist *nicht* egal, Sam. *Du* bist mir nicht egal.«

»Ich kann das alles nicht mehr, Xander«, sagte sie aufrichtig. »Ich reise ab.«

Die Angst stieg in mir auf und ich spürte eine Verzweiflung, die ich noch niemals zuvor empfunden hatte, nicht einmal als ich ein

Junkie war, der einen Schuss gebraucht hatte, oder als Alkoholiker, der den nächsten Drink herbeisehnt.

Irgendwie *musste* ich sie davon überzeugen zu bleiben.

In diesem Moment sah ich mein gesamtes Leben – eine wunderschöne Blondine mit einem Herz aus Gold – meine Treppenstufen hinuntergehen und erkannte, wie viel sie mir bedeutete.

Ich brauchte sie, doch ich hatte sie weggestoßen.

Jetzt gab es nichts, das ich nicht zu tun bereit war, um sie dazu zu bringen, ihre Meinung zu ändern.

## Kapitel 18

**SAMANTHA**

»Bleib, Sam. Bitte.«
Seine Worte hielten mich auf und ich drehte mich, um ihn anzusehen, auch wenn ich das nicht wirklich wollte. Der Schmerz in seiner Stimme zerrte an meinem Herzen und die Verzweiflung in seinen dunklen Augen zerstörte mich beinahe.

*Hör gar nicht hin. Geh weiter. Hier gibt es nichts als Herzschmerz für mich. Ich sollte klüger sein, als mich noch einmal von ihm einwickeln zu lassen.*

Xander hatte Probleme, die niemand lösen konnte. Ich konnte ihn nicht heilen und das wollte ich auch nicht. »Ich muss gehen.«

»Es tut mir leid, Samantha. Bitte! Es gibt nichts, was ich nicht versuchen würde, um dich zum Bleiben zu überreden. Ich war wütend. Ich habe gedacht, dass du mich hintergangen und benutzt hast.«

»Das ist das Problem. Ich bin mir nicht sicher, ob du *jemals* irgendjemandem vertrauen kannst.« Ich ging die Treppe wieder hinauf, denn ich hatte immer noch etwas zu sagen. Ich hatte meine eigenen

Gründe, warum ich nach Amesport gekommen war, und bevor ich endgültig verschwand, *würde* ich ihm die ganze Wahrheit sagen.

Xander folgte mir, als ich meinen Koffer in der Eingangshalle abstellte und ins Wohnzimmer ging.

»Ich vertraue dir«, widersprach er. »Ich habe einfach nur reagiert.«

Ich verschränkte die Arme vor der Brust. »Dann musst du anfangen nachzudenken, bevor du reagierst.«

»Ich weiß«, sagte er reumütig.

»Zu dieser Geschichte gibt es noch mehr zu erzählen. Willst du es hören oder willst du dich weiterhin wie ein Idiot benehmen?« Ich würde in seiner Gegenwart keinen Eiertanz mehr aufführen. Er hatte mich verletzt und Xander musste damit aufhören, sich von seinen Ängsten so sehr leiten zu lassen. Ich wusste, dass er von allen Menschen immer noch das Schlimmste erwartete, aber das war keine Entschuldigung.

Er nickte und schluckte schwer. »Erzähl es mir.«

»Ich bin nicht nur deinetwegen hier. Ich bin auch für mich hergekommen. Geld hat dabei überhaupt keine Rolle gespielt. Wenn es nicht solch einen großen Verdacht erregen würde, hätte ich gar keine Bezahlung angenommen.« Ich holte tief Luft und fuhr fort: »Wenn es einen Menschen gibt, der sich wegen des Todes deiner Eltern schuldig fühlen sollte, dann bin ich es wahrscheinlich.«

»Warum?«, wollte Xander wissen.

»Weil ich Terrence Walls kannte, den Mann, der deine Eltern ermordet hat. *Ich* war der Grund, warum er hinter dir her war.«

Ich wusste, dass ich gerade eine ziemliche Bombe hatte platzen lassen, doch ich hatte keine Lust mehr, mich zurückzuhalten. Nachdem Xander mich heute in den Boden gestampft hatte, konnte es auch nicht mehr schlimmer werden, wenn ich ihm alles gestehen würde.

Eins musste ich Xander zugutehalten. Dieses Mal rastete er nicht aus. Stattdessen schien er auf meine Erklärung zu warten.

»Was ist passiert?«, wollte er wissen.

»Vor vier Jahren hatte ich bereits meine Doktorarbeit fertig geschrieben und absolvierte meine Arbeitsstunden unter Aufsicht in einer psychiatrischen Klinik in New York. Terrence war mein Patient. Er entwickelte eine Besessenheit von meiner Person und damit, alles über mein Privatleben herauszufinden, was ihm möglich war. Ich versuchte, professionell zu bleiben, doch an einem Tag gelang es ihm, mein Telefon aus der Tasche zu nehmen, und ihm fiel auf, dass ich jedes einzelne deiner Lieder auf meinem Handy hatte. Als er es mir zurückgab, fragte er mich, ob ich dich mag. Ich sagte ihm, dass ich das täte und dass mich deine Musik inspiriert. An dem Zeitpunkt hat dann sein verrückter Kopf die Kontrolle übernommen.«

»Hat er dich verletzt?«

Ich dachte einen Moment über seine Frage nach, bevor ich antwortete: »Ja und nein. Nach diesem Tag wurde es schlimmer. Er fing an, mir nachzustellen. Er hatte meine Telefonnummer und rief mich Tag und Nacht an. Er hat mir nie körperlich etwas angetan, doch während einiger Wochen meines Lebens hat er mir ziemliche Angst eingejagt.«

»Was hat das mit meiner Mom und meinem Dad zu tun?«

»Terrence hat sich in seinem Kopf Dinge zusammen gesponnen. Er hatte Wahnvorstellungen. Er wollte glauben, dass wir zusammen sind, weshalb meine Verehrung für dich in seinem Kopf ein Hindernis dargestellt hat, das zu bekommen, worauf er aus war. Ich glaube, dass er nach einer Weile sogar gedacht hat, dass du mich davon abhältst, ihn zu lieben. Es erscheint uns bizarr, doch so hat er gedacht.« Ich machte eine Pause, bevor ich gestand: »Als ich einige Tage Ruhe hatte, habe ich gedacht, dass es vorbei sei. Aber dann hat er mich angerufen.« Meine Hände begannen zu zittern und ich musste mich aufs Sofa setzen. Die Erinnerungen an diesen Anruf, der sowohl mein Leben als auch Xanders für immer verändert hatte, waren noch immer sehr frisch.

Ich atmete ein paar Mal tief durch, um mich zu beruhigen, dann sprach ich weiter. »Er rief mich an und sagte mir, dass er sich bereits um dich gekümmert hätte und wir beide nun endlich zusammen sein könnten. Ich habe beruhigend auf ihn eingeredet und herausgefunden, wo er sich aufhielt, dann habe ich die Polizei benachrichtigt. Sie konnten ihn ausfindig machen, was zu der

Auseinandersetzung zwischen ihm und den Polizisten geführt hat, bei der er erschossen wurde.«

»Scheiße! Dann hast du also die Polizei gerufen? Ich dachte, ich hätte es geschafft, sie anzurufen, doch ich konnte mich nicht mehr erinnern.«

Ich nickte. »Er hat mich in dem Moment angerufen, als er dein Haus verließ.«

Xander ließ sich neben mich aufs Sofa fallen. »Dieser Wichser war also noch verrückter, als ich bisher angenommen hatte, dabei wusste ich doch bereits, dass er das personifizierte Böse war.«

Ich nickte, während mir eine Träne die Wange hinunterlief. »Es fällt mir schwer, zugeben zu müssen, dass ich tatsächlich erleichtert war, als ich herausgefunden habe, dass er tot ist. Ich hätte einem Patienten gegenüber nicht solche Gefühle hegen sollen, aber er hat mir Angst eingejagt. Vielleicht weil er gewusst hat, dass ich verstand, was für verrücktes Zeug sich in seinem Kopf abgespielt hat. Ich wollte einfach nur, dass er mich nicht mehr verfolgt.«

»Haben sie dich in New York beschützt?«

»Ihm wurde ein anderer Therapeut zugewiesen, aber das schien das Problem nur zu verschlimmern. Ich konnte ein Kontaktverbot erwirken, doch verrückte Menschen scheren sich nicht um Gesetze. Die Polizei hat gegen die Tatsache, dass er immer da war und mich beobachtete, nicht viel unternehmen können.«

Terrence Walls hatte mein Leben in eine furchteinflößende Hölle verwandelt, die ich nie wieder erleben wollte.

»Aber wieso ist irgendetwas davon deine Schuld?«, fragte Xander.

»Seine Besessenheit von meiner Person hat sich nicht von einem Tag auf den anderen entwickelt. Es ist meinetwegen passiert.«

»Das heißt doch nicht, dass es deine Schuld ist.«

»Genau so wenig wie es deine Schuld ist«, stellte ich fest.

»Okay. Ich habe es verstanden. Aber wir haben doch bereits festgestellt, dass niemand Schuld daran trägt. Es war eine Tragödie, die einfach so passiert ist.«

»Das weiß ich. Aber ich will dir klarmachen, dass ich mir selbst problemlos die Schuld geben könnte. Vielleicht habe ich das auch eine Zeit lang getan, doch ich bin darüber hinweggekommen. Ich war erleichtert, als ich gehört habe, dass du am Leben bist, aber mir ist übel geworden, als ich herausgefunden habe, was mit deinen Eltern geschehen ist.«

»Weil du am eigenen Leib erfahren hast, welchen Schmerz die Familie würde durchleben müssen?«, vermutete Xander.

»Ja. Und es hat mir so unendlich leidgetan.« Ich würde nie den Tag vergessen, an dem ich erfahren hatte, dass Xanders Eltern ermordet wurden und er ums Überleben kämpfte.

»Es war nicht deine Schuld! Verdammt noch mal! Ich bin froh, dass dieses Schwein dir nichts angetan hat.« Mit ernstem Gesicht fragte er: »Was hat dich dann letzten Endes hierher verschlagen?«

»Du«, gestand ich. »Während ich in New York praktiziert habe, habe ich deine Fortschritte so gut es ging verfolgt. Bevor das alles passiert ist, hatte ich nie irgendetwas davon gehört, dass du Probleme mit Drogen oder Alkohol gehabt hättest. Deswegen war mir klar, dass du wegen des Traumas, das du nach dem Mord an deinen Eltern erlitten hast, völlig hilflos bist. Ich hatte keine Ahnung, dass du die Schuld bei dir gesucht hast oder du tatsächlich wusstest, dass Terrence hinter dir her war.«

»Ich kann dir nicht sagen wieso, aber ich wusste, dass er es auf mich abgesehen hatte. Das hat er sehr deutlich gemacht«, sagte Xander.

»Ich wollte dich eigentlich nur wissen lassen, dass ich hierhergekommen bin, um zu sehen, ob ich dir irgendwie helfen kann. Ich habe verfolgt, wie du zahlreiche Male erfolglos einen Entzug gemacht hast. Ich hatte gehofft, dass ich vielleicht meine eigenen Erfahrungen mit dir teilen könnte. Vielleicht könntest du dich mit mir identifizieren und mit den ähnlichen Dingen, die wir beide durchgemacht haben.«

»Scheiße. Mir stinkt die Tatsache, dass du Psychologin bist. Aber du hast mir geholfen, Samantha. Du weißt, dass es stimmt.«

»Dich zu treffen und mit dir zusammen zu sein hat auch mir geholfen. Es hat mich endlich mit Dingen abschließen lassen und das habe ich sehr gebraucht.«

»Was ist mit uns? Was ist mit den Dingen, die wir geteilt haben?«

»Das war ein Fehler«, antwortete ich aufrichtig. »Du bist instabil und das bin ich auch. Ich hatte mir geschworen, mich auf nichts Persönliches einzulassen, aber ich habe meinen Schwur in den Wind geschlagen.«

»Warum?«

»Ich habe nichts von alledem geplant, Xander. Ich wusste nicht, dass ich mich so sehr von dir angezogen fühlen würde, dass ich keine Kontrolle mehr darüber habe. Und ich hatte sicher nicht gedacht, dass ich am Ende so sehr verletzt sein würde.«

»Das ist meine Schuld, Sam. Bitte geh nicht, weil ich wieder einmal Scheiße gebaut habe.«

Ich lächelte ihn schwach an. »Ich glaube, du bist jetzt in Ordnung. Du brauchst mich nicht mehr.«

»Natürlich brauche ich dich. Ich brauche dich jeden Tag etwas mehr, Sam.«

Ich seufzte. »Du wirst ohne mich klarkommen müssen. Der Sommer ist fast vorbei und ich muss meine Arbeit wieder aufnehmen.«

»Wohin gehst du? Zurück nach New York?«

Ich schüttelte den Kopf. »Um ehrlich zu sein, nein. Ich habe meine Wohnung aufgegeben und darüber hinaus brauche ich eine Pause von der Therapie. Ich habe das Angebot bekommen, ein Buch zu schreiben. Es wird um die Effekte von Traumata und traumatischen Ereignissen gehen. Ich muss einen ruhigen Ort zum Schreiben finden, deswegen habe ich nicht gelogen, als ich sagte, ich wolle mir diese Gegend ein bisschen näher ansehen. Meine Großmutter besaß nicht weit von Amesport ein Strandhaus und als Kind war für mich dort immer ein glücklicher Ort. Ich werde versuchen, hier an der Küste etwas zu finden, um im Herbst und Winter zu schreiben.«

»Dann bleib hier bei mir«, schlug er mit heiserer Stimme vor. »Ich will dich hier haben, Sam.«

Der Schmerz zerriss mir die Seele, als ich in seine flehenden Augen sah. Ich wollte bleiben. Ich wollte ihm vergeben, denn ich wusste, dass er wegen seines eigenen Schmerzes und seiner Erfahrungen in der

Vergangenheit um sich geschlagen hatte. »Ich ertrage es nicht, noch einmal verletzt zu werden, Xander«, teilte ich ihm geradeheraus mit.

Er bewegte sich auf mich zu und nahm mich in seine Arme. »Ich werde dir nicht wehtun. Das verspreche ich dir. Du kannst mir beibringen, zuerst nachzudenken, bevor ich voreilige Schlüsse ziehe.«

Seine Umarmung war wie eine Therapie und meine Traurigkeit verflog langsam. Ich schlang meine Arme um seinen Hals und ließ mich an dem tröstlichsten Ort nieder, den ich kannte: in Xanders Armen.

»Wir müssen mehr Grundregeln einführen. Und wenn so etwas noch einmal passiert, dann bin ich weg.«

Widerwillig ließ er mich los und sah mir ins Gesicht. »Schieß los.«

»Ich werde dir nicht mehr hinterher räumen. Du kümmerst dich um deine eigenen Dinge und hilfst mir beim Putzen, damit ich an meinem Buch arbeiten kann.«

Er nickte. »Erledigt.«

»Wir sind gleichberechtigt. Ich bin nicht mehr deine Angestellte.«

»Okay.« Er hielt kurz inne, dann sagte er: »Meine Güte. Ich kann immer noch nicht glauben, dass du Psychologin bist.« Er schüttelte den Kopf. »Wie alt bist du?«

»Morgen werde ich dreißig.« Ich wusste, dass Xander nur einige Jahre älter war als ich.

»Du hast morgen Geburtstag? Mein Gott, du siehst kaum älter aus als jemand, der gerade vom College kommt.«

»Es ist dir ebenfalls nicht mehr erlaubt, mich Seelenklempnerin zu nennen, als ob ich irgendein verachtungswürdiger Mensch wäre«, wies ich ihn an. »Ich bin für meine Ausbildung und Erfahrung sehr lange zur Schule gegangen. Ich mag es nicht, wenn man mir das Gefühl gibt, ich wäre manipulativ.«

»Ich hasse Therapeuten«, gab er zu.

»Ich dachte, mich hasst du nicht.«

Er warf mir ein kleines, erleichtertes Grinsen zu. »Wenn ich dich sehe, denke ich nicht unbedingt zuerst an deinen Beruf.«

Ich rollte mit den Augen. »Perversling.«

»Nur mit dir«, sagte er freundlich.

»Was erwartest du von mir, wenn ich bleibe?«, fragte ich.

»Dich«, antwortete er. »Ich werde dich nicht anlügen, Sam. Ich werde versuchen, dich für mich zu gewinnen. Ich werde mit dir ausgehen, wie es ein ganz normaler Mann tun würde. Ich werde einen ernsthaften Versuch starten, dich zurück in mein Bett und mein Leben zu bekommen. Und morgen an deinem Geburtstag werde ich damit anfangen. Was für einen Kuchen wünschst du dir?«

Ich sah ihn nervös an. »Bitte sag mir nicht, dass du backen willst. Du weißt, dass ich sehr anspruchsvoll bin, wenn es um Kuchen geht. Und an meinem Geburtstag muss es Schokolade sein.«

»Ich werde nicht versuchen, ihn selbst zu machen. Ich werde dich ausführen.«

»Du bist bereit, in die Stadt zu gehen?«

Er zuckte mit den Schultern. »Ich habe es geschafft, in New York draußen zu sein.«

New York war voller Menschen, die es nicht im Geringsten interessierte, wie er aussah. Amesport hingegen war eine ziemlich kleine Stadt und er lebte hier. Auch wenn es momentan von Touristen nur so wimmelte, würde es für ihn einen großen Schritt bedeuten, wenn er sich in der Stadt blicken ließe, in der er lebte.

»Kristin hat vorhin erwähnt, dass deine Brüder am Ende des Sommers eine große Party geplant haben. Es ist eine Veranstaltung für eine Wohltätigkeitsorganisation, die sich für Opfer von häuslicher Gewalt einsetzt und die von allen Sinclairs unterstützt wird, auch von dir. Bist du bereit, dort aufzutreten?«

Ich beobachtete, wie sich sein Gesichtsausdruck veränderte. Seine Verletzlichkeit brachte mich beinahe dazu, meine Forderung zurückzunehmen, doch ich blieb stumm. Er musste einfach wieder zu seiner Musik zurückkehren.

»Ich werde es versuchen«, antwortete er mit heiserer, zögerlicher Stimme.

»Dann bleibe ich. Zumindest bis nach dem Labor Day. Aber wir müssen eine Abmachung treffen. Wir versuchen einfach nur, die Gegenwart des anderen zu genießen. Keine Verpflichtungen. Und du hältst deine Versprechen.«

»Was passiert danach?«

Ich zuckte mit den Schultern. »Das hängt von dir ab und davon, ob du diese Versprechen halten kannst, die du gerade gegeben hast. Warten wir es doch einfach ab. Wir können unsere Beziehung neu beurteilen, wenn die Party vorbei ist.«

Er zog eine Augenbraue hoch. »Glaubst du, das werde ich nicht tun? Ich will dich wieder in meinem Bett haben und ich brauche dich in meinem Leben, Samantha. Ich habe dir wehgetan und ich werde alles tun, um das wiedergutzumachen.«

Mein Herz setzte kurz aus, als ich in seine dunklen, durchdringenden Augen blickte. Er hatte einen solch entschlossen Ausdruck, den ich noch nie zuvor gesehen hatte. »Das hoffe ich. Aber ich will bis nach dem Ende der Party nicht über irgendetwas sprechen, das uns oder unsere Beziehung betrifft.«

Ich versuchte, ruhig und gelassen zu wirken, doch innerlich war ich furchtbar nervös. Ich wollte, dass Xander wieder vollständig der Alte wurde. Ich wollte ihn nicht verlassen, wenn er immer noch nicht ganz wieder zusammengesetzt war.

Dennoch war mir bewusst, dass ich mein eigenes Glück aufs Spiel setzte. Er war mir bereits jetzt viel zu wichtig.

Ich musste alles auf eine Karte setzen. Ein Risiko eingehen.

»Gut«, murmelte ich und besiegelte mein Schicksal.

»Dann fangen wir also von vorne an. Keiner von uns hat Schuldgefühle. Nichts steht uns im Weg. Es tut mir leid, was dir zugestoßen ist. Wenn Walls nicht bereits tot wäre, würde ich ihn eigenhändig dafür umbringen, was er dir und meinen Eltern angetan hat. Dein Leben ist nicht gerade voller Sonnenschein gewesen«, sagte Xander. »Aber ich will, dass du glücklich bist.«

Er meinte es ernst. Ich konnte den besorgten Blick auf seinem Gesicht erkennen. »Das Gleiche wünsche ich mir auch für dich. Ich hätte mir nicht all das von dir gefallen lassen, wenn ich es nicht wollte.«

»Ohne dich werde ich nicht glücklich sein. Komm her.« Er streckte mir seine Arme entgegen.

Ich zögerte nicht. Ich sank in seine Umarmung, weil ich das Gleiche empfand. Wenn Xander nicht wieder zu alter Stärke zurückfinden würde, dann würde auch meine Zukunft nicht rosig sein.

Ich hatte Angst.

Aber ich konnte nun nicht mehr weglaufen.

Ich war bis über beide Ohren in Xander Sinclair verliebt und ich hatte ihm gerade die Macht darüber gegeben, mich entweder glücklich zu machen oder ins Verderben zu stürzen.

Ich würde vorsichtig sein müssen. Er befand sich immer noch im Heilungsprozess und es war eine heikle Angelegenheit, sich auf jemanden einzulassen, der so instabil war.

Es hätte gut sein können, dass er mich an einem Tag braucht und sich dann, wenn es ihm besser geht, überlegt, dass seine Gefühle doch ganz anders gelagert sind.

Als er mich in einer tröstlichen Umarmung einfing, die ich seit der Ermordung meiner Familie nicht mehr erlebt hatte, wusste ich, dass ich am Ende sein würde, wenn das mit ihm und mir nicht funktionierte.

Doch ganz egal, was auch passieren würde, ich entschied, dass Xander dieses Risiko wert war.

## XANDER

Auch wenn mein Leben total neben der Spur verlief, hatte ich doch das Gefühl, dass heute mein Glückstag war.

Gestern hatte Samantha meiner jämmerlichen Gestalt eine letzte Chance gegeben, ihr zu zeigen, dass ich alles tun würde, um sie in meinem Leben zu behalten.

Und ich würde sie ganz bestimmt nicht ungenutzt verstreichen lassen.

Letzte Nacht hatten wir getrennt voneinander geschlafen, weil sie es langsam angehen lassen wollte. Auch wenn ich diese Entscheidung nicht gerade bejubelte, so musste ich mich dennoch damit abfinden. Sex war nicht alles, was ich von ihr brauchte. Ich musste noch mehr haben. Sehr viel mehr. Ich brauchte ihr Vertrauen und das war etwas, das ich mir verdienen musste.

Ich war mir nicht sicher, ob ich jemals gut darin gewesen war, anderen Menschen mein Herz auszuschütten, nicht einmal meinen Brüdern. Sich verletzlich zu zeigen und jemand anderen verantwortlich für mein Glück zu machen war einfach zu furchteinflößend. Wenn ein Mann einer Frau erst einmal diese Macht übergeben hatte, besaß sie die Munition, um einen Kerl in eine Million Teile zu zersprengen, weil sie seine Schwachstellen kannte.

*Nein.*

Ich hasste den Gedanken, irgendjemandem so viel Kontrolle über mich zu geben. Aber Samantha einen Einblick in mein tiefstes Inneres zu gewähren war wichtig, wenn wir eine gemeinsame Zukunft haben wollten. Und wir *würden* zusammen sein. Sam hatte sich in meiner Seele eingenistet und wenn sie ginge, würde ich nie wieder aus mir herauskommen.

»Was tust du da?«, hörte ich eine schläfrige Stimme von der Tür meines Tonstudios.

Ich war noch nicht sehr weit gekommen. Ich hatte meine Lieblingsgitarre umgehängt und sitzend einige Akkorde gespielt, doch als Sam plötzlich auftauchte, verbesserte sich mein gesamter Morgen schlagartig.

»Ich gebe mir Mühe«, antwortete ich aufrichtig. Um ehrlich zu sein, hatte ich hier seit mehr als einer Stunde gesessen, doch die meisten meiner Gedanken waren um die wunderschöne Frau gekreist, die soeben persönlich mit einer Tasse Kaffee in der Hand erschienen war und laut gähnte, ganz so, als hätte sie nicht besonders gut geschlafen.

Sie lächelte und ich wollte verdammt sein, wenn das meinen Schwanz nicht zu sofortigem Leben erweckte.

»Du hast dir die Haare schneiden lassen. Warst du in der Stadt?«

Ich zuckte mit den Schultern. »Ja. Du hast gesagt, ich müsse zum Frisör.« Ich würde so gut wie alles abschneiden, wenn es sie glücklich machte. Naja, *fast* alles.

Sie stellte sich neben mich und fuhr mit ihren Fingern durch mein kurzes Haar. In Wahrheit gefiel mir mein Haar kurz. Aber es schneiden zu lassen war mir nicht wichtig genug gewesen, um dafür in die Stadt zu fahren.

*Bis heute.*

*Bis sie wichtig war.*

»Du siehst unfassbar attraktiv aus. Ich kann deine wunderbaren Augen jetzt viel besser sehen«, beobachtete sie.

Oh Mann, die Bemerkung, ich sei *attraktiv*, war es wert gewesen, meine Angst zu überwinden und zum Frisör zu gehen. Ich war absichtlich früh gegangen, um nicht zu vielen Menschen zu begegnen.

»Du hättest mich wecken sollen. Ich wäre mit dir mitgekommen«, murmelte sie und drückte mir einen Kuss auf die Stirn.

»Wenn ich dein Schlafzimmer betreten hätte, hätte ich das Haus nicht verlassen«, teilte ich ihr mit. »Diese Art von Willensstärke besitze ich nicht.«

Sie lachte, ein Laut, der wie Musik durch den Raum hallte und in mein Herz eindrang. Mir wurde bewusst, dass ich Samantha kaum lachen gehört hatte, seit ich sie getroffen hatte. Nicht dass es sehr viel gab, worüber sie hätte lachen können. Ich war solch ein Arschloch gewesen und hatte ihr keinen Grund gegeben, fröhlich zu sein.

»Ich habe etwas für dich«, sagte ich und griff nach einem rosafarbenen Karton, der neben mir auf dem Schreibtisch stand.

Ihr Gesicht hellte sich auf und ich wurde wieder einmal daran erinnert, wie wenig ich ihr gegeben hatte. »Es ist keine große Sache, aber ich glaube, dass es dir gefallen wird.«

Sie nahm den Karton. »Es ist schwer.«

»Von der besten Konditorei der Stadt. Herzlichen Glückwunsch zum Geburtstag, Samantha.«

Sie kreischte vor Aufregung, als sie den Deckel abnahm. »Oh! Mein! Gott!«

»Es ist nur ein Kuchen.«

Sie zeigte auf den Inhalt der Schachtel. »Für mich sieht das ganz und gar nicht aus wie ›nur ein Kuchen‹. Es sieht aus wie eine sensationelle Schokoladenkreation, die mich vor Ekstase verrückt machen wird!«

*Gut. Mist.* Ich hatte nicht gedacht, dass es möglich wäre, auf einen verdammten Kuchen eifersüchtig zu sein, aber ich könnte *eventuell* neidisch auf den lüsternen Ausdruck werden, der sich beim Anblick des dreistöckigen Schokoladendesserts auf ihrem erfreuten Gesicht ausbreitete.

Ich legte vorsichtig meine Gitarre ab und erhob mich. »Wer soll ihn anschneiden?«

»Ich mache das«, sagte sie und ging voraus in die Küche. »Aber ich gebe dir etwas ab.«

Ich schüttelte den Kopf, als ich ihr folgte, und fragte mich, wie mir eine Psychotante, die einen kleinen Sauberkeits- und Ordnungsfimmel hatte und die vollkommen besessen von Kuchen war, so den Kopf verdrehen konnte.

Ich grinste und ergab mich meinem Schicksal. An Samantha gab es so viele anbetungswürdige Dinge und diese beinhalteten ebenso ihre kleinen Macken.

Ich wünschte nur, dass sie einen anderen Beruf hätte, als sich mit den Gedanken fremder Menschen zu beschäftigen. Aber wenn sie das nicht täte, dann wäre sie nicht *Sam*, also würde ich damit auch zurechtkommen.

Ich lehnte mit der Hüfte an der Arbeitsplatte und sah ihr dabei zu, wie sie zwei Stücke Kuchen abschnitt und mir eines davon zusammen mit einer Gabel auf einem Teller reichte.

Während ich innehielt, um sie anzusehen, wie sie beim ersten Bissen ihre Augen schloss, entschied ich mich dazu, ihr jeden Tag einen anderen Kuchen zu kaufen, wenn sie von nun an nur jeden Morgen so aussehen würde. Sie machte den Eindruck, als stünde sie kurz vor einem Orgasmus.

Ihr ekstatischer Blick ließ meinen Schwanz schmerzhaft anschwellen und ich sah sie an, als sie langsam mit zurückgelegtem Kopf kaute, ganz so, als würde sie den Geschmack der Schokolade so lange wie möglich genießen wollen. Als sie endlich schluckte, stöhnte sie leise auf. »Xander, das war so gut!«

*Oh. Gott. Bitte. Hilf. Mir.*

Ich würde meinen rechten Hoden geben, um diese Worte zu hören, nachdem ich in sie hineingestoßen war, bis sie sich selbst vollkommen im Lustrausch verloren hatte.

Ich zwang mich wegzusehen und aß ein Stück von meinem Teller. »Lecker«, sagte ich, nachdem ich heruntergeschluckt hatte.

»Lecker? Er ist sagenhaft! Ich würde zu gern wissen, warum die Glasur so weich und cremig ist.«

Ich hatte keine Ahnung, welche Zutaten die Süßigkeit enthielt, die wir gerade aßen, aber ich war fest entschlossen, es herauszufinden, damit ich sie mir auf dem gesamten Körper verteilen konnte, um mich von dieser Frau ablecken zu lassen. Ich würde es auf gar keinen Fall schaffen, die Finger von ihr zu lassen, also musste ich einen Weg finden, um sie in Versuchung zu führen. »Danke«, sagte sie heiser, als sie sich einen weiteren Kaffee einschenkte.

»Keine große Sache.«

»Es ist eine sehr große Sache«, widersprach sie. »Das war wirklich aufmerksam.«

*Verdammt!* War ich solch ein Arschloch gewesen, dass sie dachte, ein einfaches und kostengünstiges Geschenk wäre aufmerksam? Vielleicht war das wirklich der Fall gewesen und für mich fühlte es sich wie ein Schlag ins Gesicht an, weil ich sie so mies behandelt hatte.

»Wenn es dich glücklich macht, kaufe ich dir morgen noch einen«, schlug ich vor und griff nach einer Tasse, um mir Kaffee zu holen. »Ich habe sogar versucht, einen mit wilden Blaubeeren zu finden, aber den gab es nicht.«

Sie nahm die Tasse, goss mir etwas von dem Getränk ein, das sie offensichtlich zubereitet hatte, bevor sie zu mir ins Studio gekommen war, und gab sie mir zurück. »Nein!«, befahl sie. »Auf gar keinen Fall. Ich laufe jetzt schon wie eine Verrückte durch die Gegend, um die Folgen meiner Kuchensucht nicht zu offensichtlich werden zu lassen.«

»Trainierst du gern?«, fragte ich aus Neugier.

»Ich hasse es«, sagte sie seufzend. »Aber dadurch, dass ich jeden Tag zu Fuß gegangen bin und hinter dir her geräumt habe, konnte ich mein Gewicht halten. In New York habe ich sehr oft an der Bäckerei angehalten oder zu Hause selbst gebacken. Ich habe trainieren müssen.«

Ich schluckte den letzten Rest Kuchen herunter, den ich mir in den Mund geschoben hatte, und sagte dann zu ihr: »Heute Abend gehen wir in die Stadt. Es ist dein Geburtstag. Ich würde dich gern zum Essen ausführen.«

Sam hörte auf zu kauen und sah mich überrascht an. Dann kaute sie weiter, schluckte und fragte schließlich: »Das würdest du für mich tun?«

Ich zuckte mit den Schultern. »Es ist dein Geburtstag und du hast selbst gesagt, dass ich mich wieder in die Gesellschaft eingliedern muss. Wir können zu Liams Restaurant gehen. Es ist nicht besonders schick, aber bei ihm gibt es die besten Hummerbrötchen in Maine. Meine Brüder haben mir vor einigen Monaten einige mitgebracht.«

Samantha aß ihren Kuchen auf und stellte unsere Teller in die Spülmaschine. »Es ist schon lange her, seit irgendjemand mit mir meinen Geburtstag gefeiert hat.«

Ich sah den melancholischen Blick auf ihrem Gesicht und die Einsamkeit in ihrer Stimme traf mich wie ein Vorschlaghammer.

*Sie hat keine Familie mehr.*

*Es gibt keinen besonderen Menschen in ihrem Leben.*

*Niemand hat ihren Geburtstag zu einem wichtigen Ereignis gemacht.*

»Wir feiern«, sagte ich barsch, denn ich war fest entschlossen, ihr einen Geburtstag zu bereiten, den sie nie wieder vergessen würde.

Ich hatte zwar nicht sehr viel Zeit, um etwas zu planen, aber ich würde sie glücklich machen, auch wenn es mich umbrachte.

Sie strahlte mich an. »Danke. Das bedeutet mir sehr viel. Ich habe keine Ahnung, wie du es aushältst, nicht draußen zu sein, besonders im Sommer. Außerdem hatte ich bis jetzt noch keine Gelegenheit, mir die Stadt richtig anzuschauen.«

Ich war nicht gerade begeistert darüber, im Sommer zwischen all den Touristen durch die Stadt zu wandern, aber ich erkannte plötzlich, dass es mit Samantha an meiner Seite vielleicht gar nicht so schlimm sein würde. »Sollen wir einen Stadtbummel machen, bevor wir essen gehen?«

*Warum um alles in der Welt würde ich ihr so etwas vorschlagen?*

Sam schlang ihre Arme um mich und drückte mich überschwänglich an sich. »Ja! Ja! Das wäre einfach wunderbar!«

Okay, *das* beantwortete meine Frage bereits. Immer wenn ich sie dazu bringen konnte, ihren köstlichen Körper an mich zu pressen, war es wert, das zu tun, was ich tun musste, um sie in meinen Armen halten zu können.

Ich umarmte sie und atmete ihren betörenden Duft ein. »Dann machen wir das.«

Sie trat einen Schritt zurück, was eine absolute Enttäuschung war, und sagte: »Wie ist deine Probe verlaufen?«

Ich schüttelte den Kopf. »Keine Probe. Nur einige Akkorde. Ich habe tatsächlich eine Blockade, Samantha. Ich weiß nicht, ob ich im Spätsommer spielen kann. Ich glaube nicht, dass ich zu meinem alten Leben zurückkehren kann. Ich habe mich verändert.«

Sie runzelte die Stirn. »Ich habe dich sehr unter Druck gesetzt. Das tut mir leid. Aber ich habe keinen Zweifel daran, dass du wieder genauso kreativ sein kannst, wie du es einmal gewesen bist. Diese Art von Talent verliert man nicht einfach, Xander. Und es ist in Ordnung, wenn du dein altes Leben nicht mehr zurückhaben willst. Ich will jedoch, dass du dazu in der Lage bist, das mit dir selbst auszumachen. Ich will nicht, dass du nicht zurückgehst, weil du denkst, dass du es nicht kannst. Ich möchte, dass du diese Entscheidung ganz bewusst triffst, weil es nicht das ist, was du willst.«

Sie hatte recht. Ich wollte wieder meine Musik machen. Sie war für so lange Zeit ein solch großer Teil meines Lebens gewesen, dass sich in meinem Inneren statt Kreativität ein leerer Fleck befand. Und wenn ich die Entscheidung traf, aufhören zu wollen, dann war es tatsächlich so, dass ich es bewusst tun wollte. Ich wollte nicht einfach nur weglaufen, weil ich dachte, ich könnte nicht mehr auftreten.

»Wie bist du eigentlich so schlau geworden?«, fragte ich.

»Jahrelanges Herumdoktern an den Köpfen anderer Menschen und etwas höhere Bildung«, sagte sie scherzhaft.

»Es dauert lange, bis man Psychologe wird«, sagte ich nachdenklich. »Man muss dafür viele Jahre studieren.«

»Ja. Bis vor etwa drei Jahren hatte ich mein gesamtes Erwachsenenleben als Studentin verbracht.«

»Wie hast du es geschafft, deine Ausbildung ganz alleine zu absolvieren?«

»Finanziell?«, fragte sie.

Ich nickte.

»Es war nicht leicht. Meine Eltern besaßen nicht viel, nachdem alles abbezahlt war. Sie zogen zu Hause ja immer noch drei Kinder groß. Ich musste sehr hart arbeiten und bekam nie sehr viel Schlaf. Ich nahm Studentenkredite auf, von denen ich denke, dass ich sie bis an mein Lebensende zurückzahlen werde. Aber das war es wert.«

Ich grinste sie an. »Wann hast du gewusst, dass du an den Köpfen anderer Menschen herumdoktern willst?«

»Um ehrlich zu sein, hatte ich mich noch nicht für eine Berufsrichtung entschieden, bis ich den Schmerz des Verlustes meiner eigenen Familie durchleben musste. Als sie starben, hatte ich gerade erst mit dem College angefangen. Ich hatte einen guten Therapeuten, der mir geholfen hat, mein Trauma zu überwinden. Danach habe ich mich entschlossen, Psychologie zu studieren, damit ich anderen Menschen dabei helfen kann, ihre ganz eigenen Schlachten zu schlagen.«

Verdammt! Samantha war eine großartige Frau. Die meisten Menschen wollten vor schlechten Erfahrungen davonlaufen, genau wie ich es getan hatte. Sie nicht. Sie lief auf die Menschen zu, um ihnen zu helfen.

»Deine Musik hat mir geholfen, Xander«, sagte sie leise zu mir. »Sie hat zu mir gesprochen. Ich weiß nicht wieso, aber sie hat mich in all den Jahren getröstet, in denen ich mich so schrecklich allein gefühlt habe.«

Die Tatsache, dass ich irgendetwas getan hatte, um ihr dabei zu helfen, ihre schlimme Situation durchzustehen, machte mich stolz. »Das freut mich«, antwortete ich heiser. »Ich denke, ich könnte jetzt etwas schreiben, mit dem du dich wirklich identifizieren kannst. Vorausgesetzt ich würde es fertigbringen, wieder zu schreiben.«

»Das wirst du«, antwortete sie selbstbewusst.

»Woher weißt du das? Was, wenn ich es nicht kann?«

»Ich weigere mich zu glauben, dass dein Talent nicht mehr da ist. Als einer deiner größten Fans werde ich das nicht akzeptieren.«

Die Tatsache, dass Samantha mich unterstützte, bedeutete mir mehr, als ich in der Lage war, ihr zu zeigen. »Ich hoffe, ich werde dich nicht enttäuschen. Ich fühle es einfach nur nicht.«

Sie kam wieder näher und streichelte mit ihrer Hand zärtlich über meine Wange. Wieder zeigte sie angesichts der Narben auf meinem Gesicht keine Reaktion. Ich fing ernsthaft an zu glauben, dass sie sie nicht sah und mich akzeptierte, mit Narben und allem anderen. »Setz dich nicht so sehr unter Druck. Ich glaube fest, dass alles zurückkehren wird, wenn du akzeptierst, dass deine Musik nichts mit dem Tod deiner Eltern zu tun hat.«

»Auf logischer Ebene weiß ich das jetzt auch.« Ich nahm ihre Hand in meine und drückte sie an mein Gesicht. »Aber ich kann es immer noch nicht fühlen.«

»Dann suchen wir dir doch einfach eine Inspiration«, schlug sie vor. »Lass uns rausgehen und die guten Dinge im Leben finden!«

»Du bist eines dieser guten Dinge, Samantha«, gestand ich. »Ich bin mir nicht sicher, wie du hierhergekommen bist, aber ich bin verdammt dankbar, dass du hier bist.«

»Ich glaube, ich habe gewusst, dass du mich gebraucht hast«, sagte sie und zog ihre Hand langsam aus meiner heraus. »Ich war in einer ähnlichen Situation wie du jetzt.«

»Aber du bist nicht wie ein Feigling weggelaufen«, antwortete ich.

»Ach nein? Eine Zeit lang bin ich das schon. Ich habe mich von der Welt zurückgezogen, genau wie du es getan hast. Ich war so depressiv, dass ich morgens nicht aufstehen wollte. Es ist schon zehn Jahre her, Xander, und auch wenn der akute Schmerz vorbei ist, denke ich immer noch so gut wie jeden Tag an meine Familie. Sie fehlt mir noch immer.«

Mein Bauchgefühl sagte mir, ich sollte dafür Sorge tragen, dass Samantha nie wieder allein sein würde. *Mein Gott!* Ich wusste immer noch nicht, wie sie hatte stark genug sein können, um zu überleben. »Das weiß ich, meine Süße.«

»Am Ende habe ich entschieden, dass sie es nicht wollen würden, wenn ich in meinem eigenen Schmerz versinke. Deswegen habe ich mir Hilfe gesucht. Es ist nicht über Nacht besser geworden, doch mit der Zeit wurde es einfacher. Irgendwann habe ich mich besser gefühlt, Dinge in ihrem Andenken zu tun. Vielleicht ist das der Grund, warum ich meinen Berufsweg gewählt habe. Vielleicht hat es mir auch geholfen, andere Menschen in ihrem Leid zu unterstützen.«

»Dein Buch wird sehr vielen Menschen helfen.«

»Genau das hoffe ich«, sagte sie. »Ich bin keine Schriftstellerin. Das macht mich etwas nervös.«

Ich zuckte mit den Schultern. »Du weißt genau, was du den Menschen mitteilen willst, um ihnen zu helfen. Schreib einfach nur deine Erfahrungen auf und was du gelernt hast. Ich glaube an dich.«

Sie schlang ihre Arme um meinen Hals und mein Gott, wie gut sich das anfühlte! »Genau wie ich daran glaube, dass deine Musik zurückkommen wird.«

Ich drückte sie fest an mich, damit sie mir nicht weglaufen konnte. Sie veränderte mein Leben und es machte mir furchtbare Angst, und doch konnte ich dieses Mal nicht davonrennen. Samantha bedeutete mir alles und wenn ich sie in den Armen hielt, fühlte ich mich, als hielte ich mein gesamtes Leben.

Es ging kein Weg daran vorbei – ich musste sie küssen. Ich musste diesen sexy Mund einfach auf meinem spüren. Während ich ihren Hinterkopf festhielt, beugte ich mich hinunter, fing ihre Lippen ein und war nicht zufrieden, bis meine Zunge nicht die ihre berührte und meine Hände ihren Rücken hinunterfuhren und ihren Hintern umschlossen.

Sie ergab sich mir willig und bot mir die Nahrung, die ich so sehr brauchte.

*Mein! Diese Frau gehört zu mir!*

Wir beide waren nach dieser leidenschaftlichen Umarmung außer Atem und rangen nach Luft. Als sie ihren Kopf an meine Brust lehnte, fühlte ich mich wie ein verdammter Gott.

Es gab nichts auf der Welt, das ich nicht tun würde, um sie glücklich zu machen. Sie verdiente es. Und zum ersten Mal seit langer Zeit hatte ich das Gefühl, dass ich selbst ein wenig Glück eventuell auch verdienen würde.

## Kapitel 20

**SAMANTHA**

»J etzt wo ich darüber nachdenke, hätte ich mir auch etwas Besseres einfallen lassen können«, brummte Xander, als eine hübsche, junge, brünette Kellnerin unsere Hummerbrötchen servierte.

»Etwas Besseres?«, fragte ich neugierig.

Xander und ich waren die Main Street entlanggeschlendert und er hatte geduldig gewartet, während ich in jeden Laden gegangen war, der mein Interesse geweckt hatte. Irgendwann an diesem Nachmittag hatte ich gespürt, wie die Anspannung von ihm abfiel und er anfing, mich wegen meines Talents aufzuziehen, in jedem noch so kleinen Touristenlädchen etwas zu finden, das mir gefiel.

Ich hatte nicht viel gekauft, aber ich liebte es, mir Dinge anzusehen.

»Ich besitze ein Privatflugzeug. Ich hätte dich auf ein Traumdate überall auf der Welt ausführen können, stattdessen sitzen wir in einer Kneipe und essen Hummerbrötchen.«

»Es ist keine Kneipe«, protestierte ich und sah mich in dem schrulligen Restaurant um. Liam hatte sein Lokal in der Nähe des Piers offensichtlich umgestaltet und mir gefiel das reizende Strandflair in hübschen

Küstenfarben, das durch die antike Angelausrüstung komplettiert wurde. Es war klein, doch die Atmosphäre war sehr angenehm.

Brooke, unsere Kellnerin, war aufmerksam und lächelte ständig. »Es ist mit Sicherheit nicht das, was du verdienst«, knurrte Xander.

Es berührte mich, dass er mich beeindrucken wollte. »Es ist so viel mehr, als ich jemals gehabt habe«, erklärte ich. »Und das Essen ist fantastisch! Ich hatte heute wirklich einen schönen Tag. Ich glaube nicht, dass er noch perfekter hätte sein können. Vielen Dank, dass du meinen Geburtstag mit mir verbracht hast.«

Er musterte mich mit seinen dunklen Augen, ganz so, als sei er auf der Suche nach der Wahrheit.

»Wenn dich ein Hummerbrötchen im *Sullivan's* glücklich macht, dann könnte dich ein italienisches Essen in Italien vielleicht in Ekstase versetzen.«

Wie konnte ich ihm nur klarmachen, dass der Ort keine Rolle spielte? Es war die Tatsache, dass ich ihm wichtig genug war, um mit mir zu feiern. Er war mit mir durch das vollgestopfte Touristenstädtchen spaziert und hatte den gesamten Nachmittag lang geduldig meine Marotten ertragen, nur um mich glücklich zu machen. »Zu Hause habe ich immer noch etwas von dem Kuchen«, erinnerte ich ihn neckisch. »Es ist perfekt.«

Ich biss in mein Brötchen und stöhnte auf, als ich den süßen, saftigen Geschmack des frischen Maine Hummers auf meiner Zunge schmeckte. Ich kaute langsam und schluckte dann. »Das ist fantastisch. Dieses Essen schlägt Italienisch an jedem Tag der Woche.«

Xander hatte bereits die Hälfte seines Brötchens verspeist. »Es ist gut. Aber sag Liam nicht, dass ich das gesagt habe. Ich ziehe ihn immer damit auf, dass er ein Millionär ist, der ein kleines Rattenloch besitzt.«

Überrascht fragte ich: »Er ist reich?«

Xander nickte. »Ziemlich. Er hat jahrelang als Experte für Stunts und Explosionen in Hollywood gearbeitet. Er ist nur nach Amesport zurückgekehrt, weil Tessa gehörlos geworden ist. Die beiden haben das Restaurant übernommen, als ihre Eltern gestorben sind. Es ist ein

Ort mit Symbolcharakter, der sich seit Generationen im Besitz von Liams Familie befindet. Doch damit verdient er nicht sehr viel Geld. Er hat zahlreiche Dinge erfunden, die bei Stunts und Explosionen zum Einsatz kommen, und er könnte bis an sein Lebensende nur faul auf seinem Hintern sitzen, die Tantiemen für diese Erfindungen einstreichen und trotzdem immer noch reicher werden. Aber er ist die Art von Mann, der gerne beschäftigt ist.«

»Du magst ihn«, sagte Sam.

»Er hat sehr viel für mich getan. Er hat es selbst nicht immer einfach gehabt und er ist für mich da gewesen. Dafür bin ich ihm dankbar.«

Wir hatten Liam gesehen, als wir das Restaurant betreten hatten, und auch wenn die beiden Witze gemacht hatten, hatte ich sehen können, dass Xander den großen Mann gernhatte. »Nun, ich persönlich freue mich, dass er das Restaurant führt. Das hier gehört zu den leckersten Dingen, die ich je gegessen habe.« Ich zeigte auf mein beinahe aufgegessenes Hummerbrötchen.

Xander legte seine Serviette auf den leeren Teller. »Er leidet noch immer«, bemerkte er.

»Warum?«

»Seit sie hier angekommen ist, hat unsere Kellnerin es ihm angetan. Aber sie führt eine Fernbeziehung mit ihrem Freund und Liam glaubt, dass er sowieso zu alt für sie sei. Ich bin der Meinung, er sollte es versuchen. Mann, er ist ein netter Kerl und er würde sie gut behandeln.«

Ich hatte die Kellnerin und ihre Körpersprache beobachtet. »Sie mag Liam auch. Ich glaube nicht wirklich, dass sie einen Freund hat.«

Xander zog eine Augenbraue hoch. »Was bringt dich zu dieser Aussage?«

»Ihre Körpersprache und Ausdrucksweise. Ich sehe doch, wie sie ihn jedes Mal anschaut, wenn sie zum Ausgabefenster geht und eine Bestellung abholt. Sie ist sich seiner Anwesenheit bewusst, auch wenn er sich nicht in Sichtweite befindet. Ich würde sagen, dass dieses Gefühl auf Gegenseitigkeit beruht.«

»Glaubst du wirklich?«

Ich nickte. »Das tue ich.«

»Was ist mit dem Freund? Er schwört, dass sie in einer Beziehung ist.«

»Ich glaube, da liegt er falsch. Eine Frau sieht einen Mann nicht so an, wenn sie bereits in jemand anderen verliebt ist. Sie flirtet nicht mit Liam. Aber er macht sie nervös. Sie kann ihre Anziehung zu ihm nicht verbergen.«

»Ich finde ja, dass er sie einfach nur flachlegen sollte, damit er sie aus dem Kopf bekommt.«

»Das ist geschmacklos«, sagte ich zu ihm, versuchte jedoch, mir ein Lachen zu verkneifen.

»Es stimmt aber. Du hast mir doch gesagt, dass ich in der Realität leben soll. Er läuft schon seit Monaten mit einer Erektion herum. Der Altersunterschied ist doch nur eine Ausrede. Ich glaube, er hat Angst davor, von ihr zurückgewiesen zu werden.«

»Und die Lösung ist, sie *flachzulegen*?«

Er zuckte mit den Schultern. »Es kann nichts schaden.«

Ich rollte mit den Augen. »Zu einer Beziehung gehört weitaus mehr als nur Sex.«

»Mit den anderen Dingen könnte er sich auseinandersetzen, nachdem er Sex mit Brooke gehabt hat. Es ist schwer, an irgendetwas anderes zu denken, wenn ein Mann eine Frau scharf findet. Das kann ich dir aus eigener Erfahrung bestätigen.«

Sein Blick aus dunklen Augen verriet mir ganz genau, woran er gerade dachte, und meine Brustwarzen verhärteten sich schmerzhaft, während sein intensives Starren alles außer Sex aus meinen Gedanken löschte. »Kannst du das?«, fragte ich schrill.

Die Hitze breitete sich zwischen meinen Schenkeln aus, während ich ihn mit den Augen verschlang. Seit er sich die Haare hatte schneiden lassen, konnte ich seine wunderschönen, ausdrucksstarken Augen noch besser sehen. Niemals zuvor war er mir attraktiver vorgekommen. Er war fast komplett in Schwarz gekleidet, angefangen bei seinem T-Shirt, über seine Jeans bis hin zu seinen schwarzen Leder-Motorradstiefeln. Nach dem zu urteilen, was ich auf alten Bildern von ihm gesehen habe, hatte er sich immer schon so angezogen. Dieser Look stand ihm ausgezeichnet. Böser Bube trifft auf Rocker. Es war ein geheimnisvolles Auftreten, das beinahe schon unwiderstehlich war, besonders wenn ein Mann eine Jeans so gut ausfüllte, wie Xander es tat.

Ich hatte mich für unsere Verabredung wieder für ein Sommerkleid und Sandalen entschieden. Beides war kühl und bequem.

»Ja, ich kann sehr gut verstehen, wie man eine Frau so sehr vögeln will, dass einem die Eier blau anlaufen«, knurrte er. »Ich sitze dir hier am Tisch gegenüber und kann nur daran denken, wie sehr ich dich ficken will, Samantha.«

Oh. Gott. Ich wollte das Gleiche. Doch Xander musste an so vielen Dingen arbeiten und ich fühlte mich viel zu sehr von ihm angezogen.

»Das will ich auch«, flüsterte ich aufrichtig, als ich nach meinem Wasserglas griff in der Hoffnung, mich etwas abzukühlen.

»Nichts wird passieren, damit diese Anziehung verschwindet, warum genießen wir es dann nicht einfach?«, fragte er.

»Ich … ich kann nicht. Ich habe Angst.«

Er sah enttäuscht aus. »Vor mir? Vor der Art und Weise, wie ich bei Micah reagiert habe?«

Ich schüttelte den Kopf. »Nein. Ich verstehe, dass du Angst hattest, betrogen worden zu sein, und ich verstehe auch, warum du wütend gewesen bist.«

»Warum hast du dann Angst?«

»Ich will dich zu sehr«, gestand ich. »Das ist etwas ganz Neues für mich. Ich will nicht verletzt werden.«

»Meine Güte!«, entfuhr es ihm. »Weißt du denn nicht, dass ich mir eher meinen rechten Arm abschneiden würde, als dich zu verletzen? Hast du denn keine Ahnung, wie sehr ich dich brauche, Sam?«

»Vielleicht brauchst du mich jetzt. Aber Gefühle können sich ändern. Du könntest eines Tages bemerken, dass es dir besser geht, und dann würdest du über mich hinauswachsen.«

»Meine Gefühle werden sich nicht ändern«, widersprach er. »Und wenn einer von uns sich unsicher fühlen sollte, dann sollte ich es sein. Ich bin keine Trophäe. Ich kann keine Musik mehr spielen, ich bin nicht ganz richtig im Kopf, ich bin ein selbstsüchtiges Arschloch und ich habe überall Narben. Was will eine wunderschöne Psychologin schon mit jemandem wie mir anfangen?«

Mein Herz klopfte in meiner Brust und ich wollte so gern glauben, dass seine Gefühle echt waren. Aber Xander war noch nicht sehr lange wieder zurück in der Realität. Im Moment konnte er unmöglich wissen, was er wirklich wollte.

Xander fuhr fort: »Ich weiß, ich habe dir Gründe gegeben, mir nicht zu vertrauen. Du besitzt jedes Recht, misstrauisch zu sein. Doch ich will, dass du das hier weißt: Du gehörst mir, Samantha. Ich glaube, du warst immer schon für mich bestimmt.«

Ich lächelte, obwohl jedes Nervenende in meinem Körper auf diese Aussage reagierte. »Du benimmst dich ein bisschen wie ein Höhlenmensch, findest du nicht?«

»Das interessiert mich nicht. Was auch immer es ist, was auch immer ich fühle, es *ist* primitiv.«

*Und lüstern.*

*Und vereinnahmend.*

Oh ja. Ich wusste ganz genau, was er meinte.

»Es ist nicht gesund«, antwortete ich und versuchte, damit nicht nur Xander, sondern auch mich zu überzeugen.

Verdammt noch mal, ich war im Bereich der psychischen Gesundheit tätig. Das Problem lag darin, dass ich gefühlsmäßig involviert war und es für mich keinen Weg gab, Xander als eine Art Fallstudie zu betrachten. Alles, was ich gelernt hatte und wusste, löste sich in Luft auf, weil ich nicht vernünftig denken konnte, wenn es um den Mann ging, der mir gegenübersaß.

Er war nie mein Patient gewesen.

Ich hatte doch nur eine Freundin und Begleiterin sein wollen, die vielleicht in der Lage gewesen wäre zu helfen.

Nichts hatte mich auf die Art und Weise vorbereitet, wie ich mich mit ihm verstehen würde.

»Natürlich ist es das nicht. Aber es fühlt sich gut an. Ich denke mal, dass ich darauf scheiße, dass die Fachbücher sagen, es sei nicht gesund. Ich bin kein normaler Typ.«

»Nein, das bist du nicht«, sagte ich.

Xander war sehr viel, doch gewöhnlich war er auf gar keinen Fall. Und er war ebenfalls nicht unehrlich. Er war geradeheraus und brachte die Dinge auf den Punkt, und weil ich die gleiche elementare Anziehung verspürte, gab es nicht viel, das ich seinem Argument entgegensetzen konnte.

»Ich habe dir ein Geburtstagsgeschenk besorgt.« Xander glitt mit seiner Hand in die Tasche seiner Jeans.

»Nein. Bitte. Ich mag es nicht, meinen Geburtstag mit Geschenken zu feiern –«

»Weil du niemanden hast, dem du wichtig bist. Aber mir bist du wichtig, Sam«, unterbrach er mich. »Es ist keine große Sache. Ich hatte nicht viel Zeit.«

Ich starrte einen Moment lang auf das Kästchen, unfähig zu sprechen. Er hatte recht. Viele Dinge fanden bei mir nicht statt, weil meine Familie nicht mehr existierte: Weihnachten, Thanksgiving, Geburtstage oder irgendein anderes Ereignis, das Menschen im Kreis der Familie verbrachten.

Ich streckte meine Hand aus und nahm zitternd die Schachtel entgegen. »Danke.«

Er zuckte mit den Schultern. »Wie gesagt, es ist nichts Großes. Nur etwas, von dem ich dachte, dass es dir gefällt. Mir ist aufgefallen, dass du keinen Schmuck trägst, aber ich hoffe trotzdem, dass du es magst.«

Ich trug tatsächlich keinen Schmuck. Ich besaß eigentlich gar nichts, außer einem Paar billiger Ohrringe. »Ich habe mir nie etwas gekauft«, antwortete ich aufrichtig. »Und ich habe nichts von dem Schmuck meiner Mutter behalten. Jetzt bereue ich es, doch damals konnte ich das Haus nicht noch einmal betreten. Meine Nachbarn haben mir angeboten, alles auszuräumen und das Haus instand zu setzen, damit es verkauft werden konnte, nachdem es nicht mehr als Tatort angesehen wurde. Ich habe sie machen lassen. Leider habe ich nichts vom Besitz meiner Familienmitglieder zu sehen bekommen. Vielleicht habe ich das damals auch einfach nicht gewollt.«

Während ich erzählte, öffnete ich das hübsche, goldene Geschenkpapier und hob vorsichtig den Deckel des schwarzen Samtkästchens an. Ich konnte hören, wie ich nach Luft schnappte, als das Scharnier der Schachtel sich öffnete und den Blick auf ein

Inneres aus rotem Samt offenbarte. In der Mitte befand sich eine wunderschöne Goldkette. Der tränenförmige Anhänger war groß und wurde von einer Rose geziert, die herausstach und wunderschön verarbeitet war.

Ich streichelte zärtlich über die Linien der eleganten goldenen Rose, als Xander sagte: »Die Träne steht für deine eigenen Tränen und den Herzschmerz, den du erleben musstest, als du deine Familie verloren hast. Die Rose ist ein Symbol dafür, dass du die Liebe zu deiner Familie immer in dir trägst. Lies, was auf der Rückseite steht.«

Bei seinen Worten stiegen mir die Tränen in die Augen und rollten meine Wangen hinab. Ich wischte sie fort, bevor ich den Anhänger umdrehte. Dort war graviert:

*Für immer in meinem Herzen.*
*Liebe.*
*Stirbt.*
*Nie.*

»Xander«, presste ich heraus und schlug mir die Hand vor den Mund, als ein Schluchzer zu entwischen versuchte.

»Scheiße. Ich wollte dich nicht zum Weinen bringen, Sam. Ich dachte, du hättest vielleicht gern eine Erinnerung. Ein Andenken ...«

Seine Stimme driftete ab und er klang, als bereute er sein Geschenk.

Ich schüttelte vehement den Kopf. »Das ist es nicht«, antwortete ich mit einer vor Emotion gebrochenen Stimme. »Es ist ein wunderschönes Geschenk, vermutlich das aufmerksamste und bedeutungsvollste Geschenk, das ich jemals erhalten habe.«

Ich wusste, dass wir die Aufmerksamkeit der anderen Gäste im Restaurant auf uns lenkten, doch ich wollte ihm sagen, wie viel es mir bedeutete, dass er dieses wunderbare Geschenk so sorgfältig durchdacht hatte.

»Warum weinst du dann?«, fragte er.

»Ich bin ... bewegt.« Meine Gefühle waren noch viel mehr als nur das, doch ich konnte nicht die richtigen Worte finden. Ich nahm die Kette vorsichtig aus der Schachtel heraus. »Wo hast du sie her?«

»Ich hatte keine Zeit, um etwas Spezielles anfertigen zu lassen, also habe ich sie beim örtlichen Juwelier gekauft und dort um die Gravur gebeten, während ich beim Frisör war.«

Ich schniefte und antwortete: »Ich liebe sie. Aber ich bin mir sicher, dass sie teuer war.« Das Schmuckstück wog schwer in meiner Hand und ich war mir sicher, dass es sich um pures Gold handelte. Die Kette war robust und lang genug, damit der Anhänger auf Höhe meines Dekolletés auflag. Nun, das würde sie, wenn ich ein Dekolleté *hätte*.

Er grinste mich an. »Sie war nicht teuer.«

»Du lügst mich doch an«, beschuldigte ich ihn, doch so etwas Wunderbares und Aufmerksames würde ich ihm auf keinen Fall zurückgeben.

Er zog eine Augenbraue hoch, um mich zu necken, und unsere Blicke trafen sich. Zwischen uns köchelte die Hitze und der Rest der Welt verschwand einfach, als ich von dem Feuer, das aus seinen Augen schoss, dahinschmolz.

Ich stand auf. »Kannst du sie mir anlegen? Ich bin fertig, wir können gehen«, sagte ich hastig, denn ich wusste, dass ich Xander nicht lange ansehen konnte, ohne direkt in seinen Körper hineinkriechen zu wollen.

Während ich das Geschenkpapier, die Schleife und das Kästchen in der Tasche verstaute, die ich mir umgehängt hatte, ließ ich ihn die Kette aufnehmen, als er sich von seinem Stuhl erhob.

»Dreh dich um«, sagte er.

Ich wandte ihm den Rücken zu und er fasste um mich herum, um das Schmuckstück um meinen Hals zu befestigen.

Später versuchte ich, ihm zu erklären, warum ich geweint hatte, warum seine Besonnenheit mir so viel bedeutete. Es hätte mich wirklich nicht überraschen sollen. Ich hatte mich immer schon mit Xanders Liedtexten identifizieren können. Er war kreativ und ausdrucksstark. Doch niemals zuvor hatte jemand mein Herz auf diese Weise berührt.

Das Gewicht der Kette war beruhigend. Ich umschloss die Träne mit meiner Hand und hielt sie fest. »Danke«, flüsterte ich.

»Bist du dir sicher, dass sie dich nicht stört?«, fragte er unsicher und die Wärme seines Atems berührte mich am Nacken.

»Nein. Es ist ein wunderbares Symbol, das mich stets daran erinnern wird, dass meine Familie immer noch ihren Platz in meinem Herzen hat, auch wenn sie schon vor langer Zeit aufgehört hat zu existieren.«

»Es freut mich, dass sie dir gefällt«, murmelte er, während er seine Hand besitzergreifend auf meinen Steiß legte, als ich ihm vorausging, um das Restaurant zu verlassen.

Ich seufzte, als ich an der Tür wartete, während Xander am Ausgang die Rechnung bezahlte. Automatisch wanderte meine Hand zu dem Anhänger.

*Liebe stirbt nie.*

Ich war an einem Punkt in meinem Leben angekommen, an dem dieses Gefühl warm und tröstlich war. Das Symbol war echt und massiv, etwas, an dem ich mich immer festhalten konnte.

Ich trat nach draußen, um etwas frische Luft zu bekommen, und schlenderte langsam die Promenade entlang, damit Xander mich einholen konnte. Ich verschränkte die Arme vor der Brust, hielt an und atmete tief die salzige Meeresluft ein. Dabei hörte ich, wie die Wellen sich am Strand brachen, und genoss einen Moment der Wärme und des Glücks, den ich schon lange nicht mehr empfunden hatte.

Mein Frieden wurde ganz plötzlich unterbrochen, als ein schwerer Körper von hinten in mich prallte und sich ein großer Arm um meinen Hals legte. Ich wusste sofort, dass dieser Mensch nicht Xander war.

Ich rang nach Luft, als der Griff um meinen Hals enger wurde. »Los geht's Puppe! Gehen wir feiern!«

Die Stimme war jung und sehr betrunken, doch ich fühlte mich nicht sehr bedroht, weshalb ich nach hinten austrat in der Hoffnung, ein Knie des Typen zu treffen, damit er mich losließ.

Betrunken oder nicht, er war stark.

»Lass! Los!«, sagte ich mit erstickter, atemloser Stimme.

Sein Griff lockerte sich ein wenig. »Komm schon. Ich dachte, du würdest etwas Spaß haben wollen.«

Ich begann gerade erst zu verstehen, dass mein Angreifer mich mit einer anderen Frau verwechselt hatte, da war ich auch schon vollständig frei von ihm.

Ich drehte mich um und bewegte mich gerade rechtzeitig zur Seite, da sah ich, wie Xander durch die Luft geflogen kam und den jüngeren Mann mit einem mörderischen Gesichtsausdruck in den Schwitzkasten nahm.

## XANDER

»**M**usstest du den Kerl denn wirklich so übel zurichten? Er liegt im Krankenhaus.«

Ich blitzte meinen Cousin Dante, den Polizeichef von Amesport, durch die Gitterstäbe meiner Gefängniszelle an. Ich war extrem wütend, dass er erschienen war, bevor ich den Typen umbringen konnte, der versucht hatte, Samantha in sein Auto zu zerren. »Er hat noch Schlimmeres verdient. Er hat versucht, sie zu entführen.«

Dante schüttelte den Kopf. »Er wusste nicht einmal, was er da tat, Xander. Er war so betrunken, dass er dachte, sie sei seine Freundin.«

»Das interessiert mich einen Scheiß!«, knurrte ich. »Er hatte seine Arme um ihren Hals, sie konnte vermutlich nicht einmal atmen.«

»Ich habe dir doch gesagt, dass es ihr jetzt gut geht.«

»Es interessiert mich immer noch einen Scheiß!« Ich ließ mich auf die Pritsche fallen, dem einzigen Sitzplatz in dem vergitterten Raum. Ich hatte dieses Arschloch, das Sam wehgetan hatte, in dem Moment umbringen wollen, in dem ich gesehen hatte, wie grob er mit ihr umgegangen war. »Fehler oder nicht, er hat sie gewürgt. Und jetzt sag du mir bloß nicht, dass du nicht durchdrehen würdest, wenn irgendein Typ das Gleiche mit Sarah machen würde.«

»Glaub mir, ich verstehe dich. Sarah wurde von einem Verrückten verfolgt, der sie sogar als Geisel gehalten hat. Ich weiß, wie es sich anfühlt, wenn man sich um die Sicherheit seiner Frau sorgt. Verdammt noch mal, Xander, wie kann es sein, dass ich von deiner Freundin nichts gewusst habe?«

»Sie ist viel mehr als nur das«, gestand ich und fühlte mich schlecht, weil ich mit meinen Cousins nicht sehr viel kommuniziert hatte, obwohl sie alle nur auf der anderen Seite der Stadt wohnten. »Sie rettet mir das Leben, Dante.«

»Sie ist so wichtig?«

Ich nickte und wusste, dass er mich sogar in dem schummrigen Licht sehen konnte. Er stand direkt vor meiner Zelle. »Das ist sie.«

»Geht es dir gut? Jedes Mal wenn ich an deinem Haus angehalten habe, hast du nie die Tür geöffnet.«

»Es tut mir leid«, murmelte ich und hasste die Art und Weise, wie ich meine gesamte Familie behandelt hatte. »Mein Kopf war an einem sehr bösen Ort. Clean zu werden war nicht leicht.«

»Ich weiß«, sagte Dante. »Es freut mich, dass du wieder am Leben teilnimmst. Aber ich bin nicht gerade glücklich darüber, dass du in meiner Stadt einen Touristen angegriffen hast.«

»Der Wichser hat Sam angefasst«, zischte ich. »Er hätte ihr wehtun können.«

Dante musterte mich von oben bis unten. »Du hast ein dickes Veilchen. Bist du sonst in Ordnung?«

Ich sah ihn durch die Gitterstäbe hindurch an. »Ja, mir geht es gut. Ich will nur wissen, ob Samantha okay ist. Ich will wissen, ob das Arschloch ihr Angst eingejagt hat. Ihr ist auch schon einmal von jemandem nachgestellt worden.«

Ich bemerkte, dass Dante ein T-Shirt und Jeans trug. Vermutlich war das nicht die offizielle Uniform eines Polizeichefs, doch Amesport war ein ungewöhnliches Städtchen.

Dante lachte leise. »Ich glaube, sie ist sehr viel ruhiger als du. Aber sie macht sich ebenfalls Sorgen um dich.«

Als ich das hörte, fühlte ich mich schon etwas besser, aber ich wollte diese Zelle trotzdem so schnell wie möglich verlassen.

Ich erschauderte, als ich mich an den Anblick erinnerte, wie dieser Kerl seinen Arm um Samanthas Hals geschlungen hatte. Mir war die Sicherung durchgebrannt. Ich war vollkommen von Sinnen gewesen. Bereute ich es? Auf gar keinen Fall! Niemand krümmte meiner Sam auch nur ein Haar! Ich würde lebenslang ins Gefängnis gehen, wenn das bedeutete, dass sie in Sicherheit war.

Ich bereute lediglich, dass ich dem Arschloch nicht noch mehr wehgetan hatte. Ich hatte hören können, wie sein Nasenbein brach, und es bestand die Möglichkeit, dass er hatte genäht werden müssen, aber ich war mir ziemlich sicher, dass er das Krankenhaus morgen schon wieder verlassen konnte. Verdammt!

»Nur damit du es weißt, du leistest ziemlich schlechte Arbeit, wenn es möglich ist, dass eine Frau in einer Seitenstraße der Main Street angegriffen werden kann«, teilte ich Dante verstimmt mit.

Das Gelächter meines Cousins hallte in dem kleinen Raum und ich warf ihm einen weiteren wütenden Blick zu.

Dante hatte sich kaum von seinem Lachanfall erholt, da sagte er: »Diese Dinge passieren, wenn so viele Touristen in der Stadt sind. Wir haben Hochsaison. Wenn es dich tröstet, er war ein Collegejunge. Ich glaube nicht, dass er ihr etwas antun wollte. Er war nur vollkommen betrunken.«

»Ich habe sie gesehen. Sie konnte kaum atmen und sie hat sich gegen ihn gewehrt.«

Dante nickte. »Ich weiß. Und ich fühle mich schlecht, dass ihr hier etwas zugestoßen ist. Im Sommer geht es in Amesport wild zu, aber meistens handelt es sich nur um Fälle von Ruhestörung.«

»Lässt du mich hier raus?« Ich war sauer, dass ich überhaupt eingesperrt war.

»Du hast jemanden krankenhausreif geprügelt«, erinnerte Dante mich.

»Er hat Sam angegriffen. Er hat es verdient.«

Dante machte eine Pause, bevor er antwortete: »Du hast recht. Wenn irgendjemand Sarah auch nur berühren würde, würde ich den

Wichser umbringen wollen. Aber dieser Bengel hat einflussreiche Eltern.«

»Sehr wenige Familien haben so viel Einfluss wie die Sinclairs.« Dante antwortete grinsend: »Ich weiß. Deswegen habe ich seiner Mami und seinem Papi auch gesagt, dass Sam ihn nicht anzeigen würde, wenn auch sie ihre Füße stillhielten. Ich glaube nicht, dass sie begeistert wären, wenn die Nachricht die Runde macht, dass ihr betrunkener Sohn versucht hat, eine Frau in sein Auto zu zerren.«

»Mir wäre es lieber, sie würde ihn anzeigen«, entgegnete ich stur. Es war mir egal, wenn ich im Gefängnis verrotten würde.

»Das wird sie nicht. Sie hat bereits gesagt, dass sie dich nur hier raus haben will.«

Ich wusste nicht, ob ich sauer auf Samantha sein oder ihr danken sollte, dass sie sich um meine jämmerliche Gestalt so sehr sorgte. »Ich werde mit ihr reden«, brummte ich.

»Vergiss es«, sagte Dante. »Das war die Abmachung. Niemand wird irgendjemanden anzeigen und ihr könnt beide gehen. Gut, der Collegejunge wird vielleicht noch ein paar Tage im Bett verbringen müssen, aber ich bezweifele stark, dass er jemals wieder eine andere Frau außer seiner Freundin anfassen wird.«

»Gut. Er ist ein Vollidiot.«

Dante lachte erneut und öffnete dann die Zellentür. »Es ist gut zu sehen, dass du dich um etwas oder jemanden sorgst. Diese Frau hat dir ganz offensichtlich den Kopf verdreht.«

Als ich aus meiner Zelle heraustrat und an ihm vorbeiging, sah ich ihn an. »Das hat sie. Ich bin verrückt nach ihr.«

Es machte mir nichts aus, Dante ganz genau zu sagen, wie ich mich fühlte.

»Halte dich von jeglichem Ärger fern, Cousin«, warnte er.

»Das werde ich, wenn du dafür sorgst, dass diese Arschlöcher von der Straße verschwinden«, entgegnete ich.

»Xander?«, sagte Dante mit dunkler Stimme.

Ich drehte mich ungeduldig um. »Ja?«

»Es freut mich zu sehen, dass es dir besser geht. Wir haben uns alle Sorgen gemacht. Ich habe mich nicht in dein Privatleben einmischen wollen, aber ich hoffe, dass wir dich von nun an öfter sehen werden.«

»Das werdet ihr«, versprach ich. »Ich habe mir lange genug selbst leidgetan.«

»Ich glaube, diese Frau tut dir gut.«

»Tatsächlich ist sie viel *zu gut* für mich, aber ich kann sie nicht gehen lassen.« Sam war für mein Leben viel zu wichtig geworden. Ich brauchte sie.

»Dann kämpfe um sie«, riet Dante.

»Das habe ich vor«, antwortete ich knapp. »Wo ist sie?«

»Im Empfangsbereich. Ich habe versucht, sie nach Hause zu schicken, doch sie hat darauf bestanden, auf dich zu warten, bis ich dich gehen lasse.«

»Bis dann«, rief ich über die Schulter hinweg und machte mich eilig auf den Weg in den vorderen Teil des großen Gebäudes.

Es war ein langer, peinlicher Weg von den Gefängniszellen zum Haupteingang des Gebäudes, aber ich rannte beinahe schon, als ich den Eingangsbereich erreichte.

Ich sah mich nervös im Warteraum um und fragte mich, wohin zum Teufel Samantha wohl gegangen war.

Der Empfangsbereich war dunkel, niemand saß am Tresen und ich war mir sicher, dass die Türen abgeschlossen waren. Es gab keinen Zweifel, dass Dante im Moment der einzige Polizist im Gebäude war.

Endlich erhaschte ich einen Blick auf die Frau, die ich sehen musste. Sie lag zusammengerollt auf einem kleinen Sofa in der Ecke und schlief seelenruhig.

Als ich mich ihr vorsichtig näherte und mich vor sie hinhockte, konnte ich die getrockneten Tränen auf ihrem Gesicht erkennen. Ihr goldenes Haar war zerzaust und ich strich es ihr aus dem Gesicht, um sie ansehen zu können. Sie sah so erschöpft aus, dass ich es hasste, sie aufwecken zu müssen.

»Sam?«, sagte ich leise.

Sie bewegte sich, wachte jedoch nicht auf.

*Scheiß drauf!* Vorsichtig schob ich meine Arme unter ihre Schultern und Beine und nahm sie hoch. Ich würde sie hier herausbringen. Sie musste nicht in einem verdammten Gefängnis sitzen. Es musste bereits zwei oder drei Uhr morgens sein. Samantha sollte zu Hause sein und schlafen, warm und sicher.

Ich drehte mich um und sah, wie Dante die Tür für mich aufhielt, die er vermutlich gerade erst aufgeschlossen hatte.

Ich nickte ihm zu, als ich an ihm vorbeiging, und setzte vorsichtig einen Fuß vor den anderen, denn in meinen Armen hielt ich das Wertvollste überhaupt.

Ich hielt an, als mir bewusst wurde, dass mein Auto immer noch am Restaurant geparkt war, ich mich jedoch im Zentrum befand.

»Verdammt!«, fluchte ich leise und wütend.

Dann fiel mein Blick auf Julian und Micah, die beide vor dem Eingang der Polizeiwache gegen mein Auto gelehnt dastanden. Als Julian seine Hand hochhielt, klimperten meine Schlüssel.

»Was macht ihr hier?«, fragte ich verwirrt.

»Wir bringen dir dein Auto. Wir hatten gedacht, dass du es vielleicht brauchen würdest, nachdem sie deinen Arsch in Dantes Polizeiwagen weggekarrt haben.«

»Kannst du die Tür öffnen? Sam schläft.«

Julian bewegte sich schnell, machte die Wagentür auf und ließ mich Samantha aufrecht hinsetzen und anschnallen, bevor er sie hinter mir schloss. »Ist sie okay?«, fragte er.

»Wie es aussieht schon«, antwortete ich. »Ich habe nur einen Moment nicht hingeschaut, um die Rechnung zu bezahlen. Es ist alles so schnell passiert.«

Micah gab mir einen Klaps auf die Schulter. »Fahr nach Hause und schlaf dich aus. Von dem, was Dante mir am Telefon erzählt hat, konnte ich entnehmen, dass es Sam gut geht. Ihr seid vermutlich beide nur müde.«

»Ich bin nicht müde«, widersprach ich, als ich auf den Fahrersitz kletterte. »Ich bin sauer.«

»Das kann ich mir gut vorstellen«, entgegnete Julian. »Wenn irgendein Kerl Kristin so angefasst hätte, würde ich ihm auch wehtun wollen. Ich weiß, dass er ein betrunkener Collegestudent war, aber zu dem Zeitpunkt hast du das nicht gewusst. Die Liebe kann den Verstand eines Mannes ganz schön durcheinanderbringen.«

*Liebe?* Das war es also? War es Liebe, die ich für Sam empfand? Das Wort schien viel zu unscheinbar für die Gefühle, die ich für sie in mir trug. »Bin ich in sie verliebt?«, fragte ich mich laut.

»Ja!« Sowohl Julian als auch Micah bestätigten gleichzeitig meine Aussage.

Ich nickte und fügte mich in mein Schicksal. »Ich behalte sie«, teilte ich den beiden mit.

»Weiß sie das schon?«, fragte Micah beiläufig.

»Vermutlich nicht«, gestand ich. »Aber sie wird es schon noch früh genug erfahren.« Ich ließ den Motor des schicken Sportwagens aufheulen, den ich nur selten fuhr.

»Fahr vorsichtig«, sagte Micah. »Wir sind direkt hinter dir.«

»Danke«, murmelte ich vom Fahrersitz aus. Ich war mir nicht einmal sicher, ob meine Brüder mich gehört hatten.

Als ich losfuhr, wurde mir mit einem Mal klar, dass meine Brüder immer *direkt hinter mir* gewesen waren, genau wie sie es jetzt sein würden.

*Sie haben mich nie verlassen, auch wenn sie das vielleicht hätten tun sollen.*

Nur in meinem eigenen Kopf war ich immerzu allein gewesen und als ich Sam einen kurzen Blick zuwarf, wie sie schlafend auf dem Beifahrersitz saß, schmerzte meine Brust, weil ich wusste, dass sie *wirklich* allein war. In dieser Sekunde schwor ich, dass sie nie wieder einsam sein würde.

Ich würde *immer* an ihrer Seite sein. Jetzt musste ich nur noch zu dem Mann werden, den sie verdiente.

## JULIAN

»Was zum Teufel ist nur in Xander gefahren?«, fragte ich Micah, als ich mich auf sein Sofa im Wohnzimmer fallen ließ.

Tessa war bereits ins Bett gegangen und ich hatte Kristin eine Nachricht geschickt, um ihr zu sagen, dass ich noch kurz bei Micah anhalten würde, bevor ich nach Hause käme. Ich nahm an, dass meine Frau ebenfalls bereits im Bett lag.

Es war schon ziemlich spät, doch Micah und ich waren nach unserem Ausflug zur Polizeiwache, wo wir Xander geholfen hatten, noch hellwach.

Micah setzte sich in einen Sessel. »Weißt du, dieses Mal kann ich wirklich nicht sauer auf ihn sein. Wenn irgendjemand versuchen würde, Tessa wegzuziehen, würde ich den Typen vermutlich auch umbringen wollen.«

»Das verstehe ich«, stimmte ich zu, denn ich wusste, dass ich ganz genauso reagieren würde, wenn es um Kristin ginge. »Doch seit wann zeigt Xander überhaupt genügend Gefühle, um sich auf eine Prügelei mit einem Betrunkenen einzulassen?«

»Es wäre nicht das erste Mal«, sagte Micah grinsend. »Xander hat vielleicht das größte Herz von uns allen in der Familie, aber er war immer bereit zu kämpfen, wenn irgendetwas nicht richtig war. Erinnerst du dich noch daran, als er gerade erst auf die Highschool gekommen war und einen Schulhoftyrann grün und blau geprügelt hat? Er hat sehr lange nachsitzen müssen und war immer noch sauer, als Mom gekommen ist, um ihn abzuholen.«

Ich lachte, denn jetzt, da Micah es erwähnt hatte, erinnerte ich mich an den Vorfall. »Dad war tatsächlich stolz auf ihn. Er hatte Mühe, ein ernstes Gesicht zu bewahren, als er Xander darüber die Leviten las, dass man sich in der Schule nicht auf Schlägereien einlassen soll.« Mein Vater hatte nach diesem Ereignis mit Xander gesprochen, doch er hatte seinen Sohn niemals dafür bestraft, dass er sich gegen einen Raufbold zur Wehr gesetzt hatte.

»Er hat nie gezögert zu handeln, wenn er der Meinung war, dass etwas falsch läuft«, sagte Micah nachdenklich.

»Es hat ihn auch nicht davon abgehalten, nachdem er die Highschool verlassen hatte«, sagte ich. »Er mischte sich in körperliche Auseinandersetzungen zwischen seinen Bandmitgliedern oder den Roadies ein. Und ich habe ihn vollkommen verdroschen gesehen, als er versucht hat, einen Kerl davon abzuhalten, eine Frau zu schlagen. Er hat nie Angst gehabt, sich gegen etwas einzusetzen, das er für falsch hält.« Xander und ich waren zur gleichen Zeit in Kalifornien gewesen und auch wenn ich ihn wegen unserer Terminpläne nur selten gesehen hatte, wusste ich dennoch für gewöhnlich, wenn etwas passiert war.

»Das ist das erste Mal, dass er tatsächlich im Gefängnis gelandet ist«, bemerkte Micah. Ich grinste. »Und sein eigener Cousin hat ihn dorthin gebracht.«

»Ich glaube, Dante wollte nur, dass Xander sich wieder abregt. Er war ziemlich sauer.«

»Samantha tut ihm gut. Ich hoffe, sie bleibt bei ihm«, antwortete ich.

»Du glaubst, sie tut ihm gut, weil er einem Kerl den Arsch versohlt hat?«, fragte Micah verwirrt.

»Nein. Weil sie dazu in der Lage ist, unseren Bruder auf eine Art zu erreichen, die wir nicht beherrschen«, sagte ich. »Es ist nicht so, dass ich ihn hinter Gittern sehen will, aber auf eine gewisse Weise bin ich froh, dass es passiert ist. Xander macht sich Sorgen, Micah. Er hat angefangen, sich für Dinge zu interessieren, die sich außerhalb seines eigenen, persönlichen Gefängnisses befinden.«

Mein älterer Bruder nickte. »Er verändert sich. Ich habe es gemerkt, als wir neulich mit ihm zu Abend gegessen haben. Ich kann nicht fassen, dass er sich all die Jahre selbst die Schuld am Tod von Mom und Dad gegeben hat. Mein Gott! Warum haben wir das nur nicht gesehen?«

Ich zuckte mit den Schultern. »Er hatte nicht darüber sprechen wollen. Und unsere Köpfe haben nicht so funktioniert wie der von Xander. Ich habe mir nicht einmal vorstellen können, dass er so denken würde. Ich glaube, dass ich jetzt verstehen kann, was in ihm vorgegangen ist, doch es ist schlimm, dass er sich so lange abgeschottet hat, weil er dachte, er sei für diese Tat verantwortlich.«

»Ich will ihn einfach nur zurück, Julian«, sagte Micah heiser. »Es hat so viele Momente gegeben, in denen ich gedacht habe, dass er sich nie wieder erholen würde. Mir ist jedes Mal schlecht geworden, wenn seinetwegen wieder ein Anruf kam.«

»Ja ... nun ... du hättest etwas von dieser Last mit mir teilen können.« Ich war immer noch nicht vollständig über die Tatsache hinweg, dass Micah das Gefühl gehabt hatte, Xanders Probleme ganz alleine lösen zu müssen. Wir hatten darüber gesprochen, doch ich fühlte mich noch immer schlecht, dass ich so wenig darüber gewusst hatte, was mit meinem kleinen Bruder los war, wenn ich unterwegs beim Dreh war.

»Ich habe mich darum gekümmert«, sagte Micah barsch. »Und als ich dich gebraucht habe, hast du mich unterstützt.«

»Ich will nicht, dass einer von uns sich jemals wieder alleine irgendwelchen Problemen stellen muss.«

Micah nickte zustimmend. »Das werden wir nicht. Du hast die Situation mit Sam fast ganz alleine gemeistert, während ich mich um Tessas bevorstehende Operation gekümmert habe. Ich weiß das zu schätzen.«

»Mir war nicht bewusst, dass sie ihre Familie auf solch tragische Weise verloren hat. Kein Wunder, dass sich Xander mit ihr identifiziert. Sie hat niemanden mehr. Ich habe eine ausführliche Hintergrundprüfung durchgeführt, doch dieser Vorfall wurde nicht erwähnt. Ich habe aber auch nicht direkt nach schlimmen Dingen gesucht, die ihr kurz nach dem Verlassen der Highschool zugestoßen sind. Ich war mehr an ihrem Strafregister, ihrer beruflichen Laufbahn und ihrer Schulbildung interessiert.«

»Es scheint beinahe so, als sei sie dazu bestimmt gewesen hierherzukommen«, sagte Micah.

Ich grinste. »Als hätte Beatrice das Schicksal vorausgesagt?«

»Ich fange an, mich das zu fragen«, murmelte Micah. »Verdammt, wie hatte sie von Samantha wissen können und davon, dass sie auf dem Weg zu uns war?«

»Ich werde das nicht hinterfragen«, beeilte ich mich zu sagen. »Sie hat ihm offensichtlich geholfen.«

»Ich weiß, dass sie gesagt hat, sie sei nicht hier, um ihn zu behandeln, aber bist du dir sicher, dass du es nie angedeutet hast?«, fragte Micah neugierig.

»Sie hat versprochen, ihm eine Gefährtin und Vertraute zu sein, aber sie hat mir von Anfang an klargemacht, dass sie nichts anderes garantieren würde und er nie ihr Patient sein könnte. Sie besitzt keine Lizenz, um in Maine zu praktizieren, und nachdem ich Nachforschungen über das angestellt hatte, was passiert war, verstehe ich jetzt auch, warum sie tatsächlich hierhergekommen ist.«

Micah sah mich überrascht an. »Warum? Hast du etwas herausgefunden?«

Ich nickte. »Das Arschloch, das Mom und Dad umgebracht hat, war Samanthas Patient in New York. Er hat ihr nachgestellt. Er wusste, dass Samantha die Musik von Xander mochte und dass sie ein großer Fan war, also hat er sich aufgemacht, um ihn umzulegen. Der Tod von Mom und Dad war lediglich ein Kollateralschaden.«

»Ernsthaft? Das ist ja völlig krank«, entgegnete Micah wütend.

»Er war ein verdammter Mörder. Natürlich war er krank.« Ich hielt inne, bevor ich fortfuhr: »Ich habe alles erst heute Früh erfahren. Ich habe mich daran erinnert, dass es in New York eine Verbindung zu ihren Morden gibt, und wollte wissen, was genau passiert ist. Ich glaube, damals hat die Geschichte niemanden von uns interessiert, weil der Kerl tot war. Wir haben getrauert und immer noch gehofft, dass Xander seine schweren Verletzungen überleben würde. Nachdem Walls alle im Haus erschossen und Xander mit dem Messer so schlimm zugerichtet hatte, dass er hätte tot sein sollen, hat er Samantha angerufen. Sie war diejenige, die die Polizei verständigt und ihnen gesagt hat, sie sollen sich beeilen, den Mörder zu finden, und sich um Xander kümmern. Alle haben immer gedacht, Xander selbst hätte es noch geschafft, einen Anruf zu tätigen, doch das war nicht der Fall. Ich schätze, dass er bewusstlos war und sich an nicht sehr viel erinnern kann, weswegen wir alle angenommen haben, dass er oder vielleicht ein Nachbar die Polizei gerufen hat. In Wahrheit hat Sam Xander vermutlich das Leben gerettet.«

»Weiß Xander Bescheid?«, fragte Micah düster.

Ich nickte. »Samantha hat gesagt, dass sie ihm nach dem Abendessen, das sie beinahe dazu gebracht hätte abzureisen, alles erzählt hat. Ich habe mit ihr gesprochen, als sie angerufen hat, um mir zu sagen, dass Xander im Gefängnis sitzt.«

»Meine Güte! Wie überlebt eine Frau nur solch ein schweres Trauma? Zuerst wird ihre Familie ausgelöscht und dann stellt ihr ein Psycho nach und versucht, einen Mann umzubringen, den sie noch nie in ihrem Leben getroffen hat.«

»Ich glaube, sie hat Schuldgefühle gehabt. Das muss der eigentliche Grund gewesen sein, warum sie hierhergekommen ist«, vermutete ich. »Ihre Beteiligung, ganz egal wie nebensächlich sie gewesen sein mag, hat sie herkommen lassen, um Xander ausfindig zu machen.«

»Glaubst du, sie wusste, dass er in Schwierigkeiten steckt?«

»Ja. Ich bin mir sicher, dass sie es gewusst hat. Sie hat gesagt, sie hätte persönliche Gründe, hier zu sein. Nachdem ich die gesamte Geschichte gehört hatte, machte es plötzlich Sinn für mich. Wie es aussieht, hat sie Xanders Krankengeschichte verfolgt und wusste, dass es ihm nicht gut ging. Sam wollte nur helfen. Ich glaube nicht, dass sie in ihrer Funktion als Psychologin gekommen ist. Mir scheint, sie ist nur gekommen, um zu versuchen, sich mit ihm anzufreunden.«

»Es hat aber definitiv nicht geschadet, dass sie Psychologin ist«, murmelte Micah.

»Offensichtlich nicht«, stimmte ich zu. »Aber an dieser Sache ist noch mehr dran als nur ihr Wunsch, einem Mann bei seiner Genesung zu helfen. Sie haben beide Wunden, die heilen müssen. Vielleicht gelingt das nur, wenn sie zusammen sind. Vielleicht trägt Sam immer noch ihre eigene Schuld mit sich herum, genau wie Xander. Sie hat sich definitiv besser unter Kontrolle als Xander, aber sie ist auch immer noch ein Mensch. Es ist schwer, die Dinge von einem logischen Standpunkt aus zu betrachten, wenn du selbst involviert bist.«

»Wie können wir den beiden helfen?«, fragte Micah ernst.

»Darauf kann ich dir keine Antwort geben«, sagte ich traurig. »Wir müssen einfach nur da sein für den Fall, dass sie Unterstützung brauchen. Die beiden kommen schon gut zurecht. Trotz der Dinge, die Xander ihr an den Kopf geworfen hat, ist Samantha geblieben. Sie ist hart im Nehmen und kann offenbar Xanders Schauspielerei gut durchschauen. Er hat schreckliche Angst gehabt. Ich glaube, er hat sich in sie verliebt.«

»Ich hoffe sehr, dass sie das Gleiche für ihn empfindet, oder er wird ganz schön auf die Nase fallen«, sagte Micah besorgt.

»Ich glaube, das tut sie. Ich bezweifele stark, dass sie noch hier wäre, wenn er ihr nicht wirklich etwas bedeuten würde. Sich mit Xander auseinanderzusetzen ist nicht gerade ein Zuckerschlecken.«

»Ab und zu sehe ich Verhaltensweisen des Bruders, der er einmal war. Er ist ins Krankenhaus gekommen und hat Gebärdensprache gelernt, nur um Tessa aufzumuntern. Verdammt, meine Frau vergöttert ihn dafür!«

Ich nickte. »Kristin tut er auch leid. Ich weiß, wie sehr sie sich wünscht, dass er wieder zu alter Lebensfreude zurückfindet. Wahrscheinlich so sehr, wie wir alle uns das wünschen. Aber Sam hat mir einmal erzählt, dass er vermutlich nie wieder der Alte sein wird. Dass er herausfinden muss, wer er jetzt ist, nach dem Trauma.«

»Das ist wohl wahr«, stimmte Micah zu. »Ich glaube, unsere Seifenblase ist zerplatzt, als Mom und Dad gestorben sind. Ich habe begriffen, dass wir trotz unseres angenehmen Lebens immer noch mit unserem Teil von Unzufriedenheit und Trauer umgehen müssen.«

»Ruhm und Glück machen einen Menschen nicht zwangsläufig glücklich«, sagte ich. »Mein Glück kam in Form einer kurvigen Rothaarigen zu mir, die eines der größten Herzen besitzt, das ich jemals gesehen habe.«

Micah grinste. »Meins war eine zierliche, wunderbare ehemalige Olympiasiegerin im Eiskunstlaufen.«

Ich stand auf und dachte über Kristin nach. »Ich werde besser nach Hause gehen.« Ich hielt kurz inne, dann fragte ich Micah: »Findest du es nicht etwas ironisch, dass Xanders Glück eventuell von einer Psychologin kommen könnte?«

Mein älterer Bruder lachte, als er sich erhob, um mich zur Tür zu bringen. »In Anbetracht der Tatsache, wie sehr er alle Menschen hasst, die versuchen, seine Gedanken zu manipulieren ... ja, schon. Es ist ziemlich verrückt. Aber zwischen dem, von dem wir denken, dass wir es wollen, und dem, was wir wirklich brauchen, besteht ein großer Unterschied. Er braucht Sam. Er muss sie als das akzeptieren, was sie ist.«

Ich ging in Richtung Eingangstür. »Das wird er«, sagte ich selbstbewusst. »Um ehrlich zu sein, glaube ich, dass er das bereits getan hat. Wir wissen, dass er bereit ist, für sie ins Gefängnis zu gehen.«

Micah lachte leise. »Ich weiß ja nicht, wie du dich fühlst, aber mich lässt das hoffen.«

»Ich glaube, er wird wieder in Ordnung kommen, Micah«, sagte ich zu meinem älteren Bruder, als ich die Tür öffnete.

»Er hat mir gefehlt«, sagte Micah rau.

Ich nickte, denn ich verstand ganz genau, was er meinte. Xanders Weg war sehr lang und beängstigend gewesen. Wir beide wollten unseren kleinen Bruder zurück. »Mir auch.«

Er klopfte mir auf den Rücken, als ich das Haus verließ, und rief mir hinterher: »Pass auf dich auf!«

*F. A. Scott*

Mittlerweile hatte ich mich daran gewöhnt, dass Micah ein typischer besorgter älterer Bruder war. »Keine Sorge«, antwortete ich im Gehen.

Ich hielt zum Abschied eine Hand hoch, während ich schnellen Schrittes zu meinem Wagen ging. Ich hatte Micah abgeholt und hatte einen sehr kurzen Heimweg.

Jetzt wollte ich nur noch zu meiner warmen, kuscheligen Frau ins Bett kriechen. So wie ich Kristin kannte, würde sie noch wach sein und sich fragen, was passiert war.

Als ich mich in mein Auto setzte, verspürte ich einen Schmerz in der Brust und ich hoffte inständig, dass Xander sich eines Tages auf die gleichen Dinge freuen würde, wie Micah und ich es taten.

Ich wusste, dass mein kleiner Bruder bereit war und kurz davor stand, seinen eigenen Weg zu finden. Ich jedoch konnte nur für ihn da sein, wenn er mich brauchte, und hoffen, dass Sam für eine lange Zeit an seiner Seite bleiben würde.

Ich erinnerte mich an den gequälten Ausdruck auf Xanders Gesicht, als er Samantha zu seinem Wagen getragen hatte, und sah der Tatsache optimistisch entgegen, dass mein kleiner Bruder endlich Dinge außerhalb von sich selbst betrachtete.

Er war dazu fähig, sich um jemanden zu sorgen, und er sah verdammt noch mal so aus, als würde er lernen zu lieben.

## Kapitel 23

**SAMANTHA**

»Halt den Kopf still!«, sagte ich. »Du brauchst das Eis auf dem Auge.«

Während er etwas Unverständliches brummte, griff Xander nach dem Eisbeutel, den ich für ihn geholt hatte, und drückte ihn sich auf sein Auge.

Sein hübsches Gesicht sah furchtbar aus und sein linkes Auge war dort, wo er einen heftigen Schlag eingesteckt hatte, blau und angeschwollen.

Ich setzte mich neben ihn auf das Sofa, um sicherzugehen, dass er sich den Eisbeutel auch wirklich auf die Verletzung legte. Ich hatte mich erschrocken, als ich bemerkt hatte, dass ich während des gesamten Weges zurück zu Xanders Haus geschlafen hatte und erst aufgewacht war, als er mich bei der Ankunft zu Hause aus dem Beifahrersitz seines Wagens gehoben hatte. Meine Müdigkeit war sofort wie weggeblasen gewesen, als ich sah, dass Xander wieder an meiner Seite war und dass er sich bei der Rangelei mit meinem nervigen, betrunkenen Angreifer verletzt hatte. »Was hast du dir nur dabei gedacht, Xander?«, fragte ich seufzend.

Er zuckte mit den Schultern. »Ich habe gedacht, dass dieses Arschloch dir wehtut und sterben muss. Ich habe versucht, dich zu beschützen.«

Mein Herz setzte kurz aus. Seit langer Zeit hatte es niemanden gegeben, der mich beschützt oder auf mich aufgepasst hatte. Auch wenn sein Versuch fehlgeschlagen war, war ich dennoch sehr gerührt, ihm so viel zu bedeuten, dass er versucht hatte, mich vor einem Menschen zu beschützen, den er als gefährlich angesehen hatte. Ich streckte mich und küsste ihn auf die Wange. »Danke. Es ist schon eine ganze Weile her, seit mich das letzte Mal jemand beschützen wollte.«

»Irgendjemand muss es tun. Ich habe beschlossen, dass ich es sein werde«, sagte er. »Ich werde *immer* dieser Mensch sein, Sam. Es gibt nichts, das mich dazu bringen könnte, rational zu denken, wenn dir jemand wehtut.«

»Versprich mir nur, dass du nichts tun wirst, das dich wieder ins Gefängnis bringt. Ich habe mir Sorgen gemacht.«

Xander hatte sich wie ein Besessener verhalten, als er meinen Angreifer unter sich begraben und ihm ins Gesicht geschlagen hatte, bis dieser bewusstlos war. Ich hatte ihn nicht aufhalten können. *Niemand* hatte es geschafft, bis sein Cousin gekommen war und Xander mit all seiner Kraft von dem betrunkenen Mann heruntergezogen hatte, nachdem dieser versucht hatte, mich zu seinem Auto zu zerren.

Ich war mir ziemlich sicher gewesen, dass der Kerl irgendwann vernünftig geworden wäre. Wenn ich mich hätte umdrehen können, hätte er vermutlich sehen können, dass ich nicht seine Freundin war, und er hätte mich losgelassen. Doch auf der anderen Seite konnte ich das nicht wissen. Nachdem mir mitgeteilt worden war, dass er bei der Menge an Alkohol im Blut eigentlich hätte bewusstlos sein sollen, war ich froh, dass Xander eingeschritten war. So betrunken wie er gewesen war, hätte er vielleicht doch nicht aufgehört, um nachzudenken.

Dennoch war ich *nicht* glücklich darüber, dass Xander sich verletzt hatte und wegen seiner Hilfsbereitschaft hinter Gittern gelandet war.

Was er getan hatte war definitiv übertrieben gewesen. Ein Schlag und der widerwärtige Collegestudent wäre bereits zu Boden gegangen.

»Das kann ich dir nicht versprechen«, knurrte Xander. »Ich habe dir geschworen, dass ich dich nicht mehr anlügen werde. Wenn jemand versucht, dir etwas anzutun, werde ich ihn mir vorknöpfen, bevor er überhaupt die Chance hat, dir auch nur ein Haar zu krümmen.«

Seine Stimme war wütend und eindringlich, doch sie machte mir keine Angst. Ich hatte schon vor langer Zeit erkannt, dass Xander mir niemals körperlich wehtun würde. Ja, er hatte aus Wut einige Dinge gesagt, die er besser nicht hätte sagen sollen. Doch ich glaubte ihm, als er mir gestanden hatte, dass er Angst davor hatte, verarscht und verletzt zu werden.

Ich gab es auf und atmete sehr lange und sehr tief aus. »Okay. Versprich mir, dass du es versuchst. Genau wie du will auch ich nicht sehen, dass du Schmerzen erleidest.«

»Ich werde es überleben«, antwortete er stur.

»Xander«, sagte ich mit drohender Stimme.

»Schon gut. Für dich werde ich es versuchen.« Er klang nicht unbedingt so, als würde er es ernst meinen.

Ich verkniff mir ein Lächeln, als ich erkannte, wie weit er gehen würde, um dafür Sorge zu tragen, dass mir nichts passierte. Ich empfand ein verschrobenes Gefühl von Sicherheit, zu wissen, dass er mein Retter in der Not sein würde, wenn ich jemals einen brauchte. Gut, vielleicht war er etwas barsch und grob, doch ich liebte ihn immer noch dafür, dass er versucht hatte, mich zu verteidigen.

»Danke, dass du es versucht hast.«

»Ich habe deinen Geburtstag versaut«, sagte er voller Reue.

»Nein, das hast du nicht.« Reflexartig griff ich nach dem Tränenanhänger um meinen Hals und hielt ihn fest, während ich mich daran erinnerte, wie gerührt ich gewesen war, als er mir erklärt hatte, warum er ihn mir gegeben hatte. Es war eins der süßesten Dinge, die jemals irgendjemand für mich getan hatte. »Ich liebe mein Geschenk, mein Abendessen war großartig und ich habe immer noch Kuchen im Kühlschrank.«

Er drehte seinen Kopf und grinste. »Können wir den Teil des Abends dann einfach vergessen, in dem ich einen Typen zusammengeschlagen habe, der versucht hat, dir wehzutun, und danach hinter Gitter gewandert bin?«

»Ich sehe keinen Grund, warum wir das nicht könnten«, stimmte ich zu und versuchte, die Stimmung etwas aufzuheitern.

»Ich war sauer, Sam. Ich habe gesehen, wie er versucht hat, dir die Luft abzudrücken und dich wegzuziehen. Da ist mir die Sicherung durchgebrannt.«

Ich blickte in seine dunklen Augen und mein Herz schmolz dahin. Irgendetwas in ihm hatte definitiv ausgesetzt. »War es aufgestauter Ärger?«, fragte ich.

»Nein. Es war Wut, die ich empfunden habe, als ich gesehen habe, dass jemand versucht, dir wehzutun. Dieser Ärger war nicht fehl am Platz. Ich weiß ganz genau, woher er kommt. Ich fühle mich, als müsste ich dich beschützen, weil du bereits genügend Leid und Schmerz in deinem Leben erfahren hast. Ich will dich nie mehr traurig oder verletzt sehen, ganz egal aus welchem Grund.«

Der Stich in meiner Brust wurde stärker. »Schmerzen sind Teil des Lebens, Xander.«

»Das interessiert mich nicht. Du hast davon *genug* in deinem Leben gehabt. Es wird Zeit, dass du für immer glücklich bist.«

»Ich bin glücklich«, versicherte ich ihm und streckte meine Hand aus, um vorsichtig die unverletzte Seite seines Gesichts zu berühren.

»Wie kannst du überhaupt glücklich sein? Jetzt hängst du mit mir fest und ich bin vermutlich einer der schlechtgelauntesten Menschen auf der ganzen Welt.«

Ich hasste es, diese Worte zu hören. Xander bedeutete mir alles, auch wenn er sich dessen nicht bewusst war. Er hatte mir Frieden gebracht und der Mann, den ich anfing kennenzulernen, war alles andere als jämmerlich. »Nein, das bist du nicht«, antwortete ich nachdrücklich und setzte mich vorsichtig rittlings auf ihn.

»Woher willst du das wissen?«, fragte er, als er den Eisbeutel von seinem Gesicht nahm und ihn aufs Sofa legte.

Seine Arme schlangen sich fest um meine Taille und ich legte meine Hände auf seine Schultern.

Ich strich ihm eine Haarsträhne aus der Stirn. »Xander, du bist stärker, als du denkst.«

Seine Hände wanderten zu meinem Hintern und drückten ihn. »In diesem Augenblick fühle ich mich überhaupt nicht stark, Samantha. Und wenn du nicht von mir heruntergehst, wirst du herausfinden, wie wenig Willensstärke ich wirklich besitze.«

Es war eine Warnung, doch ich ignorierte sie. »Dann würde ich genau das bekommen, was ich brauche. Ich würde dich bekommen«, sagte ich atemlos. »Ich brauche dich, Xander.«

»Baby, letzte Warnung«, sagte er mit gequälter Stimme.

Ich beobachtete, wie seine Augen dunkler und lüsterner wurden, während er mich mit seinem heißblütigen, räuberischen Blick durchbohrte. Mein Körper antwortete darauf, indem meine Brustwarzen hart wurden und meine unausgefüllte Muschi sich mit dem Bedürfnis zusammenzog, von ihm befriedigt zu werden.

Anstatt ihm zu antworten, richtete ich mich auf meinen Knien auf, ergriff den Saum meines Sommerkleides und zog es mir über den Kopf. Ich warf es achtlos auf den Boden, meine Augen immerzu nur auf Xander gerichtet.

»Ich brauche deine Warnungen nicht«, teilte ich ihm mit. »Ich will dich genauso sehr, wie du mich willst.«

Seine Hände fuhren durch mein Haar und krallten sich darin fest. »Wenn es jetzt passiert, Samantha, werde ich dich nie wieder gehen lassen. Ich könnte es nicht ertragen zu sehen, wie du mich verlässt«, brummte er.

Unsere intensive Verbindung brodelte in mir. »Ich werde dich auch nicht gehen lassen, Xander. Nie mehr. Du würdest mich körperlich wegstoßen müssen.«

Er stand abrupt auf und ich hatte Mühe, mich auf den Beinen zu halten, als er mit tiefer Stimme knurrte: »Das wird auf keinen Fall passieren, Baby. Ich brauche dich schon viel zu lange.«

Er entledigte sich hektisch seines T-Shirts und seiner Jeans, ganz so, als könnte er es nicht abwarten, endlich nackt zu sein. Beide von uns waren wie in einem Rausch und ich versuchte, ihm behilflich zu sein, doch am Ende behinderte ich ihn mehr, als ihm zu helfen.

Mein Atem ging schnell, als ich mich von meinem Slip befreite, dem einzigen Kleidungsstück, das ich noch am Leib trug.

»Oh Gott, Sam! Du bist so unglaublich schön«, murmelte er und fasste mich um meine Taille, als er vollkommen nackt war. Seine Arme schlangen sich um mich und er hielt uns Haut an Haut aneinandergepresst.

Ich genoss diese Verbindung und schlang meinerseits meine Arme um seinen Hals, um mich noch fester an ihn zu drücken. Er fühlte sich warm und lebendig an und jedes Nervenende in meinem Körper zuckte, als ich bei der Empfindung dieser intensiven Emotionen, die versuchten, meiner Seele zu entkommen, meine Augen schloss.

Hier wollte ich sein.

So brauchte ich Xander.

So liebte ich ihn.

Ich streichelte mit meinen Händen über seinen Rücken und erkundete jeden Zentimeter seiner nackten Haut unter meinen Fingerspitzen. »Xander«, seufzte ich hilflos.

»Ich weiß, Süße. Ich fühle es. Aber ich habe keine Angst mehr davor.« Er legte seinen Kopf an meine Schläfe. »Du bist das Beste, das mir jemals passiert ist, und ich werde dir das nicht *nicht* sagen. Ich werde mir nicht vormachen, dass ich *das hier* und *dich* nicht mehr als irgendetwas anderes in meinem Leben brauche.«

Ich nahm sein Gesicht in meine Hände, lehnte mich zurück und sah in seine erschreckend durchdringenden Augen. »Dann fick mich so, wie du es brauchst, Xander. Keine Zurückhaltung mehr.«

Anstatt zu antworten, beugte er sich zu mir herunter und fing meinen Mund mit seinem ein. Die Umarmung war so besitzergreifend, dass meine Muschi von Hitze durchflutet wurde. Ich krallte mich in seinem Haar fest und es interessierte mich nicht, ob ich die Kontrolle verloren hatte. Ich brauchte mehr und meine Zunge umschlang seine, als wir uns der ungehemmten Lust hingaben, die wir schon viel zu lange unterdrückt hatten.

Ich wimmerte an seinem Mund, während seine Hand an meinem Körper herunterglitt und an meiner bedürftigen Muschi haltmachte. Seine Finger tauchten in die feuchte Wärme, die dort auf ihn wartete.

»Oh Gott, Sam!«, sagte er rau, als er seinen Mund von meinem löste. »Du bist so verdammt scharf.«

Ich schubste ihn leicht und er fiel auf das Sofa. »Deinetwegen, Xander. Weil ich dich brauche.«

Ich kniete mich zwischen seine enormen Oberschenkel, meine Handflächen strichen von seinen Schultern über seinen glatten Oberkörper. Als ich endlich an seinem aufgerichteten Schwanz ankam, umschloss ich ihn gierig mit meiner Hand.

»Sam«, stöhnte Xander.

»Bitte sag nicht Nein. Bitte.« Ich wollte ihn schmecken. Ich brauchte es.

Er ergriff mein Haar. »Scheiße!«, fluchte er laut.

Bevor er widersprechen konnte, senkte ich meinen Kopf und leckte den Lusttropfen von seiner Penisspitze, um Xanders Geschmack zu kosten. Dann ließ ich mich auf ihn herab und nahm so viel wie möglich von seinem riesigen Schaft in meinen Mund auf. Ich liebte das bedürftige Geräusch seines rasselnden Atems und wie sein Griff in meinem Haar fester wurde. Ich neckte ihn, saugte, als ich seinen Schwanz aus meinem Mund herausgleiten ließ, und leckte dann über die empfindliche Spitze.

Ich senkte mich erneut hinab, doch dieses Mal wurden meine Bewegungen rhythmischer, während ich seinem Atem lauschte. Ich ließ mich von ihm führen, um das Tempo einzuhalten, das für ihn am besten wäre.

Einen Mann oral zu befriedigen gehörte nicht unbedingt zu meinen großen Talenten, doch es schien Xander nichts auszumachen, denn er stöhnte und führte meinen Mund so, dass ich seinen Schwanz hart und schnell lutschte. Ich schloss meine Augen, als meine Muschi heißer und feuchter wurde, denn die Art und Weise, wie er auf mich reagierte, erregte mich unheimlich. Seine Wildheit erweckte etwas in mir und ich konnte nicht widerstehen, mich selbst zu berühren, während ich härter und schneller an Xanders Schwanz saugte.

Ihm entfuhr ein animalischer Laut, als ich meine Hand um seine Schwanzwurzel schloss und sie im Rhythmus meines Mundes bewegte, während ich in meiner ganz eigenen Lust versunken war.

Mein Stöhnen vibrierte an ihm, als ich über meine pulsierende Klitoris streichelte, weil ich die Stimulation meiner Knospe so verzweifelt herbeisehnte.

»Verdammt! Sam! Ich explodiere gleich!«, sagte Xander, während sein Atem schneller wurde und sein Körper sich anspannte.

Das war genau das, was ich wollte. Ich vergaß meine eigene Lust und umschloss sanft seine Hoden, wobei ich an seinem langen Schaft auf und ab streichelte.

»Oh mein Gott!«, rief er verzweifelt und seine Hände rissen an meinem Haar.

Sein Höhepunkt war brutal und mein Körper reagierte. Meine Klitoris pulsierte und meine Muschi zog sich zusammen, als sein warmer Samen in meinen Mund floss und ich ihn gierig herunterschluckte. Ich wurde auch nicht langsamer, als sein Körper vor Ekstase zuckte.

Ich fiel auf den Hintern und leckte weiter über seinen langen Schaft und dann über die empfindliche Spitze, bis er meine Hände nahm und mich zu sich hinaufzog, damit ich mich rittlings auf seinen Schoß setzte.

»Du hast mich fast umgebracht«, knurrte er an meinem Ohr, als mein Kopf auf seine Schulter fiel.

»Beschwerst du dich?«, neckte ich ihn und fuhr mit meinen Fingern durch sein feuchtes Haar. »Ich habe nicht sehr viel Erfahrung mit Oralsex.«

»Nein!«, widersprach er. »Ich wäre glücklich, wenn ich so sterben könnte. Ich habe nichts auszusetzen.«

Ich lächelte an seiner Haut und war zufrieden, mit ihm zusammen zu sein, während er wieder zu Atem kam. Ich hatte mich immer gefragt, was zur Hölle aufregend daran sein könnte, einem Mann einen zu blasen. Jetzt wusste ich es. Da war eine bestimmte Verbindung, das Teilen von Lust, wenn es der *richtige* Mann war. Und Xander *war* dieser Mann für mich. Ich hatte jede Zuckung seines

Orgasmus gespürt und es war eins der schärfsten Dinge gewesen, die ich jemals erlebt hatte.

Ich hob meinen Kopf und sah ihm ins Gesicht. »Tut das weh?« Vorsichtig berührte ich die Schwellung unter seinem Auge.

Er schüttelte den Kopf. »Nach dem, was gerade passiert ist, tut gar nichts weh«, antwortete er heiser.

Xander wurde immer noch von einer Dunkelheit umgeben, die mich anzog. Sie war nicht unheimlich oder bösartig. Es war ein leerer Ort in uns beiden, ein Ort, der von den schlimmen Dingen, die in unserem Leben passiert waren, erschaffen worden war. Diese düstere Umgebung erhellte sich nur, wenn wir beide zusammen waren.

Ich nahm meine Hand von seinem verletzten Gesicht, denn ich hatte Angst, ihm wehzutun. Instinktiv wanderten meine Finger zu dem Tränenanhänger um meinen Hals. »Vielen Dank hierfür«, flüsterte ich.

»Die Kette steht dir gut, wenn du keine Kleidung trägst«, sagte er grinsend.

Sein Ausdruck veränderte sich mit einem Mal und wurde sündig, und er begrub mich so schnell unter sich auf dem Sofa, dass ich nur kreischen konnte.

»Jetzt bin ich dran«, forderte er mit heiserer Stimme.

Ich sah zu ihm auf und schmolz dahin.

## Kapitel 24

**SAMANTHA**

Mein Körper spannte sich vor Aufregung an, als Xanders Blick entschlossen und stur über mein Gesicht wanderte. »Womit bist du jetzt dran?«, fragte ich atemlos und zerrte an meinen Handgelenken, die er über meinem Kopf festhielt.

»Jetzt bin ich dran, dir einen so intensiven Orgasmus zu bescheren, dass du danach nicht mehr weißt, wie du heißt«, sagte er.

Er hatte erwähnt, dass er gern dominant war, und mein Körper reagierte auf seinen befehlshaberischen Ton. »Du willst der Boss sein?«, fragte ich scherzhaft.

»Baby, ich *bin* der Boss«, antwortete er arrogant. »Du gehst nirgendwohin.«

Eine Hitzewelle durchfuhr meinen Körper und seine fordernde Stimme entzündete eine Flamme in mir, die im Begriff war, zu einer reißenden Feuersbrunst zu werden.

Xander wollte dominant sein und war dies vermutlich bereits vor seiner Verletzung gewesen. Ich war eine unabhängige Frau, doch ich hatte kein Problem, dieses Spiel mit ihm zu spielen. »Was, wenn ich weglaufen will?«

»Dann würde ich immer noch dafür sorgen, dass du kommst. In der Sekunde, in der du deine Kleidung ausgezogen hast, hast du jegliche Chance auf ein Entkommen verwirkt«, entgegnete er rau.

»Dann sag mir, was du willst«, schnurrte ich.

»Dich«, sagte er bestimmt. »Erregt, mir vollständig ausgeliefert und meinen Namen schreiend.«

Bei dem Bild, das mir durch den Kopf schoss, erschauderte ich.

Xander rollte sich auf den Boden und ging sicher, dass ich auf ihm landete, um meinen Fall abzufedern, bevor er mich neben seinem harten Körper einschloss. Er richtete sich auf Knien auf, nahm sich sein T-Shirt und zerrte so stark an einem Ende, dass es bis zum Saum aufriss. Dann zerrte er noch einmal, wobei sich sein Bizeps anspannte, als der Baumwollstoff wieder nachgab.

Er warf die Reste von sich und hielt den Streifen Stoff in die Höhe, den er von dem T-Shirt abgerissen hatte. »Bist du bereit?«, fragte er mit ernstem Gesicht.

Ich nickte, denn ich wusste ganz genau, was er vorhatte. »Ja. Bitte.«

Aus irgendeinem Grund verlangte ich in diesem Augenblick nach seiner Dominanz und freute mich auf den Baumwollstreifen, den Xander nutzte, um erst meine Hände zusammenzubinden und ihn dann am Bein des schweren Sofas zu befestigen.

»Du gehörst mir«, knurrte er, während er auf mich herabsah. Seine Augen streichelten über meinen gesamten Körper, bevor sie auf meinem Gesicht haltmachten.

Ich entspannte mich, denn ich wusste, dass ich nichts anderes zu tun hatte, als zuzulassen, dass er mich befriedigte. Ich spürte eine Freiheit in mir, die ich nicht erklären konnte. Ich wollte einfach nur, dass er mich berührte.

»Bitte Xander«, wimmerte ich, denn ich wollte von ihm befriedigt werden.

Er beugte sich zu mir herunter und küsste mich zärtlich, bevor er sagte: »Ich werde mich um dich kümmern, Süße. Das verspreche ich dir.«

Sein warmer Atem berührte meinen Hals und mein Ohrläppchen, und ich wurde neben ihm nervös. Als ich endlich seine Lippen auf meinem Hals spürte, die meine Haut sanft leckten und ihren Weg zu meinen Brüsten fanden, stöhnte ich auf. »Ja«, keuchte ich, als sein Mund meine Brustwarze umschloss und seine Finger mit meiner anderen Brust spielten.

Er zwickte und leckte. Kniff und besänftigte. Er neckte mich so lange, bis ich das Gefühl hatte, den Verstand zu verlieren.

Seine Bewegungen waren ganz langsam, als hätte er keine Eile.

»Xander«, sagte ich mit flehender Stimme.

»Bleib ruhig, Sam. Ich bringe dich schon noch zum Höhepunkt«, versprach er heiser.

»Beeil dich«, bettelte ich.

Ich verspannte, als sein Mund meinen Bauch hinunter wanderte. Seine Zunge hinterließ eine Feuerschneise überall dort, wo er mich küsste. Ich zerrte an meinen Fesseln, denn meine Lust war so stark, dass meine Klitoris unangenehm pulsierte.

Ich versuchte, mich zu befreien, und wurde so frustriert, dass ich anfing zu keuchen. Dann schob er ganz plötzlich seine Zunge in meine Muschi und leckte über meine Knospe, die so verzweifelt um Aufmerksamkeit gefleht hatte.

»Ja!«, schrie ich und mein Körper drohte zu zerspringen, als Xander seine Hände unter meinen Hintern schob und meine Muschi an seinen Mund zog.

Er war nicht zärtlich und langsam. Ich merkte, dass das Spiel vorbei und es ihm todernst war, mich zur Explosion zu bringen.

Xander verschlang mich wie ein Mann, dem der Sex bis zur Verzweiflung entzogen worden war, und ich schrie auf, als er sich an der Hitze meiner Lust satt aß.

Mein Körper stand nun in weißglühenden Flammen, während seine Zunge meiner Klitoris den Druck und die Hitze gab, die sie benötigte.

»Oh Gott! Xander!«, rief ich aus und zog mit bebenden Händen an meinen Fesseln. Ich erlebte ein so erotisches Gefühl, dass mein Orgasmus wie ein Blitz in mich einschlug und meinen Körper zum Erbeben brachte.

Ich wollte ihn berühren.

Ich wollte seinen Kopf an meine Muschi pressen, während ich kam.

Doch ich konnte nur hilflos meinen Höhepunkt erleben, einen Höhepunkt, den Xander mir beschert hatte und den ich so noch niemals zuvor erlebt hatte.

Meine Fesseln waren das Einzige, das mich am Boden hielt, während mein Körper sich vor Lust wand.

Ich beruhigte mich langsam und rang nach Atem, während ich vor der Kraft meines Orgasmus beinahe Angst bekam.

Xander war bei mir und befreite meine Hände. Dann nahm er mich in seine Arme und saß mit mir auf dem Schoß gekuschelt auf dem Sofa. Während ich versuchte, wieder zu Atem zu kommen, streichelte er zärtlich über mein Haar und strich es mir aus dem Gesicht. »Bist du okay, Samantha?«, fragte er vorsichtig.

Ich nickte und schlang meine Arme um seinen Hals. Ich legte meinen Kopf auf seine Brust und war überrascht, dass sein Herz genauso raste wie meins.

Ich habe keine Ahnung, wie lange wir so dasaßen und ich Xanders Herzschlag lauschte, der gemeinsam mit meinem langsamer wurde, während er sich in meiner Seele einnistete.

Niemals zuvor war ich mit einem Mann intimer gewesen und er hatte mich nicht einmal gefickt.

»Bist du bereit, ins Bett zu gehen?«, fragte Xander schließlich.

»Gleich«, antwortete ich, denn ich wollte ihn noch nicht gehen lassen.

Ich rührte mich und meine Gliedmaßen waren taub, als ich mich rittlings auf ihn setzte.

»Das könnte gefährlich werden, Sam. Ich bin so scharf darauf, in dir zu sein, dass ich kaum atmen kann«, warnte er mich mit tiefer Stimme.

»Das will ich auch«, gestand ich.

»Reite mich«, ermutigte er mich.

»Ich dachte, du magst es, die Kontrolle zu haben«, neckte ich ihn.

»Das ist mir vollkommen egal, so lange ich nur endlich in dich eindringen kann«, antwortete er. »Jetzt will ich nur, dass du mich bis zur Besinnungslosigkeit reitest, während ich dir dabei zusehe, wie du noch einmal kommst.«

Oh Gott, wie sehr ich diesen Mann liebte! Er hatte kein Problem damit, genau zu sagen, was in seinem Kopf vor sich ging.

»Was ist mit dir?«, scherzte ich.

»Oh, ich werde zweifellos kommen. Ich brauche dich nur zu sehen oder deine Stimme zu hören und schon bin ich steinhart.«

Ich küsste ihn zärtlich, ließ meine Hand nach unten gleiten und ergriff seinen steifen Schwanz, den ich an meiner feuchten Muschi positionierte. Ich ließ mich auf ihn herab und verkniff mir ein Stöhnen, weil es sich so unheimlich gut anfühlte, uns endlich verbunden zu wissen.

Xander war groß gebaut und er füllte mich vollständig aus, doch meine Muschi weitete sich, um ihn ganz in sich aufzunehmen. »Oh Gott. Xander. Du fühlst dich so gut an.«

Er schlang die Arme um mich und ließ seine Hände langsam zu meinen Hüften wandern. Während er sich nach vorne beugte, nahm er eine meiner Brustwarzen in den Mund und saugte langsam, aber hart daran. Ich stöhnte, als er sie leicht mit den Zähnen zwickte und ich erneut seinen Schaft hinunter glitt. Dieses doppelte Empfinden ließ meinen Körper vor Hitze knistern.

Xander führte meine Bewegungen mit seinen Händen an meiner Hüfte und beschleunigte das Tempo, als unser Atem schwer wurde und unser Keuchen sich in Stöhnen verwandelte.

Er ließ nicht nach. Sein Mund leckte meine Brüste, seine Hände waren fest an meiner Hüfte und sein kraftvoller Körper erhob sich mit jeder meiner Bewegungen.

Plötzlich veränderte er die Position und ich spürte die Reibung an der empfindlichen Knospe zwischen den Schamlippen meiner Muschi. »Xander!«, rief ich atemlos.

»Noch nicht«, antwortete er mit zitternder Stimme.

Ich spürte, wie mein Höhepunkt näher kam. »Ich halte das nicht länger aus.«

Eine seiner Hände verließ meine Hüfte und krallte sich sanft in mein Haar, um meinen Kopf zurückzuziehen.

Ich war wie von Sinnen und bewegte mich auf seinem Schwanz auf und ab.

Ich konnte nicht denken.

Ich konnte nicht aufhören.

Ich konnte nur meinem Orgasmus freien Lauf lassen, während Xander mir ins Gesicht sah. »Mach nicht die Augen zu«, sagte er. »Sieh mich an, Samantha.«

Ich stützte meine Hände auf seinen Schultern auf und sah genau in dem Moment zu ihm hinunter, in dem der Höhepunkt über mich hereinbrach. Unsere Blicke verankerten sich und ich stöhnte Xanders Namen, während ich spürte, wie der Druck aus meinem Bauch entwich und ich so heftig kam, dass es beinahe schon schmerzhaft war.

Ich beobachtete den intensiven Ausdruck auf Xanders Gesicht und war fasziniert, als er seinen Kopf auf dem Sofa zurücklehnte und unseren Blickkontakt damit unterbrach. »Oh Gott! Samantha!«

Meine Muschi zog sich zusammen und half Xander dabei, sich in mir zu ergießen.

Schließlich ließ ich mich erschöpft und schlaff wie ein nasses Geschirrtuch auf ihn sinken. Als ich endlich wieder sprechen konnte, kamen die Worte nur stoßweise heraus. »Ich glaube, ich erdrücke dich.«

Er umarmte mich fester. »Beweg dich noch nicht.«

*Ich liebe dich. Ich liebe dich. Ich liebe dich.*

Ich wollte diese Worte so gern sagen, sie aus ihrem Versteck tief in meiner Seele in die Freiheit entlassen. Doch ich war mir nicht sicher, ob Xander bereit war, sie zu hören, oder ob er mir das Gleiche antworten konnte.

»Irgendwann müssen wir uns bewegen«, sagte ich amüsiert.

»Verlass mich nicht, Samantha«, bat er aufrichtig.

Die Verletzlichkeit in seiner Stimme berührte mich. »Ich habe nicht vor, irgendwohin zu gehen, Xander, außer ins Bett.«

»Schläfst du bei mir?«, fragte er.

»Es gibt keinen Ort, an dem ich lieber wäre.«

Ich schenkte ihm ein verschlafenes Lächeln und er grinste mich an. Dann nahm er mich auf seine Arme und trug mich zu seinem Bett.

## Kapitel 25

**SAMANTHA**

Einige Wochen später lief ich lächelnd die Main Street hinunter, als ich sah, wie Xander in meine Richtung schlenderte.

Er trug wie üblich ein dunkles T-Shirt und schwarze Jeans und seine wunderschönen Augen waren hinter einer dunklen Sonnenbrille versteckt, während er die Straße mit sexy, kraftvollen Schritten entlangging, die mein Herz sofort leichter werden ließen. Nach und nach wurde er immer selbstbewusster in seiner Haut und er schien keine Angst mehr zu haben, sich in der Öffentlichkeit zu zeigen.

Ich bemerkte ab und zu noch Reaktionen auf laute Geräusche und Menschenmengen, die von seiner posttraumatischen Belastungsstörung herrührten, aber er wurde besser darin, diese Dinge zu ignorieren, während er sich durch seine Spaziergänge wieder an die Welt außerhalb seines Hauses gewöhnte.

Ich hatte einige Einkäufe getätigt und Xander war zu seinem morgendlichen Termin mit einem Therapeuten gegangen. Es war nicht einfach gewesen, ihn davon zu überzeugen, wieder mit der

Therapie anzufangen, doch wenn es ihm weiterhin besser gehen sollte, dann musste er es tun.

Er hatte solche großen Fortschritte gemacht und mir versprochen, sich dem Therapeuten auch wirklich zu öffnen, den ich für ihn gefunden hatte. Selbstverständlich hatte er in seiner ihm ganz eigenen Art und Weise die Tatsache hinterfragt, warum er zur Therapie gehen muss, wenn ich als Psychologin bereits mit ihm zusammenlebte. Ich hatte ihm erklärt, dass es nicht so einfach sei. Ich hatte ihn niemals als meinen Patienten gewollt und ihm gesagt, dass dies vergleichbar damit wäre, wenn ein Herzchirurg eine Bypassoperation an einem seiner Familienmitglieder vornehmen müsste.

*Es funktionierte nicht.*
*Ich war zu sehr involviert.*
*Ich besaß keine Lizenz für Maine.*
*Und ich war in ihn verliebt.*

Ich hatte von Anfang an nicht genügend Distanz zu der ganzen Situation bewahrt. Da der Mörder seiner Eltern mein Patient gewesen war und ich Schwierigkeiten gehabt hatte, mit meinen eigenen Schuldgefühlen umzugehen, war ich niemals dazu in der Lage gewesen, mehr als nur eine Freundin für Xander zu sein.

Nun ... jetzt war ich wohl so etwas wie eine Freundin *mit Vorzügen*.

Nicht dass ich mich beschwerte und ich wollte ihn auch auf gar keinen Fall dazu drängen, mir mehr zu geben, als er zu geben bereit war. Er hatte genügend eigene Probleme und ich hatte ein Buch, das ich zu Ende schreiben musste.

Glücklicherweise hatte der ungeschützte Sex zwischen Xander und mir an meinem Geburtstag keine Konsequenzen nach sich gezogen. Ich war am nächsten Tag sofort zu einem Arzt gegangen, um mir die Dreimonatsspritze geben zu lassen. Danach war ich sehr erleichtert gewesen, als meine Periode beinahe sofort eingesetzt hatte.

Eine ungewollte Schwangerschaft was das Letzte, was irgendeiner von uns im Moment gebrauchen konnte. Wir hatten darüber gesprochen und waren uns einig gewesen, dass keiner von uns andere Sexualpartner haben würde, während wir zusammen waren. Danach haben wir aufgepasst, doch jetzt, da die Spitze wirkte, hatten wir an so gut wie jedem Ort und in jeder Möglichen Position Sex. Er war unersättlich, doch auch darüber beklagte ich mich nicht, denn jedes Mal, wenn ich ihn sah, wollte ich ihm die Kleider vom Leid reißen.

Mein Herz begann zu stottern, als er mich in der Menge erblickte, und sein Grinsen, das er aufsetzte, als er auf mich zukam, ließ mich meinen Schritt beschleunigen.

»Wie ist es gelaufen?«, fragte ich neugierig, als er mich in seine Arme zog, um mich zu küssen.

Ich erhielt zunächst keine Antwort, denn er ließ mich nach einer kurzen, aber leidenschaftlichen Umarmung atemlos zurück.

Endlich gab er meinen Mund wieder frei. Die Menschen um uns herum störten ihn kein bisschen. Er schlang einen Arm um meine Taille und ging mit mir langsam die Straße hinunter.

Xander zuckte mit den Schultern. »Ich denke, es war ganz gut. Ich kann nicht gerade sagen, dass es mir besonders viel Spaß macht, mit einem Typen in einem Büro zu sitzen und ihm mein Herz auszuschütten.«

»Ich weiß«, antwortete ich. »Aber es hilft. Ich bin stolz auf dich, wenn dich das aufmuntert.«

»Das tut es«, sagte er. »Wenn es dich glücklich macht, dann gehe ich ab jetzt jeden Tag.«

Ich lachte und boxte ihm leicht auf den Oberarm. »Ich glaube, das wäre etwas übertrieben. Aber danke, dass du auf mich gehört hast.«

»Du bist die Ärztin.«

Ich nickte. »Ja, das bin ich.«

Ich war *wirklich* stolz auf Xander. Ich war mir sicher, dass jede Therapiesitzung qualvoll war, doch er raffte sich auf und ging trotzdem dorthin. Es bedurfte eines wirklich außergewöhnlichen Mannes, wenn dieser sich dazu zwingen musste, etwas so Schmerzhaftes zu tun, ganz besonders weil er bisher nicht sehr viel Glück mit Psychotherapeuten gehabt hatte.

Wir hielten an, als wir seinen Wagen, ein sehr auffälliges schwarzes Ferrari Cabrio, erreicht hatten. Xander liebte schnelle Autos, doch ich hatte das Gefühl, dass dieses Gefährt die vergangenen Jahre in der Garage verbracht hatte und vermutlich von seinen Brüdern gepflegt worden war.

Er hatte sich keine Mühe gemacht, das Verdeck hochzufahren. Es war zwar ein wunderschöner Tag, doch ich fand es interessant, dass er sich scheinbar keine Sorgen darum machte, ob sein Auto gestohlen wurde.

Als er mir die Beifahrertür öffnete, fragte ich ihn scherzhaft: »Was machst du eigentlich, wenn es Winter wird?«

»Ich kaufe mir einen Geländewagen«, gab er sofort zurück und lächelte spitzbübisch.

Ich rollte mit den Augen. »Das ist doch Geldverschwendung«, schalt ich ihn ohne große Überzeugung. Tatsächlich war es so, dass Xander sich so gut wie alles leisten konnte, was er haben wollte, doch er schien es zu genießen, wenn ich ihn dafür schalt, sobald er sich reich und verschwenderisch verhielt.

Er zuckte mit den Schultern. »Wer hat, der hat!«, sagte er überheblich.

Dieser Mann besaß keinerlei Schamgefühl, doch ich ertappte mich dabei, wie ich seine Ehrlichkeit bewunderte. Xander musste nicht vorgeben, irgendetwas anderes zu sein als er selbst. Dieser Mann hatte Geld wie Heu und versuchte nie, seinen Reichtum zu verleugnen. Dennoch warf er nie mit seinem Geld um sich oder behandelte andere Menschen, als sei er etwas Besseres.

Er war nur ein Mann, der sein Spielzeug für große Jungs liebte.

Und damit unterschied er sich nicht viel von jedem anderen Mann.

Ich war gerade dabei, mich auf dem Sportsitz niederzulassen, da erstarrte Xander plötzlich und richtete seine Augen auf etwas am Ende der Straße.

*Peng! Peng! Peng!*

Die Geräusche waren nicht weit weg, doch ich erkannte, dass es sich nicht um echte Schüsse handelte, auch wenn es sich so anhörte. Ich richtete mich auf und folgte Xanders Blick.

»Ich hab dich, komm zurück!« Der aufgeregte Satz kam von einem kleinen Jungen, der eine Spielzeugpistole in der Hand hielt. Er lief einem anderen Kind hinterher, das direkt an Xander vorbei flitzte.

Ich stellte mich vor Xander, zog seine Sonnenbrille ab und nahm sein Gesicht in meine beiden Hände. »Xander! Lass dich davon nicht beeindrucken. Es ist nur ein Spielzeug. Eine Zündplättchenpistole. Es ist alles gut. Ich bin bei dir.« Meine Stimme war kräftig und selbstbewusst, als ich seinen Kopf senkte und mich aufrichtete, damit er mir in die Augen sehen konnte.

»Samantha?«, fragte er verwirrt.

»Ja. Ich bin es. Alles ist gut.« Ich versuchte, dafür zu sorgen, dass er nicht wieder in die Vergangenheit abrutschte, nachdem er die Waffe gesehen und die lauten Geräusche des Spielzeugs gehört hatte. »Bleib bei mir«, sagte ich eindringlich.

Er fuhr sich mit einer Hand durchs Haar. »Ich bin hier. Ich bin okay«, antwortete er mit belegter Stimme.

Ich seufzte erleichtert. »Gut. Es ist alles in Ordnung. Es war nur ein Kind mit einer Spielzeugpistole.«

»Verdammt! Ich hasse es, wenn das passiert«, sagte er wütend.

»Es ist schon in Ordnung«, beruhigte ich ihn. »Entspann dich. Wenn du draußen bist, ist es unvermeidbar, dass es ab und zu passiert. Ich weiß, dass es unangenehm für dich ist, doch das wird vorbeigehen. Denk immer daran.«

Er beugte sich hinunter und gab mir einen schnellen Kuss auf den Mund. »Es nervt«, sagte er mit festerer Stimme.

»Wir müssen nicht zum Bauernmarkt gehen, wenn du nicht willst«, sagte ich.

Wir hatten vorgehabt, aus der Stadt herauszufahren und den örtlichen Bauernmarkt zu besuchen. Ich hatte gehofft, dort wilde Blaubeeren für einen Kuchen zu finden.

»Und dann gibt es keinen Kuchen? Auf keinen Fall«, antwortete er voller Überzeugung.

»Ich denke, es werden hauptsächlich Anwohner dort sein, es sollte also nicht zu voll werden.« Ich setzte mich in den Wagen und Xander schloss die Beifahrertür.

»Ich bin schon in Ordnung«, antwortete er, als er seine Tür gar nicht erst öffnete, sondern direkt auf den Fahrersitz sprang. »Ich habe ja dich.«

Mein Herz schmolz dahin, wie immer, wenn er etwas so Süßes sagte. »Ich stehe hinter dir«, sagte ich.

»Und ich hinter dir, damit ich deinen hübschen Hintern anschauen kann«, entgegnete er, nahm mir seine Sonnenbrille aus der Hand und setzte sie sich auf.

Ich lachte, denn ich konnte mir einfach nicht helfen.

Es war ein wunderschöner Tag.

Ich saß mit einem wunderbaren Mann in einem Ferrari Cabrio.

Und ihm gefiel mein Hintern.

Das Leben war schön und ich würde jeden Moment davon genießen.

## Kapitel 26

**SAMANTHA**

Für eine relativ kleine Stadt konnte Amesport mit einem tollen Bauernmarkt aufwarten. Er wurde größtenteils von Anwohnern besucht, doch es gab auch einige Touristen, die auf der Suche nach frischen Produkten oder Handarbeiten durch die Gänge schlenderten.

Ich wählte noch mehr Gemüse aus und reichte es an Xander weiter.

»Ich fühle mich langsam wie dein Packesel«, scherzte er.

»Wenigstens machst du dich nützlich. Wenn ich schon kochen muss, dann kannst du wenigstens die Einkäufe tragen.« Mir blieb gar nicht viel übrig, als zu kochen. Xander tat sein Bestes, doch die meisten seiner Gerichte waren ungenießbar. Er musste noch sehr viel üben, denn er war zu ungeduldig, um Essen zuzubereiten.

»Versuch gar nicht erst, dafür zu bezahlen«, knurrte er, als ich in meiner Handtasche nach dem Geld kramte.

»Ich kann mir ein bisschen Gemüse schon leisten, Xander«, sagte ich verärgert. Er hatte mich bislang für nichts bezahlen lassen und war mit Tüten voller Lebensmittel und Obst bereits schwer bepackt.

»Tu es nicht«, warnte er mich. »Greif in meine vordere Tasche.« Er ordnete die Tüten so, dass er sie einfacher tragen konnte.

Ich konnte nicht widerstehen, ihn zu ärgern, und steckte *tatsächlich* meine Hand in seine Jeanstasche, um zu versuchen, ihn zu befühlen, während ich vorgab, nach Geld zu suchen.

»Du spielst mit dem Feuer, mein Mädchen«, sagte er streng.

Ich warf ihm ein süßes, unschuldiges Lächeln zu. »Ich weiß nicht, wovon du sprichst. Ich tue nur, worum du mich gebeten hast.«

Meine Finger erforschten und ich streckte sie, um den Schaft eines sehr harten Schwanzes zu streicheln. »Meine Güte«, sagte ich spielerisch. »Du hast ein kleines Problem.«

»Jetzt ist es ein *großes* Problem«, brummte er. »Wenn du nicht willst, dass ich diese Tüten fallen lasse und dich hinter einen dieser Wagen ziehe, damit ich dich ficken kann, bis du schreist, benimmst du dich besser.«

Oh Gott, mir kribbelte es in den Fingern, aber es waren so viele Menschen hier, weshalb ich widerwillig meine Hand aus seiner Tasche zog.

»Hier, junger Mann. Lassen Sie mich Ihnen helfen«, sagte der freundliche ältere Gemüseverkäufer, als er sich mit einem riesigen Beutel neben Xander stellte und diesen dazu aufforderte, alle seine kleinen Tüten in dem großen Sack mit Henkeln zu verstauen.

»Danke«, sagte Xander. »Das ist wirklich nett.« Schnell griff er in seine Tasche und reichte dem Mann einen Schein. »Behalten Sie das Wechselgeld.«

Der ältere Mann strahlte ihn an. »Vielen Dank, mein Herr. Einen schönen Tag noch.«

Xander nickte. »Den wünsche ich Ihnen auch.«

Wir entfernten uns und Xander zog mich an sich, jetzt, wo er einen Arm frei hatte. »Ich gehe mal davon aus, dass du nicht auf dem Bauernmarkt gevögelt werden wolltest«, sagte er amüsiert.

Ich schüttelte den Kopf. »Ich ziehe es vor, diese Dinge im Privaten zu tun.«

»Ja, das kann ich dir nicht verdenken. Du bist ziemlich laut.«

Ich schubste ihn leicht. »Ich bin *nicht* laut.«

Er sah zu mir hinunter, doch hinter seiner Sonnenbrille konnte ich seine Augen nicht deutlich erkennen. »Du machst Witze, nicht wahr? Manchmal bin ich mir ziemlich sicher, dass Micah und Julian dich in ihren Häusern hören können.«

»Dann muss ich von jetzt an wohl still sein«, sagte ich.

»Das kommt gar nicht in Frage! Baby, es gibt nichts Besseres, als zu hören, wie du meinen Namen schreist, während du so heftig kommst, dass du an nichts anderes denken kannst als daran, wie ich dich ficke.«

Seine Worte ließen Bilder in meinem Kopf auftauchen, die mitten in einer Menschenmenge nicht gerade angenehm waren. »Hör auf«, sagte ich mit Nachdruck.

»Warum? Stört dich das etwa?«

Verdammt! Er wusste, dass er mich ertappt hatte. »Selbstverständlich nicht.«

»Lügnerin«, sagte er und lehnte sich zu meinem Ohr herab. »Du bist in diesem Moment genauso bereit, wie ich es bin.«

Er hatte recht. Mein Körper hinterging mich jedes einzelne Mal, wenn Xander anfing, mir schmutzige Dinge zu sagen.

Ich hätte ihm eine schlagfertige Antwort gegeben, doch ich erblickte genau das, wofür ich hergekommen war. »Schau mal. Da drüben.« Ich zeigte auf einen Stand, der einige Meter weit weg war.

Wir machten uns schnurstracks auf den Weg zu den Blaubeeren, hielten jedoch an, als Julian und Kristin plötzlich vor uns auftauchten.

Ich grinste, als ich sah, dass Julian zahlreiche Tüten trug, während Kristin einkaufte.

»Hey! Was macht ihr denn hier?«, begrüßte Julian uns. »Und wo zum Teufel habt ihr diese große Tüte her? Ich brauche auch eine.«

Xander nickte mit dem Kopf nach hinten. »Von einem Stand dort drüben.«

»Zeig mir wo«, sagte Julian missmutig. »Ich fühle mich schon wie ein Packesel.«

Ich lachte und Xander grinste mich an, als er entgegnete: »Das Gleiche habe ich auch gesagt.«

Ich sah, wie Xander sich mit Julian im Schlepptau umdrehte und die beiden sich auf die Suche nach einer weiteren großen Einkaufstasche machten.

»Wie geht es dir, Samantha? Es ist schön, dich zu sehen«, sagte Kristin herzlich.

»Gut. Ich musste nur mal etwas an die Luft. Und du?«

»Ich versuche, so oft wie möglich hierherzukommen. Alle Produkte sind ganz frisch und für gewöhnlich sind hier jede Woche neue Verkäufer.«

Kristin war lässig in Jeans und ein leichtes Hemd gekleidet. Sie lächelte mich so freundlich an, dass ich mich sofort wohlfühlte. »Ich bin auf der Suche nach frischen wilden Blaubeeren aus Maine. Ich würde gern einen Kuchen backen, aber leider habe ich kein Rezept.«

»Ich habe eins«, sagte Kristin aufgeregt und ihr feuerroter Pferdeschwanz wippte fröhlich. »Ich habe einen Haufen alter Rezepte gefunden, als Julian und ich alte Fotos angesehen haben. Sie haben seiner Mutter gehört. Diese Frau muss eine fantastische Köchin gewesen sein. Sie hat über die Jahre sehr viele Rezepte gesammelt.«

»Ich würde es gern ausprobieren«, teilte ich ihr enthusiastisch mit.

»Ich werde es einscannen und dir per E-Mail schicken«, bot sie an.

»Danke«, sagte ich aufrichtig. »Dann kann ich ja jetzt die Beeren kaufen.« Ich machte eine kurze Pause, bevor ich hinzufügte: »Xander hat nie erwähnt, dass seine Mutter ihn gemacht hat, als ich davon gesprochen habe, einen Kuchen mit wilden Blaubeeren zu backen.«

»Ich bin mir nicht sicher, ob sie jemals Gelegenheit dazu bekommen hat. Das Rezept befand sich in einem alten Kochbuch der Kirchengemeinde, gemeinsam mit einem Lesezeichen. Vielleicht hat sie vorgehabt, ihn zu backen, ist aber nie dazu gekommen.«

Ich nickte. »Ich würde es trotzdem gern versuchen. In alten Kochbüchern findet man einige der besten Rezepte.«

Wir schwiegen einen Moment, bevor Kristin sagte: »Xander sieht gut aus. Wirklich gut.«

Ich sah zu dem Stand hinüber, an dem Xander meines Wissens das finden konnte, nach dem Julian suchte. Dort standen die beiden und hielten jeweils eine große Einkaufstüte in der Hand.

»Es geht ihm wirklich gut. Er macht eine Therapie und geht sehr viel mehr raus.«

Kristin nickte. »Ich habe schon gehört. Julian hat es mir erzählt. Kommt er nach New York, wenn Tessas Implantate aktiviert werden?«

»Wann wird das sein?«

»Freitag in einer Woche«, antwortete sie. »Er muss nicht. Ich wollte es euch nur wissen lassen für den Fall, dass ihr dort sein wollt. Der Arzt ist sich ziemlich sicher, dass Tessa in der Lage sein wird zu hören.«

»Ich denke, das ist ein Ereignis, das er nicht verpassen will.«

»Ich hoffe, du kommst auch«, sagte Kristin aufrichtig.

Ich lächelte sie an. »Ich muss ihn fragen. Aber ich würde sehr gern dort sein. Es ist einer dieser fröhlichen Momente, von denen ich denke, dass sie jeder bezeugen will.«

Kristin zog eine Grimasse. »Micah hat Angst, dass sie nicht funktionieren werden oder dass irgendetwas passiert. Tessa hatte bereits einmal einen Versuch mit Implantaten gestartet, doch damals hatten sie sich entzündet und mussten wieder entfernt werden.«

Mein Herz wurde schwer. »Die Arme. Ich kann mir nicht vorstellen, wie es für sie gewesen sein muss, ihr Gehör zurückzubekommen, um es dann erneut zu verlieren.«

»Sie ist hart im Nehmen. Sie steht das schon durch.«

»Es ist sehr unwahrscheinlich, dass etwas so Seltenes noch einmal vorkommt«, sagte ich nachdenklich.

»Sag das Micah. Er ist ein absolutes Nervenbündel.«

»Ich kann es mir vorstellen.«

»Ich glaube, du solltest diesen Kuchen backen und morgen zum Grillen zu uns kommen«, schlug Kristin vor.

»Das wäre großartig. Ich denke, es würde auch Xander gefallen. Was den Kuchen angeht verspreche ich aber nichts, es ist ja mein erster Versuch.«

Kristin lachte. »Irgendwie vermisse ich es, zu kochen und zu backen. Als ich noch in der Bar meines Vaters gearbeitet habe, habe ich das regelmäßig getan.«

Wir gingen langsam zu dem Stand mit den Blaubeeren und ich bestellte. »Machst du es denn gar nicht mehr?«

»Nicht sehr häufig. Julian hat gelernt, einfache Gerichte zuzubereiten, und weil er jetzt zu Hause arbeitet, hat er das Kochen übernommen, wenn ich in der Arztpraxis arbeite. Ich koche aber immer noch an meinen freien Tagen.«

»Du arbeitest immer noch?«, fragte ich überrascht.

»Ja. Nur nicht mehr so viel wie früher. Mir gefällt meine Arbeit. Und weil Sarah schwanger ist, sind die Zeiten gut. Sie arbeitet nur noch halbtags.«

»Xanders Cousine?«, riet ich, denn ich erinnerte mich daran, dass er erwähnt hatte, Sarah sei die Ärztin in seiner Familie.

»Die Frau von seinem Cousin Dante«, bestätigte Kristin.

Ich griff in meine Tasche und zog einen Schein hervor, um für die Beeren zu bezahlen. Dann winkte ich der Verkäuferin ab, um ihr zu signalisieren, dass ich das Wechselgeld nicht brauchte, und nahm meinen Beutel mit den Blaubeeren.

»Ist das nicht komisch?«, fragte ich neugierig. »Ich meine, mit einem Mann verheiratet zu sein, der so viel Geld hat.«

Ich hatte die Sinclair-Cousins noch nicht kennengelernt, doch ich wusste, dass alle Sinclairs Frauen aus der Gegend geheiratet hatten und keine von ihnen wohlhabend gewesen war.

Kristin lächelte. »Manchmal schon. Wenn ich wollte, müsste ich nie mehr arbeiten gehen. Doch abgesehen von der Tatsache, dass wir uns nie um Geld sorgen müssen, ist es wirklich nicht viel anders. Ich habe Julian geheiratet, weil ich ihn liebe. Glaub mir, das war nichts, was ich in meinen Plänen für die Zukunft vorgesehen hatte. Doch er hat alles für mich verändert und ich liebe das Leben, das wir gemeinsam führen.«

»Ich kann von mir nicht behaupten, dass ich mich mit Xanders Reichtum absolut wohlfühle. Ich bin in einer Mittelstandsfamilie aufgewachsen und meine Schulbildung wurde durch Stipendien und Darlehen finanziert«, gestand ich.

Kristin zuckte mit den Schultern. »Man gewöhnt sich daran. Es ist nur ein Teil dessen, was sie sind ... ein ganz kleiner Teil. Alle Sinclair-Männer haben ein gutes Herz und sind nur ganz zufällig milliardenschwer. Sie haben alle so viel mehr zu bieten als nur ihr Geld.«

Ich dachte über ihre Worte nach und wusste, dass sie wahr waren. Ich mochte Xander nicht wegen seines Geldes. Es gab eine Million verschiedener kleiner Gründe, warum ich ihn liebte. »Ich weiß«, sagte ich. »Es fühlt sich nur merkwürdig an, mit irgendjemandem in einem Ferrari Cabrio oder einem Privatflugzeug zu sitzen.«

Kristin nickte. »Ich verstehe dich. Ich habe mich genauso gefühlt. Ich komme auch nicht aus reichem Hause und das Geld war bei uns immer knapp. Aber du wirst dich daran gewöhnen. Eine gute Sache an einem reichen Ehemann ist jetzt, dass ich diesen Umstand nie als selbstverständlich erachte.« Sie zögerte, bevor sie hinzufügte: »Ich glaube, das wirst du auch nicht tun.«

Ich beeilte mich, ihr zu vergewissern: »Es ist ja nicht so, als würden Xander und ich heiraten oder so etwas. Ich meine ... wir sind ja nicht einmal richtig zusammen.«

Kristin lächelte mich wissend an. »Sag das Xander. Er sieht dich an, als seist du ein ganz besonderer Mensch für ihn, Samantha.«

»Das bin ich nicht«, widersprach ich peinlich berührt.

»Du liebst ihn«, vermutete Kristin. »Und es freut mich, denn ich bin mir ziemlich sicher, dass er am Boden zerstört wäre, wenn du es nicht tätest.«

Ich nickte, denn ich wollte sie nicht anlügen. »Das tue ich. Aber Xander muss kleine Schritte machen. Was er empfindet, will oder braucht, kann sich sehr schnell ändern, während er Fortschritte macht.«

Die hübsche Rothaarige fing an zu lachen. Als sie sich wieder erholt hatte, schnaubte sie einmal, bevor sie antwortete: »Kein männlicher Sinclair tut irgendetwas mit Bedacht ... auch Xander nicht.«

In diesem Moment stießen die Männer wieder zu uns und unser privates Gespräch war beendet.

»Sprecht ihr über uns?«, wollte Julian in arrogantem Ton wissen.

»Das hättest du wohl gern«, gab Kristin zurück.

»Kristin will wissen, ob wir morgen zum Abendessen zu ihnen kommen können«, teilte ich Xander mit.

»Sam bringt Kuchen mit«, sagte Kristin strahlend.

»Dann kommt vorbei«, bot Julian an.

»Bleib von dem Kuchen weg!«, warnte Xander.

Julian schüttelte den Kopf. »Ich werde mich darauf stürzen.«

Wir begannen alle gleichzeitig zu reden und einigten uns schließlich auf eine Uhrzeit am nächsten Tag, zu der wir uns treffen wollten.

Scherzend und mit lächelnden Gesichtern trennten wir uns und mein Herz war leichter, als es seit einer ganzen Weile gewesen war, denn ich hatte gesehen, dass Xander und Julian wie Brüder miteinander umgegangen waren.

»Du hast eine tolle Familie«, sagte ich ernst zu Xander, als Kristin und Julian sich entfernt hatten.

»Ich weiß«, stimmte Xander mir zu. »Auch wenn sie manchmal sehr nervig sein kann. Und du hast immer noch nicht alle meine Cousins kennengelernt.«

In seiner Stimme schwang eine Zärtlichkeit mit, die seine Worte Lügen strafte. Er liebte seine Brüder; er war sich nur nicht immer sicher, wie er es ausdrücken sollte. Ich hatte keinen Zweifel daran, dass ihm der Rest der Sinclair-Cousins ebenfalls wichtig war.

Wir gingen weiter und Xander hatte seinen Arm um meine Taille geschlungen, als wir uns auf den Weg zurück zum Auto begaben.

»Ich würde deine Cousins gern einmal treffen«, sagte ich ehrlich.

»Mit ihnen ist so viel passiert«, sagte er voller Reue. »Zwei von ihnen erwarten ihr erstes Kind. Und ich kenne ihre Frauen kaum. Ich habe eine Menge verpasst.«

»Glaubst du nicht, dass sie alle bei der Wohltätigkeitsveranstaltung für die Opfer häuslicher Gewalt anwesend sein werden?«, fragte ich neugierig.

»Doch. Sie haben alle mit dieser Organisation zu tun.«

Ich nickte. »Gut. Dann wirst du sie ja treffen und ich werde sie kennenlernen.«

»Sie sind alle ein Haufen Vollidioten«, antwortete er scherzhaft. »Ich habe keinen Schimmer, wie sie es geschafft haben, solch großartige Frauen zu heiraten.«

Ich lachte, denn wenn Xander seine Cousins beleidigte, waren sie ihm definitiv wichtig.

# Kapitel 27

SAMANTHA

Am nächsten Tag saß ich an meinem Computer und schrieb, als ich in der Ferne Musik hörte. Ich hatte gerade über meine eigenen Erfahrungen geschrieben und war froh, diesen Teil geschafft zu haben. Ich hatte einige Albträume gehabt, während ich diese schreckliche Zeit in meinem Leben noch einmal durchlitten hatte, und freute mich, nun endlich mehr über den Heilungsprozess erzählen zu können.

Ich hörte für einen Moment auf zu tippen, lehnte mich auf dem Sofa zurück und lauschte.

Von Xanders vertrauter Stimme angezogen stellte ich meinen Computer zur Seite und begab mich zu seinem Studio. Eigentlich war es schalldicht, deswegen ging ich davon aus, dass er die Tür nicht geschlossen hatte.

Mit jedem Schritt wurde die Musik lauter und als ich kurz vor der Studiotür anhielt, fing mein Herz an zu stottern, als seine gefühlvolle Stimme erklang.

Eines der Dinge, die ich an Xanders Liedern immer schon geliebt hatte, bestand darin, dass man seine Musik *fühlen* konnte. Die

Emotionen, die ich in meiner Seele spürte, wenn er sang, berührten mich immer so sehr, wie kein anderer Künstler es jemals zuvor vollbracht hatte.

Und auch jetzt war es nicht anders.

Es war ein unbekanntes Lied, etwas, das ich noch nie zuvor gehört hatte.

Aber mein Gott, *diese Stimme* ... war einfach außergewöhnlich.

Er begleitete sich selbst auf einer Akustikgitarre und nur seine Stimme und die leisen Töne des Instruments waren zu hören, als er dieses Lied aus vollem Herzen sang.

Seine Musik klang zwar anders, doch seine Stimme war immer noch die gleiche.

Ich erkannte sie und doch war sie neu für mich.

Es waren keine schweren Töne seiner Band zu hören, kein anderes Instrument mit Ausnahme seiner Gitarre.

So hatte ich Xander noch niemals zuvor gesehen.

Die gefühlvolle Ballade schwebte durch die Luft und schloss mich ein, als ich von seiner Musik gefangen genommen wurde.

*I was hanging on to the end of the world.*

*Fighting to hold on.*

*Close to the point where I didn't care if I came unfurled.*

*I was nearly gone.*

*But then there was you to pull me from the edge.*

*I'm not sure why you cared.*

*Maybe it's because a long time ago you were on the very same ledge.*

Seine Stimme war tief und schön und vor Emotion ganz brüchig.

Tränen strömten meine Wangen hinunter und ich schloss meine Augen, als Freude und Trauer gleichzeitig durch meinen Körper wirbelten.

Es zerriss mich, seine Stimme, seine Musik wieder zu hören. Ich wusste, dass dieses Lied ihm aus dem Herzen sprach.

Was mich um den Verstand brachte, waren jedoch der Text und das Wissen darum, wie viel Schmerz er hatte erleiden müssen, um an den Punkt zu gelangen, an dem er wieder anfing zu singen.

Er war beim Refrain angelangt, der ebenso roh und emotional war, dann verstummte er allmählich und die Musik brach ab.

Ich stolperte, als ich mich beeilte, den Raum durch die offene Tür zu betreten. »Das war fantastisch!«, teilte ich ihm atemlos mit.

Er sah mich mit gerunzelter Stirn an. »Weinst du etwa?«

»Ja.«

»Warum?«

»Das Lied war wunderschön«, sagte ich einfach nur. »Du hast es geschafft. Du hast deine Musik wiedergefunden.«

Er legte seine Gitarre ab, stand auf und breitete die Arme aus. Ich zögerte keine Sekunde und warf mich an seine Brust.

»An dem Lied muss ich noch arbeiten und es ist nicht das Gleiche«, sagte er, während er mich an seinen kräftigen Körper drückte. »Vielleicht war das der Grund, warum ich mich so schwergetan habe. Ich bin nicht mehr derselbe Mensch, der ich einmal war, und meine Musik muss deswegen auch anders sein.«

»Das ist doch nicht wichtig«, sagte ich unter Tränen. »Menschen verändern sich. Es ist offensichtlich, dass deine Musik sich gemeinsam mit dir weiterentwickelt.«

»Ich finde es etwas schade«, entgegnete er nachdenklich.

»Nein, das ist es nicht. Und es wird auch nicht immer so sein. Vielleicht musst du deine Geschichte erzählen. Daran gibt es nichts auszusetzen.«

»Meine Güte, deinen Optimismus hätte ich gern«, sagte er amüsiert.

Ich schlang meine Arme um seinen Hals und umarmte ihn fest. »Das ist ein neues Lied. Ich habe es noch nie zuvor gehört.«

»Es handelt von dir«, sagte er knapp. »Es ist noch nicht ganz fertig. Ich arbeite daran. Ich glaube, ich werde einige neue Lieder schreiben. Die alten funktionieren für mich nicht mehr. Sie haben nichts damit zu tun, wo ich mich gerade befinde.«

Xander hatte immer schon Lieder geschrieben, die etwas bedeuteten. Seine Musik, die von seinen Schwierigkeiten und Triumphen handelte und die er vor Jahren gesungen hatte, hatten mich damals sehr berührt und ich würde sie immer gern hören. Doch ich wusste, dass mir auch sein neuer Stil gut gefallen würde.

Das alles war Xander.

Und ich verehrte jeden Teil von ihm, auch diejenigen, die Schäden davongetragen hatten.

»Ich finde dich großartig«, teilte ich ihm mit.

»Und ich glaube, du hast sie nicht mehr alle«, sagte er scherzhaft. »Aber irgendwie gefällt mir das an dir.«

Ich musste laut lachen und mein Herz fühlte sich wesentlich leichter an, jetzt, da Xander wieder sang. Es war mir vollkommen egal, wovon seine Lieder handelten. Ich wollte nur, dass er die Verbindung zu etwas wiederherstellte, von dem ich wusste, dass es ein wichtiger Teil von ihm war.

»Ich bin Psychologin. Ich würde wissen, wenn ich verrückt wäre«, antwortete ich in besserwisserischem Ton.

Er lehnte sich zurück, um mir ins Gesicht zu sehen. »Menschen, die verrückt sind, wissen nicht, *dass* sie verrückt sind.«

Ich gab ihm einen leichten Klaps auf den Oberarm. »Nur weil ich denke, dass du großartig bist, bin ich noch lange nicht verrückt«, schalt ich ihn.

Er grinste mich so fröhlich an, dass mein Herz Purzelbäume schlug. »Gut. Dann belasse ich dich vorerst in diesem Glauben. Wer bin ich schon, dass ich abstreiten könnte, der fantastischste Mann zu sein, den du jemals treffen wirst?«

Seine Dreistigkeit brachte mich zum Lächeln. Ich hatte das Gefühl, einen kleinen Teil des Xanders zu sehen, der die Vergangenheit überlebt hatte. Julian hatte mir erzählt, dass Xander einmal nett, aber auch ein Klugscheißer gewesen war. Dieser Teil von ihm war offenbar immer noch vorhanden.

»Für heute mache ich mit der Arbeit Schluss«, erklärte ich. »Gott sei Dank bin ich mit meiner eigenen Geschichte fertig. Das war der schwerste Teil. Ich glaube, ich werde mich jetzt an diesem Blaubeerkuchen versuchen. Kristin hat mir das Rezept geschickt.«

»Hey!« Xander hielt mich an der Hüfte fest, als ich mich umdrehte, um in die Küche zu gehen. »Geht es dir gut damit, das alles aufzuschreiben?«

Ich legte ihm meine Hände auf die Schultern und sah ihn an. »Ich glaube schon. Ich meine, es war nicht einfach. Als ich darüber geschrieben habe, hatte ich einige Albträume –«

»Warum hast du mich nicht geweckt?«, fragte er verstimmt.

Ich zuckte mit den Schultern. »Es sind ja nur Träume.«

»Sie machen dich traurig. Ich will über alles Bescheid wissen, das dir Angst bereitet«, sagte er stur.

Ich sah in seine dunklen, immer noch ruhelosen Augen und antwortete: »Du hast deine eigenen Dämonen, gegen die du kämpfen musst.«

»Ich würde lieber deine bekämpfen«, entgegnete er. »Oder wir jagen sie gemeinsam zum Teufel.«

Ich erkannte, dass Xander mit seiner Bemerkung den Nagel auf den Kopf getroffen hatte. Ich sagte es ihm nur nicht, weil ich es nicht gewohnt war, meine Kämpfe zusammen mit *irgendjemandem* auszutragen. Ich kümmerte mich selbst darum. »Ich bin es gewohnt, allein zu sein«, versuchte ich zu erklären.

»Du bist nicht mehr allein, Sam. Du wirst nie mehr allein sein.«

Mein Herz schmerzte, als ich den ernsten Ausdruck auf seinem hübschen Gesicht sah. Wir hatten nicht über die Zukunft gesprochen und ich wollte ihm diese Art von Stress auch nicht aufbürden. Aber wenn Xander solche Dinge von sich gab, dann wollte ich ihm glauben. »Beim nächsten Mal wecke ich dich.«

Er lehnte seine Stirn gegen meine. »Versprochen?«

»Versprochen.« Wir mussten die Dinge Schritt für Schritt angehen und wenn er für mich da sein wollte, dann konnte ich mich daran gewöhnen, auch wenn es gefährlich werden könnte.

»Gibt es noch irgendetwas anderes, von dem ich wissen sollte?«, fragte er rau.

*Ich will dir die Kleider vom Leib reißen und jeden Zentimeter deines harten Körpers ablecken!*

»Nichts, das nicht Teil meiner schmutzigen Gedanken wäre«, entgegnete ich mit einem schelmischen Grinsen.

Er sah hoffnungsvoll aus, als er den Kopf anhob. »Also, die mag ich ganz besonders«, antwortete er mit tiefer, lüsterner Stimme, die meine Knochen zum Schmelzen brachte.

Wir hatten uns erst einige Stunden zuvor in den Laken gewälzt und meine Muskeln schrien nach Erlösung. Das hielt mich jedoch nicht davon ab, Xander erneut zu begehren. »Wenn ich nicht eine Pause einlege, werde ich bald durch die Gegend humpeln«, kicherte ich.

»Habe ich dir wehgetan?«, fragte er und war mit einem Mal todernst.

Ich seufzte. *Welche Frau würde nicht gerührt sein, wenn ein Mann nicht einmal zulassen wollte, dass sie einen eingewachsenen Zehennagel hat?* Das war nicht die Realität, doch ab und zu konnte ich mich einer zeitweisen Fantasie hingeben. »Nein«, antwortete ich und streichelte über seinen Kopf. »Ich habe nur Muskeln an meinem Körper entdeckt, von denen ich nicht wusste, dass ich sie besitze.«

Er sah erleichtert aus. »Ich könnte dich massieren.«

Bei dem Gedanken, dass seine großen Hände meinen Körper überall streichelten, stöhnte ich beinahe auf. »Ich weiß, wohin das führen würde.«

»Ich würde mich zusammenreißen.«

Ich zog eine Augenbraue hoch. »Ich nicht.«

Ich entfloh seinen Armen und lief in die Küche.

Ich konnte hören, wie er hinter mir herkam.

»Kuchen. Ich brauche Kuchen«, sagte ich atemlos, als ich an der Küchenspüle ankam.

»Ich brauche *dich*«, knurrte er, als er seine Arme von hinten um mich schlang.

Oh Gott, ich brauchte ihn auch. Das war mein Dilemma. Ich wollte alles, was mit Xander zu tun hatte, fröhlich, spielerisch und ungezwungen belassen. Damit konnte er momentan umgehen. Das Problem war nur, dass ich nichts dagegen tun konnte ... mehr zu wollen.

Ich drehte mich in seinen Armen um und küsste ihn zärtlich. »Du *hast* mich schon. Ich gehe nirgendwohin.«

Er sah erleichtert aus, als er sich herunterbeugte und mir einen tieferen, sinnlicheren Kuss gab.

Dann ließ er mich mit einem Klaps auf den Po los. »Geh und mach diesen Kuchen, wenn es das ist, was du willst.«

»Es ist sicherer«, sagte ich und versuchte, mich in Gedanken auf das Backen zu konzentrieren.

Xander drehte einen der Küchenstühle um und setzte sich hin, um mir zuzusehen. »Was würdest du tun, wenn du machen könntest, was immer du wolltest?«

Während ich die Zutaten aus dem Kühlschrank nahm, dachte ich ernsthaft über seine Frage nach. Wundersamerweise war ich ziemlich zufrieden damit, wo ich mich im Moment befand. Aber ich wusste, dass er von meinen Träumen sprach. »Ich bin eigentlich ganz glücklich mit meinem Leben. Einen Buchvertrag zu erhalten war tatsächlich einer dieser verrückten Träume, die Wirklichkeit geworden sind.«

»Was noch?«, fragte er. »Was hast du immer schon machen wollen, aber nie getan?«

Ich hatte eine lange Liste mit diesen Sachen. »So viele Dinge«, sagte ich seufzend und fing an, die Zutaten zu vermischen, wobei ich immer wieder auf das Rezept schaute, das neben mir auf der Arbeitsplatte lag. »Ich würde gern *Hamilton* am Broadway sehen.«

»Du hast in New York gelebt.«

»Ich habe keine Karten bekommen können, ohne nicht eine meiner Nieren zu verkaufen. Es ist einfach unmöglich, an Tickets zu kommen, es sei denn, man zahlt ein Vermögen.«

»Was noch?«, bohrte er.

»Ich würde die größten Freizeitparks des Landes besuchen und in jeder Achterbahn mitfahren.«

»Du bist ein Adrenalinjunkie? Das hatte ich nicht erwartet«, sagte er.

Ich ignorierte seine Bemerkung. Gut, vielleicht war ich manchmal tatsächlich eher ernst, aber ich hatte trotzdem Träume. »Und ich würde reisen. Ich will die Welt sehen. Ich habe die Ostküste nie verlassen.«

»Nichts weiter?«

»Ich denke, das reicht. Was ist mit dir?«, fragte ich neugierig.

»Ich würde genau hier sitzen und dir auf deinen hübschen Hintern schauen, während du einen Kuchen backst«, antwortete er. »Das Beste, was ich je gesehen habe.«

Als ich mich umdrehte, warf er mir ein böses Grinsen zu.

»Perversling«, sagte ich, dann wandte ich mich wieder meinem Kuchenteig zu. Es machte mir nichts aus, dass er mich beobachtete. Irgendwie gefiel mir die Tatsache, dass er von meinem Hinterteil so fasziniert war. Ich hatte jedenfalls niemals gedacht, dass ich es wert wäre, beobachtet zu werden.

»Schuldig«, stimmte er zu. »Wenn du in meiner Nähe bist, werde ich immer hinschauen.«

»Ernsthaft?«, fragte ich. »Was hattest du für Träume, bevor sich alles verändert hat?«

»Ich war ziemlich glücklich. Ich habe gern Zeit mit meiner Familie verbracht. Deswegen war ich auch bei meinen Eltern. Es war ihr Hochzeitstag. Ich hatte eine großartige Band, auch wenn ich nicht gerade sagen kann, dass die Touren und das ständige Unterwegssein mir viel Spaß gemacht hätten, aber dank der Jungs war es eine gute Erfahrung. Es gibt nicht viele Orte, die wir nicht gesehen haben, doch wenn wir nicht im Studio waren, hieß es für uns, immer auf Achse zu sein. Dieser Teil des Rockstarlebens ist mir mit der Zeit auf die Nerven gegangen.«

»Was hast du dir für die Zukunft vorgestellt?«

»Ich habe darüber nachgedacht, mein eigenes Plattenlabel zu gründen. Meine eigenen Talente zu entdecken. Es gibt so viele exzellente Musiker da draußen, die nie eine Chance erhalten.«

»Du solltest es tun. Du wärst ein fantastischer Mentor«, ermutigte ich ihn.

»Es ist eine große Verantwortung«, sagte er.

»Du könntest damit umgehen.«

»Du setzt sehr viel Vertrauen in mich«, brummte er.

»Weil du sehr viel Talent besitzt, Xander.«

»Wer weiß? Vielleicht mache ich das wirklich«, sagte er nachdenklich. »Das Geld dafür habe ich ja allemal.«

Ich hatte keine Ahnung, wie es sich anfühlte, all das tun zu können, was mein Herz begehrte. Meine Welt hatte sich immer nur darum gedreht, meinen Lebensunterhalt zu bestreiten. Aber ich war mir ziemlich sicher, dass Xander mit allem, was er in Angriff nehmen wollte, Erfolg haben würde. Auch wenn ich ihn manchmal damit aufzog, so war er doch alles andere als ein verwöhnter, reicher Kerl. Er hatte sich immer mit vollem Elan in alles hineingestürzt, ohne auch nur einmal zurückzublicken. Er war dickköpfig genug, um damit Erfolg zu haben. »Irgendetwas anderes?«

»Ich will nur, dass meine Familie glücklich ist. Und so wie es aussieht, schaffen sie das schon sehr gut ohne meine Hilfe«, antwortete er.

»Das tun sie«, stimmte ich zu und dachte darüber nach, wie sehr seine Brüder ihre Ehefrauen liebten. »Fliegst du nach New York, wenn Tessas Implantate aktiviert werden?«

»Ja. *Wir* fliegen. Ich habe bereits dasselbe Penthouse für uns reserviert.«

»Ich *muss* nicht mitkommen«, teilte ich ihm mit. Ich war unsicher, wo ich in sein Leben hineinpasste, jetzt, da ich nicht mehr seine Angestellte war. Freundin? Partnerin? Um ehrlich zu sein, hatten Bezeichnungen mir nie sehr viel bedeutet. Aber war es angebracht für mich, überall dort zu sein, wo er hinging? Auch wenn Xander das Gegenteil behauptete, brauchte er mich nicht mehr an seiner Seite, damit er stabil blieb. Jeden Tag wurde er mental etwas stärker.

»Ich *will*, dass du mitkommst. Und ich bin mir sicher, dass die anderen das auch wollen. Wir sind jetzt zusammen, Sam. Du arbeitest nicht mehr für mich. Willst du überhaupt?« Xander klang etwas verletzt.

»Natürlich will ich«, versicherte ich ihm. »Ich will nur nicht stören. Aber ich würde sehr gern mitkommen.«

»Gut«, sagte er, nun schon fröhlicher.

Wir schwiegen, während ich das Rezept noch einmal las, um sicherzugehen, dass ich alles richtig gemacht hatte. Doch die Stille war nicht unangenehm. Wie beim Lesen oder Fernsehen wusste ich, dass er anwesend war, und das Gefühl war ganz normal und natürlich.

Als ich den Kuchen in den Ofen schob, rügte ich mich dafür, dass ich Xander so notwendig für meine Existenz hatte werden lassen. Es war riskant, mit einem Mann zusammen zu sein, der ein trockener Alkoholiker war und eine Medikamentensucht überwunden hatte, doch mein Herz wollte auf den Verstand nicht hören.

Mit ihm hatte es das nie getan.

Ich liebte Xander mit jeder Faser meines Wesens. Dennoch musste ich lernen, nicht mehr zu erwarten, als er geben konnte.

*Das* stellte sich als schwieriger heraus, als ich es mir jemals vorgestellt hatte. Ich hatte mich bereits dazu entschieden, dass es das Risiko eines möglichen gebrochenen Herzens wert wäre, es mit Xander zu versuchen. Doch je mehr Zeit ich mit ihm verbrachte, umso gefährlicher wurde es. Ich wusste bereits jetzt, dass ich am Boden zerstört sein würde, wenn ich Amesport verlassen musste.

Ich konnte von Xanders Seite nicht wirklich auf Liebe hoffen. Er hatte zu viele Probleme zu lösen und versuchte noch immer, seine Vergangenheit hinter sich zu lassen. Ich musste meine Zeit mit ihm genießen, ohne irgendwelche Erwartungen zu haben. Doch leider fiel es mir immer schwerer, das zu tun.

Am Ende des Sommers würden Xander und ich eine Entscheidung treffen müssen, eine, die mich letzten Endes zerstören könnte.

Ich wusste, dass ich nicht bei ihm bleiben konnte, wenn er mir weniger als sein Herz anbot. Ich würde nicht dazu in der Lage sein, diesen Schmerz zu ertragen.

*Der Sommer ist noch nicht vorbei.*

Ich schob meine Bedenken zur Seite. Ich war nie gut darin gewesen, nur im Augenblick zu leben, doch ich war entschlossen, mich fester darauf zu konzentrieren, was von einem Moment auf den nächsten passierte.

Die Zeit würde schnell genug kommen, in der ich eine Entscheidung treffen müsste oder unter dem Gewicht einer Liebe zusammenbrechen würde, von der ich mir nicht sicher war, ob Xander sie jemals würde erwidern können.

Doch bis dahin würde ich jedes bisschen Glück einsaugen, das ich bekommen konnte.

## LIAM

»Ich muss nächste Woche noch einmal weg, Brooke. Es tut mir leid, dass ich dir wieder die Leitung übergeben muss. Normalerweise bin ich nicht so oft unterwegs.«

Brooke sah mit ihren babyblauen Augen zu mir auf und mein Schwanz wurde sofort hart. Mit ihren dunklen Haaren, die zu einem Pferdeschwanz zusammengebunden waren, und einem Gesicht, das beinahe vollkommen frei von Make-up war, war sie immer noch die schönste Frau, die ich je gesehen hatte. Oder war sie in Wirklichkeit eigentlich noch ein Mädchen? Verdammt, ich war mir nicht sicher. Ich wusste nur, dass sie mich absolut verrückt machte.

»Schon gut, Liam. Du musst bei deiner Schwester sein. Hier wird schon alles gut gehen«, antwortete sie mitfühlend.

*Mann!* Sie war so süß. Das war einer der Gründe, warum ich die ganze Zeit so scharf auf sie war. Sie schuftete so hart und war für einen verbrauchten Typen wie mich viel zu nett.

»Danke«, sagte ich abrupt und wandte mich wieder dem Zerlegen der Hummer zu, während Brooke alles Weitere für die Eröffnung vorbereitete.

»Wäre es in Ordnung, wenn ich mir einige Tage freinehme, wenn du wieder zurück bist?«, fragte sie leise. »Es gibt da einige persönliche Dinge, um die ich mich kümmern muss.«

»Deinen Freund?«, fragte ich durch zusammengepresste Zähne.

*Meine Güte!* Ganz egal, wie oft ich mir einredete, dass Brooke keine Frau war, die ich vögeln konnte, es zeigte keine Wirkung. Ich wollte sie noch immer. Der Gedanke daran, dass irgendein anderer Mann sie anfassen könnte, machte mich wahnsinnig.

»Freund?«, fragte sie verwirrt.

»Ja. Der Kerl, den du vor Kurzem auf der Promenade geküsst hast. Ist er von hier?«

Einen Moment lang sagte Brooke nichts, dann antwortete sie: »Oh, der.«

Es war nicht gerade eine erfreuliche Art und Weise, sich auf einen Mann zu beziehen, mit dem sie involviert war, doch die Tatsache, dass sie mit ihrem Typen ganz und gar nicht glücklich klang, gab mir ein besseres Gefühl. »Ja. Was läuft da zwischen euch?«

»Ich … ich denke, man könnte sagen, dass wir zusammen sind.«

»Schläfst du mit ihm?«, fragte ich, bevor ich mich zurückhalten konnte.

»Nein«, antwortete sie und klang entsetzt. »Nicht dass es dich irgendetwas anginge, selbst wenn es so wäre. Aber das tue ich nicht.«

Ich wollte nicht, dass sie *jemals* so weit ging. Aber ich hatte keine Ahnung, wie irgendein Mann seine Hände bei sich behalten konnte, wenn Brooke an seiner Seite war. »Du hast recht. Es geht mich nichts an. Aber du bist jung und ich weiß, dass du alleine nach Amesport gekommen bist.«

»Du denkst also, du bist mein Papa?«, fragte sie wütend. »Du bist nur neun Jahre älter als ich und ich *brauche* keinen Vater.«

»Du siehst aus, als würdest du noch zur Highschool gehen«, knurrte ich.

»Ich bin sechsundzwanzig«, sagte sie bestimmt. »Und du bist wohl kaum alt genug, um mein Vater zu sein.«

Ich hatte sie nie wirklich nach ihrem Alter gefragt. Für mich war es sicherer gewesen zu denken, dass sie noch eine Jugendliche war. »Du bist aber immer noch alleine hier.«

»Na und?«

»Gut, warum *bist* du dann hier? Wenn du aus Kalifornien gekommen bist, was hat dich hergebracht? Du hast offenbar immer noch einen Angebeteten an der Westküste.«

»Er hat einen Beruf, der ihn zeitlich sehr beansprucht. Er kann nicht hierherziehen«, antwortete sie.

»Dann ist ihm sein Geld also wichtiger als du?« Was für ein Arschloch.

»Das stimmt nicht«, protestierte Brooke. »Es ist uns nur nicht möglich, die ganze Zeit zusammen zu sein.«

»Warum bist du nicht dortgeblieben und hast ihn geheiratet?« Welcher Mann würde Brooke nicht für sich haben wollen?

»Er hat mich nie gefragt.«

»Vollidiot«, entfuhr es mir.

Sie arbeitete einen Moment lang wortlos und befüllte Gewürzgläser, bevor sie schließlich antwortete: »Ich mache meinen Job. Ich arbeite hart. Ist das nicht genug?«

*Okay. Scheiße. Ja.* Es sollte mehr als genug sein. Sie hatte recht. Als Arbeitgeber konnte ich mich in keiner Weise über Brooke beschweren. Sie tat alles, was ich ihr auftrug, und noch mehr. Wenn ich es wollte, war sie an einem Tag Kellnerin, Köchin, Vorbereiterin und Kassiererin in einem. Was zum Teufel hatte ich mir nur gedacht? Diese Frau war für mich nichts weiter als eine Angestellte und ich sollte sie deswegen auch nicht anders behandeln.

Leider war es jedoch so, dass ich mit ihr schlafen wollte. Das habe ich immer schon gewollt. Und würde es mir vermutlich auch immer wünschen.

»Entschuldige«, sagte ich einige Minuten später. »Du arbeitest wirklich hart und ich habe dich durch meine Abwesenheit in schwierige Situationen gebracht, weil ich bei meiner Schwester sein wollte. Ich habe dich als Kellnerin eingestellt, aber du hast so viel mehr getan als das, was deinen Aufgabenbereich umfasst.«

»Ist schon okay«, sagte sie. »Ich verstehe, dass du unter Druck stehst. Es macht mir nichts aus zu helfen.«

Das Einzige, was wirklich unter Druck stand, war mein Schwanz. Auf persönlicher Ebene lief es bei mir eigentlich ziemlich gut. Es hatte Zeiten gegeben, in denen ich wesentlich mehr Stress ausgesetzt gewesen war als jetzt. Momentan war sie mein Problem, die einzige Frau, die dabei war, mir den Verstand zu rauben. »Das ist keine Entschuldigung dafür, dein Privatleben zu kritisieren. Du leistest tolle Arbeit für mich, Brooke«, teilte ich ihr reumütig mit, denn es war mir peinlich, dass ich eine Angestellte persönlich angegriffen hatte.

Brooke zuckte mit den Schultern. »Ich hatte gedacht, wie wären Freunde und ich sei mehr sei als nur eine *Angestellte*.«

*Freunde?* Auf gar keinen Fall! Ich könnte niemals nur mit ihr befreundet sein. Nicht wenn ich sie gegen das nächstbeste feststehende Objekt drücken und sie so lange ficken wollte, bis sie sich nicht mehr an ihren eigenen Namen erinnerte. »Ich kann nicht dein Freund sein, Brooke«, antwortete ich aufrichtig mit heiserer Stimme.

»Warum nicht?«, fragte sie verletzt.

*Mist!* Ich hasste diesen traurigen Tonfall in ihrer Stimme. Ich wollte sie auf keinen Fall verletzen. Aber ich hatte meine Anziehung für sie lange genug unterdrückt.

»Weil ich dir jedes Mal die Kleider vom Leib reißen will, wenn ich dich ansehe«, gestand ich heiser. »Ich hege nicht ein einziges brüderliches oder väterliches Gefühl für dich. Ich *will* nicht mit dir befreundet sein. Ich *kann* nicht mit dir befreundet sein, wenn ich so empfinde.«

Als ich fertig war, drehte ich ihr den Rücken zu, denn meine Brust bebte vor Aufregung.

*Mein Gott!* Ich musste mich am Riemen reißen. Brooke war jung. Gut, sie war zwar kein Kind mehr, aber ich hatte das Gefühl, dass sie vor den schwierigeren Dingen im Leben immer beschützt worden war. Es waren nicht nur Jahre, die zwischen uns lagen, es waren unsere Einstellungen. Brooke schien in allen das Gute sehen zu wollen und ich war bei den Menschen, die meinen Weg kreuzten, eher misstrauisch.

Ich hatte mich verbrannt und war dadurch härter geworden.

Brooke war weich und zuckersüß.

Vielleicht war es das, was die Anziehung ausmachte. Aber für eine Frau wie sie war ich viel zu zynisch.

»Du findest mich wirklich anziehend?«, fragte sie, ihre Stimme direkt neben mir.

Bei dem Gefühl ihrer zarten Hand auf meinem Unterarm drehte ich mich um und sah sie an. »Das tue ich wirklich«, antwortete ich barsch. »Verstehst du es jetzt? Ich will dich ficken, Brooke. Männer, die dich flachlegen wollen, sind als Freunde nicht sehr gut geeignet. Du hast einen Partner. Willst du wirklich einen Kumpel haben, der an nichts anderes denkt, als dich ins Bett zu kriegen?«

Ihr erstaunter Blick machte mich unsicher. Ich hatte das Gefühl, als könnte sie mich durchschauen, und dieses Gefühl war nicht gerade angenehm.

Still suchte sie mein Gesicht ab. »Ich glaube nicht, dass das alles ist, woran du denkst«, sagte sie leise.

Ich würde ihr nicht sagen, dass sie recht hatte, dass ich sehr viel mehr empfand als nur eine reine körperliche Anziehung. Was auch immer ich für Brooke fühlte war roh und so verdammt real, dass ich mich nach sehr viel mehr sehnte als nur nach ihrem Körper.

»Ich will dich. Das ist alles«, leugnete ich und erwiderte ihren Blick, während sie ihre Augen auf mein Gesicht heftete.

»Ich bin nicht zerbrechlich, Liam. Ich kann mit der Tatsache umgehen, dass du mich anziehend findest.«

»Kannst du das?«, fragte ich rau und schüttelte ihre Hand von meinem Arm.

Sie nickte. »Ich bin vielleicht jünger als du, aber es ist nicht so, als hätte ich das sexuelle Knistern zwischen uns nicht bemerkt. Glaubst du etwa, dass ich keine Fantasien darüber gehabt habe, wie es wohl wäre, dich auszuziehen und jeden lustvollen Stoß zu nehmen, den du mir geben kannst? Ich habe darüber nachgedacht. Ich tue es noch immer. Ich habe mich nachts selbst befriedigt, während ich es mir vorgestellt habe.«

Jeder Muskel in meinem Körper spannte sich an, als ich den lüsternen Blick in Brookes Augen bemerkte, einen Blick, den ich noch niemals zuvor gesehen hatte.

*Ach du heilige Scheiße!* Ich wollte nichts über ihre sexuellen Fantasien wissen, aber ich wollte verdammt sein, wenn mich das nicht scharfgemacht hatte. Ich wollte in jeder einzelnen die Hauptrolle spielen. Ich war von dem, was sie gesagt hatte, völlig perplex und ich brauchte einen Moment, um zu begreifen, dass unsere Anziehung auf Gegenseitigkeit beruhte.

Es trieb mich und meinen Schwanz in die Enge. Im wahrsten Sinne des Wortes.

»Du weißt ja nicht, was du da redest«, bemerkte ich, als ich meine Hände auf ihre Schultern legte.

»Ich weiß ganz genau, was ich will«, widersprach sie.

»Was ist mit deinem Freund? Was ist mit ihm? Warum drehen sich deine Fantasien nicht um ihn?«

Sie brach den Blickkontakt mit mir ab und entfernte sich von mir. »Es ist kompliziert. Es ist nicht das, was du denkst, Liam. Nichts ist so, wie es zu sein scheint«, antwortete sie mit Reue in der Stimme.

»Dann wirst du dich also nicht von ihm trennen?«, fragte ich irritiert.

Sie schüttelte den Kopf. »Ich kann nicht.«

Ich war zornig, außer mir vor Wut, dass sie mich zwar attraktiv fand, jedoch trotzdem an einem Mann festhalten wollte, der sich nicht einmal zu ihr bekennen wollte. Ich hatte keinen Zweifel, dass hier irgendein Spiel vor sich ging, doch für Spielchen war ich nicht in der Stimmung. »Dann behalte deine dämlichen Fantasien für dich. Denk nachts an deinen Freund und lass mich verdammt noch mal zufrieden!«

*Scheiße!* Das war nicht das, was ich wollte, doch es war, was passieren musste. Brooke hatte mich aus der Fassung gebracht, doch sie hatte zu viele Geheimnisse und wollte zu viele Spielchen spielen. Ich hatte schon vor langer Zeit mit diesem Blödsinn aufgehört. Für mich standen Wahrheit und Aufrichtigkeit an erster Stelle, etwas, das sie offensichtlich nicht zu geben bereit war.

Manchmal hielt sie sich unheimlich bedeckt und allein das sollte schon ausreichen, um aus meinem angeschwollenen Schwanz die Luft herauszulassen.

Leider schien meinen Schwanz ihre Integrität nicht im Geringsten zu interessieren. Er hatte seinen eigenen Kopf.

»Es tut mir leid, Liam. Ich hätte nichts sagen sollen«, entschuldigte sich Brooke kleinlaut.

»Vergiss es. Es ist nicht wichtig. Wir müssen öffnen.«

Ich sah dabei zu, wie sie ins Restaurant eilte, die Gläser mit den Gewürzen auf den Tischen verteilte und dann in den Taschen ihrer Jeans nach den Schlüsseln suchte.

Brooke arbeitete bereits seit Monaten für mich, doch ich hatte immer noch nicht hinter ihre Fassade schauen können. Ihre Vergangenheit war lückenhaft, doch sie kam mit guten Empfehlungen aus Kalifornien. Darüber hinaus war sie sogar etwas wie eine Familienfreundin von Evan Sinclair und als er mich gefragt hatte, ob ich eine gute Kellnerin bräuchte, hatte ich nicht gezögert und der Frau den Job gegeben.

Ihr Freund war nur einige Male aus Kalifornien zu Besuch gekommen, irgendein reicher Wichser, der genau wie die Sinclairs in seiner eigenen Privatmaschine eingeflogen war.

Sie hatte einen stinkreichen Freund.

Ihre Familie war mit Evan Sinclair befreundet.

Und Brooke war hier in Amesport, um als Kellnerin zu arbeiten?

Irgendwie machte das alles keinen Sinn. Nicht dass ich sehr viel mehr Informationen über Brooke hätte, doch wenn ich in Betracht zog, was ich über sie wusste, dann musste ich davon ausgehen, dass sie aus einer wohlhabenden Familie stammte. Was zum Teufel machte sie also hier?

Ich atmete tief ein und wieder aus und versuchte in meinem ganzen Ärger, wieder zur Ruhe zu kommen.

Irgendetwas war nicht richtig. Ich hatte bereits seit Monaten dieses Gefühl gehabt, doch ich war zu sehr damit beschäftigt gewesen, mein Verlangen zu unterdrücken, mit Brooke schlafen zu wollen.

*Es wurde Zeit, dass ich einige Fragen stellte.*

Ich glaubte nicht, dass Evan mich jemals in eine heikle Situation bringen würde, doch dieser schlüpfrige Kerl hätte vermutlich auch kein Problem damit, einen Teil der Wahrheit zu verschweigen, sofern er es als notwendig betrachtete.

Mein Blick wanderte zu Brooke, die sich umdrehte, nachdem sie die Tür aufgeschlossen hatte. Ihre Augen trafen auf meine und baten still um Verständnis.

Meine Brust schmerzte, als ich die Sehnsucht in ihrem Blick sah, und ich beeilte mich, vom Ausgabefenster wegzutreten, als unser erster Gast das Restaurant betrat.

Ich ging zurück an die Arbeit, doch ich würde die Antworten bekommen, die ich haben wollte, oder Brooke würde gehen müssen. Ich war am Ende meiner Belastungsgrenze angelangt.

Entweder würde ich herausfinden, was sie verschwieg, oder wir würden bald getrennte Wege gehen. Sehr bald!

## Kapitel 29

**XANDER**

*V*ielleicht war das keine gute Idee.

Ich sah in den Spiegel und kämpfte mit der zu meinem Smoking gehörenden Fliege, doch alles, was ich sehen konnte, waren meine Narben. Genau das war ich ... ein gut angezogener Mann mit einer Visage, die von Perfektion weit entfernt war.

Bis jetzt war die Reise nach New York ereignislos verlaufen. Glücklicherweise war für Tessa alles gut gegangen und ich hatte keinen Zweifel daran, dass sie und Micah diesen Abend in vertrauter Zweisamkeit feiern würden. Wie üblich war Micah ein Nervenbündel gewesen, doch Tessas Freude hatte ihn seine Sorge ganz schnell wieder vergessen lassen.

Liam, Julian und ich würden übermorgen nach Maine zurückkehren, doch Micah und Tessa hatten sich entschlossen, noch eine weitere Woche zu bleiben, um sicherzugehen, dass mit den Implantaten auch wirklich alles in Ordnung war.

Wir hatten den ganzen Tag mit meinen Brüdern und Liam verbracht, doch der heutige Abend ... war für Samantha reserviert.

»Ich hatte ja auch unbedingt ein schickes Restaurant aussuchen müssen«, schalt ich mich, als ich mich vom Spiegel wegdrehte. Mein Hauptziel war es, gut auszusehen und Sam so zu behandeln, wie sie es verdiente, behandelt zu werden.

Um ehrlich zu sein, gefiel mir die Tatsache, dass sie mit beiden Füßen fest auf dem Boden stand und von mir nicht erwartete, dass ich mich wie ein arroganter reicher Kerl verhielt. Ich musste zugeben, dass ich mich nicht einmal an das letzte Mal erinnern konnte, an dem ich einen Smoking getragen hatte. Vermutlich bei einer der überkandidelten Veranstaltungen in Kalifornien. Es entsprach nicht wirklich meinem Stil, doch für sie wollte ich mich gern in Schale werfen.

In dem Wissen, dass ich mein Möglichstes getan hatte, um vorzeigbar auszusehen, verließ ich das Schlafzimmer. Es existierte ein Limit für das, was ich mit mir und meinen Narben tun konnte, also musste ich zufrieden sein.

Ich sah mich im Wohnbereich des Penthouse um und nahm an, dass Sam sich noch immer in dem anderen Schlafzimmer befand, um sich fertigzumachen. Dann ging ich zur Bar und schenkte mir eine Cola ein.

*Meine Güte!* Ich war tatsächlich nervös. Ich fühlte mich wie ein Junge in der Highschool, der auf seine Verabredung für den Abschlussball wartet. Vielleicht sogar noch schlimmer. Dieser Abend war mir wichtig. Ich wollte Samantha aus ihrer pragmatischen Welt herauslocken und sie dazu bringen, mit mir zu spielen. Sie war extrem verantwortungsbewusst und ich wusste, dass sie wegen des Buches, das sie derzeit schrieb, nervös war. Glücklicherweise hatte sie keine schlimmen Träume mehr, doch sie verdiente es immer noch, den besten Abend zu haben, den ich ihr bieten konnte.

Das Ende des Sommers näherte sich mit riesigen Schritten. Der große Jahrmarkt anlässlich des Labor Days würde bereits in etwas mehr als einer Woche stattfinden. Das machte mir riesige Angst und ich fragte mich, was wohl passieren würde, wenn der Sommer offiziell vorbei wäre.

Wir hatten uns geeinigt, dass wir dann erneut über unsere Beziehung sprechen würden.

Vielleicht würde sie gehen.

Vielleicht aber auch nicht.

Oh, zum Teufel! Sie *musste* bleiben. Alles andere, als sie dauerhaft bei mir in Amesport zu behalten, würde eine inakzeptable Lösung darstellen. Samantha war für meine Existenz so wichtig geworden wie meine Atemzüge und ohne sie würde ich nicht überleben. Die dunkle Wolke, die so lange über meinem Kopf gehangen hatte, war endlich abgezogen und von ihrem Licht ersetzt worden.

Deswegen, nein ... auf gar keinen Fall ... es würde nicht passieren, dass sie mich verließe.

»Xander?« Samanthas Stimme klang durch das Wohnzimmer.

Ich drehte mich um und erstarrte, als ich sie in einem eleganten Cocktailkleid erblickte. Ihr offenes, gelocktes Haar fiel ihr auf die Schultern und in ihrem Gesicht war mehr Make-up zu sehen als üblich.

Ihr Kleid war in einem tiefen Rot gehalten und aus einem seidigen Stoff gefertigt, der ihre Kurven umschmeichelte. Ich wusste sofort, dass sie keinen BH trug. Daran hatte sich nichts geändert. Das Kleid war asymmetrisch und hatte nur an einer Schulter einen Träger, die andere war vollkommen nackt. Ihre hochhackigen Schuhe waren farblich auf ihr Outfit abgestimmt und unter dem Arm trug sie zusätzlich eine kleine, schwarze Handtasche.

Ihr Kleid reichte ihr bis knapp unter das Knie, doch das spielte keine Rolle. Sam sah immer noch so verdammt sexy aus, dass ich sofort eine Erektion bekam.

»Du siehst zauberhaft aus«, sagte ich mit heiserer Stimme. Mir fehlten die Worte, um zu beschreiben, wie ich mich fühlte, wenn ich Samantha ansah, also versuchte ich es erst gar nicht.

»Danke«, antwortete sie. »Ich ziehe mich eigentlich nicht schick an. Hoffentlich sehe ich gut genug aus für das, wo wir hingehen. Ich kann nicht fassen, dass du einen Smoking trägst.«

Ich zuckte mit den Schultern. »Ich habe dir gesagt, du sollst dir ein Kleid kaufen. Gleiches Recht für alle.«

Sie kam auf mich zu und gab mir einen zärtlichen Kuss auf den Mund. »Ich habe die attraktivste Verabredung in ganz New York«, sagte sie lächelnd. »Du siehst toll aus.«

»Trotz meiner Narben?«, entfuhr es mir, bevor ich mich zurückhalten konnte. Verdammt, ich hasste es, wenn ich mich anhörte wie ein jämmerlicher Verlierer.

Ich atmete ihren betörenden Duft ein, als sie antwortete: »Für mich bist du immer attraktiv.«

*Ach du liebes bisschen.* Allein schon diese Worte aus Samanthas Mund zu hören war jeden qualvollen Moment wert, den ich in formeller Kleidung verbringen musste. Von dem anerkennenden Blick auf ihrem Gesicht, als sie mich von oben bis unten musterte, einmal ganz zu schweigen. Aus irgendeinem Grund schien Sam wirklich nicht zu denken, dass meine Narben schlimm oder unansehnlich waren. Sie fand mich attraktiv und eigentlich war es doch das, was am Ende wirklich zählte.

»Wo gehen wir hin?«, fragte sie, als sie mir das Glas mit der Cola aus der Hand nahm und selbst einen Schluck trank.

»Ich habe dir doch gesagt, dass es eine Überraschung ist«, sagte ich grinsend. »Zumindest essen wir heute Abend nicht schon wieder Pizza in diesen vier Wänden.«

»Das hat mir nichts ausgemacht, Xander.«

»Mir schon«, entgegnete ich und holte mir meine Cola zurück, damit ich einen Schluck nehmen konnte. »Aber das werde ich heute Abend wiedergutmachen.«

»Ich hoffe sehr, dass dieses Abenteuer etwas mit Essen zu tun hat. Ich bin am Verhungern.«

Wir würden in eines der besten Restaurants in New York gehen, doch ich antwortete einfach nur: »Tut es. Bist du fertig?«

Sie lächelte und nickte aufgeregt, und mein Herz wurde mir schwer. Sie fand jede Art von Abenteuer spannend. Vermutlich weil ihr Leben nicht gerade ein Zuckerschlecken gewesen war. Sie hatte Jahre gebraucht, um ihre Ausbildung abzuschließen, und war dann das traurige Opfer einer solchen Tragödie geworden.

Ich war fest entschlossen, das alles zu ändern.

Sie schritt elegant durch die Tür, die ich für sie geöffnet hatte, und wartete dann auf mich, während ich abschloss. Ich nahm ihre Hand und führte sie zum Aufzug. Dabei war ich noch immer so nervös wie ein Junge bei seiner ersten Verabredung.

*Vielleicht weil ich noch nie mit einer Frau ausgegangen bin, die mir so viel bedeutet wie Sam.*

Als wir den Aufzug verließen und in die immer noch feuchtwarme Abendluft hinaustraten, hielt sie plötzlich an. »Nehmen wir ein Taxi?«, fragte sie verwirrt.

Ich grinste sie an. »Ernsthaft? Du gehst mit einem Milliardär aus, Süße. Deine Mitfahrgelegenheit befindet sich direkt vor deiner Nase.«

Ich sah dabei zu, wie sie mit offenem Mund auf die Stretchlimousine starrte, die am Straßenrand geparkt war. »Damit fahren wir?«

Der Fahrer öffnete die Tür für sie und wartete geduldig darauf, dass sie einstieg.

Ich nickte mit meinem Kopf in Richtung des eleganten, schwarzen Gefährts. »Steig ein.«

Als sie sich nicht rührte, ging ich voraus, rutschte über den Rücksitz und wartete darauf, dass sie mir folgte. »Sam. Komm schon. Wir verpassen noch unsere Reservierung«, rief ich aus dem Inneren des Wagens.

Sie stieg vorsichtig ein und sah sich um. »Ist das hier der Party-Bus?«, fragte sie scherzhaft.

Ich musste zugeben, dass die Limousine *wirklich* groß war. Es gab sowohl in Fahrtrichtung als auch in entgegengesetzter Richtung Sitze und eine Minibar mit allem, was das Herz eines Fahrgastes begehrte.

Ich nahm ihre Hand und zog sie zu mir auf den Ledersitz herunter, der in Fahrtrichtung zeigte. »Mach es nicht schlecht, bevor du es nicht ausprobiert hast«, warnte ich. »Es ist ziemlich fantastisch, hier nicht selbst fahren zu müssen oder auf ein Taxi angewiesen zu sein.«

»Das kann ich mir vorstellen. Ich habe nur nie diesen Luxus besessen. Ich fange an, mich wie Aschenputtel zu fühlen.«

Ich lehnte mich näher zu ihr und murmelte: »Es tut mir leid, dir sagen zu müssen, dass ich kein Traumprinz bin.«

Sie sah mich mit gerunzelter Stirn an. »Hör auf damit.«

»Womit?«

»Von dir zu sprechen, als seist du nicht der attraktivste und aufregendste Mann, den eine Frau sich als ihre Verabredung wünschen könnte. Das hier ist *meine* Traumverabredung und ich wähle *dich* als meine Begleitung aus«, sagte sie stolz. »Es wäre nicht so großartig, wenn ich nicht mit dir zusammen wäre. Du *bist* heute Abend mein Traumprinz. Diese Verabredung ist bereits spektakulär, weil *du* an meiner Seite bist.«

Ich sah das ehrliche Leuchten in ihren Augen und konnte nicht leugnen, dass sie wirklich glücklich war, mit mir zusammen zu sein.

»Gut. Ich höre auf«, sagte ich rau.

Sam gab mir das Gefühl, als sei ich drei Meter groß, und ich musste ehrlich zugeben, dass ich gegen diesen Schuss Selbstvertrauen nichts einzuwenden hatte. Bevor meine Eltern ermordet wurden, war ich ziemlich arrogant. Diesen Teil meiner Persönlichkeit wollte ich wirklich gern zurückhaben.

»Gut. Und jetzt sag mir, wo wir hingehen«, forderte sie.

»Erst einmal zum Abendessen«, antwortete ich, als sich die Limousine in Bewegung setzte.

»Und danach?«

»Hab etwas Geduld«, sagte ich und lachte leise. Sam war so aufgeregt, dass ich den ganzen Abend durch ihre Augen sah. Sie war es nicht gewohnt, in Limousinen mitzufahren und in edle Restaurants zu gehen. Das sollte sie aber sein. Ich persönlich sah all das als selbstverständlich an, weil ich reich auf die Welt gekommen war. Die Dinge aus ihrer Perspektive zu betrachten machte jedoch sehr viel mehr Spaß.

Sie lehnte sich seufzend an mich und ich nahm sie rasch in meine Arme, wobei ich die zarte Haut an ihrer nackten Schulter streichelte. »Dieses Kleid neckt meinen Schwanz«, klagte ich.

»Es ist ein wunderbares Kleid«, widersprach sie. »Es ist weder zu kurz, noch offenbart es einen zu großen Einblick. Ich bin der Meinung, es ist elegant. Gefällt es dir nicht?«

»Oh, ich liebe es! Es umschließt wunderbar deine sexy Kurven und es ist offensichtlich, dass du keinen BH trägst. Und erzähle mir bitte nicht, dass du obenrum nicht ausreichend ausgestattet bist, um einen zu tragen. Ich habe deine Brüste gesehen. Sie sind perfekt. Und das Kleid ist unscheinbar, dennoch lässt es einen Mann darüber nachdenken, was du wohl darunter trägst. Es macht mich an. Dieses Kleidungsstück ist sehr viel verführerischer als etwas Auffälliges mit tiefem Ausschnitt.«

»Es freut mich, dass es dir gefällt«, antwortete sie mit lüsterner Stimme, die dazu bestimmt war, mich scharfzumachen.

»Ich werde das Kleid noch mehr lieben, wenn ich es dir heute Abend ausziehe«, antwortete ich verwegen.

»Fesselst du mich dann mit deiner Fliege?«, fragte sie atemlos.

*Oh, verdammt!* Sie spielte so unfair. Mein Schwanz tobte jetzt schon, um aus meiner Hose herausgelassen zu werden.

»Wenn du dich nicht benimmst, dann tue ich das vielleicht«, warnte ich sie.

»Das bringt mich nur dazu, ungezogen sein zu wollen«, gab sie zurück.

Ich schüttelte den Kopf, denn ich wusste einfach nicht, was ich mit einer Frau wie ihr anstellen sollte. Ja, manchmal gefiel es mir, diese dominanten Spielchen zu treiben, doch ich gelangte langsam an den Punkt, an dem es keine Rolle spielte, auf welche Art und Weise ich sie vögelte. Es war nur wichtig, dass ich es tat.

»Ich werde später darüber nachdenken«, sagte ich lockerer, als ich mich fühlte. Sie sagte nichts mehr. Stattdessen nahm sie meine Hand in ihre und verwob in einer vertrauensvollen Geste, die mir einen Schlag in den Magen verpasste, unsere Finger miteinander.

»Ich wünschte, ich könnte dir Champagner anbieten, um auf den Beginn unseres Abends anzustoßen«, sagte ich nachdenklich. »Ach warte, das kann ich tatsächlich! Aber ich muss mich an Wasser halten.«

»Das ist mir egal«, murmelte sie. »Ich trinke nicht sehr viel. Und momentan genieße ich die Fahrt.«

Ich selbst war fasziniert von dem Augenblick, auch wenn die Fahrt in der Limousine nichts Sexuelles an sich hatte. In Wahrheit war es so, dass ich es mochte, wenn Samantha an meiner Seite war.

»Wir sind da«, verkündete ich, als der Wagen am Straßenrand zum Stehen kam.

Der Fahrer öffnete umgehend die Tür und ich half Sam in ihren hochhackigen Schuhen beim Aussteigen. Als wir beide auf der Straße standen, sah sie mich überrascht an.

»Das ist ein Einkaufszentrum«, sagte sie.

Ich nahm ihre Hand. »Gehen wir!«

Wir traten durch die Tür und nahmen die Rolltreppe, und ich musste zugeben, dass ich mich ein wenig komisch fühlte, in einem Smoking durch ein Einkaufszentrum zu gehen. Doch wir würden schon bald im Restaurant sein.

»Oh Gott! Wir haben tatsächlich einen Tisch im Per Se?«, fragte Sam mit ehrfürchtiger Stimme. »Xander, das ist teuer. Es ist eines der besten Restaurants der Welt.«

Ich schob sie in das Lokal. »Ich denke, ich kann es mir leisten«, flüsterte ich ihr ins Ohr, als wir am Eingang begrüßt und zu unserem Tisch geführt wurden, der einen spektakulären Ausblick auf den Central Park und den Columbus Circle bot.

Wir entschieden uns für das Degustationsmenü und Sam lehnte den Wein ab, bestellte stattdessen jedoch Wasser und ein nichtalkoholisches Getränk.

Die Atmosphäre war ruhig und intim, doch meine Begleitung schien mehr Interesse an der Aussicht zu haben. »Das ist einfach unglaublich. Ich habe jahrelang in New York gelebt und bin nie hier gewesen.«

»Jetzt bist du hier. Was denkst du?«

Sie wandte den Kopf und sah mich an. »Ich denke, dass du der süßeste, aufmerksamste Mann bist, den ich jemals getroffen habe«, sagte sie aufrichtig.

Ich zuckte mit den Schultern. »Es ist keine große Sache. Ich habe hier schon einmal gegessen.«

»Darum geht es nicht. Für *mich* ist es etwas Besonderes.«

»Du brauchst einen Mann, der dir jeden Wunsch von den Augen abliest. Ich habe vor, dieser Mann zu sein, Sam.«

Sie lächelte mich an. »Bis jetzt machst du deine Sache sehr gut. Ich bin mir bewusst, dass du es dir leisten kannst hierherzukommen, doch ich wäre niemals dazu in der Lage. Deshalb kann ich es auch kaum erwarten, das Essen zu kosten!«

Ich grinste. Ich vertraute darauf, dass es Samantha egal war, wen sie hier antreffen oder ob sie einen Blick auf irgendeine Berühmtheit erhaschen würde. Dieses Restaurant war der Ort, um zu sehen und gesehen zu werden. Sie hingegen war *wirklich* nur am Essen interessiert.

Während des langen Menüs hatte ich das Vergnügen, sie dabei zu beobachten, wie sie jedes Gericht probierte, die Augen schloss und bei den meisten genüsslich stöhnte.

Als wir endlich fertig waren, wollte ich sie nur noch nackt ausziehen und sie dazu bringen, diesen unheimlich befriedigenden Laut *für mich* von sich zu geben.

Wir verzichteten auf Nachtisch, weil wir beide satt waren. »An den Kuchen mit wilden Blaubeeren würde sowieso nichts herankommen«, sagte ich lächelnd.

Samantha hatte sich beim Backen selbst übertroffen und wir hatten ein Stück mit zu Julian genommen, weil Kristin ihn gern hatte probieren wollen. Dieser Kuchen hatte mein Haus jedoch nur unter großem Protest verlassen, denn wenn es nach mir gegangen wäre, hätte ich jeden noch so kleinen Krümel für mich behalten.

»Das war das Rezept«, sagte sie, als sie ihren sinnlichen Mund mit einer makellosen Serviette abtupfte. »Die Zutaten waren perfekt.«

Ich bezahlte die Rechnung und wir machten uns gemeinsam auf den Weg nach draußen. »Das war so ziemlich das Unglaublichste, was mir jemals passiert ist«, sagte sie, als unsere Limousine vorfuhr. »Fahren wir jetzt zurück zum Penthouse?«

»Nicht einmal ansatzweise«, sagte ich selbstzufrieden und griff in die Innentasche meines Smokings. »Es sei denn, du willst das hier verpassen.«

Sie riss mir die Eintrittskarten aus der Hand. »Oh mein Gott! Xander! Du hast es wirklich geschafft, Karten für *Hamilton* zu bekommen? Ich glaube es nicht!«

Während ich beobachtete, wie sie ehrfurchtsvoll über die Eintrittskarten streichelte, wurde ich beinahe eifersüchtig. Aber ich kam schnell darüber hinweg, als ich sah, dass ihr die Tränen über die Wangen liefen. »Nicht weinen«, sagte ich. »Das sollte dich eigentlich glücklich machen.«

»Ich bin glücklich«, sagte sie. »Ich bin nur überrascht.«

»Ich will dir alle deine Wünsche erfüllen, Samantha«, gestand ich ihr aufrichtig.

Sie schlang ihre Arme um mich und drückte mich fest an sich. Ich atmete ihren Duft ein und genoss ihren weichen Körper, der so perfekt zu meinem passte. »Du hättest nicht alles an einem Abend machen müssen.«

»Du hast sehr viel mehr Träume als nur New York«, erinnerte ich sie.

»Das hier ist aufregend genug«, antwortete sie, als sie mich endlich losließ, damit wir einsteigen konnten.

Abendessen und der Besuch eines Musicals waren gar nichts. In Wirklichkeit wollte ich Samantha die Welt zeigen und ich wollte sie durch ihre Augen sehen.

Ich ballte die Fäuste, als ich in die Limousine einstieg, denn ich weigerte mich zu glauben, dass ich niemals die Chance dazu bekommen würde.

Samantha *würde* bei mir bleiben. Sie wusste es nur noch nicht.

## Kapitel 30

**SAMANTHA**

Vom Dach des Empire State Buildings blickte ich ehrfurchtsvoll auf die Lichter von New York. Es war bereits spät und der perfekte Abschluss dieses unglaublichen Abends, den ich mit Xander verbracht hatte.

Er hatte seine Arme von hinten um meine Taille geschlungen und seinen Kopf auf meine Schulter gelegt, und ich wünschte, ich könnte für immer so verharren.

Das Musical war großartig gewesen und nachdem er mich hierhergebracht hatte, um die Aussicht zu genießen, war ich von seinem Charisma niemals mehr verzaubert gewesen.

Er war ein Romantiker, auch wenn ich mir ziemlich sicher war, dass er dem heftig widersprechen würde. Er hatte den gesamten Abend so geplant, dass es mir gefallen würde, und ich denke, dass mich diese Tatsache an der ganzen Erfahrung am meisten rührte.

Den Tisch im Restaurant zu reservieren und die Eintrittskarten zu besorgen hatte einiger Planung bedurft. Ich sah, dass er den Smoking hasste, und hatte bemerkt, wie er ab und zu einen Finger in den gestärkten Kragen gesteckt hatte, um ihn etwas aufzulockern, doch ich bin mir sicher, dass das nichts geholfen hatte.

All das ... der gesamte Abend ... hatte darauf abgezielt, mich glücklich zu machen. Mehr als die eigentlichen Dinge, die wir getan und gesehen hatten und die fantastisch gewesen waren, berührte es mich sehr, dass er sich alles so sorgfältig überlegt hatte.

Xander war ein wunderbarer Mann.

Die Zeit war so schnell vergangen. Mir wurde klar, dass wir beinahe schon das Ende des Sommers erreicht hatten. Xander hatte wieder angefangen, Musik zu machen, und schrieb jeden Tag an neuen Liedern, während ich an meinem Buch arbeitete. Der kleine Auftritt in Amesport würde kein Problem für ihn darstellen.

Eigentlich hatte ich alles erreicht, was ich mit ihm hatte erreichen wollen. Wir waren gute Freunde geworden und Xander hatte einen Weg gefunden, um sich selbst zu heilen.

Ich selbst hatte ebenfalls meinen Frieden mit den traumatischen Ereignissen meiner Vergangenheit gemacht. Ich würde zwar nie vollkommen darüber hinwegkommen, was passiert war, doch ich war nun dazu in der Lage weiterzumachen, ohne dass mich die Vergangenheit ständig verfolgte.

Meine Hand wanderte automatisch zu dem Tränenanhänger um meinen Hals, ein Schmuckstück, das ich nie ablegte. Es erinnerte mich immer daran, dass die Liebe wirklich niemals starb. Meine Eltern und meine Familie würden mir bis zu dem Tag wichtig sein, an dem ich meinen letzten Atemzug nehmen würde. Aber ich wusste nun auch, dass ich dazu imstande war, mein eigenes Leben ohne sie zu meistern und sie in Zukunft auf jede nur mögliche Weise zu ehren.

Ich war mir nicht sicher, was Xander dachte. Keiner von uns hatte das Versprechen gebrochen, einfach nur den Augenblick zu genießen und alles andere später zu entscheiden. Doch unsere Vereinbarung fraß an mir und ich machte mir Sorgen darüber, wie mein Leben wohl ohne ihn aussehen würde.

Ich schluckte schwer und versuchte, diesen Gedanken aus meinem Kopf zu verbannen. Ich liebte ihn, wenn er jedoch nicht das Gleiche für mich empfand, würde ich vollkommen am Boden zerstört sein.

Ich liebte ihn *einfach so sehr*.

So hatte ich mir die Dinge nicht vorgestellt, als ich mich dazu entschlossen hatte, nach Amesport zu kommen, doch ich fing an zu akzeptieren, dass nicht alles sicher war. Ich war ein Mensch, der Dinge plante, eine Frau, die ihre gesamte Zukunft bereits vor sich sah. Vielleicht war das langweilig, aber so hatte ich mein Leben immer schon gelebt. Vermutlich weil ich nach dem Chaos in meinen jüngeren Jahren einen Anflug von Kontrolle gut hatte gebrauchen können.

Nein, ich hatte nicht vorgehabt, mein Herz an Xander zu vergeben. Doch ihn zu lieben war eins der besten Dinge, die mir jemals passiert waren.

Gut oder schlecht.

Zusammen oder nicht zusammen.

Ich konnte einfach nicht bereuen, was in diesem Sommer geschehen war.

Vielleicht würde es nicht einfach werden, wenn sich unsere Wege trennen müssten. Doch diese Erfahrung würde ich für den Rest meines Lebens in meinem Herzen tragen.

»Was denkst du?«, fragte Xander neugierig.

Ich schloss meine Augen und schwebte in dem Genuss, den sein warmer Atem an meinem Nacken, seine eng um mich geschlungenen Arme und das Gefühl seines harten Körpers, der mich von hinten stützte, hinterließen. »Nichts Wichtiges. Ich habe die Aussicht genossen. Es ist wunderschön hier oben. Bei Nacht habe ich die Stadt so noch nicht gesehen.«

»Was zum Teufel hast du nur gemacht, als du in New York gelebt hast?«, fragte er.

Ich zuckte mit den Schultern. »Ich bin zur Schule gegangen. Habe gearbeitet. Bin in billige Restaurants gegangen, in denen man gut essen konnte. Und ich habe es zu meinem Hobby gemacht, zum Kuchenessen in Bäckereien zu gehen«, antwortete ich.

Ich log Xander niemals an, doch ich würde ihm nicht sagen, dass ich über unsere Trennung am Sommerende nachgedacht hatte. Ich wollte auf gar keinen Fall den bei Weitem besten Abend meines Lebens ruinieren.

»Bist du bereit?«, fragte er.

»Ja.« Ich drehte mich um und schlang meine Arme um seinen Hals. »Vielen Dank. Dieser Abend war einfach nur perfekt.«

Sein Kopf senkte sich und ich erzitterte, als seine Lippen sich auf meine pressten. In diesem einen, besonderen Kuss versuchte ich, ihm all das zu zeigen, was ich nicht aussprechen konnte.

Er hielt mich fest in seinen Armen, knabberte an meiner Unterlippe und gab mir dann viele kleine Küsse auf den Mund.

Nachdem er meine Hand genommen und mit mir zum Aufzug gegangen war, schwebte ich auf einer Wolke der Glückseligkeit.

Es war schon spät, als wir zum letzten Mal unsere Limousine bestiegen. Diese Fahrt würde uns zum Penthouse zurückführen.

»Ich will eigentlich gar nicht, dass dieser Abend jemals endet«, murmelte ich an seine Schulter gelehnt.

»Samantha«, brummte er in die Dunkelheit und seine Arme schlangen sich fest um mich. »Ich halte es nicht eine Minute länger aus, nicht in dir zu sein.«

Meine Muschi zog sich schmerzhaft zusammen und als Xanders Mund sich auf meinen drückte, wurde mir heiß zwischen den Beinen. Wir zerrten beinahe aneinander, um die Verbindung zu bekommen, nach der wir uns beide so sehr sehnten.

Er küsste, streichelte und knabberte an meiner Haut und zog an dem einen Träger meines Kleides, bis der Stoff mir um die Hüften hing. Ich stöhnte, als sein Mund sich unsanft eine meiner harten Brustwarzen vornahm. Das Gefühl seiner Zunge, die darüber leckte, war beinahe schon schmerzhaft.

Im Gastbereich der Limousine war es dunkel und der Fahrer hatte den Sichtschutz zwischen sich und uns hochgefahren. Und dennoch konnte ich immer noch nicht glauben, dass ich gerade auf dem besten Weg war, Sex in diesem Auto zu haben.

Xander erkundete mit seiner Hand und wanderte schließlich unter den Stoff meines Kleides, um die Hitze zu finden, nach der er gesucht hatte.

»Oh Gott, Sam. Du bist so feucht«, keuchte er, als seine Finger das dünne Material meines Slips zur Seite schoben, damit er meine Spalte massieren und tief in meine feuchte Muschi eindringen konnte.

»Xander«, stöhnte ich, als er meine Klitoris berührte und sie so lange stimulierte, bis ich vor Frust beinahe anfing zu schluchzen. »Mehr!«

Ich vergaß vollkommen, dass ich mich auf dem Rücksitz eines Wagens befand, der auf einer überfüllten New Yorker Straße unterwegs war. Ich vergaß so gut wie alles, mit Ausnahme von Xander und wie sehr ich auf primitivste, lustvollste Weise mit ihm verbunden sein musste.

Ein kräftiger Ruck machte meinem Slip den Garaus und gab Xander Zugang zu meiner blanken Muschi, damit er weiter streicheln, stimulieren und mich beinahe zum Wahnsinn treiben konnte.

Ich griff nach seinem Schwanz und konnte es nicht abwarten, ihn zu befreien. Meine Hand konnte ihn nur durch den Stoff fühlen und ich bebte vor Frustration. »Ich brauche dich, Xander. Jetzt. Genau jetzt.«

»Runter«, knurrte er und zog mich auf den mit Teppich ausgelegten Fußboden. »Ich muss so tief in dir drin sein wie nur möglich.«

Ich blieb wie befohlen auf allen vieren und zitterte, als ich plötzlich Stoff an meinem Hintern spürte.

»Bleib so«, warnte er mich.

Nichts hatte mich auf die Kraft seines Stoßes vorbereitet, als er mich von hinten nahm und seinen Schwanz bis zur Wurzel in mich hineinschob.

»Oh Gott! Ja! Fest, Xander! Ich brauche es fest!« Ich wollte es rau, leidenschaftlich und wild. Ich sehnte mich nach seiner Besessenheit und ich wollte, dass er mich so nahm, als wäre es ihm ernst.

»Du wirst keine andere Wahl haben«, knurrte er. »Ich brauche das hier.« Er umfasste meine Hüften und begann einen strafenden Rhythmus, während er sich in meine Muschi hineinbohrte und seinen Schwanz wieder herauszog. Mit jedem Stoß fickte er mich noch ein klein wenig tiefer.

Das einzige Geräusch, das in der Limousine zu hören war, war unser stoßweiser Atem, das Klatschen unserer Haut gegeneinander und unsere Laute der Befriedigung, als wir uns beide dem Höhepunkt näherten.

»Du musst kommen, Baby. Ich kann dieses Mal nicht länger durchhalten«, keuchte er. Seine Hand bewegte sich von meiner Hüfte über meinen Bauch hinunter an den Ort, an dem wir beide verbunden waren.

Ich explodierte beinahe genau in der Sekunde, in der er mit einem Finger über meine empfindliche Knospe streichelte, die sich nach Aufmerksamkeit gesehnt hatte.

Glücklicherweise bedeckte Xander mit seiner Hand meinen Mund, als mir ein Schrei entfuhr, denn er sorgte sich vermutlich, dass unser Fahrer denken könnte, er würde mich umbringen.

Mein Höhepunkt brach wie eine Sturzflut über mich hinein und auch Xander ergoss sich zuckend in mir.

Wir keuchten beide, während wir uns langsam wieder beruhigten. Xander küsste mich zärtlich auf die Schläfe und zog mich wieder nach oben, während er anfing, mein Kleid wieder einigermaßen herzurichten.

»Tut mir leid. Dein Slip ist zerrissen und befindet sich in meiner Tasche«, sagte er ohne jegliche Reue.

Ich strich mein zerknittertes Kleid mit beiden Händen glatt und musste tatsächlich kichern. »Ich bin froh, dass ich nichts sehen kann. Ich bin mir sicher, dass ich so aussehe, als wäre ich gerade in einer Limousine gevögelt worden.«

Als wir langsamer wurden und schließlich anhielten, wurde mir bewusst, dass wir nicht mehr viel Zeit hatten.

»Ich hoffe, Sie hatten eine angenehme Heimfahrt, Mr. Sinclair«, sagte der Fahrer mit steifer Stimme.

Xander stieg aus und hielt mir seine Hand hin. »Es war wunderbar. Danke.«

»Fräulein.«

Der Fahrer nickte, als ich aus dem Fahrzeug stolperte.

»Es war eine angenehme Fahrt. Sehr stimulierend«, teilte ich dem Fahrer mit und musste mir auf die Lippe beißen, um nicht laut loszulachen.

Xander gab dem Mann ein Trinkgeld und nahm meine Hand. Wir lachten beide, als wir uns fröhlich hüpfend auf den Weg zum Penthouse machten, so sehr ineinander versunken, dass wir kaum andere Menschen um uns herum wahrnahmen.

## Kapitel 31

**SAMANTHA**

»Du *musst* das nicht machen, Xander. Du hast dir selbst bereits bewiesen, dass du jederzeit zu deiner Musik zurückkehren kannst, wenn du das willst.«

Meine Bitte wurde aus Angst heraus geäußert, als wir in dem kleinen Bereich hinter der Bühne standen, die zu der behelfsmäßig aufgebauten Plattform am Kirmesgelände gehörte.

Hatte ich ihn zu sehr bedrängt, um ihn wieder dazu zu bringen aufzutreten, wo ich doch eigentlich nur gewollt hatte, dass er seine Kreativität wiederfindet?

Jetzt, da ich das donnernde Dröhnen der Lokalband vernahm, die vor Xander ihren Auftritt auf der Open-Air-Bühne hatte, war ich mir nicht mehr vollkommen sicher, dass ich das Richtige getan hatte.

Es war das Labor Day Wochenende und für eine Kleinstadt waren unheimlich viele Menschen anwesend. Die Show und die Fahrgeschäfte auf dem Kirmesgelände hatten eine wahre Horde von Wochenendreisenden an die Küste gelockt.

Ganz zu schweigen von der Tatsache, dass Gerüchte darüber die Runde gemacht hatten, Xander Sinclair würde zum ersten Mal seit Jahren einige Lieder zum Besten geben.

Ich war mir nicht sicher, wie diese Information an die Öffentlichkeit gelangt war. Der Auftritt hatte spontan sein sollen. Nichtsdestotrotz hatten wir in der vergangenen Woche allerlei Dinge in der Stadt gehört und es war offensichtlich, dass die Fans seinen Auftritt erwarteten. Niemand aus Xanders Familie hätte dieses Geheimnis offenbart. Es musste sich durch die wenigen Organisatoren herumgesprochen haben, die Kenntnis darüber hatten, dass er eventuell hier sein würde.

Ich seufzte erleichtert, als ich hörte, wie der letzte Akkord der Band auf der Bühne verklang.

»Mach dir keine Sorgen«, sagte Xander und richtete den Gurt seiner Gitarre. »Es ist ja nicht so, als hätte ich nicht schon vor weitaus größerem Publikum als diesem hier gespielt.«

Ich sah ihn an und war komischerweise nicht dazu in der Lage, seine Stimmung einzuschätzen. Den Großteil des Tages war er still gewesen, doch ich hatte das seiner Konzentration auf die Proben im Studio für diesen Abend zugeschrieben.

Jetzt bekam ich auf einmal Zweifel und war mir ziemlich sicher, dass ich nervöser war als er.

Ich hatte den Lärm vollkommen vergessen.

Ich hatte nicht so viele Menschen auf so engem Raum erwartet.

»Ich weiß. Aber du hast dir das nicht ausgesucht«, sagte ich laut genug, um mir über die johlende Menge Gehör zu verschaffen. »Ich habe es getan.«

Er grinste mich an. »Samantha, mir geht es gut. So lange ich dich da draußen sehen kann, werde ich in Ordnung sein. Ich tue einfach so, als würde ich für dich singen.«

Mein Herz zog sich zusammen. »Bist du dir sicher?«

Er nickte und beugte sich zu mir, um mir einen Kuss auf die Stirn zu geben. »Ich gewöhne mich langsam an Lärm und Menschenmengen. Je mehr ich mich dem stelle, umso weniger macht es mir aus.«

Ich nahm sein Gesicht in beide Hände und küsste ihn auf den Mund. »Gut. Dann geh. Das Publikum wartet schon.«

Xander ging hinaus auf die Bühne, während ich die behelfsmäßigen Treppenstufen hinunterlief und über meine eigenen Füße stolperte, als ich versuchte, schnell auf den für mich reservierten Platz zu kommen.

*Verdammt!* Ich fluchte innerlich, als mein Körper auf dem Boden aufschlug, und war einen Moment lang verwirrt, denn ich war auf meinem Rücken gelandet und benommen liegen geblieben.

Ich sog die Luft ein. Und dann noch einmal. Als ich mich endlich aufsetzen konnte, sah ich, wie Xander die Bühne unter ohrenbetäubenden Jubelschreien betrat.

In diesem Moment begann das Feuerwerk.

*Bumm! Bumm! Bumm!*

Ich bekam Panik, als mir bewusst wurde, dass das Feuerwerk so nahe war, weil es Teil von Xanders Vorstellung war. Die Raketen explodierten direkt hinter ihm und schossen in einem wunderschönen Farbspektakel in den Himmel. Oder das würden sie ... wenn ich nur nicht so schreckliche Angst hätte hinzusehen, weil sie wie Schüsse aus einer Pistole klangen.

Ich lief zum vorderen Teil der Bühne und meine Augen blieben die ganze Zeit fest auf Xander gerichtet, denn ich sah, wie er zögerte.

Sein Blick fuhr suchend umher und ich wusste, dass er versuchte, mich zu finden.

Als mein Hintern in einem der Klappstühle in der ersten Reihe landete, realisierte ich, dass wir zu weit weg saßen.

Die gesamte erste Sitzreihe, die von mir und dem Rest von Xanders Familie besetzt war, befand sich zu weit von der Bühne entfernt, als dass der Scheinwerfer mich in der Menge einfangen würde.

Kristin saß neben mir und ich sagte mit ängstlicher Stimme zu ihr: »Er kann uns nicht sehen. Und es ging ihm gut, bis sie das verdammte Feuerwerk abgebrannt haben.«

Xander dabei zuzusehen, wie er versuchte, sich wieder zu beruhigen, brachte mich fast um. Er hatte einen langen und harten Kampf geführt und ich sollte verdammt sein, wenn ich ihn versagen ließe, nur weil einige kleine unerwartete Umstände aufgetreten waren.

*B. A. Scott*

Ich sprang auf und riss das dünne Absperrband herunter, das dazu gedacht war, den Bereich vor der Bühne frei zu halten. Als ich wusste, dass die Scheinwerfer mich anleuchteten, stand ich auf dem Gras und wedelte mit beiden Armen in Richtung des zögernden Mannes auf der Bühne.

»Sieh mich an, Xander. Nur mich. Kehr nicht wieder um. Bleib hier bei mir«, flüsterte ich aufgeregt.

Endlich fanden seine Augen meine und ich verankerte meinen Blick mit seinem. Xanders Familie kam in einer regelrechten Welle aus Körpern aus der ersten Reihe angelaufen, um sich neben mich zu stellen, jeder seiner Brüder, Cousins und deren Frauen formten die erste Reihe von Gesichtern, die er sehen konnte, wenn er auf die Menge hinausblickte. Genau wie ich hatte kein Einziger von ihnen ein Problem damit, die Absperrung zu durchbrechen, um für dieses Mitglied ihrer Familie aufzustehen, das so lange gekämpft hatte, um diesen Tag erleben zu können.

»Es wird schon alles gut gehen«, sagte Kristin mir ins Ohr. »Das blöde Feuerwerk ist vorbei und er kann jetzt sehen, dass wir hier sind, um ihn zu unterstützen.«

Xander nickte mir leicht zu, um mich wissen zu lassen, dass er sich in diesem Augenblick befand, und begann dann mit seiner ersten Nummer, dem Lied, das er für mich geschrieben hatte.

Langsam entspannte ich mich und verlor mich in der Musik. Xanders alte Band hatte sich anderen Projekten gewidmet, doch er hatte einige ortsansässige Musiker angestellt, um mit ihm zu spielen, und der Auftritt war zauberhaft. Zumindest war er das für mich.

Die Tränen strömten mir über die Wangen und als ich in die Gesichter seiner Familie sah, bemerkte ich, dass keine der Sinclair-Frauen ihre Gefühle zurückhielt. Sie alle weinten, genau wie ich.

Xander war beinahe wieder ganz gesund, auch wenn er die Ticks von seiner traumatischen Vergangenheit vermutlich immer behalten würde. Aber er hatte recht. Je mehr er sich der Welt stellte, umso besser würde er darin werden, seine Reaktionen zu kontrollieren. Wenn ich ihn ansah, sah ich nur einen geliebten Menschen, der ganz unten gewesen war und sich dann langsam seinen Weg zurück ins Leben erarbeitet hatte.

Ich liebte ihn für seine Stärke.

Ich liebte ihn für seine Liebenswürdigkeit.

Und gut, wenn er zynischer war als vorher, dann hatte er sich das Recht darauf auch verdammt noch mal verdient.

Das Leben war manchmal einfach nur schwer und für manche Menschen war es härter als für andere. Aber es gab auch Zeiten wie diese hier, die wegen all des vorher erlebten Schmerzes so viel besser waren.

Als der letzte Ton verstummte und die Menge tobte, drehte sich Kristin mit vor Tränen geschwollenen Augen zu mir. »Das war unglaublich. Das war Xander. Danke, Sam. Du weißt ja gar nicht, wie viel es Julian und Micah bedeutet, ihren Bruder zurückzuhaben.«

Kristin schlang ihre Arme um mich und ich erwiderte die Umarmung. »Ich war das nicht. Das hat er ganz alleine geschafft«, sagte ich ihr ins Ohr. »Er ist stärker, als er glaubt. Das war er immer schon.«

Sie schenkte mir ein zitterndes Lächeln und nickte, als sie mich losließ. Dann drehte sie sich um und umarmte ihren Mann.

Micah und Julian begaben sich zur Bühne und ich blieb zurück, um den Brüdern etwas Privatsphäre zu geben. Xander verdiente es, diese Zeit mit seinen Brüdern zu verbringen, und er brauchte allen Zuspruch, von dem ich wusste, dass Micah und Julian ihn geben würden.

Ich wartete, dass die Menschenmassen sich langsam ausdünnten und sich wieder den anderen Feierlichkeiten dieser Labor Day Kirmes widmen würden. Währenddessen unterhielt ich mich mit den Sinclair-Frauen, denn die Cousins, Hope und Jason waren alle hinter die Bühne gegangen, um Xander zu seinem Auftritt zu gratulieren.

»Hat er vor, wieder regelmäßig aufzutreten?«, fragte Kristin in normaler Lautstärke, da die meisten Menschen den nun dunklen Raum vor der Bühne verlassen hatten.

Ich zuckte mit den Schultern. »Ich bin mir nicht sicher. Er hat mir gesagt, dass ihn das Leben auf Tour ausgelaugt hat, deswegen weiß ich nicht, welche Richtung er nun einschlagen wird. Er hat die Möglichkeit erwähnt, ein eigenes Plattenlabel zu gründen, doch er hat noch nichts dahingehend unternommen. Dennoch ist die Musik ein großer Teil seines Lebens. Er wird sie nicht mehr nur im Hintergrund stattfinden lassen.«

»Wir wollen, dass er hierbleibt«, hörte ich Tessa neben Kristin sagen.

Kristin fügte hinzu: »Wir hoffen, du bleibst uns auch erhalten.«

Ich wollte nicht über meine Abmachung mit Xander sprechen und darüber, dass ich ab sofort keine Ahnung hatte, ob wir uns trennen würden oder ob es eine Zukunft für uns gab. »Ich bin mir nicht sicher, wie es jetzt weitergeht«, antwortete ich den beiden Frauen aufrichtig.

»Ich habe dich den ganzen Sommer über beobachtet«, sagte Kristin. »Ich weiß nicht, was für ein Leben du in New York geführt hast, aber du passt hierher, Sam. Du gehörst zu Xander und Amesport ist der Ort, an dem du sein musst. Ich habe nie den Eindruck gehabt, als hättest du nach mehr Aufregung gesucht oder die Lichter der Großstadt vermisst. Und selbst wenn du das tätest, könnte Xander dich überall hinbringen.«

»Versucht ihr etwa, mich zum Bleiben zu überreden?«, fragte ich mit einem müden Lächeln.

Kristin und Tessa nickten beide aufgeregt.

»Das müsst ihr nicht«, gestand ich. »Ich liebe Xander. Ich liebe seine Familie. Und ich liebe Amesport. Aber ihr müsst verstehen, dass das Trauma, das er durchlebt hat –«

»Du hast ihm dabei geholfen, es zu überwinden«, unterbrach Tessa mich. »Jetzt geht es darum, wie ihr füreinander empfindet.«

»Wir werden sehen«, antwortete ich vage. »Lasst uns jetzt den Superstar aufsuchen.«

Kristin und Tessa begleiteten mich und ich wusste, dass die restlichen Sinclair-Frauen auch nicht weit weg sein würden. Sie unterhielten sich in Paaren oder Gruppen.

Als ich darüber nachdachte, fiel mir auf, dass es schon erstaunlich war, wie viele Sinclairs nun in diesem kleinen Städtchen wohnten.

Wir drei gingen vorsichtig die Treppe hinauf, doch plötzlich hielt ich an dem Vorhang an, der uns von den Männern trennte, weil ich Streit hörte.

»Ich werde keinen Vertrag und auch keine Vereinbarung mit Sam eingehen. Das will ich nicht. Es war okay, während ich mich in meinem Heilungsprozess befunden und ihre Hilfe gebraucht habe. Doch ich bin jetzt so viel stärker und ich will das nicht mehr. Ich habe es satt, dass sie an mich gebunden ist. Sie muss frei sein und gehen können.«

Es war Xanders Stimme, Xanders Brüllen, das durch die Luft schwebte und mir mitten ins Herz schlug.

Ich spürte, wie Kristin mich am Arm fasste, vermutlich aus Mitleid.

»Es ist schon okay«, flüsterte ich leise. »Mir war bewusst, dass es passieren könnte. Xander geht es wieder besser und manchmal ändern sich Gefühle eben.«

*Er holt sich sein Leben zurück. Er will oder braucht mich nicht mehr. Ich habe immer gewusst, dass es passieren könnte. Ich wusste es.*

Aber ich hatte mir nie vorstellen wollen, wie schmerzhaft es sein würde, wenn es tatsächlich einträfe.

Ich drehte mich um und ging peinlich berührt die Treppe hinunter, bevor ich anfing zu rennen.

Ich war mir nicht sicher, wohin ich gehen oder was ich tun sollte.

Um ehrlich zu sein, spielte es keine Rolle, denn mein Herz war in kleine Stücke zerrissen worden und ich wusste, dass ich niemals wieder dazu in der Lage sein würde, es vollständig zusammenzusetzen.

## XANDER

Ich würde auf gar keinen Fall einen weiteren Vertrag oder eine weitere Vereinbarung mit Samantha eingehen. Nicht, so lange es sich nicht um eine verdammte Heiratsurkunde handelte, die uns für den Rest unseres Lebens aneinanderbinden würde.

Ich wollte, dass Sam blieb, weil sie mich wollte. Ich wollte ihre Wahl sein, nicht ihre Pflicht.

Ich sah wütend zu Julian herüber, weil er überhaupt erst vorgeschlagen hatte, dass ich sie fragen könnte, ob sie bleiben würde, selbst wenn ich sie dafür bezahlen musste. Meine Cousins waren irgendwo hinter der Bühne unterwegs und Micah und Julian die Einzigen, die bei mir standen.

Er zuckte mit den Schultern. »Es war nur so ein Gedanke. Ich weiß, wie viel sie für dich getan hat und wie gern du es hättest, wenn sie hierbliebe. Es scheint ihr hier zu gefallen.«

Mein Blick wanderte zu dem schwarzen Vorhang, durch den Tessa und Kristin traten, um sich zu ihren Männern zu gesellen. Da ich nicht verstehen konnte, worüber die Frauen sprachen, fuhr ich fort: »Ich liebe sie, Julian. Ich liebe sie, wie du deine Frau liebst.

Glaubst du wirklich, dass es mich glücklich machen würde, sie als hochbezahlten Zeitvertreib hierzubehalten? Glaubst du wirklich, dass sie sich überhaupt auf so etwas einlassen würde?«

Micah antwortete: »Er hat nur laut gedacht, Xander. Es war ein spontaner Vorschlag. Wir wollen beide, dass du mit Sam zusammenbleibst.«

»Ich will mit ihr zusammen sein. Ich *will* ihren hübschen Hintern heiraten und ihr einen fetten Diamanten an den Finger stecken, den ich aus einem Kilometer Entfernung sehen kann, nur damit ich weiß, dass sie zu mir gehört. Ich will sie, weil sie bleiben will. Ich will nicht, dass sie jemals geht, weil sie das Gleiche für mich empfindet.« Ich war am Ende meiner Rede angelangt und meine Brust bebte vor Emotionen. »Ich liebe sie. Ich will nur, dass sie mein ist. Keine Verträge. Keine Bezahlung. Keine Vereinbarungen. Keine Vorbehalte.«

Julian grinste. »Dann werdet ihr zwei also heiraten?« Bei diesem Gedanken sah er überglücklich aus.

»Wir haben nicht darüber gesprochen«, gab ich zu. »Sie hat zugestimmt zu bleiben, bis der Labor Day vorbei ist und ich wieder auftreten könnte. Jetzt habe ich absolut keine Ahnung, wie es weitergeht. Wie haben uns darauf geeinigt, bis nach diesem Auftritt über nichts zu sprechen, was die Zukunft angeht. Sie wollte die Dinge langsam angehen lassen.«

»Frag sie«, sagte Micah. »Ich denke, jeder von uns kann sehen, wie ihr beide euch anschaut. Es ist ziemlich offensichtlich, dass sie dich auch liebt.«

»Ich bin ihr wichtig«, sagte ich ihm. Manchmal fand ich es selbst schwer zu glauben, dass Sam mich wirklich wollte. »Aber ich bin mir nicht sicher, ob sie die gleiche immerwährende Liebe für mich empfindet, wie ich es tue. Wir sind diesen Sommer füreinander dagewesen. Gut, ich hatte sehr viele Probleme, doch Samantha ist auch hierhergekommen, um selbst wieder gesund zu werden. Ein Teil von ihr hatte wegen des Todes von Mom und Dad Schuldgefühle, weil dieses Arschloch ihr Patient war.«

Micah und Julian nickten.

Ich fuhr fort: »Ich bin mir nicht sicher, dass Sam die gleiche Art von Liebe empfindet wie ich für sie. Ich habe das Gefühl, dass es mich innerlich noch zerreißt.«

»Ist sie es wert, dass du ihr dein Herz zu Füßen legst und alles auf eine Karte setzt?«, fragte Micah.

Ich nickte. »Ja, verdammt! Samantha ist jedes Risiko wert.«

»Ich werde nicht sagen, dass ich mir keine Sorgen mache«, bemerkte Julian. »Ich möchte nicht, dass es dich wie ein Schlag trifft, falls es mit euch beiden nichts wird. Aber ich weiß, wie du dich fühlst, und manchmal ist es besser, es zu versuchen, um wirklich zu leben, anstatt nur … zu existieren.«

Ich sah, wie mein mittlerer Bruder seine Frau dicht an seine Seite zog und seinen Arm fest um ihre Taille schlang.

Ich wusste, dass er Angst hatte, ich würde wieder zur Flasche oder zu Drogen greifen, doch das würde nie wieder passieren. Ich hatte erkannt, dass ich mich wie ein Feigling verhalten hatte, und versuchte nun, mich so erwachsen wie möglich zu benehmen und mich den Fehlern zu stellen, die ich gemacht hatte. »Es tut mir leid, was ihr meinetwegen alles habt durchmachen müssen«, sagte ich heiser. Ich musste es laut aussprechen und wollte, dass meine beiden Brüder mich hörten.

Micah klopfte mir auf die Schulter. »Es zählt nur, dass du jetzt hier bei uns bist«, antwortete er mit belegter Stimme. »Tu, was du tun musst, Xander. Wir stehen hinter dir, ganz egal was auch passiert.«

Ich nickte. »Ich muss Samantha finden.«

»Sie ist gegangen«, sagte Tessa leise.

Ich drehte meinen Kopf, um sie anzusehen. »Was soll das heißen, *sie ist gegangen*?«

»Xander, Samantha liebt dich. Ich wollte mir anhören, was du zu sagen hast, doch sie hat im Moment genau so viel Angst wie du. Es fällt ihr nicht leicht, ihre Seele zu offenbaren. Ich glaube, du kannst das nachvollziehen«, bemerkte Kristin.

»Ist sie weg?«, fragte ich. Ich war ängstlich und wütend zugleich, weil sie einfach weggerannt war. Das war eigentlich eher meine Art als ihre. »Wir hatten uns versprochen, nicht mehr wegzulaufen. Die Dinge gemeinsam durchzustehen.«

»Sie war verletzt. Sam ist nicht geblieben, um sich anzuhören, was du noch zu sagen hast, nachdem sie gehört hatte, wie du Julian erzählt hast, dass du sie nicht mehr willst und möchtest, dass sie frei ist, um gehen zu können.«

»Das habe ich nicht gesagt«, antwortete ich verärgert. »Gut, irgendwie habe ich das schon gesagt, aber ich habe es nicht so gemeint.«

»Ich weiß. Aber ich fürchte, es ist das Einzige, was sie mitbekommen hat. Um ehrlich zu sein, habe ich das Gleiche gedacht wie sie, bevor ich den Rest deiner Erklärung gehört habe. Für eine Frau, die mit ihrem Herzen denkt, haben diese Worte nicht besonders gut geklungen. Sie hat instinktiv reagiert. Ich glaube nicht, dass sie sich irgendetwas anderes hätte anhören können. Es war offensichtlich, dass sie geglaubt hat, du würdest sie komplett abweisen.«

»Scheiße!«, fluchte ich und rief mir meine Worte zurück ins Gedächtnis. »Sie weiß, dass sie mir wichtig ist.«

»Auch du weißt, dass du ihr wichtig bist. Das hast du selbst zugegeben. Aber hilft das?«

Ich dachte einen Moment lang über Kristins Worte nach. »Nein. Tut es nicht. Wo zum Teufel ist sie? Wir müssen das ein für alle Mal klären.«

»Ich bin mir nicht sicher. Ich habe gesehen, wie sie in Richtung Wald gelaufen ist, nördlich des Kirmesgeländes. Es ist dunkel. Ich habe sie aus den Augen verloren.«

»Sie ist alleine im Wald unterwegs!« In diesem Augenblick vergaß ich mich beinahe völlig.

Das Wäldchen war ziemlich lang und es war dort stockfinster. »Sie kann nicht weit gekommen sein«, warf Micah ein. »Die Fahrgeschäfte strahlen Licht ab und der Mond scheint, aber die Bäume stehen ziemlich dicht.«

Ich stieß den Vorhang beiseite und lief die Treppenstufen hinunter. »Ich rufe euch an, wenn ich sie gefunden habe«, rief ich meinen Brüdern zu.

Die Frage von »falls« stellte sich nicht. Ich *würde* Samantha finden und sie nicht eher gehen lassen, bis sie genau wusste, was ich für sie empfand.

Vielleicht würde ich immer einige Blockaden von meiner Vergangenheit haben, doch ich wollte nur noch gemeinsam mit ihr an meine Zukunft denken.

Ich hatte es satt, mir selbst leidzutun. Verdammt, Sam hatte mehr durchgemacht als ich und wenn irgendjemand das Recht auf ein neurotisches Verhalten hatte, dann war sie es.

Doch sie war stark, stabil und ist mein Licht in der Dunkelheit gewesen, wenn ich es gebraucht hatte.

Aber ... ich brauchte es jetzt nicht mehr.

Ich brauchte nur noch ... sie.

Ich wollte der Mann sein, der für sie da war, wenn sie mich brauchte. Ich wollte stark sein, wenn sie überfordert war. Ich wollte ihr die Welt zeigen, die sie noch nie zuvor gesehen hatte.

*Aber zuerst muss ich sie finden!*

Ich lief an den Menschenmassen vorbei und ignorierte alle, die meinen Namen riefen. In diesem Moment war mir meine Musik egal. Mich interessierte kein gottverdammter Auftritt.

Meine Augen suchten nur nach einer Sache: einer wunderschönen Frau in einem rosafarbenen Sommerkleid, der mein Herz für immer gehören würde.

## Kapitel 33

**SAMANTHA**

Ich hockte zusammengekauert auf dem Waldboden, der mit Laub und Schmutz bedeckt war. In der Ferne hörte ich die gedämpften Laute der Kirmes.

Es spielte keine Rolle, dass vermutlich jeder nackte Teil meines Körpers vollkommen zerkratzt war. Ich war zwischen Bäumen hindurchgelaufen und mein einziges Ziel war es gewesen, von allem und jedem wegzukommen, um meinen Herzschmerz allein heraus weinen zu können.

Ich hatte mich an einem Ast gestoßen, der mir in der Dunkelheit das Gesicht zerkratzt hatte. Ich hatte sehr lange geweint, doch das schmerzhafte Messer steckte noch immer in meinem Herzen und es gab nichts, das ich tun konnte, um es zu entfernen.

Ich versuchte, zur Vernunft zu kommen, und begann, die Situation zu analysieren, doch ich kam nie weiter als *Xander will mich nicht.* Ich kam über diese Tatsache einfach nicht hinweg und schaffte es nicht, einen Plan auszuarbeiten, was ich mit dieser Information nun anstellen würde.

Ich war vollständig und absolut am Boden zerstört und in meinem Kopf existierte momentan kein einziger rationaler Gedanke.

*Ich bin ein verdammter Profi! Ich sollte diese Situation mit etwas mehr Würde meistern können.*

Das Problem war nur, dass ich nicht wie eine Therapeutin dachte. Ich ging mit dieser Situation um wie eine Frau, die soeben sitzen gelassen worden war.

Während ich an meinen Tränen herum wischte, wurde mir bewusst, dass ich nicht einmal genau wusste, wohin ich gelaufen war. Von meinem Platz auf dem Boden, umgeben von Bäumen, konnte ich außer Schatten nicht viel sehen.

Ich konnte vermutlich ganz einfach den Geräuschen und Lichtern in der Ferne folgen, um meinen Weg zurückzufinden, doch das wollte ich nicht. Ich wollte genau hier bleiben, wo ich mich befand, und ganz allein in meinem Selbstmitleid versinken.

Irgendwann würde ich dazu in der Lage sein, mit der Gefühlsexplosion umzugehen, die in dem Moment in meinem Körper ausgebrochen war, als ich Xanders Zurückweisung gehört hatte.

Leider war dieser Zeitpunkt jetzt gekommen. Ich *musste* mich der Tatsache stellen, dass Xander mich nicht liebte und stattdessen wollte, dass ich ging. Ich hatte keine andere Wahl.

*Ich bin das Risiko eingegangen. Ich habe es versucht. Jetzt muss ich mit den Karten spielen, die ich bekommen habe.*

Ich war überwältigt und von Trauer vollkommen eingenommen. Es fühlte sich tatsächlich an, als würde ich trauern, nur dass der Mensch, um den es ging, nicht tot war. Er war lebendig, aber er wollte mich nicht in seinem Leben haben und wir würden keine gemeinsame Zukunft miteinander verbringen. Meiner Meinung nach war das irgendwie wie ein Tod. Es war das Ende eines Traums.

»Samantha! Samantha, antworte mir, verdammt!«

Ich hörte Xanders Rufe in der Ferne und kauerte mich noch mehr zusammen, um mich noch kleiner zu machen, weil ich nicht wollte, dass er mich in diesem Zustand sah. Wenn er frei sein musste, dann wollte ich, dass er seine Freiheit bekam. Bei Gott, er hatte lange genug in seinem selbsterschaffenen Gefängnis gelebt.

Ich jedoch konnte ihm nicht mehr helfen. Ich konnte nicht für ihn da sein, ohne mich selbst aufzugeben.

Also blieb ich genau dort, wo ich war, am Boden zwischen den Bäumen, zusammengerollt wie ein Fötus im Mutterleib.

»Sam!«

Er kam näher und mein Herz fing an, in meiner Brust zu rasen.

»Bitte. Nicht jetzt«, flüsterte ich mir aufgeregt zu.

»Samantha!«

Seine Rufe hörten nicht auf und er klang auch nicht, als hätte er vor, bald mit seiner Suche aufzugeben. Mir war bewusst, dass ich ihm antworten und ihn wissen lassen sollte, dass ich in Ordnung war, doch dieses einzige Mal verhielt ich mich vollkommen egoistisch. Ich brauchte Zeit und würde mir das nehmen, was ich benötigte, um mich so weit zu beruhigen, dass ich ihm vernünftig gegenübertreten konnte.

»Verdammt, ich liebe dich, Samantha! Tu mir das nicht an. Bitte!«

Seine gequälte Stimme drang in die Überreste meines zerbrochenen Herzens ein und zerrte daran.

Er klang verzweifelt und besorgt, und seine Stimme war vom Schreien schon ganz heiser.

Ich vergrub mein Gesicht in den Händen. »Er kann mich nicht lieben. Das kann nicht sein. Nicht nach dem, was er gesagt hat. Er ist nur verwirrt und besorgt, dass ich weggelaufen bin.

»Ich bin ihm wichtig. Das weiß ich. Er hat mich nie verletzen wollen.« Meine leise ausgesprochenen Worte klangen glaubhaft, als ich sie traurig vor mich hin murmelte und erkannte, dass ich Xander die Angst durchleben ließ, dass ich verschwunden oder verletzt sein könnte.

»Samantha!«

Sein Gebrüll klang, als sei er verwundet und verletzt, und schließlich hielt ich es nicht mehr aus. Er war ganz in der Nähe und es bestand die Möglichkeit, dass er mich sowieso finden würde.

»Ich bin hier«, rief ich zurück. »Es geht mir gut. Lass mich bitte einfach nur alleine.«

E. A. Scott

Es dauerte nur wenige Sekunden, da war er auch schon da und stand am Rand der Bäume, die meinen winzigen Rückzugsort umsäumten.

»Sam? Ich lasse dich nicht alleine. Ich lasse dich niemals mehr alleine. Wo bist du?«

»Hier«, antwortete ich mit geschlagener Stimme.

Er bahnte sich seinen Weg durch die Bäume, bis er meinen Platz gefunden hatte, der nun nicht länger bequem war. Ich bin mir nicht einmal sicher, dass er es je gewesen ist.

Xander fiel auf die Knie und schaltete die Taschenlampe an seinem Mobiltelefon an. »Oh Gott, Baby! Was ist mit dir passiert?«

Ich drehte mein Gesicht von dem Lichtstrahl weg. »Ich habe nur ein paar Kratzer. Ist nicht so schlimm.«

»Dummes Zeug! Du siehst aus, als hättest du gerade um dein Leben gekämpft.«

Ich sagte nichts. Ich konnte nicht.

Wie eine leblose Puppe zog er mich hoch und schlang seine Arme um mich. »Samantha, ich weiß nicht, was passiert ist. Gut, ich weiß, was du *glaubst*, gehört zu haben, aber es war nicht so gemeint, wie du es interpretiert hast.«

Mein Körper wurde steif. »Ich weiß, was ich gehört habe, Xander, und es ist okay. Ich bin dieses Risiko eingegangen, als ich mich bereit erklärt habe zu bleiben. Ich wusste, dass es mir das Herz brechen könnte. Ich werde darüber hinwegkommen. Ich brauche wirklich nur etwas Zeit für mich.«

Ich wollte nichts lieber, als in seiner warmen, tröstenden Umarmung zu versinken. Sogar sein männlicher Duft gab mir ein Gefühl von Sicherheit und Liebe, während er mich festhielt, als wolle er mich tatsächlich nie wieder gehen lassen.

»Nein, du hast keinen blassen Schimmer, wie ich mich fühle«, sagte er rau an meiner Schläfe, während er mit kräftigen Händen über meinen Rücken streichelte. »Ich will nicht, dass du gehst. Ich denke nicht einmal, dass ich dich gehen lassen *kann*. Ich liebe dich mehr, als ich es jemals für möglich gehalten hätte, eine Frau lieben zu können. Du bedeutest mir alles, Samantha. Ich will, dass du mich heiratest. Ich muss wissen, dass du zu mir gehörst. Ich will einen Ring an deinen Finger stecken und eines Tages möchte ich vielleicht eine Tochter haben, die genauso aussieht wie ihre wunderschöne Mutter. Bis ich diese Erde verlasse, will ich jeden Tag mit dir verbringen. Bitte. Sag mir, dass du genauso empfindest! Wenn wir nicht zusammen sind, werde ich bis zu meinem Tod nur noch dahinvegetieren.«

»Aber du hast gesagt –«

»Ich habe gesagt, dass ich keine Verträge mehr will. Keine Vereinbarungen. Ich will das nicht. Ich will, dass du dich für mich entscheidest, anstatt abzureisen. Auch wenn du aus freien Stücken gehen kannst, will ich, dass deine Wahl auf mich fällt. Was ich will, ist *dich* und *mich*, bedingungslos, für den Rest unseres Lebens. Du hast nur den ersten Teil meiner Aussage gehört. Den Rest hast du verpasst.«

Die Anspannung wich aus meinem Körper und ich fing an, unkontrolliert zu schluchzen. Es war vermutlich die Erleichterung und mehr als nur eine kleine Freude, aber ich konnte einfach nicht aufhören zu weinen und schlang meine Arme um seinen Hals. »Ich hatte Angst«, presste ich hervor. »Ich hatte solche Angst, dass du mich nicht so liebst, wie ich dich liebe.«

»Bist du jetzt überzeugt?«, fragte er mit heiserer Stimme an meinem Ohr. »Denn wenn nicht, kann ich auch weitermachen.«

»Ja«, sagte ich hastig und presste mein Gesicht an seinen Hals. »Ich bin überzeugt.«

»Ich schwöre dir, wenn du mir noch einmal solch einen Schrecken einjagst, dann lege ich dich übers Knie und versohle dir den Hintern, dass du drei Tage lang nicht sitzen kannst«, knurrte er. »Du hast mich gerade um zehn Jahre meines Lebens gebracht, Sam. Meine Güte! Wie hattest du jemals an meiner Liebe für dich zweifeln können?«

Ich wusste, dass seine Worte nicht mehr als eine leere Drohung darstellten, denn Xander würde mir niemals absichtlich Schaden zufügen. Ganz egal, wie furchterregend er am Anfang vielleicht gewirkt hat, ich hatte immer gewusst, dass er nicht gewalttätig ist.

»Ich liebe dich so sehr, Xander. Du bist jetzt mein Leben«, flüsterte ich ihm leidenschaftlich ins Ohr. »Aber ich weiß, dass ein Heilungsprozess Höhen und Tiefen hat und dass Gefühle sich verändern können. Was du am Anfang willst oder brauchst, kann im weiteren Verlauf unnötig werden.«

»Du bist ebenfalls mein Leben. In diesem Punkt habe ich nie Zweifel gehabt, Sam, und werde sie auch nicht haben«, antwortete er heiser. »Versprich mir, dass du dir dessen nie wieder unsicher sein wirst.«

»Das werde ich nicht«, schwor ich. Jetzt, da ich die Worte laut ausgesprochen gehört hatte, war ich nicht der Auffassung, dass ich die Wahrheit jemals anzweifeln könnte. Ich konnte es an seinen zärtlichen Händen spüren, die mich beruhigend streichelten, und in seiner leisen Stimme hören, wenn er mir sagte, dass er mich liebte.

So hielten wir einander für mindestens eine halbe Stunde fest, auch wenn es nur wie ein kurzer Moment schien, und flüsterten uns zu, wie sehr wir uns liebten und wie unsere Zukunftsträume aussahen.

Bis wir in der Ferne weitere Stimmen hörten.

»Julian und Micah«, vermutete Xander. »Die beiden haben wahrscheinlich einen Suchtrupp losgeschickt. Ich habe sie nicht angerufen, um ihnen zu sagen, dass ich dich gefunden habe. Ich muss dich hier rausbringen.«

»Ich bin bereit«, teilte ich ihm entschieden mit.

Der Abend, von dem ich gedacht hatte, dass er mein Herz gebrochen hätte, endete damit, dass ich für den Rest meines Lebens den Mann bekommen hatte, den ich liebte. Ich war mehr als bereit, meinen Zufluchtsort jetzt zu verlassen.

Er zog sein T-Shirt aus, um mein Gesicht und meine Arme zu bedecken, bevor er sich mit mir durch das Unterholz schlug. Ich hatte gar keine Chance zu protestieren, denn in nur wenigen Minuten standen wir bereits auf einer kleinen Lichtung, die sich hinter meinem Versteck befand.

»Hast du dich verletzt?«, fragte ich ängstlich, als er seine Taschenlampe ausschaltete, bevor ich ihn genauer ansehen konnte.

»Baby, du gehörst mir und du liebst mich. Bei ein paar Sträuchern und Ästen zucke ich doch nicht einmal mit der Wimper.« Seine Stimme klang fröhlich und amüsiert.

»Xander! Samantha!«

Ich konnte hören, wie Julians Stimme näher kam.

»Zieh dein T-Shirt wieder an«, forderte ich. »Und setz mich ab.«

Er ließ mich herunter, doch nur lange genug, um mir sein T-Shirt über den Kopf zu ziehen. »Streck deine Arme hindurch«, sagte er.

»Nein. Du bist ja überhaupt nicht geschützt.«

»Tu es einfach«, knurrte er. »Du hast dir das Kleid zerrissen. Und wir werden sehr viel vorsichtiger hinausgehen, als wir beide hineingekommen sind.«

Missmutig streckte ich meine Arme in die dafür vorgesehenen Öffnungen, auch wenn ich nicht leugnen konnte, dass ich Xanders Geruch liebte, der an seinem Kleidungsstück hing.

»Ich habe sie gefunden«, rief er seinen Brüdern zu.

Mir zugewandt sagte er: »Geh hinter mir, damit ich die Äste zur Seite schieben kann.« Er schaltete seine Taschenlampe ein und fing an, sich vorsichtig seinen Weg durch den Wald zu bahnen.

Julian und Micah hatten uns schließlich gefunden und waren erleichtert, dass es Xander und mir gut ging.

Allen drei Männern fiel es nicht schwer, sich durch das Gebüsch zu schlagen, und es dauerte nicht lange, da waren wir auch schon wieder am Rand des Kirmesgeländes angekommen.

Xander dankte seinen Brüdern, die bereits wieder im Begriff waren zu gehen. Doch ich rief ihnen zu: »Wartet!«

Micah und Julian drehten sich um und sahen mich erwartungsvoll an. Mir fiel der besorgte Blick auf ihren Gesichtern auf und ich wollte ihnen gern die Dinge klar darlegen. Keiner von ihnen verdiente auch nur einen weiteren Augenblick der Ungewissheit.

Ich sah Julian an. »Ich habe dir vor einiger Zeit einmal gesagt, dass ich keine Versprechungen machen könnte. Dass ich nur hierhergekommen bin, um das Haus sauber zu halten und Xander Gesellschaft zu leisten.«

Julian nickte, sagte jedoch nichts.

Ich fuhr fort: »Ich kann mit dir und Micah jetzt einen vollkommen anderen Pakt abschließen. Ich kann versprechen, dass Xander immer geliebt werden wird. Ich kann versprechen, dass ich ihn bis zu dem

Tag, an dem ich meinen letzten Atemzug nehme, niemals verlassen werde. Ich kann versprechen, dass wir beide für den Rest unseres Lebens aufeinander aufpassen werden. Ich liebe ihn und Xander liebt mich. Jetzt haben wir einander, und das wird auch immer so bleiben.«

Xander zog mich an seine Seite und drückte mich, während Julian und Micah grinsten. »Dem Himmel sei Dank!«, entfuhr es Micah. »Willkommen in unserer durchgeknallten Familie, Sam.«

Ich trat nach vorne und umarmte Xanders Brüder. Dabei empfand ich eine Wärme in meinem Herzen für diese beiden Männer, die so sehr um den Zustand ihres jüngeren Bruders besorgt gewesen waren. Jetzt waren sie wirklich frei. Alle waren sie es.

»Kommt nächsten Freitag zum Abendessen zu uns«, sagte Julian grinsend in einem Ton, der keinen Widerspruch duldete. »Bringt Kuchen mit.«

Micah zog eine Augenbraue hoch. »Kuchen? Ich wusste nicht, dass sie Kuchen gebacken hat.«

»Du warst mit Tessa beschäftigt«, erinnerte Julian seinen Bruder.

»Ja. Aber auch Tessa und ich mögen Kuchen.«

»Dann bewegt halt auch eure Hintern diesen Freitag zu uns«, knurrte Julian.

Micah lächelte. »Das würden wir auf gar keinen Fall verpassen wollen.«

Die beiden Männer zwinkerten mir zu und gingen gemeinsam davon, während sie sich immer noch über Kuchen mit Blaubeeren unterhielten. Ich drehte mich zu Xander um und warf mich ihm in die Arme. »Du bist ganz zerkratzt«, sagte ich mitleidig.

»Baby, du hast dich selbst noch nicht im Spiegel gesehen«, lachte er und hob mich hoch. »Lass uns nach Hause gehen. Ich will deine Schrammen säubern.«

Er drehte sich um sich selbst und schwang mich herum, während ich kreischte und mein Herz mit einer Freude überquoll, die ich noch niemals erlebt hatte.

Vermutlich weil ich noch nie so geliebt hatte. Nicht einmal ansatzweise.

Er ließ mich wieder herunter, doch ich bin mir nicht sicher, ob meine Füße den Boden überhaupt berührten, als wir das Kirmesgelände umrandeten, um zum Auto zu gelangen, damit wir nach Hause fahren konnten.

## Kapitel 34

**SAMANTHA**

»Meine Güte! Was zum Teufel hast du dir da nur angetan, Samantha?«, fragte Xander ungläubig, als er seine Finger und Augen über meinen nackten Körper wandern ließ und nach weiteren kleinen Schnitten oder Kratzern Ausschau hielt, die er bislang noch nicht entdeckt hatte.

Wir hatten bereits mindestens eine halbe Stunde in der großen Dusche verbracht, damit er sichergehen konnte, dass ich keine schwerwiegenden Verletzungen davongetragen hatte. Ich hätte ihm sagen können, dass es sich nur um Schrammen handelt, doch ich war mir sicher, dass es ihm insgeheim ganz gut gefiel, so viel Aufhebens um mich zu machen.

Jemanden zu haben, der sich so viele Sorgen machte wie Xander, war für eine Frau, die mehr als zehn Jahre allein gewesen war, schon etwas Besonderes.

»Xander, sie sind sauber«, versicherte ich ihm. Um ehrlich zu sein, war es gut, dass er dauerhaft heißes Wasser zur Verfügung hatte, sonst wäre es uns schon vor einer ganzen Weile ausgegangen.

Er hielt ein antibakterielles Waschgel in der Hand und hatte es genutzt, seit wir die Dusche betreten hatten. Ich war überrascht, dass die Flasche noch nicht leer war.

Der Mann brauchte dringend eine Ablenkung.

Ich nahm ihm die fast leere Flasche aus der Hand. »Gib mir das.«

»Warte, ich bin mir nicht sicher ...«

Oh, er war fertig. Ich war fest entschlossen, dafür zu sorgen, dass er aufhörte, sich Sorgen zu machen.

Ich goss mir eine gute Portion der Flüssigseife in meine Hand und stellte die Flasche auf dem Duschregal ab.

Der Großteil von Xanders Kratzern befand sich auf seiner Brust und seinem Rücken. Es handelte sich um kleinere Verletzungen, die er sich zugezogen hatte, als er mir sein T-Shirt gegeben hatte, um meinen Körper zu schützen, während wir uns durch das Dornengestrüpp, Gebüsch und die Bäume gekämpft hatten.

Ich streichelte mit meinen seifigen Händen über die angespannten Muskeln seines Rückens und ließ ihn sich dann umdrehen, damit ich mich seiner Brust widmen konnte.

Seine alten Stichwunden waren sichtbar und mein Herz schmerzte ganz genauso, wie es das immer tat, wenn ich darüber nachdachte, was Xander durchgemacht hatte. Ich schob diesen Gedanken jedoch beiseite, denn wir würden gemeinsam etwas Neues und Wertvolles beginnen. In unserem Leben war kein Platz für Reue oder Schuldgefühle.

Es wurde Zeit, ein Leben zu beginnen, das gefüllt war mit der Liebe für den jeweils anderen.

Xander hatte das meiste am Rücken abbekommen. Ich strich jedoch nun seine Brust hinunter und widmete mich etwas tiefer seinem austrainierten Waschbrettbauch. Dieser Mann war so wunderbar gebaut, dass ich seine Schamhaare unter dem Bauchnabel mit einem Finger verfolgte, bis ich an seinem vollständig aufgerichteten Schwanz angekommen war.

»Da unten sind keine Kratzer«, sagte er mit tiefer Stimme.

»Kein einziger«, stimmte ich ihm zu. »Aber es fühlt sich gut an.«

»Samantha«, sagte er in warnendem Ton, der mir einen Schauer den Rücken hinunterjagte.

»Ich will dich, Xander. Hier. Jetzt.«

»Deine Verletzungen –«

»Ich bin nicht verletzt. Ich habe nur ein paar Schrammen.«

Er bog meinen Kopf nach oben, damit er meine Augen sehen konnte. Unsere Blicke trafen sich und ich wusste, dass die Liebe und Bewunderung, die ich in seinen Augen sah, in meinen reflektiert wurde. Es würde jedoch eine Weile dauern, bis ich mich an die rohe, echte Art und Weise gewöhnt hatte, wie er seine Gefühle ausdrückte.

»Ich hasse es, dein wunderschönes Gesicht grundlos zerkratzt zu sehen. Hättest du einfach nur gewartet, dann hätte ich dir sagen können, wie ich mich fühle«, sagte er heiser und fuhr mit seinem Daumen zärtlich über eine Schramme neben meinem Mund.

»Ich hatte Angst. Manchmal liebe ich dich so sehr, dass ich mich davor fürchte«, sagte ich aufrichtig. »Immer wenn ich nur ansatzweise das Gefühl hatte, dass du nicht das Gleiche empfinden könntest, hat es mich zerstört.«

»Das mit uns war immer schon so wahrhaftig und intensiv, Sam. Gut, vielleicht mit Ausnahme des ersten Males, bei dem ich dich wie ein Idiot gevögelt habe«, knurrte er.

»Ich war in dem Moment auch nicht bereit, irgendetwas zu geben«, gestand ich, denn ich wollte nicht zulassen, dass er die Schuld für unser erstes sexuelles Aufeinandertreffen alleine trug.

»Wie kannst du mich nur lieben, Samantha? Wie? Ich bin ein Alkoholiker und Ex-Junkie. Ich habe meine Familie und Freunde verletzt und nicht gerade sehr viel getan, auf das ich stolz wäre. Doch du? Es ist einfach, dich zu lieben. Du hast dir den Arsch abgearbeitet, um deine Ziele zu erreichen. Du hältst deine verstorbene Familie in Ehren. Du bist jung und wunderschön. Siehst du, worauf ich hinauswill?«

»Ich kenne dich nur so, wie du *jetzt* bist, Xander.«

»Verdammt, ich war nicht einmal nett zu dir, als du zum ersten Mal vor meiner Tür gestanden hast.«

Ich schlang meine Arme um seinen Hals. »Ich kenne dich als nichts anderes als einen Mann, der seinen Schmerz bekämpft und sich dabei wacker geschlagen hat. Ich liebe den Mann, dem nichts zu schwierig ist oder zu viel wird, um mich bei einer Verabredung glücklich zu machen. Ich liebe deine Kreativität und dass du niemals aufgibst. Ich liebe deine Bedächtigkeit und Entschlossenheit. Ich liebe sogar deine Sturheit ... manchmal zumindest.«

»Ich werde dafür sorgen, dass du stolz auf mich sein kannst, Samantha«, versprach er mit dunklen, stürmischen Augen.

»Du verstehst mich nicht, Xander. Ich *bin* bereits stolz auf dich.«

»Du bist verrückt«, sagte er und auf seinem Gesicht machte sich ein kleines Grinsen breit.

»Du aber auch«, teilte ich ihm mit, als ich mich streckte, um ihn zu küssen.

Er machte es mir leicht, indem er seine Arme um mich schlang und seine Lippen auf meine presste. Ich schloss die Augen und genoss die Nähe seines Kusses. Als seine Zunge in meinen Mund eindrang und sich mit meiner verwob, stöhnte ich auf.

Unsere Körper waren beide noch eingeseift und so glitten wir sinnlich aneinander, Haut an Haut. Ich wollte in ihn hineinkriechen und diesen Ort nie wieder verlassen, doch ich konnte ihm einfach nicht nahe genug kommen.

Meine Hände fuhren durch sein nasses Haar und krallten sich in seine Strähnen, als er seinen Mund von meinem löste. »Samantha«, brummte er.

»Fick mich, Xander. Ich brauche dich«, bettelte ich und mein Kopf fiel zurück, als sein Mund sich daran machte, die empfindliche Haut an meinem Hals und meinen Schultern zu küssen.

»Ich will es langsam tun. Ich will es genießen. Ich hatte solche Angst, dass du mich verlassen würdest.«

»Niemals«, beharrte ich. »Ich liebe dich einfach zu sehr.«

»Dem Himmel sei Dank!«, sagte er, während er mit seinen Händen über meinen Körper wanderte, der immer noch voller Seife war.

Meine Hände glitten seinen Rücken hinunter und umgriffen seinen Hintern, wobei sich meine Finger in das feste Fleisch bohrten. »Wir können es später langsam tun. Ich brauche dich jetzt!«

Nicht gerade zimperlich drehte er meinen Körper herum, sodass ich mit meinem Rücken an seiner Vorderseite stand. Ich lehnte meinen

Kopf zurück an seine Schulter und schlang meine Arme um seinen Hals, während seine Hände über meine Brüste streichelten und er meine empfindlichen Brustwarzen mit seinen Daumen umkreiste.

»So fühlt es sich an, glücklich zu sein«, vibrierte seine tiefe Stimme an meinem Ohr. »So fühlt sich Glück an.«

»Ja«, stöhnte ich.

»Ich liebe dich, Samantha. Ich bin mir nicht sicher, warum du diese Liebe erwiderst, aber ich werde sie nicht mehr in Frage stellen. Du gehörst mir. Du sitzt jetzt bei mir fest.«

Ich öffnete meinen Mund, um etwas zu sagen, doch als seine glitschigen Finger zwischen meine Schamlippen eintauchten, vergaß ich alles um mich herum, mit Ausnahme des kräftigen Mannes hinter mir. »Xander«, hauchte ich atemlos.

Er stellte meinen Fuß auf die Duschbank, um sich besseren Zugang zu dem zu verschaffen, was er haben wollte. Ich war nicht mehr als ein Haufen zitterndes Verlangen, als seine Finger in meine vor Verzweiflung zuckende Muschi eindrangen.

Er neckte.

Er berührte.

Er streichelte, bis ich schluchzen wollte.

Ich krallte mich wieder in seinem Haar fest und drückte meinen Körper gegen seinen erigierten Schwanz.

»Hör auf«, bettelte ich.

»Dann bleibt mir nur noch das hier«, antwortete er, beugte meinen Körper vornüber und platzierte meine Hände auf der Bank.

Instinktiv spreizte ich meine Beine und machte mich bereit für das, von dem ich wusste, dass es kommen würde. »Jetzt«, forderte ich und schob meinen Hintern zurück.

Mein Kopf fiel nach vorne und mein nasses Haar war wie ein Vorhang vor meinem Gesicht, als Xander fest meine Hüften ergriff und von hinten in mich hineinstieß. Er drang tief in mich ein und die Muskeln meiner Muschi dehnten sich, um ihm Raum zu bieten.

Xander stöhnte auf und ich drückte ihm meinen Po entgegen, damit er mich mit seiner vollen Länge ausfüllen konnte.

Mein Körper stand in Flammen, doch das Gefühl, ihn in mir zu spüren, half dabei, die Frustration zu vergessen, die er mir noch vor wenigen Minuten bereitet hatte, als er mich mit seinen Händen auf meinem Körper fast zum Wahnsinn getrieben hatte.

»Ja!«, zischte ich. Mich durchfuhr eine Befriedigung, die ich noch niemals zuvor empfunden hatte, als er sich zurückzog und erneut in mich stieß.

Wir bewegten uns in einem Tanz, der so alt war wie die Zeit und in dem wir beide auf das gleiche Ziel hinsteuerten.

Ich brauchte mehr, doch ich war mir nicht sicher, was ich haben musste, bis Xander mich hochzog, umdrehte und mich dann an die gefliese Wand drückte. »Schlinge deine Beine um mich, Sam.«

Ich tat, wie mir befohlen, und als unsere Körper sich trafen, war es so, als würde mein gesamtes Ich anfangen zu singen.

Das war es, was ich brauchte.

Ich musste ihn ganz spüren.

Er schob sich wieder in mich hinein und ich hielt mich an ihm fest, während ich spürte, wie mein Höhepunkt mit jedem Mal, das er in mich eindrang, ein Stück näher kam. Seine Hände befanden sich unterstützend unter meinem Hintern und seine Finger bohrten sich in mein Fleisch, während er mich auf die primitivste Art und Weise nahm, die ich mir vorstellen konnte.

Ich schlang meine Beine noch enger um ihn und nahm ihn mit jedem Stoß dankbar auf. Schließlich brach ich mit einem erstickten Schrei auseinander und vergrub meinen Kopf an seinem Hals, während die Kontraktionen meinen Körper durchschüttelten.

»Sam. Oh Gott! Ich liebe dich so sehr!«, schrie Xander heiser, als sich meine Muschi um seinen Schwanz verkrampfte und er in mir kam.

Mein Körper entspannte sich und ich keuchte an seinem Hals, bemüht, wieder zu Atem zu kommen.

Wie üblich war ich von der Intensität der Emotionen, die über mich hereingebrochen waren, vollkommen erschöpft.

Wir blieben noch eine Weile verbunden, bevor Xander schließlich einen Schritt zurücktrat und meine Beine auf dem Fliesenboden abstellte.

Wir wuschen uns und als ich aus der warmen Duschkabine kam, wartete Xander dort bereits mit einem großen, weichen Handtuch auf mich, in das er mich einwickelte.

Er trocknete erst mich ab und dann sich selbst. Meine Beine fühlten sich an wie schlaffe Nudeln, doch es spielte keine Rolle, denn Xander war zur Stelle, um mich auf die Arme zu nehmen und mich ins Bett zu tragen.

Meine Lider waren schwer und ich kuschelte mich an ihn, während er mich in seine Arme schloss.

Vollkommen befriedigt lag ich dort ganz dicht neben Xander und wusste, dass dies genau der Ort war, an den ich gehörte.

Ich hatte diesen Weg angetreten, ohne zu wissen, ob ich Frieden finden würde, doch am Ende hatte ich so viel mehr gefunden.

Mir fielen Xanders Worte wieder ein und sie gingen mir im Kopf herum, als ich langsam in einen tiefen Schlaf sank.

*So fühlt es sich an, glücklich zu sein.*

Ich wusste ganz genau, was er meinte. Es fühlte sich tatsächlich genau so an, glücklich zu sein, und ich war mir ziemlich sicher, dass es uns beiden so verdammt gut gefiel, dass wir den Rest unseres Lebens in diesem Zustand verbringen würden.

# Epilog

## SAMANTHA

*Im nächsten Sommer ...*

Ich hielt an und beobachtete aus der Ferne, wie Xander die Tochter seines Cousins hochhob. Er ging vorsichtig, aber dennoch erfahren mit der Kleinen um, denn in den vergangenen Monaten hatte er ausreichend Gelegenheit gehabt, mit dem Baby Zeit zu verbringen.

Für unser Familienpicknick hatten wir einen tollen Tag erwischt und die Anzahl von Sinclairs, die sich auf der Wiese im Park tummelten, war recht ansehnlich.

Niemand hatte diese Einladung ausgeschlagen und ich freute mich, jedes Mitglied der Sinclair-Sippe zu sehen.

Xander wurde immer geübter darin, weinende Babys zu beruhigen, was sehr gut war, denn jeder seiner Cousins hatte nun mindestens ein Kind, und Sarah hatte uns gerade mitgeteilt, dass sie und Dante ihr zweites erwarteten.

Ich seufzte, als ich einige Dinge aus der Kühlbox nahm und Kristin und Tessa dabei half, die Picknicktische für das bevorstehende

Mittagessen zu decken. Beide Frauen waren noch immer sehr gut auf den Beinen, wenn man bedachte, dass sie beide in nicht allzu ferner Zukunft selbst Kinder auf die Welt bringen würden. Ihre Geburtstermine lagen mit Ende September und Ende Oktober nur einen Monat auseinander.

»Wirst du es ihm sagen?«, fragte Tessa neugierig und holte einige der Hummerbrötchen hervor, die sie im Restaurant zubereitet hatte, um sie zum Picknick mitzubringen.

Ich hatte immer noch mein eigenes kleines Geheimnis, das ich Xander anvertrauen musste. Ich kaute nervös auf meiner Unterlippe herum, während ich Chips auf den Tisch stellte. »Vielleicht ist heute kein guter Tag«, wog ich ab. »Alle sind so fröhlich und ich bin mir nicht sicher, wie er reagieren wird.«

»Er wird vor Freude ganz aus dem Häuschen sein«, sagte Kristin.

»Wir haben nie über Kinder gesprochen, außerdem sind wir noch nicht einmal ein Jahr zusammen«, widersprach ich.

Ich musste zugeben, dass mein Mann keine Zeit verloren hatte, einen großen und vermutlich auch sehr teuren Ring an meinen Finger zu stecken. Wir hatten im vergangenen Jahr kurz vor Halloween geheiratet und waren seitdem glücklicher, als ich es mir jemals hätte vorstellen können.

Xander war ein großartiger Ehemann und Partner. Er war immer für mich da, wenn ich ihn brauchte. Er ging noch immer zur Therapie, doch er hatte seine Stunden jedes Mal weiter reduziert, wenn er eine seiner Schwierigkeiten überwunden hatte, und musste nun nicht mehr so viel Zeit mit seinem Therapeuten verbringen.

Ich musste wirklich sagen, dass er seine Dinge manchmal wirklich besser im Griff hatte als ich. Er hatte sein Tonstudio verschiedenen Künstlern zur Verfügung gestellt und war gerade im Begriff, sein eigenes Plattenlabel zu gründen.

Er trat ab und zu auf, beschränkte seine Auftritte jedoch hauptsächlich auf Veranstaltungen für einen guten Zweck, um Geld für Organisationen zu sammeln, die seine Eltern immer schon unterstützt hatten.

In der Zwischenzeit hatte ich mein fertiges Buch an meinen Verlag übergeben und wartete nun ungeduldig auf die Veröffentlichung, während ich bereits an einer Fortsetzung arbeitete.

Tessa lächelte mich schelmisch an. »Ich bezweifele, dass du deine Neuigkeiten bis zu eurem Jahrestag geheim halten kannst. Es fängt schon an, offensichtlich zu werden.«

Ich legte meine Hände auf meinen leicht gewölbten Bauch. »Ja, du hast recht«, stimmte ich zu. »Xander hat bis jetzt noch nichts bemerkt, aber lange kann es nicht mehr dauern.«

»*Was* habe ich nicht bemerkt?«, hörte ich Xanders neugierige Stimme hinter mir.

»Ups«, sagte Tessa und kicherte.

»Hier. Lass mich das Baby nehmen. Deine Frau hat etwas mit dir zu besprechen«, sagte Kristin, ging strahlend auf Xander zu und nahm ihm die Tochter seines Cousins Jared ab.

»Stimmt etwas nicht?«, wollte er mit einem ängstlichen Blick auf dem Gesicht wissen.

»Nein, alles ist gut«, versicherte ich ihm, als ich seine Hand nahm und mit ihm durchs Gras schlenderte.

Wie automatisch griff ich nach dem Tränenanhänger, den Xander mir gegeben hatte, und umschloss ihn mit meiner Hand. Ich legte die Kette nie ab, denn sie war für mich wie ein Talisman, der mir Trost spendete.

Er hielt an und nahm meine andere Hand, was mich dazu veranlasste, den Anhänger um meinen Hals loszulassen. »Sag schon, Sam«, bat er.

Ich sah ihn an und mein Herz stotterte, während seine dunklen Augen mich aufmerksam anblickten. »Ich weiß, dass wir nie darüber gesprochen haben, und ich bin mir auch nicht sicher, wie es passieren konnte.«

»Was? Ich schwöre, ganz egal was es ist, ich werde es wieder hinbiegen«, sagte er ernst. »Du siehst besorgt aus und das gefällt mir ganz und gar nicht.«

Ich lächelte zu ihm auf und in meinem Blick lag nach seinen aufmunternden Worten mein Herz. Er hatte keinen Schimmer davon, was ich ihm erzählen wollte, doch er war bereit dazu, sich meinetwegen jedem Problem zu stellen. »Du kannst es nicht wieder hinbiegen«, teilte ich ihm scherzhaft mit. »Ganz besonders nicht deswegen, weil du dafür verantwortlich bist.«

»Dann werde ich das wiedergutmachen, was ich verbockt habe«, versprach er.

»Oh Gott, ich liebe dich, Xander«, sagte ich seufzend. Er war so liebevoll und alles, was er gab, kam von Herzen. »Ich bin schwanger«, platzte ich heraus, ohne über meine Worte weiter nachzudenken.

Sein Gesichtsausdruck wurde nachdenklich und vielleicht ein klein wenig verwirrt. »Ich sagte, ich bin schwanger«, kam es nun schon überzeugender über meine Lippen. »Ich verhüte, deswegen hätte es nicht passieren sollen, aber ich gehöre zu den seltenen Ausnahmen, bei denen die Methode versagt hat. Aber ich trage vermutlich selbst die Schuld daran. Als ich vor einigen Monaten diesen Virus hatte, habe ich meine Spritze vergessen. Als es mir eingefallen ist, war ich schon ziemlich spät dran.«

»Du warst krank.«

Ich zuckte mit den Schultern. »Ich bin nicht schwanger geworden, als ich krank war, aber ich muss mit der nächsten Spritze lange genug gewartet haben, um einen Eisprung zu bekommen. Das passiert manchmal. Bist du böse?«

Sein Gesichtsausdruck war immer noch ungläubig, deswegen hatte ich immer noch keine Ahnung, was in seinem Kopf vor sich ging. Wir hatten zwar darüber gesprochen, Kinder zu bekommen, doch erst irgendwann in ein paar Jahren. Ich war mir nicht sicher, was er darüber dachte, unseren Lebensplan etwas zu beschleunigen.

»Bist du okay?«, fragte er. »Ist dir schlecht? Geht es dem Baby gut?«

Ich legte meine Hand an seine Wange und strich über sein Gesicht. »Uns beiden geht es gut.«

Er schlang seine Arme um mich, hob meinen gesamten Körper hoch und drehte sich einmal um sich selbst. »Dann freue ich mich sehr«, antwortete er heiser, nachdem er mich wieder abgesetzt hatte.

Ich schlang meine Arme um seinen Hals. »Ich freue mich auch. Manchmal läuft das Leben nicht nach Plan, aber ich fange an, mich an die Überraschungen zu gewöhnen, die hin und wieder auftauchen.«

Er grinste. »Meine kleine Planerin hat große Fortschritte gemacht.«

Ich küsste ihn auf den Mundwinkel. »Wie könnte ich mich *nicht* darüber freuen, mit deinem Kind schwanger zu sein, Xander? Ich liebe dich.«

»Ich liebe dich auch, Süße«, antwortete er und streichelte mir über das Haar. »Solange du und meine Tochter gesund seid, ist es mir egal, wann wir ein Kind bekommen.«

»Du wünschst dir ein Mädchen?«, fragte ich und mein Herz zog sich zusammen.

Er nickte. »Ich will, dass sie genauso aussieht wie du. Sie wird nach Strich und Faden verwöhnt werden.«

Ich musste laut lachen, denn ich wusste, dass er recht hatte. Ganz egal, ob es ein Mädchen oder ein Junge werden würde, das Kind würde verwöhnt werden. Seine kleinen Cousins und Cousinen hatten bereits bewiesen, dass sie Xander um ihre Babyfinger wickeln konnten.

»Es spielt keine Rolle, was wir bekommen, denn du wirst auf jeden Fall ein guter Papa sein, Xander«, versicherte ich ihm.

Er grinste zufrieden. »Ich kann nicht glauben, dass ich Vater werde. Ich hatte schon genug Glück, dich zu finden und davon zu überzeugen, mich zu heiraten. Jetzt bekomme ich auch noch einen riesigen Bonus. Ich kann es kaum abwarten, Julian und Micah die Neuigkeiten zu erzählen. Alle unsere Kinder werden zusammen aufwachsen.«

»Sollen wir gehen und es ihnen sagen?«, fragte ich glücklich.

»Ja, gehen wir«, stimmte er bereitwillig zu.

Ich hätte wissen sollen, dass Xander niemals anders reagieren würde als verständnisvoll und unterstützend. Tief in meinem Herzen hatte ich vermutlich bereits gewusst, dass er sich freuen würde. »In einer Minute«, sagte ich und zog seinen Kopf zu mir herunter, um ihn zu küssen.

Er roch nach Seife und verführerisch männlich, und mein Herz setzte immer noch jedes Mal kurz aus, wenn wir uns küssten. Xander ließ sich Zeit und erforschte meine Mundhöhle, bevor er endlich seinen Kopf hob. »Ich liebe dich, Samantha«, sagte er ganz plötzlich mit tiefer, heiserer Stimme. »Der Tag, an dem du nach Amesport gefunden hast, war der glücklichste Tag meines Lebens. Danke, dass du mich liebst. Es hat mein Leben verändert. Es hat mich verändert.«

»Deine Liebe hat mich auch verändert«, antwortete ich mit Tränen in den Augen, weil ich von seinem ehrlichen Geständnis so gerührt war.

Ich hatte gedacht, dass ich nach Amesport kommen würde, um Xander zu helfen, doch tatsächlich war es so, dass auch er mein Leben gerettet hatte. Ich war vielleicht erfolgreich und zielstrebig gewesen, doch ich war das Gefühl nie losgeworden, als sei ich ganz allein auf dieser Welt.

Xander und ich passten einfach zusammen. Der Grund dafür war unerklärlich, doch ich stellte ihn nicht mehr in Frage. Er füllte meine Seele vollständig aus und seine Familie war ebenfalls zu meiner geworden.

Endlich hatte ich den Ort gefunden, an den ich gehörte.

Er ließ mich nur widerwillig gehen, hielt mir jedoch seine Hand hin.

Ich ergriff sie, ohne zu zögern. »Gehen wir und sagen es deiner Familie.«

»Unserer Familie«, korrigierte er mich.

Ich nickte ihm mit immer noch tränenfeuchten Augen zu, als ich neben ihm herging und mich einem Tagtraum über unsere Zukunft hingab.

Unsere Liebe.

Unsere Leidenschaft.

Und unser Baby, das von Anfang an niemals etwas anderes kennen würde als eine liebevolle Familie.

Ein unfassbarer Schmerz hatte Xander und mich zusammengebracht, doch vielleicht war gerade das der Grund, warum wir so fest miteinander verbunden waren. Durch diese Einsamkeit und Trauer hatten wir gelernt, einander zu lieben und zu vertrauen.

Plötzlich hielt Xander abrupt an und sah zu seiner Familie hinüber, die gemeinsam an den gedeckten Picknicktischen saß. »Mom und Dad hätten das hier geliebt«, sagte er mit belegter Stimme.

»Meiner Familie hätte es auch gefallen«, gestand ich.

Keine unserer Aussagen war traurig gemeint. Xander legte einen Arm um meine Taille und wir gingen weiter, ohne ein weiteres Wort zu wechseln.

Wir würden die Menschen, die wir vermissten, immer würdigen, doch wir hatten ebenfalls gelernt, das zu schätzen, was wir besaßen, und nur einige Meter entfernt befand sich ein ganzes Rudel Sinclairs, die darauf warteten, was wir ihnen zu erzählen hatten.

*Der Schmerz macht dich nur noch stärker.*

In meinem Kopf konnte ich beinahe hören, wie meine Mom diese Worte flüsterte. Es war einer ihrer Lieblingssätze gewesen und er hatte sich für mich nie passender angehört als in diesem Moment.

»Danke, Mom«, sagte ich leise und dachte daran, dass die Menschen, die wir lieben, niemals ganz aus unserem Leben verschwinden.

Als Xander und ich wieder bei den Picknicktischen ankamen, um unsere Neuigkeiten loszuwerden, grinsten wir beide wie Verrückte.

Wir waren beide dazu bereit, unser neues Leben zu leben und das Glück zu genießen, das einmal so verdammt schwer zu fassen gewesen war.

Xander drückte meine Hand. »So fühlt es sich an, glücklich zu sein«, sagte er leise.

Als ich mir die Familie ansah, die an den Tischen saß, musste ich seiner Aussage zustimmen, die er sehr oft tätigte.

Nach einer sehr großen Trauer hatten Xander und ich das Glück definitiv gefunden. Und es war nichts, das wir jemals als selbstverständlich ansehen würden.

»So fühlt es sich wirklich an«, stimmte ich ihm mit einem zufriedenen Seufzer zu.

Ich hatte Xander.

Ich war schwanger mit unserem Baby.

Und ich hatte jetzt eine Familie.

Ich lächelte, als ich dabei zusah, wie Xander die Neuigkeiten preisgab, und dachte darüber nach, wie glücklich ich mich schätzen konnte, ein Teil des Sinclair-Clans zu sein. Verrückt hin oder her, diese Menschen gehörten zu mir, sie waren meine Familie und ich würde sie niemals gehen lassen.

~*Ende*~

## Biografie

J.S. Scott ist eine Bestsellerautorin pikanter Liebesromane. Sie ist eine begeisterte Leserin von Büchern und Literatur jeglicher Art. J.S. Scott schreibt, was sie selbst gern liest, und das sind zeitgenössische sowie paranormale erotische Liebesgeschichten. Sie handeln meistens von einem Alphamännchen und haben ein Happyend, denn so schreibt sie sie einfach am liebsten!

Besuchen Sie mich auf:
http://www.authorjsscott.com
https://www.facebook.com/J.S.ScottGermany/

Oder senden Sie eine E-Mail an:
JSScott_author@hotmail.com

Sie finden mich ebenfalls auf Twitter:
@AuthorJSScott

*J. A. Scott*

Oder folgen Sie mir auf Goodreads:
https://www.goodreads.com/author/show/2777016.J_S_Scott

Bitte tragen Sie sich auf meiner E-Mail-Liste ein, um über Neuigkeiten, neue Veröffentlichungen und exklusive Textauszüge informiert zu werden: http://eepurl.com/b2DuYn

# Bücher von B. A. Scott

*Ein Milliardär voller Leidenschaft – Die Serie:*

Entfesselte Leidenschaft (Buch 1)
Das Herz des Milliardärs:
Ein Milliardär voller Leidenschaft ~ Sam (Buch 2)
Die Erlösung des Milliardärs:
Ein Milliardär voller Leidenschaft ~ Max (Buch 3)
Der Milliardär und sein Spiel:
Ein Milliardär voller Leidenschaft ~ Kade (Buch 4)
Ein Milliardär außer Kontrolle:
Ein Milliardär voller Leidenschaft ~ Travis (Buch 5)
Ein Milliardär ohne Maske:
Ein Milliardär voller Leidenschaft ~ Jason (Buch 6)
Milliardenschwer und ungezähmt:
Ein Milliardär voller Leidenschaft ~ Tate (Buch 7)
Milliardenschwer und ungebunden:
Ein Milliardär voller Leidenschaft ~ Chloe (Buch 8)
Milliardenschwer und unerschrocken:
Ein Milliardär voller Leidenschaft ~ Zane (Buch 9)
Milliardenschwer und unerkannt:
Ein Milliardär voller Leidenschaft ~ Blake (Buch 10)
Milliardenschwer und unverhüllt:
Ein Milliardär voller Leidenschaft ~ Marcus (Buch 11)
Milliardenschwer und ungeliebt:
Ein Milliardär voller Leidenschaft ~ Jett (Buch 12)
**(ab Mitte Mai 2018 erhältlich)**

*Die Sinclairs – Die Serie:*

Kein gewöhnlicher Milliardär ~ Dante (Die Sinclairs, Buch 1)
Der verbotene Milliardär ~ Jared (Die Sinclairs, Buch 2)
Weihnachten mit dem Milliardär ~ Grady (Eine Sinclair-Novelle)

Der Milliardär mit dem gewissen Etwas ~ Evan (Buch 3)
Die Stimme des Milliardärs ~ Micah (Buch 4)
Der Milliardär geht aufs Ganze ~ Julian (Buch 5)
Die Geheimnisse des Milliardärs ~ Xander (Buch 6)
Nichts weiter als ein Millionär ~ Liam (Buch 7)
**(ab Anfang Juli 2018 erhältlich)**

*Die Walker-Brüder – Die Serie:*

Lass los!: Eine Geschichte der Walker-Brüder
(Die Walker-Brüder, Buch 1)
Vertrau mir!: Eine Geschichte der Walker-Brüder
(Die Walker-Brüder, Buch 2)
Rette mich!: Eine Geschichte der Walker-Brüder
(Die Walker-Brüder, Buch 3)

Obwohl die Serie »Die Walker-Brüder« zwanglos mit der Reihe »Ein Milliardär voller Leidenschaft« verbunden ist, stellt sie eine eigenständige Serie dar, die auch gelesen werden kann, ohne die Bücher von »Ein Milliardär voller Leidenschaft« zu kennen. Es handelt sich ebenfalls um eine heiße Liebesromanreihe mit Alpha-Milliardären.

*Von J.S. Scott & Ruth Cardello:*

Gut Gespielt – Liebeszauber auf dem Footballfeld
**(ab Anfang August 2018 erhältlich)**

**Und auch die folgenden Bücher von J.S. Scott werden in Kürze auf Deutsch erhältlich sein:**

*Aus der Reihe »Ein Milliardär voller Leidenschaft«:*

Billionaire Unchallenged ~ Carter (Buch 13)

www.ingramcontent.com/pod-product-compliance
Lightning Source LLC
Chambersburg PA
CBHW021944170626
46808CB00001B/22